D1636267

Graham Hurley

Coups sur coups

Une enquête
de l'inspecteur Faraday

Traduit de l'anglais
par Philippe Rouard

Gallimard

Titre original :

THE TAKE

The Take, *publié par Orion Books Ltd, London 2002.*

© *Graham Hurley, 2001*
et Éditions du Masque – Hachette Livre, 2003.

Né à Portsmouth, Graham Hurley a produit et réalisé de nombreux films documentaires et écrit plusieurs thrillers avant de commencer la série de l'inspecteur Faraday, typique des romans dits « de procédure » tels que les écrivent Rankin, Mankell ou Connelly.

À la mémoire de Norman Shaw
1940-2000

Take
Of a hawk or falcon, to catch (quarry or lure)

Encyclopaedia of Falconry,
ADRIAN WALKER

Un policier devrait être la personne la plus indulgente du monde s'il a compris le fond du problème.

GRAHAM GREENE,
Le fond du problème

REMERCIEMENTS

Pour leur patience et le temps qu'ils m'ont accordé, un grand merci à John Ashworth, Katie Brown, Deborah Owen-Ellis Clark, Roly Dumont, Tony Johnson, Bob Lamburne, Colin Michie, Phil Parkinson, John Roberts, Pam et Ian Rose, Pete Shand, Matthew Smith, Steve Watts, Sandra White et Dave Young. Grand merci aussi à mon agent Antony Harwood et à mon éditeur Simon Spanton pour leurs encouragements et leurs conseils. Quant à mon épouse, Lin, elle a veillé aux cafés, au soutien chaleureux et au rire, toutes choses sans prix.

Prologue

Encore une journée d'été grise et pluvieuse.

Faraday fut l'un des derniers à se garer sur le parking du crématorium. Il abandonna sa Mondeo, boutonna son manteau et gagna, tête baissée, le bâtiment. La plus grande des deux chapelles était déjà pleine. Ça sentait la cire et cette senteur fleurie que dégagent les aérosols d'ambiance. Faraday se glissa dans l'un des bancs du fond, échangeant quelques saluts de la tête, conscient de la nudité du lieu, et se réfugia dans la première page venue d'un recueil de cantiques.

Voici, au-delà de cette terre de malheur, ce toit béni,
D'où l'épreuve est bannie, où jamais larme ne jaillit.

Tu parles, pensa Faraday en refermant le livre avec un claquement sourd mais audible.

Le convoi apparut dix minutes plus tard, retardé par un camion-citerne renversé sur l'autoroute. Le cercueil lui parut plus grand qu'il ne s'y attendait, et il s'interrogea sur son poids. Vanessa avait été la plus menue des femmes mais, dans un monde s'assombrissant, elle avait brillé de la flamme la plus vive. Elle avait apporté énergie, dévouement et humour dans un travail qui n'était rien de moins que décourageant. Exigeante envers elle-même, elle attendait le meilleur des autres. Les jours noirs, et il y en avait beaucoup, elle parvenait à faire du travail un plaisir.

Faraday continuait de regarder le cercueil et de s'interroger sur le poids qu'avaient porté ces hommes. Pouvait-on mesurer la douleur de la perte en kilos ? Les croque-morts aux têtes inclinées et aux mains croisées avaient-ils vu le corps brisé de Vanessa avant de refermer le couvercle ?

Soutenue de chaque côté par un proche, son visage blême ombragé par un énorme chapeau, la mère de Vanessa jetait autour d'elle des regards perdus. Dernièrement, Vanessa avait évoqué la maladie d'Alzheimer, s'efforçant de minimiser la charge que cela représentait pour elle. D'où son abonnement aux plats surgelés et, peut-être, l'état des freins de sa Ford Fiesta.

Le service ne dura pas plus de vingt minutes. Des amis, des parents et probablement la moitié du personnel du poste de police de Southsea entonnèrent les hymnes de leur mieux. Un prêtre qui n'avait jamais dû rencontrer Vanessa de sa vie parla du goût qu'elle avait pour la randonnée pédestre. Puis arriva le moment où la musique préenregistrée monta et où l'officiant baissa la tête pour une prière silencieuse.

Comme il voyait les rideaux se refermer sur le cercueil de Vanessa, Faraday pensa à leur dernière conversation, deux ou trois jours plus tôt. Elle avait consulté le tableau de service du mois suivant et demandé si elle aurait l'occasion de prendre une ou deux journées de congé. Après sept mois comme assistante administrative, elle savait aussi bien que Faraday que la question n'avait pas de réponse. Un viol à Fordingbridge ou une fusillade à Southampton pouvait les priver de bras précieux et ébranler d'une nouvelle petite secousse tellurique la brigade criminelle déjà réduite à la portion congrue.

Il avait discuté avec elle de ce fichu tableau pendant plus d'une demi-heure. Elle était aussi infatigable et tranquillement efficace que d'habitude mais, à moins d'être prophète, Faraday n'aurait pu l'aider. À la fin, avec le plus doux des sourires, elle avait gribouillé AC sur un Post-it qu'elle avait collé dans le coin droit du tableau. AC était sa contribution personnelle au monde de plus en plus fou des indicateurs de rendement et des sigles de gestion. Pour Vanessa, AC signifiait Aucune Chance.

Les rideaux étaient maintenant tirés, et une impatience dans les rangées annonçait la fin du service. Faraday vit le sergent Willard échanger quelques mots avec son principal et consulter sa montre. Willard, il le savait, avait une réunion à 11 heures au siège de la direction. Si la M27 était de nouveau ouverte, il aurait peut-être une chance d'arriver à temps à Winchester.

Faraday posa sur le banc son livre de prières et ferma les yeux pendant un instant, souhaitant se défaire de ces images qui le hantaient depuis qu'il avait consulté le dossier de la police de la route. Les photos les plus douloureuses montraient l'intérieur de la Fiesta. La carrosserie n'était plus qu'une boule de tôle froissée. Le moteur avait enfoncé le tableau de bord, tandis que le siège du conducteur avait été projeté en avant, écrasant Vanessa contre le volant. Le contenu de son sac à main — pièces de monnaie, trousse de maquillage, carnet d'adresses, clés — s'était répandu sur le siège passager disloqué, et trois livres empruntés à la bibliothèque municipale gisaient sur le plancher. L'un d'eux, un roman de Catherine Cookson, était enduit d'une matière rouge et luisante, et il avait fallu quelques secondes à Faraday pour réaliser que c'était du sang. Du sang frais. Vanessa avait saigné à mort. La prose sèche du rapport établissait la rupture de l'artère fémorale et la mort par choc et perte de sang avant l'arrivée des secours.

Faraday rouvrit les yeux. Les têtes s'inclinaient. Le prêtre psalmodiait la dernière prière. Soudain, venu de nulle part, apparut un papillon. Il remonta l'aile, voletant de gauche et de droite, et se posa sur un pilier. Faraday, fasciné, l'observa reprendre son envol et zigzaguer à hauteur des têtes en direction de la porte.

Les papillons, de même que les oiseaux, étaient l'une des passions de Faraday, un réconfort, une évasion. Il les aimait, savait où chercher leurs œufs nouvellement éclos, connaissait la couleur de leurs larves après la première et la seconde mue. Il pouvait tracer leurs itinéraires de migration, situer leurs habitats et leur répartition. Enfin, il était capable de les identifier, et pas seulement en anglais mais aussi en latin.

Le papillon parti, il fixa sans le voir l'autel voilé, laissant les couleurs passées se brouiller lentement. Un vulcain, pensa-t-il. *Vanessa atalanta.*

Dehors, la promesse de pluie s'était faite bruine. Ignorant une invitation à venir voir les couronnes funéraires, Faraday orienta ses pas vers le parking. Il était tenté de chercher le papillon. Avait-il descendu la rue pour festoyer parmi les lilas de Chine et les lavandes ? Ou bien avait-il pris la direction du nord et des buissons bordant la longue courbe de l'allée ? Il ne savait pas et, après tout, il s'en fichait. Il était venu et repartait comme un fantôme. Un coup d'œil lui avait suffi. Vanessa Parry ne fêterait jamais son trente-quatrième anniversaire. Fin de l'histoire.

Le parking commençait à se remplir des gens

venus assister à l'enterrement suivant. Alors qu'il déverrouillait sa Mondeo, Faraday repéra soudain une Vectra blanche, garée à trois emplacements de sa propre voiture. Le conducteur en anorak vert détournait la tête. Faraday retira sa clé et s'approcha. CONFISERIE DU WESSEX – VENTE EN GROS ET DÉTAIL, pouvait-on lire sur le flanc de la Vectra. Sûrement un véhicule de remplacement, pensa Faraday.

Il se pencha et tapa à la vitre. Le type l'ignora. Il tapa de nouveau, remarquant le gros bouquet enveloppé de cellophane soigneusement posé sur les cartons de biscuits à apéritif encombrant la banquette arrière. L'écriture sur la carte était celle d'un enfant. « Désolé », disait-elle. Pas de nom.

Le conducteur tourna enfin la tête. Un visage poupin, avec une barbe de deux jours. Le cheveu court trempé au gel « effet mouillé » et un brillant à l'oreille droite complétaient le regard vide et stupide qu'il levait vers Faraday. Celui-ci n'hésita qu'une ou deux secondes avant d'ouvrir brutalement la portière. Il le connaissait par cœur, le dossier de la police de la route. Matthew Prentice, né le 21/10/74. Quatre condamnations, toutes pour excès de vitesse. Tu étais en train de téléphoner, ce matin-là. Ou de prendre des notes sur ton bloc. Ou de faire n'importe quoi, sauf conduire en regardant devant toi. Salaud.

Le conducteur essayait maintenant de sortir de la voiture. Faraday l'en empêcha. « Tu l'as tuée, dit-il d'une voix sourde. Tu sais que tu l'as tuée, hein ? »

Deux jours plus tard, dans la soirée de dimanche, une femme sortit promener son chien, un jeune boxer. Elle habitait Milton, un quartier de maisons identiques aux façades étroites en bordure de Southsea et Fratton. Elle tenait le chien en laisse et s'était munie d'une torche électrique.

Elle prit le sentier contournant Langstone Harbour. Cinq minutes de marche, et elle serait parmi les mares et les buissons couvrant Milton Common, une friche communale entre la très fréquentée Eastern Road et le bord de l'eau. Ce n'était pas la campagne, pas un véritable espace vert, mais dans l'une des villes les plus peuplées du pays, Milton Common offrait une occasion rare de s'éloigner du bruit et de la circulation automobile. Le chien adorait l'endroit presque autant qu'elle.

Ce soir, pour la première fois, elle le laisserait courir sans la laisse. Elle en avait parlé avec ses deux enfants, et ils étaient tombés d'accord. Tyson était franc du collier, sûrement pas du genre à fuguer.

Elle se pencha pour le libérer. Le chien la regarda un instant comme si elle avait commis une erreur, puis il partit en bondissant vers la mare la plus proche. Quelques secondes plus tard, elle perçut un frou-frou d'ailes parmi les joncs. Tyson découvrait la vie sauvage.

Elle alluma une cigarette et se dirigea vers la mare, prenant son temps, savourant la brise venant du front de mer. Ç'avait été une sale journée pluvieuse, mais le soleil avait fait une apparition tardive dans la soirée, et le type de la météo à la télé avait promis une amélioration pour les deux jours suivants. Si l'embellie durait jusqu'au week-end, elle emmènerait peut-être Jordan et Kelly à l'île de Wight pour une journée sur une vraie plage. Il lui vint un sourire à l'idée de voir les enfants courir après Tyson dans les flaques à marée basse.

Sa cigarette terminée, elle appela le chien. Elle crut entendre un jappement de réponse et l'habituel bruit de gambade, mais elle n'en était pas sûre. Elle appela de nouveau. Cette fois, silence. Il faisait sombre, à présent. Elle pouvait voir de l'autre côté de l'eau les lumières de Hayling Island et, à huit cents mètres derrière elle, la lueur orangée d'Eastern Road.

Allumant la torche, elle suivit le sentier menant à la mare. Plus elle ferait de bruit, mieux cela vaudrait.

« Tyson ! cria-t-elle. Tyson ! »

Toujours rien. Pour la première fois, elle ressentit une certaine appréhension. Et si ce foutu chien s'était perdu ? S'il s'était jeté à l'eau pour poursuivre un canard ou une autre bête ? Elle atteignit la berge et balaya de sa lampe la surface noire. Il y eut un plouf et le mouvement d'une petite bête s'enfuyant à la nage. Mais pas de Tyson.

Soudain, derrière elle, il se fit un bruissement de feuilles. Elle se retourna, soulagée. Elle avait la torche dans une main et la laisse dans l'autre. Crétin d'animal.

« Tyson... »

Un homme se tenait à moins de deux mètres devant elle. Il portait un survêtement et des gants. Elle releva le faisceau de la lampe et poussa un cri. Le visage était dissimulé sous un masque de Donald Duck et, dès qu'elle fit un pas en arrière, il se mit à cancaner. Les mains gantées tâtonnèrent la ceinture du pantalon de survêtement, l'abaissèrent, exposant son érection. Elle regarda le sexe dressé puis de nouveau le masque, sentant le froid de l'eau se refermer sur ses chevilles, ne sachant que faire, se demandant si tout cela était réel.

L'homme fit un pas vers elle, ses coin-coin se muant en un profond rire de gorge. L'instinct lui dictait de courir. Au moment même où elle s'élançait, il lui bloqua le chemin. Elle pouvait sentir l'odeur qu'il dégageait, l'aigre relent d'un mauvais tabac. Nouveaux cris de canard et autre pas vers elle.

Pendant un instant, elle le regarda. Puis, à sa droite, éclata un bruit d'eau et un aboiement familier. L'homme, distrait, tourna la tête et vit le chien. Elle en profita, frappant instinctivement avec la laisse en acier, l'atteignant à la tête. Elle frappa encore, alors qu'il se jetait sur elle, le pantalon encore baissé. Tyson n'en pouvait plus d'aboyer, trouvant le jeu à sa convenance.

Plus tard, quand elle ferait sa déclaration, elle ne sut dire s'ils avaient lutté longtemps. Probablement quelques secondes mais longues comme une éternité. Elle avait essayé de lui donner un coup de genou dans l'entrejambe, de le cogner de ses poings, mais il lui avait saisi la main et lui avait retourné les doigts jusqu'à ce qu'elle hurle, et c'étaient ses cris qui avaient mis son agresseur en fuite. En regagnant les lumières d'Eastern Road, elle avait pleuré comme un bébé. C'était tellement moche, tellement horrible ce qui venait de lui arriver.

1

Lundi 19 juin, tôt le matin

Incapable de dormir, Faraday était debout à 5 heures et demie, maternant une deuxième tasse de thé. Il faisait jour depuis une heure, une lueur gris pâle se répandant sur le lais de basse mer de Langstone Harbour. Depuis son bureau à l'étage, il pouvait voir les tourne-pierres arpentant la grève, s'arrêtant de temps à autre pour fouailler la boue de leurs becs autour des vasques. Ils étaient quelques-uns à suivre les filins serpentant des embarcations couchées dans la vase, et il en vit trois qui se disputaient la chair jaune d'une moule. Les comportements agressifs étaient rares chez les tourne-pierres mais ce n'était pas la première prise de bec qu'il avait relevée ces derniers mois. La théorie des climats ? À l'exemple de la cité, les tourne-pierres viraient-ils teigneux ?

Il se détourna du spectacle et jeta un coup d'œil à la montagne de papiers sur la table. Pendant toutes les années où il avait vécu avec J-J, il s'était fait un devoir de ne pas apporter de travail à la maison. Un vœu pieux, car c'était le bureau qui venait à lui, et il était rare que le téléphone ne sonne pas deux ou trois fois chaque soir. Mais la paperasse, c'était différent.

Cela appartenait à son autre monde et, avec le défi que représentait l'éducation d'un enfant malentendant, il s'était fait un devoir qu'il en soit toujours ainsi.

Mais cela faisait près d'un an que Joe-Junior, grande perche flexible de vingt-deux ans, nageait dans le bonheur de l'autre côté de la Manche en compagnie d'une Française aux traits anguleux, assistante sociale de son état, et ces mois de solitude avaient eu raison de la résolution de Faraday, qui revenait désormais chez lui chargé de toute la paperasse qu'il n'avait pas eu le temps d'examiner à la brigade. Notifications de réunions auxquelles il entendait bien ne pas assister. Denses circulaires sur la législation européenne. Incompréhensibles directives sur l'enfance en danger. Mises à jour du ministère de l'Intérieur sur les indicateurs de gestion des services de police. Estimation des risques sur tout et son contraire. Des milliers de mots qui étaient censés l'aider à devenir un meilleur officier de police.

Faraday vida sa tasse et prit le bloc-notes qu'il gardait toujours près du téléphone. Le constable de service avait reçu l'appel du centre de contrôle concernant l'agression d'une femme la nuit précédente par un individu portant un masque à l'effigie de Donald Duck. Le temps qu'il joigne la victime, celle-ci était aux urgences de l'hôpital Queen Alexandra. Elle était d'abord rentrée chez elle parce qu'elle avait laissé ses enfants seuls et, le temps qu'un agent en tenue se présente à son domicile, elle s'était changée et avait mis tous ses vêtements à la machine à laver. Elle se sentait salie, avait-elle déclaré. Ce pervers l'avait touchée. L'avait palpée. S'était pressé contre elle. Ce qui était bien dommage, avait dit le constable, parlant précisément de la lessive, parce qu'il n'y avait aucune chance que l'analyse du filtre de la machine fournisse un seul indice après le passage des agents détergents et le cycle à 90°.

Aux urgences, la radio avait confirmé les fractures de deux doigts et d'un poignet, et le constable avait demandé à un médecin de la police de curer le dessous des ongles de la victime et de lui prélever aussi quelques cheveux, au cas où ils seraient assez chanceux pour tomber sur un suspect plausible. Après sa sortie de l'hôpital, il avait ramené la femme à Milton Common, où trois policiers en tenue les attendaient pour délimiter le lieu de l'agression. La femme avait bien essayé de retrouver l'endroit exact où elle avait été agressée, mais l'obscurité l'en avait empêchée et, finalement, ils avaient isolé toute la friche, remettant sagement leurs recherches au lendemain.

C'était la troisième fois qu'un homme portant le masque de Donald commettait un attentat à la pudeur, mais il n'y avait encore jamais eu tentative de viol. Au téléphone, le constable ne savait pas trop si le bonhomme s'était contenté de se défendre des coups de laisse de chien ou s'il avait eu un autre projet en tête. De toute manière, cela importait peu, disait-il. Les blessures de la femme étaient assez graves pour valoir à l'agresseur la cour d'assises.

Faraday descendit au rez-de-chaussée, songeant à l'ironie de l'affaire. L'agression avait eu lieu à cent mètres de chez lui, ici à côté de Langstone Harbour. Aurait-il été là dimanche soir, il aurait probablement entendu hurler cette femme. Un coup de chance pareil lui aurait épargné la tâche d'organiser une enquête, envoyer ses troupes frapper aux portes, poser des questions, recueillir des témoignages, chercher des pistes. Le type serait derrière les barreaux à l'heure qu'il est, et il n'y aurait pas trop de papiers à remplir. Une occasion pareille lui aurait peut-être même valu les félicitations de la direction. Vigilance exemplaire. Dans la pure tradition de la police.

Mais Faraday n'était pas chez lui à ce moment-là. Il avait pris la voiture pour se rendre à New Forest, au-delà de Southampton, où il avait passé deux ou trois heures précieuses à marauder dans les bruyères encore humides, guettant le premier chant d'un couple d'engoulevents. Il leur avait rendu visite ces deux dernières années. Ils arrivaient d'Afrique au mois de mai, oiseaux au plumage brun roux, presque impossibles à repérer dans leurs repaires diurnes parmi les ajoncs. Ils n'en sortaient qu'à la nuit tombante, silhouettes fugaces se détachant sur les derniers feux du soleil dans leur chasse aux insectes. Leur vol heurté, fait de glissades et d'écarts imprévisibles, s'accompagnait de cet étrange chant ronronnant que produisait leur larynx inférieur. Si on se tenait parfaitement immobile parmi les buissons, comme le faisait Faraday, et qu'on tapait dans ses mains, les oiseaux fondaient sur vous en un formidable looping, curieux de voir de plus près cet animal étranger sur leur territoire. Ainsi avait-il pratiqué ce jeu pendant près d'une heure, oubliant un instant la rage qu'avait fait naître en lui la mort de Vanessa et, quand la lumière s'était fondue dans le noir du ciel, il avait pris le chemin du retour, s'arrêtant dans son pub favori pour saluer la mémoire de Vanessa de trois pintes de Romsey. Des alliés tels que la disparue étaient difficiles à trouver. Sans elle, la guerre qu'ils menaient au quotidien serait infiniment plus âpre.

Il mit à griller deux tranches de pain et partit en quête d'un peu de jambon. Le réfrigérateur, comme beaucoup de choses dans la maison, était sur le déclin. Une sérieuse reprise en main s'imposait. Les rebords et les embrasures des fenêtres sur la façade montraient des traces de rouille et il savait depuis des mois qu'il était grand temps de sortir l'échelle et le papier de verre, mais il n'était jamais à court de prétextes pour remettre au lendemain ce qu'il pouvait faire le jour même. Il suffisait d'une nouvelle mêlée ouverte concernant les attributions d'heures sup. D'une recrudescence soudaine de vols de véhicules. Il y avait toujours quelque chose.

Abandonnant l'idée du jambon, il beurra ses toasts et alla se planter devant les grandes portes vitrées du salon, déçu de découvrir, à la place du soleil, un banc de nuages gris. La lumière était plate, sans reflet. L'eau avait la couleur du plomb. Jusqu'aux pies de mer, d'ordinaire si vives, qui semblaient avoir du mal à se mouvoir. Parfois, seulement parfois, Faraday avait le sentiment que sa propre vie aurait besoin d'un bon ponçage et d'une généreuse couche de peinture antirouille. Quelque chose qui repousse la pluie, nom de Dieu. Quelque chose de brillant pour changer.

Paul Winter accepta bien malgré lui d'accompagner sa femme à l'hôpital. Ce n'était pas l'obligation de prendre du temps sur son travail qui le gênait (bien qu'il eût tout de même servi ce prétexte à Joannie) ; il ne doutait pas non plus qu'elle eût réellement besoin de sa présence. Non, c'était le Queen Alexandra en soi. Il détestait le grand hôpital sur la colline. Haïssait les gens qui le fréquentaient : trop gros, trop moches, trop gris. Avait envie de gerber à la vue de tous les interdits placardés aux murs des halls et des couloirs : pas fumer, pas boire, pas tringler. Abhorrait ces gueules lasses et baissées qu'on rencontrait dans les ascenseurs. Exécrait surtout ce sentiment de résignation, de défaite, qui vous prenait à la gorge sitôt que vous mettiez le pied dans la place. La vie, c'était sauter sur les occasions, tirer parti de tout ce qui se présentait à vous, rester toujours en tête de la course.

Les hôpitaux, surtout les grands, les anonymes comme le QA, c'était bon pour les laissés-pour-compte.

Joannie avait rendez-vous au service de gastro-entérologie. Elle s'y était déjà rendue à deux reprises depuis Noël, se plaignant de douleurs au ventre. La première fois, elle était revenue avec des comprimés pour la dyspepsie. Ceux-ci n'avaient pas eu le moindre effet et, la seconde fois, le médecin lui avait ordonné des analyses et un scanner.

Depuis, elle avait du mal à manger et à dormir. Winter, joyeusement flegmatique, en rendait responsable l'échec de Joannie à participer à *Qui Veut Être Millionnaire ?* Enseignante à la retraite, elle était sûre de pouvoir atteindre la somme de 64 000 livres — certitude qui ferait de Winter un complice actif quand on appellerait sur le plateau les proches pour la remise des chèques aux gagnants. Soixante-quatre billets de mille feraient une foutue différence. Soixante-quatre billets de mille pourraient peut-être même l'éloigner à jamais des Faraday et consorts.

Avoir raté l'occasion d'entrer à la brigade des stupéfiants — le fait même de n'avoir même pas pu postuler en bonne et due forme — l'ulcérait encore, et savoir que c'était Faraday qui l'avait écarté rendait l'affront intolérable. « Néglige parfois de considérer la situation dans son ensemble », avait écrit Faraday, signifiant par une de ces obscures litotes chères à la direction que Winter avait tendance à appliquer sa propre loi. C'était un jugement que l'intéressé lui-même ne contestait pas, mais là n'était pas la question. En vérité, c'était bien lui qui avait permis à Faraday d'obtenir un résultat dans l'affaire Oomes, mais Faraday ne comprendrait jamais le principe du renvoi d'ascenseur. « Néglige parfois de considérer la situation dans son ensemble », c'était une phrase assassine, et Winter était heureux de ne pas avoir dû reprendre l'uniforme et régler la circulation aux carrefours.

Il eut le temps de lire et de relire le numéro de janvier de *OK !* avant qu'on appelle Joannie. Elle lui prit le bras et suivit l'infirmière dans le cabinet au fond du couloir. Le médecin se leva à leur entrée, tendit la main à Joannie, et Winter comprit à l'expression du bonhomme qu'il s'était passé quelque chose de terrible.

Les mauvaises nouvelles étaient comme la merde : elles puaient.

Le praticien était un type tout en os et longueur, avec un soupçon d'accent du Nord. Pendant que Joannie prenait place, il plongea le nez dans un dossier.

« Que se passe-t-il ? s'entendit demander Winter. Il y a un problème ? »

Qu'il y en eût un, de problème, ne lui était jamais venu à l'esprit une seule fois. Joannie était forte comme un bœuf. Vingt-quatre années de mariage, constellées d'innombrables disputes et d'innombrables réconciliations, l'avaient persuadé que Joannie était immortelle. Elle avait toujours été à son côté, en dépit des mauvais tours qu'il lui jouait et des coups tordus dans lesquels il se fourrait. Elle avait une capacité de pardon infinie, de punition aussi. Alors, que se passait-il ?

Le médecin sortit un Kleenex de sa boîte et entreprit de se moucher.

« Pardonnez-moi, madame, dit-il enfin, mais je pense qu'il est inutile de tourner autour du pot. Ce genre de conversation peut être pénible. Si vous avez besoin de... » Il n'acheva pas sa phrase mais désigna d'un signe de tête la boîte de mouchoirs en papier.

Putain de Kleenex ! Winter était debout, à présent.

« Contentez-vous de nous dire de quoi il retourne », lâcha-t-il d'une voix sourde.

Pour la première fois depuis leur arrivée, le praticien lui jeta un regard.

« Monsieur Winter ?

— Oui, M. Winter.

— Je vous en prie, asseyez-vous. Il n'y a pas de raison de rendre cela plus...

— Je vous ai posé une question.

— Et je vais y répondre. » Il reporta son attention sur Mme Winter. « J'ai bien peur... »

Joannie prit son mari par le bras et le força à se rasseoir. Le ton du médecin avait changé. Il consultait de nouveau le dossier, et on aurait dit qu'il lisait une sentence de mort. Winter avait entendu des juges faire preuve de plus grande compassion.

« Pancréatique quoi ? demanda-t-il.

— Carcimona, monsieur.

— Ça veut dire quoi ?

— Cancer.

— Vous avez dit *cancer* ? » Winter ne put réprimer un frisson. « Vous plaisantez ? Joannie ? Un cancer ? »

Il s'ensuivit un long silence. Un chariot passa en bringuebalant dans le couloir. Puis ce fut la voix de Joannie, une petite voix que Winter ne lui avait jamais connue.

« Vous en êtes sûr ?

— Oui, madame Winter.

— Et... est-il possible de faire... quelque chose ?

— Hélas, non. Nous pouvons essayer de vous rendre la vie plus facile, pratiquer une intervention partielle... mais nous ne pouvons rien sur le long terme, j'en ai peur. C'est un cancer particulièrement virulent que le vôtre. Il y a déjà un foyer infectieux à l'estomac et au foie. Il existe des calmants, bien sûr. Un traitement palliatif. Enfin, nous avons un service spécial pour les maladies incurables. Mais je ne voudrais pas vous tromper sur l'issue.

— Combien de temps ?

— Trois mois, madame. » Il poussa la boîte de Kleenex vers elle. « Bien qu'il soit difficile d'être précis dans un cas pareil. »

Cela faisait plusieurs heures que Faraday était à son bureau de Southsea, quand Cathy Lamb arriva pour leur réunion du lundi. Elle était venue en voiture du poste de Fratton auquel elle était désormais affectée. Les anciennes brigades de Porthmouth nord et sud étaient sur le point de fusionner en une unique division et, profitant du charivari administratif, Cathy avait saisi sa chance. La police judiciaire manquait d'inspecteurs pour combattre la marée montante des délits et, avec le soutien de Faraday, Cathy avait réussi à faire office d'inspecteur. Les responsabilités lui allaient bien. Elle était à Fratton depuis deux mois maintenant, et elle aimait son travail. Une forte femme, coiffée à la garçonne, avec un beau visage ouvert et un regard plus ferme que jamais.

« Comment se porte votre petit trésor ? » Elle eut un signe de tête en direction du couloir où la remplaçante de Vanessa était en train de martyriser la photocopieuse.

Faraday fit la grimace.

« Elle doit avoir une licence de vente pour des Beanie Babies, dit-il. Elle apporte ces foutues poupées au bureau pour essayer de les fourguer. Ça les rend dingues, les mecs.

— Vous ne lui avez pas dit de garder sa camelote chez elle ?

— Bien sûr que si, mais elle ne m'écoute pas. »

Faraday se leva pour fermer la porte. Sa nouvelle assistante se prénommait Joyce. Américaine, la quarantaine, trop grosse, le genre de bonne femme à vous traiter dès sa première journée de travail avec une familiarité qui frisait l'indécence. Faraday n'avait été que trop heureux de se décharger sur Vanessa d'une kyrielle de petites tâches administratives, y compris des informations à caractère sensible, se ménageant ainsi un temps précieux pour des affaires qui en valaient la peine. Avec Joyce, ce genre de confiance était impensable.

Cathy semblait amusée.

« J'ai entendu dire que son mari était de la maison.

— Oui, il est inspecteur à Southampton. Aussi bon à rien qu'elle.

— C'est de famille, décidément.

— Ouais, deux pour le prix d'un. Je parle d'emmerdements.

— Et elle est là pour longtemps ?

— Aucune idée. » Faraday désigna le dossier posé sur les genoux de Cathy. « Alors, comment se présentent les choses ? »

Le patron de Faraday était Willard, et le superintendant avait clairement signifié à Faraday qu'il comptait sur lui pour surveiller le travail de Cathy Lamb à Portsmouth nord. Jouer les inspecteurs à vingt-huit ans était ambitieux ; cette fille avait besoin d'être supervisée.

Cathy passa rapidement en revue l'habituelle série de délits mineurs : actes de vandalisme, vols à l'étalage et à la roulotte, cambriolages chez des particuliers et dans des entrepôts, agressions (au nombre de quatre, cette fois). Sur le papier, elle disposait de six détectives et de deux sergents en tenue pour les travaux de recherche sur place, mais pour avoir été elle-même sergent elle savait que la dotation en personnel relevait de la pure fiction. Il se passait rarement une semaine sans que le tiers des effectifs ne fût retenu ailleurs par des enquêtes majeures ou occupé à rattraper le retard pris dans les cours de formation ou employé à boucher les trous d'un service encore plus démuni que le sien.

« Et puis il y a Winter, dit-elle. Il s'est fait porter pâle ce matin.

— Rien de mineur, j'espère.

— À la vérité, il s'agit de sa femme. Il a dû l'emmener à l'hôpital.

— Winter ? Veillant sur sa chère moitié ? Vous êtes sûre que nous parlons du même homme ?

— Oui, et il a précisé que ça lui prendrait peut-être la journée. »

Faraday prit note sur son calepin. Il fallait une authentique détermination pour résister au changement, mais Paul Winter, la quarantaine, restait un officier de police de la vieille école, un homme pour qui la différence entre la culpabilité et l'innocence n'était rien moins qu'une notion subjective. Comme tel, il incarnait parfaitement le flic de la vieille mafia portsmoutienne, une fraternité de détectives qui buvaient sec et pratiquaient le clientélisme et le favoritisme. À la différence de ses autres collègues, Winter avait survécu au changement de culture qui avait bouleversé la police judiciaire dès les années 80, et les recrues les plus récentes regardaient le personnage avec une fascination mêlée de crainte. Winter, disaient-ils, possédait un talent exceptionnel pour pénétrer les esprits des mauvais garçons, gagner leur confiance et les faire parler, pour les entraîner dans des coups si complexes et tordus, si byzantins qu'ils défiaient toute description. Cette interprétation des pratiques de Winter était à la fois pittoresque et charmante mais, pour Faraday, la vérité était beaucoup plus simple. Les bons jours, Winter était capable de ne pas transgresser la loi. Le reste du temps, il était aussi retors que les malfrats qu'il était fier de piéger.

« Appelez-le, dit-il sèchement. Je ne connais pas de consultation à l'hôpital qui dure toute une journée. »

Un pli barra le front de Cathy, mais Faraday ne lui laissa pas le temps de répliquer. « Comment va Pete ? Il grimpe toujours aux murs ? »

Pete Lamb était l'ex-mari de Cathy, un sergent en tenue affecté à Fareham. Chef d'une des unités d'intervention, il avait été suspendu au terme d'une enquête interne pour avoir tiré sur un individu suspecté de trafic de drogue lors d'une descente matinale. Cette erreur d'appréciation d'une menace était grave en soi, mais ce qui avait failli lui valoir la prison tenait aux résultats de l'analyse de sang qu'il avait dû subir. Transgressant tous les règlements en la matière, Pete avait bu. Grâce au travail inspiré de son avocat, l'enquête mettrait probablement deux ans à définir si la preuve d'absorption d'alcool était recevable, dans la mesure où le suspect s'était porté volontaire pour la prise de sang qui l'incriminait. En attendant, touchant toujours un plein salaire, il lui était interdit d'avoir une quelconque activité rémunérée.

« Il va bien, répondit Cathy.

— L'inaction ne le rend pas dingue ?

— Non, on est en juin, et il a toujours ses parts du bateau, et les régates de Cowes approchent.

— Il loge toujours chez sa mère à Gosport ?

— Non, plus maintenant. Il s'est trouvé un petit appart à Southsea, Whitwell Road.

— Sympa ? »

Cathy lui jeta un regard de reproche, qu'elle adoucit cependant d'un sourire.

« Ce piège est vieux comme le monde, Faraday, murmura-t-elle. Comment le saurais-je ? »

Pour la troisième fois depuis de nombreuses semaines, Pete Lamb traversa la boutique de livres d'occasion, dépassa les piles de cartons remplis de *Reader's Digest* et grimpa les marches de bois de l'escalier menant au bureau en soupente. Il connaissait Malcolm Garrett du temps où celui-ci était sergent à Fareham et, maintenant que Malcolm avait pris une retraite anticipée et entrepris une nouvelle carrière, Pete avait toutes les raisons du monde pour renouer le lien avec son ancien collègue. Un méchant logement à Southsea avec vue sur Albert Road n'était pas la meilleure des adresses commerciales mais, comme Malcolm le faisait observer, ça n'était qu'un début. Après des décennies de stagnation, la cité commençait à prospérer. Et l'argent apportait toujours avec lui un besoin d'enquêteurs professionnels de toutes sortes.

« Bird a appelé Liz Tooley. » Malcolm désigna la bouilloire sur l'étagère près de la porte. « L'eau est encore chaude. Si tu veux te faire un café. »

Liz Tooley dirigeait l'opération immobilière sur les quais de Gunwharf, un ambitieux projet de réhabilitation qui devait rapidement transformer en complexe résidentiel les quatre hectares de terre appartenant anciennement à la marine nationale. Cent millions de livres avaient déjà été investis dans le projet. Des noms du commerce de détail comme Gap, Ted Baker et Tommy Hilfiger avaient réservé des surfaces de vente, et trois cents appartements de luxe fourniraient le fer de lance d'une clientèle argentée.

« Ils fourguent les penthouses pour cinq cent mille livres, grogna Malcolm. Tu en allonges mille pour l'inscription, puis dix pour cent après vérification de ta solvabilité, le reste dû à la remise des clés. Et les gens font la queue. La queue pour foutre un demi-million de livres dans un appart merdique. Tu te rends compte ? »

Pete se rendait compte. Habitant de l'autre côté du port, il prenait régulièrement le ferry pour traverser la baie, et la vue qu'on avait du pont supérieur expliquait à elle seule ce rush sur ce futur habitat. Les quais de Gunwharf se situaient entre les rues pavées du vieux Portsmouth, serrées tout autour de l'entrée du port, et le trésor national qu'était l'ancien chantier naval de la marine. Le site n'était pour l'instant qu'un vaste chaos, une pagaille d'engins de terrassement et de grues géantes, mais on n'avait nul besoin de consulter les brochures alléchantes pour en mesurer tout le potentiel. Vous n'aviez pas plus de trois minutes de marche pour prendre le train à la gare du port. Quatre-vingt-dix minutes plus tard, vous étiez à Waterloo. Pour quiconque travaillant à Londres et aimant la vue sur la mer, les quais de Gunwharf étaient une adresse de rêve.

Pete bataillait avec le couvercle de la boîte de café.

« Et elle a un problème ? demanda-t-il.

— Elle a perdu un acheteur. Enfin, pas vraiment perdu. C'est un peu plus compliqué que ça. »

Le type avait pris une option sur trois appartements, dont deux penthouses, tous donnant sur l'eau. Il y en avait un pour lui, un pour sa mère, le troisième pour un copain d'Afrique du Sud. À la remise des clés après la fin des travaux, le bonhomme devrait donc cracher un million et demi de livres.

« Et si Liz tient à le retrouver, ajouta Malcolm, c'est à cause du délai de forclusion. »

L'intéressé avait payé les trois mille livres d'inscription et pris rendez-vous pour régler les dix pour cent de dépôt deux semaines plus tard. Le rendez-vous avait été fixé au mardi 6 juin. Il avait plaisanté sur cette date qui lui rappelait le jour du débarquement et avait invité la secrétaire à dîner pour célébrer ça. La fille avait prétexté le manque de temps, et ils s'étaient entendus pour se retrouver sur le chantier.

— Et il n'est pas venu ?

— Non. Ils ont appelé sans succès aux divers numéros qu'il avait laissés. Son option expire demain, mais ils hésitent tout de même à déclarer son inscription forclose, au cas où il aurait une bonne raison de n'avoir pu venir le 6 comme prévu. Alors, mon pote, j'ai pensé... »

Pete, qui avait abandonné tout espoir d'ouvrir cette foutue boîte d'instantanés, chercha son calepin dans son blouson de cuir.

« Nom ?

— Pieter Hennessey. Ça s'écrit P-I-E-T...

— Il est sud-africain, lui aussi ?

— Ouais. Liz a noté les numéros de téléphone et quelques renseignements. Le type est chirurgien et réside en Angleterre depuis des années. Voilà. »

Pete prit connaissance des adresses, une à Beaconsfield, une à New Forest et la troisième dans Harley Street.

« Cabinet privé ?

— Oui, je pense. Apparemment, le type est bourré, quoique vu le prix au mètre carré, il a intérêt à l'être. » Il marqua une pause. « Alors, qu'est-ce que tu en penses ? »

Pete voulait en savoir plus. Est-ce que l'agence immobilière avait essayé de prendre contact avec les deux autres acheteurs ? La mère ? Son copain d'Afrique du Sud ?

« Ouais. Ils ont appelé les numéros de téléphone et de fax du Cap, mais sans résultat. Il se pourrait que les deux autres — la maman et le copain — n'existent pas. Hennessey prétend agir comme mandataire, mais il n'y a aucune preuve de ce qu'il avance.

— Alors, il achèterait trois appartements pour spéculer ?

— C'est possible. L'agence n'aime pas ça, mais aucune loi n'empêche un particulier d'acheter la surface qu'il veut.

— D'accord, dit Pete, prenant quelques notes. De combien de temps je dispose ?

— Deux jours. C'est tout ce que l'agence est prête à payer : deux jours d'enquête. »

Paul Winter envisageait de se resservir du thé, quand son portable sonna. C'était Cathy Lamb, qui désirait savoir où il était.

« Au Queen Alexandra. » Le mensonge lui était venu spontanément. « Pourquoi ?

— Comment ça se passe ?

— Mal, ma belle. Vous connaissez ces endroits aussi bien que moi. Il faut attendre, attendre et attendre encore. » Il se tut. Il pouvait entendre Joannie pleurer dans le salon — de petits sanglots étouffés. Il ferma les yeux et porta le téléphone à son oreille. « Je crois bien que c'est notre tour, cette fois, patron. Je peux vous rappeler ? »

Winter raccrocha sans attendre de réponse.

Joannie était recroquevillée dans son fauteuil préféré. Il sembla à Winter qu'elle avait dépéri en moins d'une heure. Elle était pâle et avait l'air abattue. L'étincelle avait disparu, et l'énergie et la vie. Elle était devenue une étrangère dans leur petit bungalow, certainement plus sa Joannie à lui.

« Chérie, ce serait bien de...

— Non.

— Quoi, non ?

— Ne dis rien. C'est seulement le choc. Ça ira mieux dans une minute. Donne-moi un peu de temps, c'est tout. »

Elle le regarda, faisant de son mieux pour lui sourire faiblement, puis cacha son visage dans ses mains, balançant le buste d'arrière en avant. Winter s'agenouilla à côté d'elle, en proie à un sentiment d'impuissance désespérant. Sur l'étagère au-dessus de lui, leur poisson rouge tournait lentement dans son bocal. Winter prit sa femme dans ses bras, essayant en vain de trouver les paroles adéquates. Il pensait depuis longtemps que rien ne l'étonnerait plus dans ce monde, que la vie ne lui réservait plus la moindre surprise, et voilà qu'il se découvrait perdu, sans défense. C'est qu'il ne s'agissait pas d'une intervention chirurgicale, d'une semaine ou deux à l'hôpital. Non, c'était bel et bien une condamnation à mort. Un verdict délivré, selon lui, sans une trace de compassion.

« Sale con, dit-il doucement.

— Qui ça ?

— Ce type. Ton spécialiste. »

Joannie, qui n'avait jamais considéré que le bon côté des choses, secoua la tête. Ce n'était pas la faute du médecin. Il faisait son travail, rien d'autre.

« Son travail ? Son travail, c'est de faire en sorte que tu ailles mieux. Pas de t'assener qu'il n'y a aucun espoir. Il n'y a rien à tenter, circulez ! Merde, à quoi ils servent, ces mecs ? On les paie grassement, on leur construit des hôpitaux. On leur invente tous les jours de nouveaux médicaments, des appareils, toutes sortes de machins. Et lui, tout ce qu'il sait faire, c'est brandir le drapeau blanc. J'me rends ! Le con ! »

Il ferma les yeux, proche des larmes lui-même. Rage et apitoiement sur soi.

« Ça ira, disait Joannie de sa voix douce, lui caressant la main. Je suis toujours là. »

Quelques minutes plus tard, dans la cuisine, Winter s'aperçut qu'il venait de rincer la même tasse pour la troisième fois. *Je ne peux pas le supporter*, se dit-il. *Je ne peux pas.*

Ouvrant un tiroir, il sortit un torchon parfaitement repassé, dégageant une odeur fraîche. Il ferma de nouveau les yeux, vit une lessive accrochée à la corde dans le jardin. Joannie prenait toujours soin d'étendre le linge de manière que celui-ci ne frotte pas contre les rosiers et les buissons. Pendant vingt-quatre ans elle avait fait cela. Pendant vingt-quatre ans il avait considéré cela comme allant de soi. Et maintenant, elle était dans la pièce à côté, en route vers la mort.

Il prit son portable, appela Cathy à son bureau.

« On est toujours à l'hosto, patron. » Il avait du mal à prendre un ton dégagé. « Qu'est-ce que vous avez pour moi ? »

Faraday parcourait pour la seconde fois la première page du *News*, quand le sergent de Fratton l'appela au téléphone. Joyce, éternelle jubilante, avait étalé l'édition du jour sur son bureau. Le pervers masqué faisait la une : DONALD DUCK A ENCORE FRAPPÉ. UNE MÈRE DE FAMILLE S'ENFUIT DANS LA TERREUR.

« Un type est passé nous voir, monsieur, disait le sergent, et on a pensé que ça pourrait vous intéresser.

— De quoi s'agit-il ?

— Il prétend qu'on a attenté à la pudeur de sa fille. »

Faraday feuilletait le journal. On poursuivait les recherches autour des mares mais le *News* proclamait que les femmes de cette ville méritaient un peu plus d'attention de la part de la police. Trois incidents à la suite. Trois occasions d'épingler le gars. Et pas la moindre piste jusque-là. C'était le genre d'absurdité qui vous scotchait en moins de deux tous les cols blancs de la direction devant leurs ordinateurs. Faraday s'attendait à ce que d'une seconde à l'autre Joyce se penche par-dessus son épaule pour lire le premier des e-mails.

« Et qui aurait fait ça ?

— Son maître assistant. »

Le sergent nomma un collège de la ville. La fille suivait une formation multimédia. Le maître assistant enseignait la comédie et l'image cinématographique. Elle était une brave gosse, peu volontaire mais gentille. Le gars méritait qu'on lui règle son compte.

Faraday replia enfin le journal. Le collège était situé au nord de la ville, dans le secteur dévolu à Cathy Lamb.

« Mais pourquoi moi ? demanda d'un ton sec Faraday. Vous ne pouvez pas vous en occuper ?

— Ce n'est pas ça, monsieur.

— C'est quoi, alors ?

— L'adresse du père, pour commencer, et celle de la jeune fille. Ils habitent tous deux près de chez vous. Elle occupe une chambre meublée dans Southsea. Et lui habite dans Milton. »

Faraday prit un stylo. Donald Duck s'était chaque fois illustré autour de Langstone Harbour. Milton était à huit cents mètres de là.

« C'est tout ? » demanda-t-il.

Le sergent se tut un instant, puis il eut un petit rire. « C'est le père qui dit ça, mais il semblerait que le maître assistant aime se déguiser. »

2

Lundi 19 juin, midi

Winter contemplait le panorama depuis l'une des chambres de l'hôtel Marriott. Le soleil s'était enfin montré et, du septième étage, la cité s'étendait à ses pieds — l'étincelante flottille de yachts dans la marina toute proche de Port Solent, l'autoroute enjambant les vastes espaces du port, les hautes et noires silhouettes des grues dans le chantier naval et un bouquet de tours d'habitations dans la brume au loin. En fermant à demi les yeux, on aurait pu se croire en quelque terre étrangère et exotique, une ville insulaire cerclée de bleu. On ne pouvait souhaiter plus belle vue pour commencer sa journée.

« Vous comptez appeler vos collègues de la scientifique ? Boucler la chambre ? »

Le gérant parlait avec un doux accent écossais, et sa récente coopération avec la brigade des stups avait nourri bien des rires au foyer de Fratton. Le mois dernier, ladite brigade, avertie d'une importante livraison de cocaïne au Marriott, avait installé une surveillance. Les trafiquants arrivaient de Manchester et devaient transborder la marchandise dans le parking de l'hôtel. Les policiers répartis en équipes de trois avaient bien fait les choses — caméras fixes, vidéos, micros, la totale —, mais les mauvais garçons ne s'étaient pas présentés au rendez-vous et, le troisième jour, au nez et à la barbe de l'équipe de veille, un petit voleur du coin s'était pointé avec un vieux Ford Transit et avait fauché la tondeuse à gazon de l'hôtel. Ils avaient tous vu le bonhomme opérer — reculer son fourgon jusqu'à la remise, ouvrir le hayon arrière et se démener pour hisser l'engin dans sa caisse —, mais aucun d'entre eux n'avait seulement pensé à relever la plaque d'immatriculation du Transit. Bien trop occupés à attendre le grand coup, pensait Winter, se remémorant l'incident. Bien trop fiers à l'idée de serrer des requins pour s'emmerder avec un gardon à 1 700 livres sterling, le prix d'une tondeuse neuve.

Le gérant attendait toujours une réponse. S'arrachant enfin à sa contemplation, Winter se retourna. Sur l'ordre de la direction de l'hôtel, personne n'avait touché à la chambre.

« Redites-le-moi, grogna Winter. Le type a réservé et payé ?

— Oui, hier après-midi. En espèces. Nous n'avons rien contre.

— Mais ce désordre vous inquiète ?

— Oui, et il y a aussi la salle de bains. »

Winter regarda autour de lui. « Désordre » était un euphémisme. Fauteuil renversé, théière en porcelaine en mille morceaux sur la moquette, près du téléviseur et, dans la salle de bains, du sang séché sur le carrelage et le lavabo. Pas beaucoup de sang mais plus qu'assez pour que la femme de chambre alerte le gérant.

Winter inspecta les taches de plus près, cherchant dans les éclaboussures s'il y avait eu usage d'une arme blanche. Frappez quelqu'un avec un couteau ou assenez-lui un coup de marteau sur le crâne, et c'est en relevant votre main armée pour frapper encore que vous balancerez des gouttes de sang un peu partout derrière vous. Mais Winter ne constata rien de la sorte. Seuls les carreaux de faïence sous la tablette et la vasque étaient maculés. Le type avait aussi bien pu se couper en se rasant.

Winter hocha la tête d'un air songeur puis se pencha pour renifler un verre posé sur le rebord de la baignoire. Il accomplissait machinalement ces vérifications, la tête ailleurs, et il se fichait pas mal que le gérant en fût conscient.

« Comment s'appelle ce type ?

— French. Angus French.

— Et vous dites qu'il est parti ?

— Apparemment. Ses vêtements ne sont plus là, et sa voiture non plus. La chambre était réglée, il n'avait pas besoin de passer à la réception.

— Rien pris au minibar ?

— Non.

— Pas de coups de fil ?

— Pas sur le téléphone de la chambre.

— Rien en bas ? Restaurant ? Petit déjeuner ?

— Non, rien. »

Winter inspectait le contenu d'un petit panier en osier près du lavabo. Du gel de bain, un bonnet en plastique pour la douche. Une savonnette parfumée aux herbes, comme les aimait Joannie. Il la soupesa dans sa main puis la glissa dans sa poche, s'efforçant de ne pas penser à elle effondrée dans son fauteuil à la maison.

« Ça ne vous inquiète pas plus que ça ? demanda enfin le gérant en regardant ostensiblement les taches de sang.

— J'ai vu pire.

— Vous comprenez tout de même que cela puisse nous embêter, n'est-ce pas ?

— Oui, mais je ne pense pas que cela soit bien grave. Le type est seul, il a bu un coup de trop, il veut se raser et il s'entaille. » Il prit le verre et le tendit au gérant. « Scotch, à mon avis, mais c'est vous l'expert. »

L'homme regardait le verre sans broncher. « Alors, vous ne ferez pas venir la scientifique ? Pas de photographe non plus ?

— Non, je n'en vois pas l'utilité. Il n'y a même pas de dégâts matériels, n'est-ce pas ?

— Peut-être, mais... » Il haussa les épaules. « Après tout, c'est à vous de voir.

— C'est tout vu, mais appelez-moi si jamais vous appreniez quelque chose d'autre. »

Winter lui remit sa carte avant de sortir de la salle de bains. Le gérant jeta un coup d'œil au bristol, balaya d'un dernier regard le sang séché sur le lavabo et haussa une nouvelle fois les épaules. Dans la chambre, Winter regardait de nouveau par la fenêtre.

« Cette foutue tondeuse, dit-il. Vous ne l'avez jamais récupérée, n'est-ce pas ? »

Ce ne fut pas avant l'heure du déjeuner que Faraday eut l'occasion d'exploiter le message du sergent de Fratton. Rick Stapleton et Dawn Ellis avaient fait partie de l'équipe qui avait ratissé la friche communale, après l'agression commise la veille par Donald Duck, et ils n'avaient pas grand-chose à rapporter. Ils étaient revenus avec un carton rempli de capotes usagées et assez de canettes vides pour remplir deux grands sacs à provisions. Donald n'avait pas eu la gracieuseté de leur abandonner quelque chose d'utile, comme un trousseau de clés ou une carte de visite. Ils avaient pu établir une similitude entre les tennis de la victime et une empreinte au bord d'une des mares, mais le reste des traces était illisible.

Faraday les laissa finir avant de mentionner l'appel du sergent de Fratton. Dawn était une jeune et jolie femme de vingt-cinq ans, d'une vive intelligence et à la vie amoureuse chaotique. Stapleton, son aîné de sept ans, était férocement gay et vivait avec son compagnon, un restaurateur de Southsea, dans une exquise maison victorienne près du front de mer. Au grand étonnement de Faraday, Rick et Dawn formaient une excellente équipe. Stapleton, qui possédait une 1100 cc Suzuki, était un de ces types qui prennent les virages de la vie à plus de cent à l'heure, et Dawn était une des rares à savoir le ralentir. Le fait qu'elle fût manifestement amoureuse de lui avait nourri pendant des mois les bavardages à la brigade, mais c'était Vanessa qui, naturellement, avait mis le doigt sur l'essence de ce partenariat étrangement efficace. Selon ses conclusions, Dawn avait une passion pour les causes perdues et avait trouvé en Rick la voie sans issue idéale. Le type était littéralement soudé à son partenaire. Même Dawn, avec tout son butin de maillots de rugby, n'avait pas l'ombre d'une chance.

« J'ai une adresse pour l'affaire Donald, annonça enfin Faraday. Et une qui vaut le déplacement. »

Stapleton examinait le bout de papier que Faraday venait de lui remettre.

« Qui est Beavis ?

— Le type qui a porté plainte. Il pense que sa fille couche avec son professeur.

— Quel âge a-t-elle ? demanda Dawn.

— Dix-huit.

— Alors, elle en a parfaitement le droit, non ?

— Pas si le bonhomme maraude la nuit avec un masque. »

Dawn en conçut un léger trouble. Voilà que Faraday raisonnait comme Stapleton. Présomptions d'abord, preuves ensuite.

« Et pourquoi le soupçonner ? s'enquit-elle.

— Ça n'est qu'une hypothèse. Il habite dans le coin. Le père prétend que le bonhomme est obsédé de sexe. Il fait peut-être dans le travestissement. Il a été vu dehors la nuit dernière, et les deux autres fois où Donald a frappé. Joyce est assise sur le dossier. »

Joyce, perchée sur le coin du bureau qu'elle occupait à côté de Faraday, dévorait un beignet. Sans rien perdre de la conversation voisine, elle se pencha pour ouvrir un tiroir. Présumant de sa souplesse, elle perdit l'équilibre. Dawn Ellis fut assez rapide pour la saisir par le bras, mais ne put lui éviter de choir lourdement sur les fesses. Une seconde plus tard, le contenu du tiroir ouvert attirait son attention.

« Mais... » Elle pouffa de rire. « C'est quoi, ça ? »

Et de sortir une poignée de magazines aux couvertures criardes. De jeunes hommes bosselés de muscles dans des poses aguicheuses. Tous nus, et la plupart en voie d'érection. Faraday s'approcha. Des revues gay allemandes. *Der Fleisch.*

« Ils sont à vous ? » Faraday regardait avec étonnement Joyce.

« Bien sûr qu'ils sont à moi. Trois livres par mois, port payé. C'est un type de Hambourg qui me les envoie. »

Stapleton avait commencé d'en feuilleter un avec un intérêt croissant. Il se maintenait lui-même en forme en courant tous les soirs sur le front de mer, les yeux masqués par des lunettes noires enveloppantes, en tennis et short rouge. Dawn l'observait attentivement.

« Tu parles allemand, Rick ? demanda-t-elle.

— Sûrement pas. » Il se tourna vers Joyce. « Et vous, Joyce ?

— Moi non plus, répondit-elle avec un grand sourire. Mais servez-vous. »

Cathy Lamb rencontra Winter devant la machine à café au poste de Fratton. Il revenait du Marriott et essayait de savoir pourquoi la machine, dans laquelle il avait glissé une pièce de trente, lui refusait un café Gold Blend avec crème et sucre.

« Comment va votre femme ?

— Bien, répondit-il sans quitter le distributeur des yeux. Pourquoi cette saloperie ne marche pas ?

— Il vous faut dix cents de plus. » Elle désigna le prix sur la touche Gold Blend. « Tenez. » Elle glissa une pièce de dix et regarda le gobelet de plastique tomber en place. « Il y a un tas de choses dont il faut qu'on parle, Winter.

— Impossible, chef. J'suis coincé jusqu'à la fin de la journée.

— Comment ça ? »

Winter, qui attendait que le gobelet se remplisse, lui dit, toujours sans la regarder, qu'il avait des paperasses à remplir, deux dossiers de cambriolage à consulter, et puis il s'en revenait tout juste du Marriott.

« Et alors ?

— Délicat, je dirais. De toute évidence, il y a eu bagarre, et le bonhomme a disparu.

— Bagarre ?

— Il y a du sang dans la salle de bains.

— Vous voulez qu'on envoie quelqu'un de la scène de crime ? »

Winter pencha la tête vers son gobelet fumant. Envoyer un technicien de la scène de crime au Marriott revenait à déclencher la sirène d'alarme, et quoique Cathy n'hésiterait pas à lui donner le feu vert si les circonstances le justifiaient, il fallait songer aux conséquences financières. Une recherche scientifique dans la chambre d'hôtel coûterait cher au département.

Il préféra mentir. « Le gérant a condamné la chambre, et je préfère passer quelques coups de fil, d'abord. »

Kevin Beavis habitait Fratton, à huit cents mètres à peine du poste de police. L'histoire de Portsmouth imprégnait le visage de la ville — un dédale de rues aux maisons étroites collées les unes aux autres partant des chantiers navals — et les friches de Fratton avaient disparu sous les constructions spéculatives du XIXe siècle. L'eau courante et le tramway avaient alors apporté un certain confort et une fierté civique à ces quartiers, aujourd'hui passablement dégradés. Il y avait des merdes de chien sur le trottoir devant la porte de M. Beavis, et l'une des fenêtres du rez-de-chaussée était obstruée par un panneau de contre-plaqué, en travers duquel quelqu'un avait bombé en rouge « Nique les Becks ». Après avoir frappé une deuxième fois à la porte, Rick Stapleton sollicita une traduction de Dawn Ellis.

« Poésie du football, mon cher », lui dit-elle.

Beavis était un grand balèze d'une quarantaine d'années qui remplissait l'étroite entrée. Son jean avachi était taché de graisse de moteur et la chemise à carreaux n'avait pas dû voir le tambour d'une machine à laver depuis bien longtemps. Son gros visage flasque était boutonné de tout petits yeux noirs. Il avait une épaule plus basse que l'autre, ce qui lui donnait un air de guingois, et il aurait parfaitement illustré une étude sur les avatars des unions consanguines.

Dès qu'il vit Stapleton présenter sa plaque de police, il tendit une paluche, que le détective ignora.

« Juste quelques mots, monsieur Beavis. À l'intérieur, si vous n'y voyez pas d'inconvénient. »

La maison était un dépotoir : plancher nu dans le couloir, un cadre de moto posé sur des parpaings dans la pièce de devant. Dans la cuisine, située à l'arrière, l'évier débordait de pièces mécaniques, et l'unique fenêtre était embuée par les vapeurs d'une bouilloire encore fumante.

« Vous avez déposé une plainte concernant votre fille, n'est-ce pas ? » demanda Dawn.

Beavis acquiesça. Sa fille se prénommait Shelley. C'était une gamine intelligente, pas comme sa mère ou son père, et elle avait toujours bien travaillé en classe. À l'école, ils disaient qu'elle était faite pour les études. Elle aimait le cinéma et le théâtre. Comédienne, elle voulait être. Elle lisait beaucoup. À vrai dire, elle bouquinait tout le temps. Et c'était bien pour ça qu'elle avait fini dans les pattes d'un pervers comme Addison.

« Qui est Addison ? » Stapleton prenait des notes.

« Son prof. Maître assistant, à ce qu'il paraît. On les renifle de loin, ces types-là. Pas la peine d'avoir lu beaucoup de livres pour savoir ça.

— Savoir quoi, monsieur Beavis ?

— Savoir après quoi il court. Professeur ? Mes couilles. C'est après le cul de Shel qu'il en a, ouais ! »

Ça faisait presque un an que Shelley était entrée au collège et qu'elle suivait un cours d'art dramatique. Elle avait toujours vécu ici, et bien contente encore. Mais depuis Noël, elle avait déménagé.

« Pour aller où ?

— Chez une copine, enfin c'est ce qu'elle dit. Dans Southsea.

— Adresse ?

— Rawlinson Road. J'connais pas le numéro, mais c'a pas vraiment d'importance, parce que j'crois pas du tout qu'elle habite là-bas. Non, monsieur, c'est avec lui qu'elle crèche, avec Paul Addison le fornicateur. Et je vais vous dire, et ça me plaît de le faire devant madame, mais ce salaud est une honte. Faudrait qu'il arrête de sortir sa queue, voyez ce que j'veux dire ? Et puis il y a autre chose. Tout ce joli baratin sur Hollywood et compagnie et qu'il fera de ma Shel une grande actrice et tout. Il la connaît bien, la petite. Il sait comment s'y prendre avec elle. Ce type a besoin d'une bonne leçon. Et il a de la chance que c'est les flics que j'suis allé voir d'abord. »

Stapleton, qui avait arrêté de prendre des notes, contemplait l'évier d'un air fasciné. Parmi les entrailles d'un cylindre rouillé, il avait reconnu les restes d'un sandwich au jambon, la croûte noire de graisse.

« Vous avez parlé de déguisement, disait Dawn, quand vous êtes allé au poste de police.

— Tout à fait.

— Quel genre de déguisement ?

— Il fait porter à Shel toutes sortes de trucs. Il dit que ça l'aide à exprimer ses sentiments. Il dit qu'il va la mettre sur le chemin de la gloire.

— Comment savez-vous tout ça ?

— Mais c'est elle qui me le raconte. Elle débarque ici tout émoustillée, la tête pleine de ces conneries. Comment ils jouent la comédie ensemble. Comment il la fait s'habiller. Comment elle doit exprimer ce qu'elle a au fond d'elle-même. Mais foutaises que tout ça. J'sais bien ce qu'il lui veut, à la môme, et pas besoin d'avoir fait des études pour le comprendre. »

Stapleton clignait les yeux. La vision de Beavis en colère n'était pas jolie. Un peu de bave lui coulait des coins de la bouche, et les chicots jaunâtres qui lui tenaient lieu de dents le dégoûtaient.

« Se déguiser n'est pas un crime, fit-il remarquer.

— Non, mais c'est que le début.

— Le début de quoi ?

— De ce qu'il cherche. Avec ma Shel.

— Vous voulez dire qu'il la harcèle ? Vous avez des précisions à ce sujet, des faits vérifiables ?

— Pas vraiment, mais c'est évident, non ? Des filles comme Shel, elles le prennent pour un dieu. Il leur raconte qu'il va leur donner de bonnes notes, les faire réussir, et elles le croient. Il leur promet qu'elles seront dans la merde si elles se laissent pas faire, alors elles ont pas beaucoup le choix, les mômes. Le monde est une jungle, camarade. Ma Shel, protégée comme elle l'a été toute sa vie, elle a pas une seule chance. Ce type devrait être abattu, je vous le dis. Comme un chien enragé. » Il se tut pour soulever la bouilloire. « Vous êtes sûrs de pas vouloir une tasse de thé ? »

Il plongea la bouilloire au milieu des pièces mécaniques et ouvrit le robinet.

« Encore une chose, dit-il. Il lui fait porter des masques de carnaval. »

Cathy Lamb songeait encore à Winter, quand son téléphone sonna. En d'autres circonstances, elle l'aurait prié de s'asseoir à son bureau et de s'attaquer à la montagne de dossiers qui ne cessait de grandir, mais il y avait quelque chose dans les manières du détective qu'elle n'avait encore jamais vu. Depuis quatre ans qu'elle le connaissait, elle s'était habituée à ses manières déviantes et ses tours de passe-passe. Même quand ce poste qu'il briguait aux stups lui était méchamment passé sous le nez, il n'avait rien perdu de sa superbe. Aussi que lui arrivait-il ?

Elle décrocha. C'était Pete, son ex-mari.

« Un service, un grand, dit-il d'emblée.

— Non, encore ?

— J'en ai peur. »

Il lui donna un nom, qu'elle nota, puis le lui relut : « Pieter Hennessey. Pieter s'écrivant à la sud-africaine, dit-elle.

— Oui. Le type serait chirurgien. Je ne pense pas qu'il ait un casier, mais ça vaut la peine de vérifier. »

Cathy était perplexe. Ces deux derniers mois, elle avait aidé Pete à deux reprises, la première pour vérifier une immatriculation, la seconde pour jeter un coup d'œil aux états de service d'un ancien constable. Elle ne lui avait jamais demandé pourquoi il désirait ces informations et, quand il lui avait proposé de partager ce qu'il gagnait dans l'opération, elle était sortie de ses gonds. S'il s'était dégotté dieu sait quel job au noir, alors il était en train de scier la branche sur laquelle il était assis, et elle n'avait certainement pas l'intention de l'y rejoindre. Un verre de temps à autre au Wine Vaults et un curry après, c'était une chose. Mais le reste, pas question.

« Qu'en penses-tu ?

— Ce que j'en pense ? Mais que tu es cinglé.

— Je parle de Hennessey.

— C'est difficile, et illégal.

— D'accord, on n'en parle plus. »

Cathy battit des paupières. Pete s'excusait. Avec chaleur. Et sincérité.

« Je regrette, Pete, mais... »

Il riait maintenant. Il lui devait un dîner, disait-il. Le papier peint qu'elle lui avait choisi rendait superbement. L'agencement de son nouvel appart lui avait coûté moins que prévu, et il lui restait assez pour s'offrir un futon.

« En quoi l'achat d'un futon me concerne-t-il ?

— En rien. Sauf que tu es très bonne pour ce genre de chose.

— L'essayer, tu veux dire ?

— Le choisir.

— Pour que quelqu'un d'autre l'étrenne ?

— Question difficile, ça. » Il riait de nouveau. « Et vraiment pas fair-play. »

Winter était de retour au Queen Alexandra. Tourner à gauche à la grande fontaine. Dépasser les boutiques. Prendre l'ascenseur jusqu'au premier. Il avait le pas mesuré et le regard absent d'un homme possédé. Rien ne le dévierait de son chemin. Ni la raison ni la prudence, et sûrement pas l'idée que rien ne serait résolu dans les dix prochaines minutes. Toute sa vie, il avait fait preuve d'initiative, et ce n'était pas maintenant qu'il allait arrêter.

En arrivant au service de gastro-entérologie, il découvrit une salle d'attente vide. La porte du cabinet de consultation, où Joannie et lui avaient accepté sans un mot leur destin, était fermée. Il cogna deux fois et entra.

Le médecin, un dossier ouvert devant lui, prenait des notes. Winter se pencha au-dessus de lui, les mains à plat sur la table, respirant plus vite qu'il n'aurait voulu. L'homme ignora sa présence pendant un petit instant, puis il posa son stylo à encre et leva les yeux. Il avait l'air d'un homme qui avait attendu toute la journée ce moment de tranquillité et s'en trouvait bien mal récompensé.

« Je peux vous aider ? demanda-t-il d'un ton glacé.

— Il faut qu'on parle. Tout de suite.

— Impossible, hélas. Vous devez prendre un rendez-vous. Appelez ma secrétaire, elle sera là demain. » Il eut un mouvement de la tête vers la porte. « Non, réflexion faite, laissez-lui un mot sur son bureau. Ça ira plus vite. »

Winter tendit la main vers le stylo, lui remit son capuchon et le reposa soigneusement à côté du dossier. Cette fois, le médecin se fit plus direct.

« Je vous prie de sortir de mon cabinet. Vous n'avez pas le droit d'être ici. »

Winter l'ignora. Six heures plus tôt, cet homme avait tracé un gros trait noir sur la vie de Joannie. Il n'y avait eu ni excuses, ni explications, ni possibilité de traitement, rien si ce n'est l'annonce brutale que son temps sur terre arrivait à sa fin, que le corbillard de madame était avancé. Elle était venue ici en toute confiance, et ce type lui avait donné des comprimés à croquer. Pas soulagée pour autant, elle était revenue pour des examens et un scanner, cette fois. Personne n'avait alors émis l'hypothèse d'un cancer, et encore moins que Joannie fût en passe d'être classée malade incurable. Elle avait quarante-trois ans, putain de Dieu. Elle avait encore plein de projets et de rêves, bref un avenir. Merde, ils en avaient un tous les deux. Et voilà où ils en étaient.

« Alors, vous comprenez pourquoi il faut qu'on parle un peu, tous les deux, conclut Winter, avant que je fasse je ne sais quelle connerie.

— Par exemple ? »

Winter ne répondit pas. Les menaces qui pesaient le plus étaient celles qui laissaient le champ libre à l'imagination. Vingt-cinq années dans la maison lui avaient appris ça.

« Je veux savoir quelles sont les mesures que vous comptez prendre, dit-il enfin. Pour soigner ma femme, j'entends.

— Il n'y a rien que l'on puisse faire, monsieur Winter. Je sais que c'est difficile à accepter, mais c'est ainsi.

— Vraiment ?

— Oui. Je ne saurais vous dire combien je suis désolé, mais je pensais m'être bien fait comprendre, ce matin.

— Non, nous avons entendu bien autre chose, et

c'est un petit jeu auquel vous aimez bien jouer, vous autres, quand vous tombez sur un obstacle ou que les épiciers qui dirigent la boutique sont à court de fraîche pour les drogues vraiment chères, celles qui combattent ces saletés de cancers. » De nouveau penché sur le bureau, il pouvait sentir l'haleine mentholée du médecin. « Je suis venu pour vous dire que nous paierons. Je me fous de ce que ça coûte. Nous vendrons le bungalow. Je ferai un emprunt. Je monnaierai mes assurances. Je fourguerai une tonne de cocaïne. N'importe quoi. Mais vous allez faire en sorte qu'elle aille mieux. Je parle de Joannie, ma femme. Pas du numéro de sécu dont vous vous êtes débarrassé, ce matin. » Il soutint le regard de l'homme pendant quelques secondes. « Marché conclu ? »

Le médecin décrocha le téléphone en s'efforçant de garder son calme.

« Que vous soyez venu m'insulter n'a pas grande importance, dit-il calmement. Nous avons fait tout ce qui était en notre pouvoir et, je vous le répète, je suis désolé que nous n'ayons plus aucun moyen d'intervenir.

— Être désolé ne suffit pas.

— J'imagine. Si vous attendez un miracle, allez voir un prêtre. Votre femme a toute ma sympathie, et vous aussi, d'ailleurs. »

Winter le regarda pendant un instant. Le médecin avait composé un numéro à deux chiffres et attendait une réponse.

« Qui appelez-vous ?

— La sécurité. »

Winter fit un petit pas en arrière et se mit à rire. « Essayez le 999, dit-il, et faites-moi arrêter.

— Je ne pense pas que cela soit nécessaire, monsieur Winter.

— Vous avez foutrement raison. »

Winter gardait ses cartes de visite dans la poche intérieure de sa veste. Sous les armoiries de la police du Hampshire, il y avait son nom et un numéro de téléphone. Il posa le bristol à côté du téléphone et tourna les talons.

3

Lundi, 19 juin, milieu de l'après-midi

Profitant d'un moment entre deux réunions, Faraday sortit la photocopie qu'il avait faite du constat établi par la police routière après l'accident de Vanessa Parry et tendit la main vers son téléphone. Les collisions mortelles pesaient leur poids de paperasse : constat rédigé sur le lieu, enregistrement des témoignages, photographies, analyses des ingénieurs mécaniciens qui démontaient les véhicules accidentés, enfin la description cruellement détaillée des causes et des circonstances du choc, qui relevait des Enquêtes Accidents, à Winchester. Ce dernier service ne comptait pas plus de deux personnes, évidemment débordées par un nombre toujours croissant de carambolages ; en dépit de plusieurs appels téléphoniques, Faraday n'avait pas encore reçu leur rapport.

« Ici, la routière. »

Faraday reconnut le ton bourru d'un des sergents de permanence.

« Inspecteur Faraday. Est-ce que Mark Barrington est là ? »

Barrington était le motard chargé de l'accident, une jeune recrue qui n'avait que trois ans d'expérience. Faraday était parvenu à entrer en contact avec lui, et Barrington lui avait permis de consulter le premier rapport de la police routière et lui avait fait un compte rendu personnel de ce qui lui semblait s'être passé. Le sergent au bout du fil était infiniment moins serviable.

« Barrington n'est pas là.

— Il doit revenir plus tard ?

— J'en doute. Il était de permanence ce matin. Il a fini sa journée. » Il laissa passer un silence. « Je peux vous aider ? »

Faraday examinait le croquis grossier qu'avait fait Barrington, après le départ de l'ambulance. Larkrise Avenue, à Drayton, était une longue artère rectiligne à deux voies, flanquée de chaque côté de véhicules en stationnement qui rétrécissaient la chaussée, fragilisant les croisements. Les deux voitures, la Fiesta de Vanessa et la Vectra, s'étaient percutées de front à environ un tiers de l'avenue. Il n'y avait pas trace de freinage de l'une ou de l'autre, sauf à l'endroit où la Fiesta avait été projetée en arrière sous le choc. Le dessin était inévitablement incomplet et posait toutes sortes de questions auxquelles seul répondrait le rapport des Enquêtes Accidents.

« C'est le rapport des EA que j'attends, dit Faraday.

— Il n'est pas encore établi, répondit le sergent, plus grognon que jamais. On l'exploitera quand il arrivera.

— Je n'en doute pas. Vanessa Parry faisait partie de notre brigade.

— C'est ce que j'ai appris. Pardonnez-moi, monsieur, je comprends que ça vous touche personnellement, mais nous ferons de notre mieux, d'accord ? »

Faraday écouta le sergent désireux de baliser son territoire. Vingt ans de métier lui avaient beaucoup appris des guerres entre services, et le no man's land séparant la police routière de la judiciaire n'était pas pour les cœurs tendres. Ceux de la route avaient plus qu'à faire. Le jeune Mark Barrington promettait d'être un excellent policier. Le sergent n'avait aucune raison de mettre en question le travail de son subordonné. La mise en doute du bon fonctionnement des freins de la Fiesta était peut-être malheureuse, et seul le rapport détaillé des gars de Winchester aurait valeur de conclusion. Et si leurs observations débouchaient sur une suite judiciaire, Faraday serait évidemment le premier informé.

« Sauf votre respect, monsieur, je suis sûr que vous comprenez ma position.

— Bien sûr que oui. Quand pensez-vous avoir le rapport de Winchester ?

— Franchement, je n'en ai pas la moindre idée.

— Et au sujet du portable ?

— Quel portable ?

— Matthew Prentice avait un portable avec lui. C'est Barrington qui l'a découvert dans la Vectra, à côté d'un tas de paperasses. J'ai suggéré à votre homme de réclamer un C63 à ce sujet. Aussi je me demandais s'il avait obtenu quelque chose.

— Vous lui avez suggéré quoi ? »

Un C63 était une demande d'accès aux données des compagnies de téléphonie. Le relevé des communications d'un numéro particulier indiquait l'heure et la durée de tout appel, ainsi que le nom et l'adresse du numéro appelé.

Faraday s'autorisa un sourire. Le sergent était remonté comme un ressort.

« C'est une idée qui m'est venue, expliqua-t-il d'un ton dégagé. Barrington a trouvé l'appareil éteint, mais ça ne veut rien dire.

— Que voulez-vous insinuer, monsieur ?

— Que Prentice a eu au moins une minute pour

se dégager de sa voiture après l'impact. Il n'était pas blessé. Il n'était pas inconscient. Si quelques secondes plus tôt, il était en train de téléphoner, il a eu largement le temps d'éteindre son portable. Après tout, il n'y a pas eu un seul témoin, n'est-ce pas ?

— C'est Barrington qui vous a raconté ça ?

— Il n'en a pas eu besoin. Il n'y a pas un seul témoignage dans le rapport.

— Vous avez vu son rapport ?

— Je l'ai sous les yeux. »

Cette fois, le sergent resta sans voix. Et Faraday poursuivit : « Prentice a eu de la chance. Pas de témoin, si ce n'est l'autre conducteur, et Vanessa est morte. Ça lui donne toute latitude pour feindre l'amnésie et, d'après ce que j'ai appris, c'est exactement ce qu'il fait. Il s'est levé le matin, est parti à son premier rendez-vous de la journée et, après ça, fini, il ne se souvient plus de rien. Ne se rappelle même pas avoir pris Larkrise Avenue. N'a jamais vu de Fiesta. N'a pas le moindre souvenir d'avoir tué mon assistante. Le rapport des EA pourra peut-être l'aider à remplir les blancs. Et si ce n'est pas le cas, il nous restera le C63 et le relevé de ses appels ce matin-là. Pas vrai ? »

Il y eut un long silence, avant que le sergent retrouve sa langue. Il ne discuterait pas de Mark Barrington. Il allait parler à son inspecteur. Et pas au sujet du rapport de Larkrise Avenue mais d'un inspecteur de la judiciaire qui voulait s'occuper des affaires de la police de la route. Faites votre boulot, et moi je ferai le mien, d'accord ?

Faraday laissa passer l'orage, puis se pencha de nouveau sur le téléphone.

« Conduite dangereuse ayant entraîné la mort d'un tiers, c'est comme ça qu'on dit ?

— Oui, c'est à peu près ça.

— Cour d'assises, non ? Une amende importante plus un retrait à vie du permis de conduire, plus une peine de prison ? Le type est représentant de commerce. Il a les moyens de prendre un bon avocat. Qui plaidera les outils du métier. Vous enlevez son permis à mon client, vous en faites un SDF. » Il laissa passer un silence. « Un, il faut interdire à jamais à ce salaud de reprendre un volant. Deux, ce serait bien de lui offrir quelque temps de réflexion.

— C'est-à-dire ?

— Deux ans derrière les barreaux.

— Pour conduite dangereuse ayant entraîné la mort ? »

Faraday attendit que le sergent ait fini de rire.

« Non, dit-il d'une voix posée, pour entrave au cours de la justice. Et ça, les juges n'aiment pas du tout, au cas où vous auriez oublié. »

Rawlinson Road était en plein cœur de Southsea, une adresse où d'imposantes maisons avec vue sur la baie avaient jadis attiré des générations d'officiers de marine et leurs familles. Un siècle et demi plus tard, défiguré par des propriétaires qui avaient morcelé les logements pour les louer au plus grand nombre, c'était devenu un quartier qu'il valait mieux éviter. Avec ses ruelles sales, ses véhicules garés à moitié sur les trottoirs, c'était un port d'escale pour les dealers, la destination quotidienne des agents de la lutte anti-bruit et des services sociaux chargés de la protection des mineurs.

Shelley Beavis, d'après le secrétariat du collège, partageait un appartement en sous-sol au numéro 21. On y accédait par le côté, un bout de ruelle au pavé visqueux sous une gouttière incontinente.

Elle prit son temps pour répondre, quand Dawn eut frappé à la porte. Une fille aux yeux pleins de sommeil et aux pieds nus, en jean et léger chandail, vous regardant à travers un rideau de mèches blondes en bataille. La première réaction de Dawn fut de se demander si elle était bien l'enfant de Beavis. Manifestement son corps sculptural et son teint sans défaut ne devaient rien à l'hérédité.

« Police ? » demanda-t-elle sans émotion, quand Stapleton exhiba sa plaque.

Le logement était sombre, sentait l'encens froid et l'humidité. D'épaisses et grossières couvertures pendaient devant la fenêtre nue donnant sur la rue, et il fallut quelques secondes à Dawn pour distinguer la pièce où logeait la jeune fille. Un lit défait dans un coin, une table à jouer supportant une petite chaîne hi-fi cabossée. Des posters de Ralph Fiennes et de Brad Pitt. Des restes de nourriture, principalement des biscuits secs et des chips. Des piles de magazines tenant compagnie à une assiette posée sur le plancher, assiette faisant office de cendrier, que Stapleton examina avec intérêt pendant que Dawn expliquait la raison de leur visite.

Apprenant les inquiétudes paternelles à l'égard de Paul Addison, Shelley secoua la tête. Son père n'avait pas le droit de raconter des trucs pareils sur Paul. Elle était libre de mener sa vie à sa guise. Et puis elle ne voulait pas parler de ça.

« Mais il a raison, n'est-ce pas, en parlant d'une relation entre vous ?

— Je ne sais pas de quoi vous parlez.

— Je parle de vous, Shelley. De vous et Paul Addison. »

Derechef elle secoua la tête. Son père déjantait complètement. Ça le faisait enrager qu'elle poursuive des études. Il aurait préféré la voir caissière dans un supermarché. Il aurait pu mieux la surveiller comme ça. Et au sujet de Paul, il délirait.

« Il dit que Paul vous fait porter des déguisements, intervint Stapleton.

— Oui, c'est la vérité. On se déguise tous les deux. Ça s'appelle jouer un rôle. Ça fait partie des cours de comédie. C'est illégal ?

— Non, ça ne l'est pas. À moins que... vous n'en ayez pas envie.

— Envie de quoi ?

— De baiser.

— C'est ça qu'il dit, mon père ? Qu'on se déguise et qu'on baise ?

— Oui, c'est à peu près ça. Mais il précise que vous n'êtes pas partante pour la chose et que c'est ça qui le chagrine. »

Shelley ne fit aucun commentaire. Elle alla ouvrir la fenêtre pour laisser entrer un peu d'air. La lumière éclaira son visage, et Dawn vit la trace d'un bleu sous l'œil gauche.

« Nous sommes venus pour vous aider, dit-elle avec douceur. Vous feriez mieux de nous faire confiance. »

La jeune fille esquissa un sourire, mais ne répondit pas. En ce qui la concernait, cette conversation était terminée. Stapleton se pencha et souleva l'assiette cendrier. Il compta au moins trois cafards parmi les mégots de joints. Puis il regarda Shelley dans les yeux et lui montra l'assiette. Ce serait dommage pour tout le monde d'inviter la brigade des stups à lui rendre visite.

Finalement, Shelley haussa les épaules. « D'accord, dit-elle, il se peut qu'il ait... vous savez... essayé, quoi.

— Qu'il ait pu essayer ? » Stapleton fronça les sourcils.

« Ouais, mais... ces choses... ça se fait à deux, non ?

— Ça veut dire quoi ?

64

— Je sais pas. Je sais pas ce que vous me voulez. »

Un silence tomba. Dawn entendait le bruit d'eau de la gouttière dans la ruelle.

« Violer et essayer sont deux choses différentes, dit-elle.

— Je sais, mais...

— Seriez-vous en train de nous dire qu'il vous a violée ? demanda Stapleton. Dites-nous oui ou non, ma belle.

— Non, je... j'en sais rien.

— Est-ce que vous avez eu un rapport sexuel avec lui ? »

Shelley se mordait la lèvre. Stapleton répéta sa question. Elle ne répondit pas. Dawn était passée derrière la jeune fille.

« Qui en a eu l'idée ? demanda-t-elle à voix basse. Lui ou vous ?

— Quelle idée ?

— De coucher.

— Je n'ai jamais dit ça.

— Nous connaissons la musique, Shelley. Alors, ne jouez pas les innocentes. Dites-nous ce qui s'est passé.

— Mais c'est pas ça du tout, sincèrement. »

Dawn se détourna d'elle, la laissant à Stapleton.

« Alors, pourquoi votre père est-il si remonté contre Addison ?

— À vous de me le dire.

— Ce n'est pas une réponse, ça.

— Mais je vous ai répondu. Je ne sais rien.

— Mais si, vous le savez. » Stapleton était planté devant elle, maintenant. « Addison a essayé de vous sauter et vous étiez tellement choquée que vous avez tout raconté à votre père et qu'il est venu nous voir. Et maintenant, vous voulez seulement qu'on s'en aille. C'est ça ?

— Que vous vous en alliez, sûrement. » Elle s'écarta de lui.

Elle avait peur, Dawn le sentait. Ils étaient loin d'être parvenus à un quelconque résultat, mais ils étaient tombés sur quelque chose, et elle pouvait voir que Rick le pensait aussi. La fille était troublée. Elle ne savait pas quel parti ou quel rôle adopter. Il y avait en elle des nœuds qu'il leur faudrait dénouer, des secrets qu'ils devraient la convaincre de partager.

Dawn rencontra le regard de son collègue et désigna la porte d'un signe de tête. Rick comprit, demanda où étaient les toilettes.

« La première à gauche, dit Shelley. Faut tirer fort sur la chasse. »

Les deux femmes, restées seules, se regardèrent. Dawn essaya de réduire d'un sourire la distance qui les séparait.

« Parlez-moi des masques », dit-elle.

La fille ne put réprimer un mouvement de surprise.

« Il vous en a parlé, mon père ?

— Oui. » Dawn sortit son calepin. « Vous voulez bien me donner une adresse, Shelley ? »

Paul Winter, coincé dans un embouteillage sur le périf, attendait qu'avance la longue file de véhicules devant lui pour prendre enfin la sortie qui le ramènerait au poste de Fratton. Sa rage à l'égard du médecin était retombée, remplacée par une sensation de torpeur. Il avait été mis en déroute par le monde de la médecine. Hormis prier pour un miracle, il ne pouvait rien faire. Peut-être Joannie avait-elle raison quand elle parlait d'accepter le destin. Peut-être que c'était vrai, qu'elle allait mourir. Il secoua la tête, contemplant sans le voir le van à sa gauche. Même le demi-sourire de la fille au volant échoua à le tirer de sa torpeur.

Son portable sonna sur le siège à côté de lui. Il l'écouta sonner plusieurs fois avant de s'en saisir. C'était le gérant de l'hôtel Marriott.

« C'est au sujet de notre ami, M. French.

— Je vous écoute, grogna Winter.

— Je me suis un peu renseigné. Juste par curiosité.

— Ouais ?

— Il a dîné à l'hôtel la nuit dernière. Il a réglé l'addition avec sa carte de crédit. J'ai vérifié le reçu, il ne s'appelle pas du tout French.

— Peut-être qu'il utilisait la carte de quelqu'un d'autre.

— Mais il a signé. »

La circulation accélérait un peu, et Winter changea de file.

« Il aura imité la signature, dit-il. Ça arrive tout le temps.

— Et ce n'est pas illégal ?

— Bien sûr que si. Mais pour le coincer, il faudrait s'assurer que la carte a été volée ou prêtée, et surtout pouvoir identifier le bonhomme.

— Et peut-on l'identifier à partir d'une vidéo ?

— Une vidéo ? » Winter fut obligé de se concentrer enfin. Bien sûr, un établissement comme le Marriott avait une vidéo surveillance. Merde. « Combien de caméras avez-vous ? » Il essayait bien de prendre tout ça à la légère, mais il savait qu'il n'avait pas une chance. D'abord, la tondeuse. Et maintenant un détective qui n'avait même pas eu la présence d'esprit de s'enquérir des mesures de sécurité d'un grand hôtel. De quoi décourager le contribuable.

« Nous en avons plus d'une douzaine, répondit le gérant. Hall d'accueil compris.

— Et vous êtes en train de me dire que vous avez une bonne photo du bonhomme ?

— Plusieurs.

— D'accord. » Winter prit de quoi écrire. « Donnez-moi le nom qu'il a utilisé. Je vais vérifier.

— Pieter Hennessey. Pieter orthographié à la hollandaise. »

Faraday rumina durant tout l'après-midi l'accident de Larkrise Avenue. Rumina pendant une réunion sur les implications de la Convention européenne des Droits de l'Homme. Rumina du début à la fin de l'estimation des heures supplémentaires du mois écoulé. Et le temps que Joyce apparaisse à sa porte, les bras chargés de correspondance interne, il était plus ou moins sûr que son intervention auprès de la police de la route méritait une bonne dose de camouflage.

Le sergent devait avoir informé l'un de ses supérieurs, à l'heure qu'il était. De là, il n'y avait qu'un coup de fil à passer à quelqu'un situé plus haut, probablement le superintendant en tenue. Celui-ci aurait certainement son idée sur le manque de manières d'un certain Faraday, aussi quand l'inévitable coup de fil arriverait, il valait mieux être préparé. Il ne doutait pas une seule seconde que la mort de Vanessa Parry relevât purement et simplement de l'homicide. Et un homicide, fût-il par imprudence, exigeait plus que la vigilance d'un jeune motard prometteur.

Joyce désirait savoir s'il préférait un café ou un thé.

« Je ne veux rien, merci. C'est urgent, toute cette paperasse ?

— Les trois quarts sont sans intérêt. Le plus sérieux, je vous l'ai mis sur le haut de la pile.

— Vous avez fait le tri ?

— Oui. Inutile de m'appeler la prochaine fois que vous voudrez que je trie. »

Il y avait dans cette réplique un humour qui arracha un sourire à Faraday. Le contenu du tiroir de

Joyce avait été d'autant plus étonnant que son mari s'était toujours vanté de sa condition physique. À écouter ce crétin au cours des interminables dîners au foyer de Netley, on aurait pensé que miss Joyce avait épousé Super-Quéquette en personne. Manifestement, ça n'était pas le cas.

« La routière a téléphoné, reprit-elle. L'inspecteur en chef voudrait vous parler.

— Je m'en doute un peu.

— Vous voulez que je l'appelle pour vous ?

— Non, merci. »

Elle le regarda pendant un moment. Elle avait de gros seins, trois couches de rouge sur ses lèvres épaisses et une tête qui semblait trop petite pour son corps, cependant les jambes sous la jupe plissée, comme plus d'un mâle dans le service l'avait fait observer, avaient un galbe parfait. Travaillait-elle ses cuisses en compagnie de son mari ? Était-ce un autre de ses petits secrets ?

« C'est au sujet du type qui conduisait la Vectra, n'est-ce pas ? »

Faraday cligna des yeux. Elle ne lisait pas seulement les revues pornos allemandes, mais également dans les esprits.

« Qu'est-ce qui vous fait penser ça ?

— C'était une supposition, mais quelque chose me dit que j'ai deviné. » Elle laissa passer un silence. « Nous n'avons jamais parlé de Vanessa, n'est-ce pas ?

— Non, nous n'en avons jamais parlé.

— Eh bien, on devrait le faire, un jour. » Elle prit la tasse vide sur le bureau de Faraday. « Avant que ça ne devienne un problème. »

4

Lundi 19 juin, tard dans l'après-midi

Quand Cathy Lamb remit enfin la main sur Winter, il était assis tout seul au foyer, une tasse de café devant lui. Elle le rejoignit sans se presser, sans même tenter d'entamer la conversation. Il saurait bien ce qu'elle pensait. C'était un détective, non ?

Il leva enfin les yeux sur elle, paraissant surpris de la voir.

« Fait bon dehors », dit-il.

Elle se pencha vers lui. Cette situation était loin de lui plaire. « Je suis vraiment désolée pour votre femme, mais il y a des choses dans cette vie que vous ne devriez même pas songer à faire.

— Ah oui ?

— Ouais. Et notamment de ne pas débiner le médecin qui a délivré le diagnostic. Vous avez de la chance qu'il ne désire pas aller plus loin. Il pourrait vous poursuivre pour ce que vous avez fait.

— C'est ce qu'il prétend.

— D'accord, et quelle est votre version ?

— Ma version ? » Winter avait une expression lointaine, celle d'un homme pour qui les conséquences de ses actes ne présentaient plus aucun intérêt.

« Simple. Le type annonce à Joannie qu'elle appartient désormais à l'histoire. Il lui balance qu'elle n'a pas une seule chance de s'en tirer. Et Joannie a du mal à comprendre ça, voyez-vous. Alors Bibi est revenu voir ce petit monsieur pour régler un détail ou deux.

— Il dit que vous l'avez menacé.

— Il a raison. Mon erreur, c'est d'en être resté là.

— C'est un coup à perdre votre travail, Paul.

— Ouais ? Et il y a quoi en deuxième lot ? »

Cathy se renversa sur sa chaise. Elle était furieuse. Rien dans sa brève carrière ne l'avait préparée à ce genre de situation.

« Comment Joan prend-elle la chose ? demanda-t-elle enfin.

— Mal. Comme on le ferait tous.

— Où est-elle en ce moment ?

— À la maison.

— Toute seule ?

— Oui.

— Alors, pourquoi n'êtes-vous pas auprès d'elle ? »

Winter se mit à jouer avec sa tasse vide, passant le bout de son index autour du bord, et Cathy songeait en le voyant à un écolier pris en faute et cherchant en vain un alibi.

« Vous comptez m'engueuler ? murmura Winter en regardant par la fenêtre.

— Je viens de le faire.

— Et c'est officiel ?

— Non, c'est entre vous et moi. J'ai réussi à le convaincre de ne pas porter plainte. Mais il s'en est fallu de peu. » Elle posa sa main sur celle de Winter et le sentit qui bronchait comme un cheval nerveux. « Rentrez chez vous, Paul. Restez avec elle. »

Pour la première fois, il la regarda dans les yeux.

« Vous m'avez dit ce matin que vous aviez tout un tas de dossiers.

— Ils peuvent attendre.

— Cette histoire au Marriott, faut s'en occuper. Je ne peux pas m'en aller comme ça.

— Vous le pouvez, Paul. Je vous le dis. »

Il se pencha en travers de la table, repoussant sa tasse sur le côté, et décrivit de nouveau le désordre dans la chambre de cet homme inscrit sous un faux nom et qui avait maintenant disparu. Est-ce que cela ne méritait pas un supplément d'enquête ? Ou bien fallait-il se borner aux vols à l'arraché et à la roulotte ? »

Malgré elle, Cathy sentait croître son intérêt.

« Quel est le nom de cet homme ?

— Les noms. Il a payé cash la chambre au nom de M. French et réglé par carte de crédit le dîner au nom de Hennessey. Ce doit pas être facile pour lui, cette double identité.

— Payé au nom de qui ?

— Hennessey.

— Prénom ?

— Pieter, orthographié sauce hollandaise. »

Cathy fronça les sourcils. Elle se leva et alla se servir un gobelet d'eau à la fontaine. Le froncement était toujours là quand elle revint.

— Je vous ai parlé sérieusement, Paul. Votre place est auprès de Joan. »

Winter lui répondit d'un hochement de tête. Cathy prit une gorgée d'eau. Elle semblait avoir du mal à formuler la question suivante :

« Vous vous souvenez de Pete ? Mon ex ? » demanda-t-elle enfin.

Winter regardait l'alliance de platine qu'elle portait encore à l'annulaire. L'accident lors de la descente des stups, dont Pete Lamb s'était rendu coupable, avait aussi brisé une liaison que Pete entretenait avec une jeune recrue de la brigade. Cathy l'avait prié de quitter le foyer conjugal et, pendant des mois, tout le bureau s'était demandé quand elle balancerait son alliance à la poubelle, et des paris avaient été pris. Personne n'avait rien touché, et le seul à ne pas s'en être étonné avait été Winter. Il était très bien placé pour savoir qu'il y avait des choses bien plus graves dans un mariage que les infidélités passagères.

« Nous nous téléphonons de temps à autre, dit-elle, un rien sur la défensive, et ce ne serait pas une mauvaise idée que vous l'appeliez.

— Pourquoi ça ?

— Ce type, Hennessey. » Elle visa son gobelet. « Je pense que Pete pourrait vous en parler. »

Cela ne faisait pas dix minutes que Dawn Ellis et Rick Stapleton étaient garés devant la coquette petite maison de ville située à deux rues de la très commerciale artère de Milton, quand ils virent Addison remonter la rue. Stapleton jeta un regard à sa montre : 4 heures et demie. « La sortie du collège, dit-il. Quel pied ! »

Ils descendirent de la voiture, sentant sous leurs pieds la chaleur de l'asphalte, et interceptèrent Addison, alors que celui-ci sortait son trousseau de clés.

« Détective Ellis. Détective Stapleton. » Rick montra sa plaque. « Vous êtes... ?

— Paul Addison. » Il les regarda tour à tour. « C'est à quel sujet ?

— Juste quelques mots, monsieur, si cela ne vous dérange pas. À l'intérieur, ce serait plus discret. »

Addison eut un haussement d'épaules et les invita à le suivre chez lui. Stapleton lui donnait la trentaine. Jean Wrangler, jolie ceinture de cuir, et chemise grise Ben Sherman, un sac en cuir en bandoulière et le

Guardian à la main. Ses cheveux coupés court, grisonnant très légèrement sur les tempes, conféraient à son visage lisse et bronzé une certaine maturité. Paul Addison aurait pu figurer dans le supplément couleur de votre magazine préféré, le genre de gueule et de silhouette faites pour vanter un after-shave ou une paire de chaussures de trekking.

« Vous voulez quelque chose ? Café, thé ? »

Stapleton déclina, mais Dawn opta pour un verre d'eau. Ils l'entendirent ouvrir le réfrigérateur dans la cuisine, mettre des glaçons dans un verre. Dawn regarda autour d'elle. Deux pièces avaient été réunies en une et, au-delà de l'arche resserrant l'espace, elle pouvait voir une installation vidéo et une console entre deux écrans de télé. Des cassettes vidéo étaient rangées en ordre serré sur des étagères au mur, chacune d'elles soigneusement étiquetée, et il y en avait d'autres encore dans des cartons par terre.

« Joli. »

Stapleton contemplait une série de photos noir et blanc sous verre posées sur le manteau de la cheminée : un trait de lumière solaire jetant des ombres déchiquetées sur de désertes étendues de landes était reproduit selon un éclairage différent. Une bibliothèque en bois blond remplissait l'alcôve à côté de la cheminée. Les ouvrages étaient rangés par ordre alphabétique, beaucoup de poésie française et romans policiers américains, mais Stapleton était revenu aux photos, quand Addison revint.

« Pennine Way ?

— Dartmoor.

— C'est vous qui les avez prises ?

— J'aimerais bien. » Il tendit à Dawn le verre d'eau. « Je vais souvent là-bas. Il y a une galerie à Bovey. C'est un type du coin qui fait ces photos. » Il leur désigna un large canapé aux bras chromés et attira vers lui un fauteuil en toile. « Que puis-je pour vous ? »

Dawn regardait un poster encadré d'une baguette de bois sur l'autre mur, un tourbillon de verts et de jaunes brumeux sur lequel se détachaient des voiles de bateaux. EXPOSITION DES BEAUX-ARTS, MUSÉE D'ORSAY, lisait-on.

« Que faisiez-vous dans la soirée de vendredi dernier ? lui demanda-t-elle.

— Je travaillais.

— Où ?

— Ici... (il désigna le fond de la pièce)... je montais une bande vidéo.

— Seul ?

— Oui. Pourquoi ? »

Dawn ignora la question. Stapleton consultait son calepin. « Deux autres dates, commença-t-il : 19 février et 12 avril. Vous tenez un agenda ?

— Oui.

— Voulez-vous le consulter ?

— Écoutez, ce serait peut-être plus simple si vous m'expliquiez de quoi il retourne », dit Addison d'une voix posée.

Stapleton le remercia d'un bref sourire et puis décrivit la série d'incidents mettant en scène un homme au visage dissimulé derrière un masque de Donald Duck. Son nom était apparu au cours de l'enquête, et ils cherchaient seulement à l'éliminer de la liste des suspects.

« Apparu comment ?

— Je ne peux pas vous le dire, monsieur.

— Mais quelqu'un a avancé mon nom, n'est-ce pas ? C'est bien ce que vous êtes en train de dire ? »

L'étonnement cédait à la dérision. Décidément, les gens étaient encore plus dingues qu'on ne pouvait l'imaginer. Dawn lui suggéra que l'agenda pourrait les aider à clarifier la situation et qu'après ça ils n'au-raient plus qu'à s'excuser et s'en aller.

« D'accord, pourquoi pas ? » murmura Addison en quittant la pièce. Il était de retour quelques secondes plus tard, avec un agenda électronique.

Stapleton lui redonna les dates. Le 19 février, il avait passé la journée à Londres. Le 12 avril, il ne savait pas. Il n'y avait rien de marqué.

« Ça ne nous dit pas grand-chose, dit Stapleton.

— Le 19, je suis revenu ici dans la soirée, et n'ai pas bougé de chez moi.

— Un témoin ?

— Non.

— Vous ne fréquentez personne ?

— Je n'ai pas dit ça.

— Et en avril ?

— Même chose. J'ai passé la journée au collège et suis rentré à la maison.

— Personne pour en témoigner ?

— Je ne pense pas. Je passe presque toutes mes soirées à monter mes bandes. Et je préfère travailler seul.

— Nous n'avons donc que votre parole ? Pour les trois dates. C'est bien ce que vous nous dites ? »

Addison commençait à se lasser de ces questions. Dawn le voyait bien.

« Il y a aussi un problème avec une de vos élèves, dit-elle.

— Laquelle ?

— Shelley Beavis.

— Eh bien ? »

Dawn parla de la plainte déposée par le père de la jeune fille. Addison lui renvoya son regard sans ciller. « Je l'aurais violée ?

— C'est ce qu'il dit. Ou du moins pense-t-il que ça revient au même.

— Et elle, que dit-elle ?

— Elle est un peu confuse.

— Ça signifie quoi, confuse ?

— Ça signifie qu'elle n'a pas voulu parler.

— Elle n'a pas voulu vous dire si je l'avais violée ou non ? » Il se mit à rire. « Dites-moi, vous jouez à quoi ? »

Dawn jeta un regard à Stapleton, qui prenait des notes.

« Shelley nous a dit que vous vous déguisiez, dit-il. Costumes, masques et autres. Est-ce vrai ?

— Oui, c'est la vérité. Elle suit un cours d'art dramatique. Elle veut être comédienne. Elle ne vous en a pas parlé ? »

Stapleton ignora la question.

« Ces séances, elles ont lieu ici ? demanda-t-il en embrassant l'espace de la main.

— Oui, bien que le mot *séances* ne soit pas bien choisi. La formation théâtrale exige des jeux de rôles interactifs. C'est très structurant pour tout apprenti comédien.

— Et elle est seule avec vous ?

— Oui, c'est la seule de ma classe, parce qu'elle est douée. Elle a même beaucoup de talent. Et dans cette ville, le talent mérite un peu d'attention. La plupart de mes élèves ont du mal à se lever le matin. Shelley, elle, trouve que vingt-quatre heures par jour, ça n'est pas assez. »

Stapleton, penché sur ses notes, souriait. « Une grande active, donc, murmura-t-il. J'aime bien ça. »

Il se fit un long silence, et Addison finit par jeter un coup d'œil ostensible à sa montre. « Vous avez fini ? Parce que j'ai aussi une vie, voyez-vous.

— Soyons clairs. » C'était Dawn, cette fois. « Avez-vous une relation avec Shelley Beavis ?

— Bien sûr que oui. Elle est mon élève. Je suis son

professeur. Je la regarde apprendre, se développer. Et de ma place, c'est un privilège autant qu'un plaisir, mais si vous me demandez s'il y a entre nous quelque chose de plus, la réponse est non. Nous ne nous tenons pas par la main. Nous n'allons pas au pub ensemble. Nous ne baisons pas. Elle écoute, j'enseigne, elle apprend. Ça a l'air simple et, dans une certaine mesure, ça l'est.

— Joli discours. » Stapleton souriait de nouveau. « Pourquoi tant de passion soudaine ?

— Parce que je suis franchement écœuré par vos manières et vos insinuations. Vous êtes entrés ici avec des idées largement préconçues, et maintenant vous voulez me faire avouer je ne sais quelle sordide liaison qui n'existe pas. N'allez pas chercher le mal là où il n'y en a pas. La vie est déjà assez bien compliquée.

— Ah oui ? »

Dawn laissa la question dans l'air. Elle crut déceler une rougeur sous le bronzage d'Addison, mais elle n'en était pas sûre. Stapleton en revint aux masques.

« Ils sont à l'étage. Avec les costumes.

— Ça ne vous ennuie pas qu'on y jette un œil ?

— Bien sûr que non. »

Stapleton regarda Dawn. Les formulaires à remplir en cas de fouille de domicile étaient dans la voiture. Dawn ne mit qu'une minute à aller les chercher et montra à Addison où signer. Cette dernière formalité lui arracha un geste d'incompréhension de la tête, mais il apposa tout de même sa signature au bas du document qu'il ne prit pas la peine de lire. Stapleton pensait que Shelley avait dû appeler Addison sur son portable, pour lui raconter notre petite visite chez elle.

Dawn dit à Addison qu'elle préférait qu'il soit présent pendant la fouille.

« Et pourquoi ça ?

— Au cas où il y aurait un problème plus tard.

— Un problème ? Avec quoi donc ? »

Elle se contenta de lui sourire, puis l'invita à lui montrer le chemin. Ils sortirent. Stapleton écouta leurs pas dans l'escalier et passa dans le fond de la pièce. Il entendait au-dessus de lui un bruit de tiroirs et de portes de placard. Il s'arrêta devant le poste de montage. Il enclencha le bouton de marche, et l'un des deux écrans s'alluma. Les magnétoscopes étaient posés à même le sol, et il y avait une cassette dans chaque appareil. Curieux de savoir ce qui occupait les soirées d'Addison, il déclencha la lecture d'une des deux bandes.

L'écran gauche s'enneigea pendant quelques secondes, puis l'image apparut. Un homme faisait l'amour à une femme, qui se tenait sur les mains et les genoux. Un feu de cheminée couvrait de lueurs tremblantes les deux corps et, dans la pénombre, on distinguait un mur en pierre de taille. Puis une voix interrompit l'action. La caméra bougea, faisant le tour des deux partenaires. La femme était jeune, guère plus de vingt ans. Elle avait une peau couleur olive et de longs cheveux noirs. Le plan se resserra sur les fesses rondes, dans le sillon desquelles était planté le membre de l'homme, qui se remit à aller et venir, lentement, prenant son temps.

Dawn et Addison redescendaient. Rick trouva le bouton d'arrêt sur image et il se retourna juste à temps pour voir Dawn qui débouchait dans l'étroit couloir. Elle secouait la tête d'un air déçu.

« Des masques de Reagan, Thatcher, la Reine, Madonna, mais pas de Donald. »

Elle regardait Stapleton, et celui-ci s'écarta pour lui laisser voir l'écran. Elle fixa l'image pendant un long moment avant que Stapleton ne libère le bouton de pause et que l'action reprenne. Addison descendait l'escalier.

« Merde, dit Dawn. Pas étonnant qu'il passe toutes ses soirées chez lui. »

Winter retrouva Pete Lamb au Vieux Portsmouth, une suggestion de Pete, qui était venu consulter des cartes marines au club de voile. Oui, il voulait bien parler de Hennessey. L'alcool était bon marché au club, mais le bar n'ouvrait qu'à 8 heures, aussi s'en allèrent-ils au Still and West, un pub situé à la pointe de la vieille ville, un doigt de terre crochetant l'entrée du port.

« Il a disparu, dit d'emblée Pete, et c'est là que j'interviens. »

Ils étaient assis à une table dehors, et le soleil chauffait encore. Les ferries entraient et sortaient par les passes, et on avait une vue parfaite par l'entrée de Camber Dock sur le vaste chantier de construction qui deviendrait Gunwharf Quays.

Pete parlait des appartements.

« Quoi, combien ?

— Un demi-million. À ce prix-là, bien sûr, on a un penthouse. »

Winter se tourna vers le chaos de grues. Difficile d'imaginer qu'on paye cinq cent mille livres pour un gourbi au milieu de ce bordel.

« Tu as vu les plans ? demanda Pete.

— Tu rigoles. Je vis dans un bungalow. À Bedhampton.

— Alors, tu devrais. Je te filerai un prospectus. Tu te feras une idée. »

Il expliqua ensuite son association avec Mal Garrett, et les petites investigations qu'il faisait pour ce dernier, soulagé que Winter ne lui lance pas l'habituel appel à la prudence. Bien sûr que ça n'allait pas de soi d'exercer un travail, fût-il occasionnel, alors qu'on était suspendu de ses fonctions, mais ce n'était pas vraiment pour l'argent qu'il faisait ça, plutôt pour ne pas perdre la main.

« Et Cath ?

— Elle me toucherait pas avec une perche. Elle pense que je suis dingue.

— Dingue, mon œil. Elle ne m'aurait pas branché sur toi, si c'était le cas. »

Pete dissimula un sourire, et ne s'attarda pas sur le sujet. Ils étaient ici pour parler de Hennessey. Par où Winter voulait-il qu'il commence ?

Winter lui raconta ce qui s'était passé au Marriott. Que cherchait Pete, avec Hennessey ?

« Il a dépassé la date du paiement pour ces trois appartements. Il y a près d'un million et demi en jeu, et l'agence immobilière a chargé Mal de retrouver le client avant qu'ils déclarent forclos son droit d'achat. Mais l'affaire ne s'arrête pas là. » Il se tut un instant et regarda Winter. « Ne me dis pas que tu ne sais rien de ce type ? »

Winter secoua la tête. « Pourquoi je devrais ? »

Pete attarda son regard sur Winter, se demandant si celui-ci le faisait marcher, puis il disparut dans le pub chercher une deuxième tournée. Il revint avec deux pintes et reprit sa place.

Hennessey était chirurgien obstétricien. Sa spécialité, c'est l'hystérectomie, et il avait la réputation d'arracher leur matrice aux femmes plus vite que tous les autres. Il avait un cabinet privé dans Harley Street et travaillait aussi pour le service de santé publique. Dans les années 80 et 90, il avait très bien réussi. D'où son intérêt pour l'immobilier.

« Alors, c'est quoi, l'histoire ?

— Non ! Tu n'en as vraiment pas entendu parler ? »

Winter secoua la tête. Le seul mot de « chirurgien » lui avait monté le sang à la tête, et il s'envoya une lampée de bière pour se reprendre. Il aurait bien dit deux mots avec les poings, à l'autre toubib, s'il en avait eu l'occasion. Il y avait des blessures que seule la violence pouvait panser.

« Alors, qu'est-ce qu'il a fait, ce type ? »

Pete raconta avec énergie que Hennessey n'avait atteint la une des journaux que récemment. Des douzaines d'interventions s'étaient très mal passées. D'après les experts, l'ablation de l'utérus ne pouvait se pratiquer à la chaîne. Dans sa course à la rentabilité, Hennessey avait salopé le travail, coupant ce qu'il ne fallait pas, laissant des incisions mal suturées, provoquant toutes sortes de complications post-opératoires. Des utérus parfaitement sains avaient été enlevés à la suite de diagnostics erronés. Des femmes avaient été rendues incontinentes pour le restant de leurs jours. Une ou deux avaient frôlé la mort. Et tout ça parce que ce boucher savait les persuader qu'il connaissait bien son affaire.

Winter dodelinait du chef d'un air sombre. Salauds de toubibs.

« Il est bon pour passer devant le conseil de l'Ordre pour incurie professionnelle, et les victimes ont porté plainte. Elles sont nombreuses, et leurs actions en justice sont individuelles.

— Il fera jouer son assurance, dit Winter. Elles ne pourront pas le toucher.

— C'est vrai, mais il ne travaillera plus, pas après ce genre de publicité. Ce type est fini en ce qui concerne les rentrées d'argent. Ce qui pourrait expliquer pourquoi il essaye de mettre la main sur ces trois appartements. »

Pete passa ensuite aux deux noms associés à l'achat. Comme Mal Garrett, il avait appelé aux numéros du Cap. Sans résultat. Une demande de renseignement à la compagnie du téléphone d'Afrique du Sud n'avait pas encore eu de réponse, mais Pete avait déjà conclu que les trois surfaces étaient pour le seul Hennessey. Avec un marché porteur, il pouvait déposer dix pour cent sur chaque appart et vendre avant même qu'ils soient terminés. D'un autre côté, s'il parvenait à rassembler tout le fric pour l'achat, il pourrait faire une belle plus-value à la revente, quand le quartier aurait acquis du prestige.

« Tu ne crois pas qu'il ait mis les bouts ?

— Non, je ne vois pas pourquoi il ferait ça. La publicité est terminée jusqu'à son passage devant ses pairs. Il sait qu'il ne travaillera plus, pas dans ce pays, en tout cas. Rien ne l'empêche de rester ici pour essayer de faire un carton. »

Winter regardait le chantier au loin. Pete avait raison. Faire un carton. Bien sûr qu'il resterait. Personne n'hésiterait.

« Tu as des photos ?

— J'ai des coupures de journaux. *Guardian, Independant, Telegraph.* Il y a quelques clichés. Fais-en une photocopie si tu veux.

— Quoi d'autre ?

— Deux adresses. Il semblerait qu'il habite dans une grande résidence à Beaconsfield, mais son bail aurait expiré et il aurait loué un appartement à New Forest.

— Comment le sais-tu ?

— La fille du bureau de ventes lui a tapé dans l'œil. Il a essayé de l'inviter à dîner. Tiens ! » Il sortit une enveloppe de son blouson de cuir. « Adresse et numéro de téléphone. J'ai essayé toute la journée, mais zéro. »

Winter réfléchissait rapidement. Retrouver Hennessey serait une partie de plaisir, un petit acte de vengeance. Il le ferait pour Joannie. Pour elle.

Pete examinait le fond de son verre vide.

« Alors, comment tu vas procéder pour cacher ça à la direction ?

— La direction ? s'étonna Winter.

— Cathy. Comment tu vas justifier le temps que tu passeras après Hennessey ? Après tout, ce type n'a encore rien fait d'illégal. »

C'était une bonne question. Winter se renversa sur sa chaise, pour mieux observer un gros ferry fendre les eaux de la passe. D'après son expérience, les meilleures enquêtes commençaient de cette façon, avec des flics comme lui courant après des ombres. Vous deviez être capable de le sentir dans vos os. Vous deviez deviner les opportunités, écarter d'instinct les tentations, et savoir avec une absolue certitude qu'un salopard vous mettrait tous les bâtons dans les roues. C'est comme ça que le monde fonctionnait. C'est ce qui faisait marcher le pays. Les types comme Hennessey, le dos au mur, tendant leurs mains vers une grosse pomme juteuse dans le verger d'un autre.

« À mon avis, il doit être mort, dit-il lentement. Mais ne me demande pas pourquoi. »

Winter revint chez lui à huit heures et demie, ses pas allégés par une dernière pinte, après le départ de Pete. Sa femme était dans le salon, sur le canapé, lovée dans sa robe de chambre, devant la télé. Elle tenait sur ses genoux un bol de soupe à la tomate à moitié terminé, et il y avait un cercle de miettes de pain sur la moquette à ses pieds.

Winter se tenait sur le seuil. Il faisait encore jour dehors, et un dernier rai de soleil entrait par l'entrebâillement des rideaux, mais déjà la pièce avait l'air d'une tombe. À l'écran, deux spécialistes discutaillaient de l'influence des rayons X sur les os.

« Éteins-moi ça, zappe, Joannic, dit-il gentiment. Je veux plus les voir, ces salopards. »

Elle le regarda, et sa question muette parut emplir la pièce. *Où étais-tu ?*

« Travail, expliqua-t-il. Ça s'arrête jamais. »

Après le troisième verre de rioja, Faraday se sentait moins coupable d'être en train de rater son chili con carne. Il avait émincé les oignons et l'ail et les avait fait revenir dans de l'huile. Il avait ajouté la quantité de sauce tomate et de Marmite requise. Il avait ajouté de la viande émincée aussi, avait salé, poivré à point. Et ce n'est qu'à la fin, alors que Ruth était arrivée et le regardait s'activer au fourneau que ça lui revint : il avait oublié d'acheter du chili frais. Il abrita la cocotte de son corps pour ajouter du piment de Cayenne en poudre, tout en sachant que rien ne remplacerait le chili. Ça ressemblait à quoi, un chili sans chili ? Vous parlez d'un cuisinier !

C'était la troisième fois ce mois-ci que Ruth venait dîner. Après la perte de son mari et de son fils, l'année précédente, Faraday avait laissé passer un certain temps avant de convertir une relation purement professionnelle en un lien intime et, à sa grande surprise, la transition s'était faite sans douleur.

Ruth avait couché avec lui aussi aisément qu'elle était entrée dans sa vie. Dormir ensemble, cependant, n'avait pas été un franc succès, à tout le moins, mais ils semblaient avoir établi une liaison assez souple et indulgente pour faire de la place à une déception charnelle qui avait été évidente dès le départ. Faraday n'avait pas connu de femme depuis la mort de son épouse, et vingt-deux ans passés à élever son fils malentendant n'avaient pas contribué à effacer les souvenirs d'un amour qui avait profondément marqué sa vie. Comme Ruth le disait elle-même, coucher avec lui tenait du *ménage à quatre**[1] : Joe, elle-même, J-J et le fantôme de Janna. Fallait-il s'étonner si elle ne passait plus la nuit chez lui ?

Mais, finalement, cela ne gênait pas trop Faraday. Ruth était aussi insondable que le jour où il l'avait rencontrée pour la première fois, alors qu'il menait à terme contre vents et marées sa conviction qu'un admirateur de la jeune femme avait été assassiné, et rien de ce qui s'était passé depuis n'avait pu dissiper ni même amoindrir la fascination qu'elle lui avait toujours inspirée. Le mystère l'enveloppait aussi naturellement que les vêtements qu'elle affectionnait — des robes en cotonnade indienne, des pantalons bouffants — et elle apportait dans la vie de Faraday un sentiment profond de défi qu'il avait le plus grand mal à définir.

Voilà peut-être pourquoi ça ne marchait pas au lit. La nature profonde de Ruth était à chercher bien au-delà des étreintes charnelles. Il ignorait quelle était la clé qui lui ouvrirait Ruth, et ils avaient glissé dans une camaraderie confortable, libérée de toute obligation ou habitude. Parfois, comme ce mois-ci, ils se voyaient très souvent. À d'autres périodes, quand Faraday était plus surchargé, ils avaient tout juste le temps de s'appeler au téléphone. Quand on lui demandait s'il y avait quelqu'un dans sa vie, Faraday répondait oui. Quand on lui demandait s'il vivait avec quelqu'un, il secouait la tête, non sans regret.

Ils débarrassaient la table quand Faraday entendit un crissement de freins dehors. Il jeta un coup d'œil à sa montre. Il était 10 heures et demie. Ruth souleva un sourcil ; il lui répondit d'un haussement d'épaules et alla ouvrir. Une silhouette massive en complet gris se tenait dans la pénombre.

---

1. Les mots en italique suivis d'un astérisque dans cet ouvrage sont en français dans le texte original. *(N.d.T.)*

« Patron ? »

C'était Paul Winter. Faraday s'écarta, l'invitant à entrer. Winter avait bu, ça se voyait.

« J'vous dérange pas ?

— Non. Quelque chose qui ne pouvait pas attendre ? »

Winter rit, gloussement sec et sans joie.

« Ouais, si on veut. »

Ruth était encore dans la cuisine. Faraday fit les présentations, mais il était évident que Winter voulait parler en privé. Faraday fronça les sourcils. En dépit de toutes ces années passées à travailler ensemble, Faraday se demandait ce qui pouvait pousser Winter à débarquer ainsi chez lui. Un problème professionnel ? Personnel ?

Ruth cherchait ses clés. Faraday lui proposa d'ouvrir une autre bouteille, mais elle refusa. « Il faut que j'y aille, dit-elle. Je vous laisse. »

Ruth partie, Faraday invita Winter à passer dans le salon. La dernière fois que Winter était venu chez lui remontait à cette nuit où ils avaient essayé de coincer Oomes. Winter avait travaillé celui-ci dans le bureau des interrogatoires, attaquant, infatigable, la toile de mensonges que Oomes avait tissée autour de lui. Et quand l'heure était venue d'arrêter, Oomes tenait toujours debout, et c'était Winter qui avait trouvé une solution alternative à l'éternelle balance entre le crime et la punition. Ce n'était ni orthodoxe ni légal, mais savoir que Charlie Oomes s'était fait démolir le portrait dans les douches de la maison d'arrêt de Winchester n'avait pas été une mince consolation pour Faraday. Les manières de Winter n'étaient pas les siennes mais, une fois toutes les options épuisées, elles avaient payé.

Langstone Harbour était plongé dans l'obscurité. Les portes vitrées étaient ouvertes et le vent nocturne apportait des odeurs de varech et d'herbe fraîchement coupée. Ruth avait promis de lui chercher une tondeuse à gazon digne de ce nom. Quelque chose de motorisé. Quelque chose que Faraday ne serait pas obligé de pousser.

Winter, assis sur le canapé avec un verre de scotch, parlait de l'incident au Marriott. Comment le type avait pris une chambre sous un faux nom, et ce qui s'était passé ensuite : le sang dans la salle d'eau, le désordre dans la pièce. Faraday connaissait assez Winter pour savoir que celui-ci jouait toujours par la bande, commençant par planter un décor, avant d'y poser son piège.

« Et alors, vous en déduisez quoi ? demanda-t-il enfin.

— Ça, c'est à vous de me le dire, patron. Moi, j'en sais trop rien. Mais vous, vous avez de l'instinct, pas vrai ?

— Le même que vous, Winter. Et qu'est-ce qu'il vous dit, le vôtre ?

— Que le type s'est fait agresser.

— Vous avez un nom ?

— Hennessey. Il était chirurgien.

— Était ?

— Ouais, et je pense aux centaines de femmes qui aimeraient bien le voir mort. »

Faraday tendit la main vers la bouteille de scotch et versa une nouvelle rasade dans le verre de Winter. Le nom de Hennessey lui disait quelque chose.

« Chirurgien obstétricien, hein ? Qui a foiré des tas d'interventions ?

— Exact. Vous l'avez sûrement vu dans le journal.

— Quels sont les indices au Marriott ? »

Winter contemplait les photos sur le mur. Les œuvres de Janna, l'épouse décédée de Faraday. Elle avait eu un talent aussi mystérieux que celui de Ruth, sauf que dans son cas il la révélait plus qu'il ne la cachait. Il avait gardé les photos depuis qu'elle était morte, à la même place exactement sur les murs, et elles faisaient partie de la géographie de sa propre vie. Il en avait certainement parlé à Winter la seule fois que celui-ci était venu ici, parce qu'il semblait les reconnaître. Il désigna en hochant la tête d'un air triste une vue de Puget Sound un jour de blizzard. C'était en effet à Seattle que Janna était née.

« Moi aussi, j'suis dans la tempête. Dans la neige jusqu'au cou, dit le détective d'un ton presque détaché. Baisé jusqu'à l'os. »

Faraday cligna des yeux. Il ne s'agissait plus du Marriott.

« Que s'est-il passé ? »

Winter jeta un regard autour de lui.

« Cath ne vous a rien dit ?

— Non.

— Joannie a un cancer. Il lui reste trois mois à vivre. Comment fait-on quand il vous arrive un truc pareil, hein ? »

La question était sincère. Et, surtout, Faraday savait que Winter attendait une réponse. Janna avait été emportée par un cancer. La même et brutale nouvelle. La même et brutale issue.

« Je suis désolé, dit doucement Faraday. Sincèrement désolé.

— Ce que je veux, c'est des conseils, pas des condoléances. Comment on réagit ? Qu'est-ce qu'on fait ? Je vous le dis, je suis foutu. J'ai besoin d'une piste, patron. Vous me comprenez ? »

Faraday hocha la tête. Il était encore jeune quand Janna était morte, mais sa jeunesse ne l'avait guère aidé. Quel que soit votre âge, vous regardez la mort en face et vous refusez d'y croire.

« Ça doit vous paraître complètement irréel, n'est-ce pas ?

— Ouais.

— Et tellement injuste.

— Ouais, et ça empire. Et on sait plus ce qu'il faut faire ni comment on doit réagir. Moi, j'aimerais seulement... » Il regarda son verre vide, sans terminer sa phrase.

Faraday prit la bouteille de Bell's. Lui aussi se souvenait des derniers instants de Janna, et lui aussi avait soif. Il remplit leurs verres, se rappelant le minuscule bungalow à Freshwater Bay, faisant de son mieux pour materner le bébé. Des nuits entières passées au chevet de sa femme endormie, se demandant si elle n'était pas morte. Les gens se trompaient au sujet de la mort. Ça n'était jamais un soulagement, même quand tant de souffrances avaient précédé.

« Il vous faut prendre du congé, Winter.

— Mais ça pourrait durer jusqu'à Noël.

— Exactement, c'est pourquoi vous avez besoin de vous organiser. Je verrai demain ce que je peux faire. Je vous passerai un coup de fil, d'accord ? »

La question parut animer Winter. Il se redressa, son scotch à la main.

« Il s'agit pas de ça, dit-il enfin. C'est pas pour un congé que je suis venu. C'est autre chose. Un truc pareil, ça vous tue, ça tue net. Une femme. Votre femme. Vous vivez avec elle pendant toutes ces années, et puis boum ! ça arrive et vous êtes le dos au mur. J'peux plus la regarder dans les yeux, j'peux plus. » Il considéra Faraday. « Vous comprenez ce que j'vous dis, patron ? Au sujet des femmes ? Elles ont leur idée à elles de l'homme que vous êtes. Et vous, vous savez exactement qui vous êtes. »

Faraday hocha la tête et détourna le regard. Il avait une autre bouteille de Bell's à la cuisine.

« C'est vrai, ça », dit-il doucement.

5

Mardi 20 juin, 9 heures du matin

Après un gramme d'aspirine et trois tasses de thé, Faraday avait toujours aussi mal au crâne. Tous les mardis matin, les réunions de l'équipe de direction avec Hartigan étaient pour lui une épreuve de patience, une réticente génuflexion devant les organigrammes qui semblaient changer chaque mois. D'ordinaire, Faraday survivait à ces séances en feignant d'approuver ces foutus indicateurs de rendement, avant de hasarder l'habituelle et lasse référence à ce qui se passait dans les rues. Ce matin, toutefois, il doutait fort de sa capacité d'endurance.

Hartigan était son supérieur divisionnaire, un superintendant en tenue qui avait tout juste un an de service. À la différence de Bevan, son prédécesseur, dont les façons directes et le sens du terrain avaient gagné le respect de Faraday, Hartigan était frais émoulu de l'école de police. Sorti premier du cours de formation des cadres et fort de la vive approbation des apparatchiks de Winchester que lui avait value son long mémoire intitulé FFOM (Forces, Faiblesses, Opportunités, Menaces), il avait débarqué à Portsmouth avec mission de transformer la manière de faire la police dans la ville.

Comme la plupart de ses collègues, Faraday avait d'abord pensé que le zèle de Hartigan n'était qu'une façade, guère plus signifiante qu'une poignée de main, et il lui avait fallu un certain temps pour comprendre que ce petit homme aux gestes vifs, ongles polis et moustache impeccablement taillée, était parfaitement sincère. Pompey était un quartier difficile, mais il comptait bien y remédier. Après coup, quand la poussière était retombée, il s'était retrouvé assis derrière un bureau plus grand encore.

« Et maintenant... (Hartigan avait un ongle parfaitement taillé ancré sur une page de son agenda)... voyons la politique de bon voisinage. »

Un murmure d'impatience se répandit autour de la table de conférence. Des six officiers présents, cinq étaient en tenue. Seul Faraday représentait la criminelle. Il s'adossa à son fauteuil, le regard sur la cafetière, tandis que Hartigan se lançait dans l'un de ses monologues sur l'importance d'apporter un sourire à cette ville. À l'entendre pérorer, on aurait cru qu'il dirigeait une agence de tourisme.

« Nous ne pouvons supporter plus longtemps une aussi mauvaise publicité, disait-il. Nous devons avoir Paulsgrove avec nous. »

Quartier de logements sociaux au nord de la ville, Paulsgrove avait été à l'origine soigneusement conçu pour offrir un toit aux familles victimes des bombardements de la dernière guerre. Depuis lors, les bonnes intentions socialistes s'étaient effritées sous le poids de la pauvreté, des foyers brisés et d'une épidémie de petite délinquance, au point que le nom seul de Paulsgrove était devenu synonyme d'anarchie et de violence, après plusieurs tentatives de lynchage de pédophiles présumés. Faraday, qui connaissait bien le coin, avait quelque sympathie pour les gens qui habitaient là. Vivre d'une maigre retraite ou d'une allocation de chômage était difficile. Vivre dans le voisinage d'une meute de hors-la-loi et de psychopathes faisait craquer les plus endurcis.

Hartigan, plus suffisant que jamais, avait décidé que la ville avait besoin qu'on la regonfle. Le salut, annonçait-il, était en face de nous. Cent millions de livres investis. Une architecture dont on pouvait être fier. Des panoramas sans pareils. Des gens honnêtes dans des maisons confortables, et toutes sortes de bonnes choses pour rehausser le ton. Faraday, comme tous les autres autour de la table, attendait que Hartigan appelle aux armes, prononce la phrase magique qui transformerait ce vieux punching ball qu'était cette ville.

« Les Quais de Gunwharf, messieurs. » Hartigan regarda autour de lui. « C'est sur eux que nous devrions porter toute notre attention. Comment les aider pour que cette urbanisation soit une réussite. Et comment nous devons réfléchir davantage à la nécessité d'un voisinage pacifié. »

Le voisinage en question, Faraday le savait, s'appelait Portsea, deux hectares d'immeubles décrépis et de véhicules incendiés ou rouillés qui entouraient le nouveau joyau de la couronne de Portsmouth. Portsea, comme tous les autres quartiers déshérités, était défiguré par la misère et la délinquance. Quelques-uns des citoyens les plus nécessiteux du royaume habitaient Portsea, et le spectacle d'acheteurs arrivés dans de belles voitures faisant la queue pour acquérir des appartements à cinq cent mille livres n'allait sûrement pas leur redonner fierté et estime de soi.

Hartigan interrogeait son inspecteur en chef. Quelles étaient les derniers chiffres de la criminalité à Portsea ? Le vandalisme et les agressions étaient en augmentation constante, ainsi que les vols de voitures et de motos. Hartigan accueillit cette nouvelle d'un air peiné.

« Il nous faut résoudre ce problème. » Il ponctua d'un léger coup de poing sur la table. « C'est un engagement que nous avons pris et nous devons nous montrer plus actifs. Les rencontres avec les associations de riverains et la campagne d'affichage ne sont pas suffisantes. Joe ? »

Faraday devinait ce qui allait suivre. Il avait beau dépendre directement de Willard, son superintendant, il devait allégeance à Hartigan, qui coiffait également la police judiciaire. Faraday et son équipe représentaient une force que Hartigan entendait déployer à sa guise. Qu'on cherchât à étouffer des problèmes dans l'œuf — établissement de surveillances, arrestation de fauteurs de troubles connus — il appartenait à Faraday d'agir et de rendre compte de son action et, surtout, des résultats obtenus. Aux yeux de Hartigan, il n'était pas un inspecteur, mais un gérant d'affaires criminelles.

Faraday contemplait d'un air morne sa photocopie du programme de la matinée. Après la politique de bon voisinage venait « crime et citoyenneté ». Ça aurait pu être pire.

« Cet engagement dont vous avez parlé, monsieur... il a été adressé à qui ?

— Mais aux gens des Quais de Gunwharf ! Je les ai rencontrés à deux reprises, et je dois avouer que j'ai été impressionné. Ce sont des médiateurs-nés. Ils veulent savoir si nous sommes de leur côté.

— Y aurait-il un doute ?

— Bien sûr que non, Joe, bien sûr que non. Mais ces gens parlent le langage des résultats. Nous pouvons toujours les baratiner, ils ne sont pas idiots. Les mots ne valent pas grand-chose, sans actes. Et ils attendent de nous voir à l'œuvre. »

Faraday réprima un sourire. Il avait vu le luxueux catalogue des Quais de Gunwharf, avec ses promesses de « boutiques de marques internationales » et son « centre commercial de luxe ». Si jamais un secteur connaissait le poids des mots, c'était bien l'immobilier.

« Nous pouvons toujours renforcer la surveillance, dit-il prudemment, encore faut-il disposer de personnel pour ça.

— Bien entendu, Joe, bien entendu. Alors, que proposez-vous ?

— Je ne sais pas, monsieur. Donnez-moi un jour ou deux. Le temps de coucher quelques idées sur le papier. »

Hartigan consulta l'heure à sa montre.

« Jeudi ? Dernier délai ? Quelque chose que je puisse mettre à l'ordre du jour à notre prochaine réunion ? Quelque chose que vous puissiez présenter vous-même ? »

Faraday imagina soudain Hartigan le mener au bout d'une laisse et le présenter avec enthousiasme. Voici Joe Faraday, mon inspecteur apprivoisé. Il nota quelques mots sur sa photocopie, espérant que Hartigan en finisse. Peut-être pourrait-il charger l'un de ses sergents de concocter quelque plan. Peut-être, si la chose avait un peu de gueule sur le papier, pourrait-il grappiller quelques heures de congé auprès de Hartigan qui, il le savait, en avait tout un tas dans son tiroir.

Hartigan le regardait toujours, la tête basse, la plume à la main, impatient de cocher une nouvelle case.

« Jeudi au plus tard, Joe ? C'est oui ? »

Winter se demandait s'il aurait droit à un petit déj' gratuit quand le gérant apparut enfin. Il sortait d'une audioconférence avec la direction de la chaîne Marriott à Londres. Il avait les bandes vidéo promises.

Winter le suivit dans son bureau. Sur l'écran, dans un coin, tremblait l'image d'un homme vêtu d'un blouson de toile. Il se tenait au comptoir de la réception, son portefeuille à la main. D'après l'angle de prise de vue, la caméra devait être située sur le mur du fond, à un peu moins de deux mètres de haut.

« C'est lui, Hennessey », dit le gérant.

Winter considéra le personnage. Un long visage charnu, menacé d'empâtement. De rares cheveux sur les tempes coiffés en remontant sur le crâne dénudé. Des lèvres épaisses. Des lunettes aux verres carrés, non cerclés. Et, le plus révélateur, un grand sourire confiant, le sourire d'un homme habitué à commander. Winter n'était pas encore en possession des coupures de presse que lui avait promises Pete Lamb, mais il ne doutait pas que ce visage fût celui de Pieter Hennessey. Boucher de l'Année.

« Vous avez une copie de cette bande ?

— Bien sûr.

— Une pour moi ?

— Sans problème. Vous voulez voir le reste ? »

Le gérant de nuit avait déjà incorporé les images prises par les autres caméras sur la bande principale. La vidéo montrait ensuite deux hommes passer la grande porte à tambour, qui donnait sur le parking. Hennessey était à gauche — même blouson —, le corps partiellement caché par son compagnon. Ce dernier était légèrement plus grand et nettement moins gros. Il portait un jean et un blouson en daim. Il avait le visage détourné de la caméra.

« C'est le mieux que vous ayez pu faire ?

— Je le crains. Le système de prise de vue se déclenche toutes les trois secondes, sinon nous devrions sans cesse changer les bandes. »

Winter acquiesça. Le mystérieux accompagnateur du Dr Hennessey semblait soutenir celui-ci par la taille, à moins que Hennessey ne fût emmené contre sa volonté.

Le gérant pointa sa télécommande sur l'écran, et l'image changea de nouveau. Cette fois, les deux hommes étaient dehors sur le parking et, tandis que la séquence se déroulait de manière saccadée, il devenait évident que Hennessey était blessé. Il se tenait le bras gauche, tout son corps penché d'un côté, et quand les deux hommes arrivèrent devant une Mercedes noire, ce fut le compagnon du chirurgien qui poussa celui-ci sur le siège passager avant de s'installer au volant. La dernière vue montrait la voiture sortir de l'aire de stationnement. Winter releva le numéro de plaque minéralogique.

« Des copies de cette séquence, si ça ne vous ennuie pas.

— Je les ferai faire ce matin. Je vous les ferai porter.

— J'aurais aussi besoin des bandes. Comme preuves.

— D'accord. » Le gérant s'autorisa un petit sourire personnel. « Pas de problème. »

Winter réfléchissait, préparant le mur qu'il entendait construire autour de Hennessey.

« Vous avez encore le reçu de sa carte de crédit ?

— Oui.

— Il me le faudra, s'il vous plaît. » Il jeta un coup d'œil à sa montre. « La chambre que vous m'avez fait visiter. On va la passer au crible. »

Le gérant, qui cherchait parmi les papiers encombrant son bureau le récépissé de la CB, leva les yeux.

« Trop tard, mon ami. Elle a été nettoyée hier. » Le sourire était revenu. « Vous m'avez dit vous-même que ce n'était pas utile de la fermer. »

De retour à son bureau, Faraday appela Rick Stapleton et Dawn Ellis. Stapleton l'avait déjà briefé au téléphone : ils avaient interpellé Paul Addison, au motif qu'il faisait commerce de matériel susceptible d'attenter à la morale, puis avaient de nouveau fouillé son domicile, cette fois de fond en comble. Ils n'avaient pas trouvé le masque du célèbre palmipède, pas plus que le survêtement noir signalé par les trois victimes, mais avaient saisi plusieurs cartons de cassettes vidéo et, sur l'initiative de Dawn, une paire de chaussures de marche maculées de boue et d'herbe.

Placé en détention à Bridewell, Addison avait passé la nuit dans sa cellule. Ils l'avaient interrogé pendant deux heures en début de la matinée en présence de son avocat, et il devait subir un deuxième interrogatoire avant midi, sous réserve que le défenseur puisse retourner à temps à Bridewell.

« Alors, où en sommes-nous ? » Faraday fit signe à ses détectives de s'asseoir.

« Il a une explication pour à peu près tout, répondit Stapleton d'un air déçu en feuilletant ses notes.

— Et les bandes ?

— Il déclare qu'elles sont légales. Pas de mineurs, pas d'animaux, pas de violence, pas de sodomie, uniquement des actes sexuels normaux. Il en fait le commerce, pour compenser son maigre salaire de maître assistant.

— Commerce ? » Faraday avait vu les cartons de vidéos entassés dans le couloir.

« L'affaire s'est conclue l'année dernière à travers l'une de ses élèves, une Albanaise du Kosovo. Visiblement très fortiche derrière une caméra. Elle est sortie première au terme de ses trois années d'études.

— Première avec un film porno ?

— Tout à fait. »

Cette fille, d'après Addison, était retournée au Kosovo et avait commencé de tourner des films X. Sa marque de fabrique, c'était un éclairage tamisé et des acteurs performants. Elle avait une grande exigence de qualité, et elle s'était naturellement associée avec Addison, dont elle admirait le talent de monteur. Il possédait le matériel adéquat. Elle l'appréciait, en tant qu'homme, et lui faisait confiance. Évidemment, Addison avait dit oui, et il passait depuis lors ses soirées à monter des vidéos pornos de première qualité. Les matrices étaient ensuite traitées à Londres pour y être dupliquées, principalement sous forme de DVD.

« À qui les vend-il ?

— C'est elle qui les commercialise. Apparemment, elle travaille avec une espèce d'agent, un Allemand. Qui s'occupe de la filière européenne. Le reste part au Kosovo et dans les pays de l'Est, qui les achètent par camions. Astucieux, hein ?

— Et vous le croyez ?

— Difficile de douter de ce qu'il raconte. Il nous a fourni tous les justificatifs : factures du duplicateur, fax de l'Albanaise, photocopies des chèques qu'elle lui envoie. Tout y est. »

Faraday jeta un regard à Dawn. « Il se fait onze cents livres par mois, dit-elle en roulant des yeux. Un petit boulot qui paye bien, non ?

— Et ces vidéos, vous les avez visionnées ?

— Vous plaisantez, patron. Il y en a des centaines. En fait, nous nous demandions...

— Quoi ?

— Si vous pouviez nous filer un coup de main. C'est assez plaisant à regarder, et puis on peut toujours passer à l'avance rapide. »

Faraday s'adossa à sa chaise. Dawn étouffa un bâillement. Elle semblait épuisée.

« Et les dates des agressions de Donald ? demanda enfin Faraday. Où était-il ?

— Chez lui, à monter ses bandes, répondit Dawn. Normal, à ce tarif-là.

— Il a de quoi confirmer ?

— Non, il travaille seul.

— Et ces chaussures ? Vous voulez les envoyer à la scientifique ?

— Inutile, vraiment. Il dit qu'il a l'habitude de se promener près du port, que c'est le seul endroit où se dégourdir les jambes, en dehors de la plage.

— Et il se balade près des mares ?

— Oui.

— De son propre aveu.

— Absolument. »

Faraday hocha la tête. Tout cela ne menait nulle part, décidément. « Et la fille ? Shelley ?

— Il nie l'avoir touchée. Il reconnaît qu'elle vient souvent, toujours seule, mais qu'il n'a rien d'autre avec elle qu'une relation prof-élève. Et même s'il ment, la gosse a dix-huit ans, et a le droit de coucher avec qui elle veut.

— Et elle, qu'est-ce qu'elle dit ? »

Il se fit un silence. Dawn et Stapleton échangèrent un bref regard. Dawn semblait perplexe. « Il y a là quelque chose qui ne colle pas, reconnut-elle enfin. Elle nous cache quelque chose. Et je crois qu'elle a peur, aussi.

— De lui ?

— Je ne sais pas. Ce serait possible. Il est fort, vous savez, et très calme. On n'a pas réussi à l'ébranler un seul instant. »

Faraday fit la grimace et tendit la main vers son stylo. Il était difficile de ne pas partager leur sentiment de déception mais, comme aimait à le dire Hartigan, il y avait encore du chemin à faire. Il était temps d'adopter un plan de bataille.

« Il doit avoir planqué un sac quelque part, dit-il. Un sac contenant le masque, les gants, le survêtement, tout. Un sac confié à un ami ou dissimulé dans sa voiture.

— Nous avons fouillé sa voiture.

— Vous avez trouvé des clés lors de la fouille ?

— Oui, mais aucune qu'il n'ait pu expliquer.

— Carnet d'adresses ?

— Nous allons nous y mettre.

— Bon, reprit Faraday, voilà ce qu'on va faire. D'abord, appelez la brigade de protection des mineurs à Netley. Parlez-leur des bandes vidéo, peut-être auront-ils une idée. Il est possible qu'Addison ait des antécédents. Dans ce cas, il sera sûrement dans leur fichier. Vous avez vu quelqu'un au collège ?

— Pas encore, mais ils sont tenus au droit de réserve.

— C'est exact, sauf s'il y a déjà eu des plaintes à son encontre. Dans ce cas, cela nous donne un motif d'enquête. Vous avez une adresse de l'Albanaise ? »

Stapleton consulta son calepin.

« Pristina.

— Voyez les Affaires étrangères. Nous avons des hommes au Kosovo. Ils enquêtent peut-être sur les crimes de guerre, mais ils ne refuseront pas de vérifier les coordonnées de cette fille. »

Stapleton prenait des notes. Il y avait en effet deux ou trois détectives de la police criminelle au Kosovo, travaillant à l'identification des cadavres exhumés des charniers. Lui-même avait été contacté, mais la perspective de déterrer tous ces corps l'avait rebuté. Une année sous terre détruisait horriblement la chair humaine, et une nuit ou deux à interroger une reine du porno serait une heureuse diversion pour leurs collègues.

Faraday contemplait la fenêtre d'un air songeur. « Vous avez bien fouillé chez lui ? demanda-t-il.

— Oui, et nous avons même jeté un coup d'œil derrière, dans le petit jardin et la remise.

— Eh bien, fouillez encore, à fond, en vous assurant qu'il le sache bien.

— Nous allons le voir à 11 heures en compagnie de son avocat. Nous les emmènerons avec nous. »

Dawn et Stapleton allaient sortir quand Faraday les rappela.

« Autre chose, ces bandes...

— Ouais ?

— Dites à Joyce de me trouver un lecteur. J'en visionnerai quelques-unes. »

Winter prenait connaissance de l'e-mail que lui avait envoyé le fichier central, quand Cathy Lamb arriva. Il avait deviné juste : la Mercedes du Marriott appartenait au chirurgien.

Cathy, cela sautait aux yeux, était de mauvaise humeur. « Alors, que s'est-il passé, au Marriott ? » demanda-t-elle d'un ton sec.

Winter lui décrivit ce que la vidéo de l'hôtel avait enregistré. Il y avait eu de la bagarre dans la chambre. Le type avait embarqué Hennessey dans la voiture de ce dernier.

« Enlèvement, je dirais. Et peut-être plus.

— Vous êtes sérieux ?

— Bien entendu.

— Et sur quelles preuves vous vous fondez ? »

Winter entreprit de décrire le chapelet de fautes professionnelles que le chirurgien avait laissées dans son sillage. Ils devaient être nombreux à lui en vouloir. À lui en vouloir assez pour le signifier de

manière physique. Cathy refusa d'entrer dans ce rai-
sonnement.

« Ce sont des hypothèses, fit-elle remarquer. Je
vous ai demandé si vous en aviez la preuve.

— Le sang. Partout dans la salle de bains.

— Alors, appelez les gars de la scène de crime.

— Impossible.

— Comment ça ? Vous m'avez dit que le gérant
avait condamné la chambre.

— Oui, mais il l'a rouverte.

— Pourquoi ?

— Clientèle oblige. Vous savez ce que c'est, Cathy.
Les affaires sont les affaires. On ne rigole pas avec
les résultats dans ces grosses chaînes d'hôtels. »

C'était toujours quand il mentait que Winter était
le plus convaincant, et Cathy ne l'oubliait jamais.
Mais à moins d'appeler elle-même le gérant en question, elle devait accepter ce que lui racontait le détective.

« Si je vous ai bien compris, la chambre a été nettoyée ?

— Ouais.

— Donc pas de relevé d'empreintes possible.

— Hélas ! Le gérant m'a dit qu'il demanderait au
personnel de ménage de garder les chiffons, au cas
où... mais je ne parierais pas là-dessus.

— Alors, que nous reste-t-il comme indices matériels ? »

Winter la regarda. Elle le mettait au pied du mur.
Il avait eu le temps de prendre connaissance des coupures de presse que Pete Lamb lui avait fait parvenir,
et l'histoire de Hennessey n'avait plus de secrets pour
lui.

« Commençons par le mobile. Ce bonhomme a
mutilé un nombre considérable de patientes. Les gens
font confiance à leur médecin. Il sait ce qu'il fait, se

disent-ils. Il est sérieux et honnête, pensent-ils. Ce type n'était rien de tout ça, mais il a fallu des années pour que ça se sache. Et, à ce moment-là, elles étaient des dizaines et des dizaines à s'être fait baiser par lui. Et baiser est le mot. Elles auraient pu tout autant s'allonger sur le dos, les jambes bien écartées, et vous savez quoi ? C'est exactement ce qu'elles ont fait : elles l'ont laissé les défoncer.

— Quel rapport avec la chambre au Marriott ?

— Mais tout simplement qu'on est devant un cas de vengeance. Vous êtes le mari d'une de ces femmes. Ou son frère ou son amant, et vous êtes passé par tous les canaux légaux, vous avez écrit à qui de droit, y compris à votre député, bref vous avez tout tenté pour qu'on arrête ce massacreur. Mais personne ne fait rien, et lui, il court toujours. Bien sûr, le type doit passer en conseil de discipline, où on lui donnera une tape sur le poignet, peut-être même qu'il se fera virer de l'ordre des bouchers. Mais c'est quoi, cette justice ? Votre femme est incontinente. Et elle sentira le poisson pas frais le restant de ses jours. À cause de ce salaud. Alors, vous faites quoi ? » Winter écarta les mains ; voilà, il avait tout dit.

Cathy attendit qu'il se calme.

« Vous avez besoin de repos, Paul. C'est auprès de Joan que vous devriez être. Pas ici, en train d'écha-fauder je ne sais quel conte sur le client d'un hôtel. »

Winter la regarda d'un air interdit. Il venait de tout lui étaler sous le nez, et elle ne comprenait pas.

« Vous ne me croyez pas ?

— Je crois que vous êtes sous le choc. Tout le monde le serait. Vous devriez être chez vous. À vous occuper de votre femme. »

Winter secoua la tête.

« Je ne veux pas rentrer chez moi. Je suis flic, Cath. Et je fais mon boulot de flic.

— Écoutez, Paul. » Elle observa un silence, pesant soigneusement ses mots avant de poursuivre : « J'ai plus d'affaires en suspens que je ne peux en traiter, et ce serait parfait si vous en preniez quelques-unes. Je sais que vous avez vu Pete. Je sais aussi qu'il vous a remonté. Mais nous ne sommes pas ici pour jouer les coursiers au bénéfice d'une agence immobilière. » Elle le regarda, pâle de colère. « Est-ce que je me fais comprendre ?

— Parfaitement.

— Et vous voudrez bien vous atteler à quelque chose d'un peu utile ?

— Bien sûr que oui.

— D'accord. Nous aurons une réunion cet après-midi, pour essayer de nous organiser. »

Winter attendit qu'elle soit partie pour téléphoner à Faraday. Ils s'étaient séparés en bons termes la nuit précédente, après avoir partagé plus qu'une bouteille de Bell's. À 3 heures du matin, Winter aurait volontiers tenté sa chance au volant, mais Faraday avait insisté pour appeler un taxi. Rien n'unissait plus vite deux hommes, avait conclu Winter, que de parler de leurs malheurs.

« C'est moi, patron. J'ai pensé à ce que vous m'avez suggéré, hier.

— À quel sujet ?

— Congé de compassion. Je voulais vous dire que vous aviez raison. Je devrais être chez moi, en ce moment. Pour Joannie. »

6

Mardi 20 juin, début d'après-midi

Addison et son avocate regardaient Dawn Ellis et Rick Stapleton fouiller une fois de plus la maison. La tentative en fin de matinée d'interroger à nouveau le suspect n'avait rien donné. Addison s'était borné à répéter sa version de la veille, le visage impassible, l'œil froid, se gardant de s'émouvoir des incriminations soigneusement formulées de Stapleton. Non, il n'avait jamais eu de relation charnelle avec l'une de ses élèves. Non, visionner pendant des heures des rushs de film porno n'avait jamais eu d'influence sur sa libido. Et non, il n'avait jamais ressenti le besoin d'étendre les exercices d'art dramatique en se donnant en spectacle sous les traits de Donald Duck devant des inconnues.

Après quoi, buvant à la sauvette un café avec Dawn avant d'emmener Addison à son domicile, Stapleton incrimina l'avocate de leur manque de succès, mais Dawn ne partageait pas cet avis. Certes, la jeune femme, jeune, ambitieuse et diplômée d'Oxford, avait déjà une réputation de dure à cuire, mais Dawn avait observé attentivement Addison, et elle en avait retiré une autre impression. Addison était un homme qui savait ce qu'il voulait. Son défenseur, aussi capable fût-il, n'avait pour lui d'autre fonction qu'une représentation légale.

Ils commencèrent par le haut de la maison, passant méthodiquement de pièce en pièce, fouillant dans tous les meubles, parcourant tous les cartons remplis de papiers divers et soigneusement étiquetés. Addison aimait passionnément l'ordre — tiroirs séparés pour le linge de corps et les chaussettes — et Dawn rangeait du mieux qu'elle le pouvait ce que dérangeait Stapleton, sachant qu'Addison enregistrait tous leurs mouvements. Une fois de plus, ce n'était point l'attitude d'un homme coupable. Au contraire, son intérêt était purement domestique. Il avait pris pour habitude d'organiser tous les aspects de sa vie, et il entendait qu'on remît chaque chose à sa place.

La maison n'était pas grande, et il leur suffit d'une heure pour admettre l'inanité de leur fouille. Ils savaient maintenant qu'Addison avait randonné au Népal, qu'il avait une passion pour le jazz, mais absolument rien ne laissait supposer qu'il pût s'affubler d'un masque de carnaval et attenter à la pudeur des promeneuses solitaires.

La cuisine remise en bon ordre, ce fut Addison lui-même qui leur suggéra de regarder de nouveau dans le jardin. Stapleton le regarda d'un air agacé.

« Pourquoi tant de zèle ?

— Je veux seulement que cette histoire soit réglée une bonne fois pour toutes. Vous y voyez un problème ? »

Ils se rendirent donc dans le jardinet. Le soleil éclaboussait la minuscule pelouse, et Dawn comprit d'où venait le hâle de leur hôte. Clos sur trois côtés de murs tapissés de chèvrefeuille et de rosiers grimpants, un petit muret de briques enserrait un parterre fleuri de plantes soigneusement choisies. Il n'y avait pas un seul espace dans la vie d'Addison qui ne parût avoir été pensé, et ce piège à soleil devait par beau temps lui offrir une parfaite évasion entre ses frustrations d'enseignant et la perspective d'une nouvelle soirée à sa table de montage, assemblant coït après coït.

Il y avait une allée dans le fond, à laquelle on accédait par une porte fraîchement peinte. À côté de la porte, coincée dans un coin du jardinet, il y avait la remise que Dawn et Rick avaient déjà fouillée la veille. Ils remirent ça, dégageant la petite tondeuse à gazon électrique pour chercher parmi les étagères sur lesquelles étaient proprement alignés désherbant, engrais et quelques pots de peinture laque. Mais rien d'autre.

Ressortant sous le soleil, Dawn et Stapleton échangèrent un regard. Et puis Dawn remarqua quelque chose de brillant dans les buissons situés derrière la porte donnant dans l'allée. Elle fit signe à l'avocate de venir et, enfonçant son bras dans le feuillage, sentit sous ses doigts la forme d'un visage, une espèce de large nez, et un élastique. Elle retira l'objet. Addison la regardait fixement. Stapleton haussait les sourcils.

Un masque de Donald Duck. En parfaite condition.

Joannie beurrait un toast dans la cuisine quand Winter rentra enfin chez lui. Elle avait passé une bonne nuit, s'endormant bien avant que Winter ne revienne de chez Faraday, et elle somnolait encore lorsqu'il était parti à son travail. Il avait laissé un mot près de la bouilloire, il serait pris toute la journée. Et cependant il était là, prenant deux tranches de pain pour les mettre dans le toasteur.

« Où est la voiture ? » Elle ne l'avait pas entendue entrer dans l'allée.

« Dehors, dans la rue. » Il essayait de trouver la confiture de groseille. « Comment va ?

— Bien. Je me sens bien.

— Formidable. » Il ouvrit le pot de confiture, attendant que les toasts sautent. « Il fait beau.

— Je sais. J'ai été dans le jardin. Tu veux que je sorte l'autre chaise ?

— Non. » Il secoua la tête. « J'ai pensé qu'on pourrait aller se balader.

— Un tour en voiture ? » Joannie avait l'air surprise. « Tous les deux, tu veux dire ?

— Oui, rien que toi et moi. » Il la regarda, comme frappé d'une idée soudaine. « Ça te dirait, New Forest ? »

Faraday venait d'avoir Stapleton au téléphone lorsque Joyce apparut, poussant une console roulante équipée d'un écran et d'un lecteur de cassettes vidéo.

« Enfin un résultat, murmura-t-il. Sur l'enquête Donald Duck. »

Sans y être invitée, Joyce baissa les stores vénitiens. Le temps chaud et brumeux du matin s'était mué en un bel après-midi, et le bureau était inondé de soleil.

« Un jeune de la routière est passé ce matin. Je vous ai laissé un mot.

— Vraiment ? »

Faraday abaissa son regard sur le chaos de son bureau et commença de fouiller parmi le monceau de paperasses.

« Sur le haut de la pile, dit Joyce avec autorité. Là où je l'ai posé. »

Faraday trouva le mot. Mark Barrington, le motard en patrouille qui était arrivé le premier sur le lieu de l'accident, était venu le voir.

« Que voulait-il ?

— Mais vous, mon chou. »

Faraday la regarda. *Mon chou.* Joyce ne broncha pas. « C'est au sujet de ce tas de ferraille que conduisait Vanessa. La Fiesta.

— C'était celle de sa mère, pas la sienne.

— Bien sûr, mais toujours est-il que ceux des Enquêtes Accidents sont d'accord pour déclarer que l'état de sa voiture n'était pas en cause. Les freins n'étaient pas de la première jeunesse mais ils fonctionnaient parfaitement.

— Et Prentice ?

— Prentice a été un « pas question ».

— Un quoi ?

— Un « pas question ». Il n'a rien voulu me dire sur Prentice. C'est à vous qu'il désirait parler. D'où ma petite note. »

Et, sur une révérence, elle quitta la pièce. Un moment plus tard, elle revenait avec deux cartons pleins de vidéos, le menton calé sur sa charge précaire.

« Ça devrait faire l'affaire pour quelque temps, dit-elle. Ça manque un peu de confort, ici. »

Elle disparut de nouveau pour reparaître avec un petit ventilateur. Elle dégagea un espace sur le bureau de Faraday, posa l'appareil et le brancha.

« Santé et prospérité », expliqua-t-elle en se penchant pour insérer la première des cassettes. « La télécommande est sur le plateau de la console. Pour « marche », deuxième bouton en bas. Bien du plaisir. »

Elle ressortit pour la dernière fois, fermant la porte derrière elle, et Faraday, songeur, se demanda si ce ventilateur était une blague de sa part ou pas.

Winter et sa femme prirent la direction ouest vers New Forest. Il y avait peu de circulation pour un mois d'été mais, concession rare, Winter ne dépassait pas les cent vingt, permettant à Joannie d'apprécier sa cassette préférée. Winter n'avait jamais succombé au chant de la sirène Céline Dion, mais pour rien au monde il n'aurait raillé Joan pour ses choix musicaux. Si elle avait envie d'entendre pour la troisième fois *La Raison*, eh bien, soit.

Au nord de Southampton, Winter s'arrêta pour faire le plein, et il revint à la voiture avec un sac de bonbons. La vue des Werther's Originals amena un sourire sur le visage de Joannie.

« Mais c'est Noël, murmura-t-elle en fourrant les bonbons dans la boîte à gants. J'aurais dû être malade plus souvent. »

Alors qu'ils reprenaient la route, elle se mit à parler de ce qui les attendait ; il leur faudrait prendre des arrangements pour dormir et aussi relire attentivement leurs dispositions testamentaires.

« Arrangements pour dormir ? » Winter ne quittait pas la route des yeux.

« Ça deviendra difficile, Paul. Je lisais cet article... tu ne trouveras jamais le sommeil si je me lève dix fois par nuit. Tu sais comment tu es quand tu n'as pas ta ration ?

— Ma ration de quoi ? »

Winter grimaça un sourire, ralentissant alors qu'un énorme camion les doublait dans un grondement, pas très sûr que sa plaisanterie fût bienvenue. Le sourire s'attendrit quand il sentit la main de Joannie sur sa cuisse. Il tourna la tête vers elle.

« Moi, je trouve que tu es très bien. En fait, tu as même l'air en forme, et que ça t'a réussi de perdre quelques kilos.

— Merci.

— C'est la vérité. Les médecins peuvent se tromper, tu sais. Ils ne sont pas toujours les experts qu'ils prétendent. On devrait peut-être en consulter un autre.

— Mais c'en est un autre. Mon généraliste a fait le même diagnostic. L'hôpital n'a fait que confirmer. Il est inutile d'aller plus loin. Je suis là maintenant. Et ce n'est pas aussi difficile que tu l'imagines.

— De mourir ?

— De l'accepter. »

Soudain, à court de mots, Winter secoua la tête et reprit la voie de droite. Consulter un second spécialiste était tout de même une bonne idée. Il s'en occuperait. Hélas, le deuxième pourrait bien être aussi faillible et inutile que le premier.

Joannie avait repris le fil de ses pensées. Elle parlait maintenant d'une maison de santé. Winter était consterné.

« Une maison de santé ? Pourquoi ? C'est pas bien chez nous ?

— Je n'ai pas dit ça. Je ne parle pas de cette semaine ou de la prochaine. Rien ne presse. Mais il viendra un jour, chéri, où il le faudra. »

Il eut envie de serrer la main qu'elle avait laissée sur sa cuisse, mais il n'en fit rien.

« Je m'occuperai de toi, dit-il machinalement.

— Non, tu dis ça et je suis sûre que tu le veux, mais nous savons tous les deux que tu ne le feras pas. Pas quand le moment sera venu. Pas quand j'aurai besoin de toi. »

Winter perçut le froissement de papier d'un bonbon. Puis, comme un deuxième froufrou suivait, il ouvrit la bouche, pour recevoir sa part.

« Tu en as marre de moi, hein ? dit-il.

— Non. On se lasse seulement des gens qui vous laissent tomber.

— Moi, je te laisse tomber. Je ne fais que ça.

— Non, ce n'est pas vrai.

— Tu le penses ?

— Oui. Pour connaître un homme, il ne faut pas le quitter. » Elle reposa sa main. « Et moi, je ne t'ai pas quitté. » Elle lui serra la cuisse.

« Mais tu n'étais pas obligée.

— Tu as raison. Mais je l'ai fait, surprise, surprise.

— Et tu ne le regrettes pas ? Maintenant ? Alors qu'il t'arrive ça ? Tout ce que tu aurais pu réaliser dans ta vie, si tu n'étais pas restée avec moi ? Tu ne le regrettes pas ?

— Pas du tout.

— Pourquoi ?

— Parce que je t'aime. » Elle le regarda. « Et je n'ai pas d'explications à ce sujet. »

Winter conduisit en silence, assommé par la simplicité de cette confession. Pas de maquillage. Pas de détours. Rien que ce qu'elle ressentait. Près des larmes, il serra les dents et s'essuya le nez du revers de la main.

Une grande enseigne bleue apparaissait au loin. La sortie pour Lyndhurst. Indiquant qu'il tournait à gauche, il ralentit pour prendre la bretelle et jeta un regard à Joannie. Elle semblait perdue dans ses pensées.

« Où allons-nous ? demanda-t-elle.

— Un endroit où je dois jeter un œil.

— Pourquoi ?

— Juste un petit travail sur lequel je suis. »

Joannie hocha la tête, se permettant un fantôme de sourire.

« Tu comprends ce que je voulais dire », lâcha-t-elle enfin.

Faraday regarda les vidéos pendant près d'une heure, une infinie séquence d'accouplements, rien de bestial, rien de pénible, chaque variation de posture du duo ou de la triplette ou, une seule fois, du quintette, couverte sous tous les angles possibles. Peu à peu, il commença de discerner la forme qu'Addison avait donnée aux vidéos, comment il avait usé de son talent pour faire monter l'excitation, la différer ou la précipiter, exactement de cette manière qu'ont les femmes, dans la vie réelle, de prendre subtilement en charge la relation.

Il y avait là des échos de Ruth. Rien qui sautât aux yeux. Rien qui n'eût de rapport avec l'art d'aimer ou le chant d'une femme jouissant dans les bras d'un amant adroit. Mais quelque chose de plus profondément enfoncé dans le rythme de chaque séquence, ces changements soudains de plans, allant contre toute attente. Ruth était ainsi. Pas au lit, nécessairement, mais dans la vie quotidienne. Il avait pensé l'avoir approchée. Avait pensé l'avoir touchée sur de petites choses mais qui n'étaient pas sans importance. Et se fiant à ces moments partagés, il s'était livré à quelques suppositions : qu'elle tenait à lui, qu'ils étaient plus ou moins embarqués dans le même voyage. Mais voilà qu'il advenait autre chose, et ses preuves scrupuleusement rassemblées étaient soudain balayées par une simple remarque ou le fantôme d'un sourire tellement secret, tellement opaque, qu'il était alors certain de ne jamais la connaître vraiment. Ruth n'était jamais proche. Pas cette proximité quotidienne, pérenne dont il avait réellement besoin. Non, il y avait quelque chose d'autre en elle, et l'une des raisons qui avaient maintenu en vie leur liaison était précisément le défi de trouver ce qu'était ce « quelque chose d'autre ».

Un jour, distrait, il lui avait dit qu'elle était le rêve mouillé de tout détective. Loin d'y voir une offense, elle lui avait demandé de s'expliquer, et comme il cherchait à tâtons une démonstration rationnelle, il avait compris pourquoi il aimait tant courir après cette image rêvée que lui inspirait Ruth. Tout le monde, pensait-il, formait un agrégat de points. Si on rassemblait ces points dans le bon ordre, la personne vous était révélée. Ça lui était arrivé de temps en temps dans son métier — avec des collègues, des témoins, des suspects. Ça lui était arrivé en un seul après-midi humide à Seattle, avec Janna. Et encore arrivé pendant plus de vingt-deux ans avec son fils, J-J. Mais jamais avec Ruth. Elle était le rêve mouillé de tout détective parce qu'elle était une énigme digne d'être résolue. Plus on s'y essayait, plus on mesurait ses propres insuffisances. Elle était, selon sa propre expression, « hors d'atteinte ».

Faraday secoua la tête et glissa une nouvelle cassette dans la machine, s'efforçant de se concentrer sur son travail. Et cela en dépit des parallèles qu'il faisait malgré lui entre toute cette chair nue et haletante à l'écran et ses sentiments à l'égard de l'insaisissable Ruth ; en dépit encore des liens se dessinant lentement, à mesure que la cueillette d'indices grossissait. Ces vidéos étaient comme les gens — des points à assembler — et plus il les visionnait, plus il en percevait le caractère particulier.

L'accouplement lui-même, après les préliminaires et autres mises en bouche, prenait de la vitesse. La femme, chevauchant souvent l'homme, approchait de l'orgasme. Soudain, elle se dégageait, caressait l'homme d'une main experte, le prenait entre ses lèvres, sans jamais le quitter des yeux, et au lieu des halètements et des giclées de sperme chers au porno vulgaire qu'on trouvait partout dans Fratton Road, les deux corps étreints s'immobilisaient lentement et se métamorphosaient, se fondant en une image aussi poétique qu'elle était étrangère à la copulation : une aurore brumeuse dans des montagnes, une eau vive courant sur des rochers moussus, un envol de flamants au-dessus du miroir des eaux.

Faraday, qui se demandait ce que les bidasses au Kosovo et ailleurs pouvaient bien faire de ces métaphores, conçut un regain de curiosité pour ces bandes. Que recherchaient le maître et l'élève ? Y avait-il une espèce de collusion artistique, une manière d'opérer pensée à l'avance, ou bien Addison envoyait-il des messages personnels ?

Le travail de la caméra offrait une piste. L'image était belle, superbement éclairée, mais c'était la chorégraphie murmurée en voix off aux acteurs qui était le plus révélateur. C'était là l'œuvre personnelle de cette Albanaise ; elle décidait les mouvements, les captait sous des angles sans cesse renouvelés. Que cherchait-elle, hormis le profit ?

Faraday n'en savait rien, mais il penchait pour un travail à deux mains. Addison et sa meilleure élève ne formaient qu'un. Ils devaient avoir été très proches l'un l'autre. Peut-être avaient-ils eu une liaison amoureuse. Ils avaient dû répéter souvent, ventre contre ventre, durant ces trois années d'études de la jeune femme. Comment expliquer autrement cette œuvre parfaitement accomplie, cette fusion que le montage révélait ?

Quelle conclusion en tirer pour l'enquête ? Faraday était maintenant convaincu que Shelley et Addison avaient été amants. Coucher avec une fille de dix-huit ans n'était pas un crime, mais là n'était pas le problème. Si Addison avait une liaison avec Shelley, et qu'il la niait, alors il mentait. Et s'il mentait à ce sujet, il était possible qu'il en fît autant pour le reste. D'où la boue et l'herbe sur ses chaussures de randonnée. D'où, plus grave, le masque dans le jardin.

Faraday tira le deuxième carton vers lui et sortit

une bande au hasard. L'emballage en carton n'était pas le même, et le nom marqué sur l'étiquette, en partie effacé, était illisible. Il inséra la cassette et mit en mode lecture. Une jeune fille de moins de vingt ans apparut à l'écran. Blue-jean, chemisier, sandales. Une masse de boucles blondes encadrait un visage d'une beauté frappante. Elle était assise à une petite table et, derrière elle, un rideau bleu remplissait tout l'espace.

Une voix off, masculine, demanda, « D'accord ? » Accent du cru. Intonation brutale, qui fleurait bon le parler de Pompey. La fille hocha la tête, se concentra et puis s'adressa à la caméra. Elle voulait le remercier de lui donner l'occasion d'expliquer pourquoi elle se passionnait pour ce cours dramatique. Elle voulait être la plus sincère possible, dire combien elle était décidée à devenir une comédienne. Soudain, elle se mit à bredouiller, se tut, et puis porta une main à sa bouche en rougissant de honte. L'instant d'après, son visage se recomposait aussi subitement qu'il s'était défait, et elle souriait. C'était une autre fille. Un autre message.

« Je ne sais pas comment le dire, commença-t-elle d'une petite voix, mais je pense tellement à vous. Je vous ai observé. C'est peut-être votre façon de marcher, de vous tenir, de parler avec vos mains. Vous êtes tellement... je ne sais pas... gentil. Et je sens que, de votre côté... mais je suis la seule à... l'avouer. » Elle se tut et brandit un carton devant l'objectif. « Effacez la fin, d'accord ? »

Faraday fit un arrêt sur image et se pencha pour déchiffrer le nom écrit sur le carton. « Shelley Beavis, lut-il à voix basse. Cours 99/Art.D. »

7

Mardi 20 juin, milieu de l'après-midi

Le village de Newbridge s'étirait le long d'une route de campagne sinueuse en bordure de New Forest. Acorn Cottage était un bungalow au crépi jaune fatigué. Les rideaux étaient tirés et des herbes folles envahissaient l'allée aux dalles branlantes menant à la porte d'entrée. Paul Winter sonna deux fois et attendit une bonne minute avant d'entreprendre le tour de la maison. Restée dans la voiture, Joannie se demandait si elle devait donner un bonbon au poney à l'air déprimé qui reniflait la portière.

Il y avait un garage sur le côté ; la porte était fermée à clé. Winter jeta un coup d'œil à l'intérieur par le hublot. Il n'y avait là qu'un vieux vélo, une tondeuse rouillée et des outils de jardinage. Et quelques taches d'huile sur le sol, mais elles paraissaient anciennes. Derrière la maison, Winter alla de fenêtre en fenêtre, cherchant à voir par l'entrebâillement des tentures, se demandant par où entrer. Il revint à la porte et remarqua l'alarme montée en haut du chambranle. Elle avait l'air neuve mais le boîtier métallique fixé au mur présentait des éraflures, comme si on avait tenté de le forcer avec un tournevis. Il remarqua également les empreintes laissées par les pieds d'une échelle dans le parterre de fleurs jouxtant l'entrée.

Il finit par revenir à la voiture. Joannie se dégourdissait les jambes sur la route. Le poney avait été rejoint par un congénère, et les deux animaux l'observaient d'un air placide. Entendant les pas de Winter, Joannie se retourna et lui sourit de son mieux. Il faisait meilleur dehors, dit-elle, bien qu'elle ne fût pas sûre de pouvoir supporter trop longtemps la chaleur. Winter se souvint de la casquette qu'il gardait dans le vide-poches pour les matches de foot en hiver à Fratton Park. Il alla la chercher, l'épousseta contre sa cuisse et la lui tendit.

« Porte-la, la visière en arrière, lui dit-il. Ça protégera ta nuque du soleil. »

Le bungalow de briques rouges à côté d'Acorn Cottage était habité, lui. Les deux fenêtres de la façade étaient grandes ouvertes, et Winter pouvait voir une lessive mise à sécher dans le jardin de derrière. Une femme d'une cinquantaine d'années vint répondre à son coup de sonnette. Elle portait un tablier et des gants de ménage. Winter lui montra sa plaque et l'interrogea sur la maison. Il recherchait une personne disparue. Connaissait-elle un certain M. Hennessey ?

La femme écarta de ses yeux une mèche de cheveux gris. « C'est *docteur* Hennessey, pas *monsieur*. Et il était passé la veille.

— Vous l'avez vu ?

— Oui. » Elle avait un doux accent de la campagne. « Ma foi, sa voiture seulement.

— Quel genre de voiture ?

— Une grosse. Noire. La sienne, ça, j'en suis sûre.

— Et lui, il était au volant ? »

Elle eut un petit froncement de sourcils, avant de secouer la tête.

« Pas vraiment. La voiture n'est pas restée longtemps. Elle était là, et puis le temps de me retourner, elle n'y était plus. Mais ce devait être lui. »

Winter lui demanda si l'alarme s'était déclenchée récemment.

« Elle se déclenche tout le temps, cette saleté.

— Et que s'est-il passé ?

— La première fois que c'est arrivé, nous avons appelé la police. Et puis, par la suite, ça n'était plus la peine. C'est le vent ou je ne sais quoi. Personne n'en sait rien. Ça le rendait fou, mon mari. Au point qu'il voulait la casser une bonne fois pour toutes. C'est pour cette raison qu'il m'a donné une clé.

— Qui ?

— Le docteur. Comme ça, quand elle sonne, je peux aller la débrancher. Il m'a noté le code sur un papier. C'est que ça vous en fait du boucan, ces machins ! »

La femme accompagna Winter au cottage et, déverrouillant la porte d'entrée, disparut à l'intérieur pour désarmer l'alarme, avant de faire signe à Winter d'entrer.

« Je retourne à mon ménage, dit-elle. Faites comme chez vous. »

Malgré la chaleur, la maison sentait l'humidité. Winter enfila des gants en latex et alla de pièce en pièce, essayant de se représenter la vie que Hennessey s'était aménagée. Le mobilier était bon marché, les murs nus et défraîchis, les rideaux devaient provenir d'un autre appartement, car ils n'avaient ni la longueur ni la largeur correspondant aux ouvertures qu'ils étaient censés masquer. Dans la cuisine, il y avait un pain de margarine, du bacon, du lait, trois boîtes de bière, et une boîte de corned-beef entamée dans le réfrigérateur. Le lait était encore frais, enfin presque.

Une pièce à l'arrière, petite et sombre, avait servi de chambre. Le lit était défait, et le matelas était trop grand pour le sommier. Une paire de pantoufles gisait sur le tapis en jonc tressé, et il y avait des vêtements dans le placard. Winter décrocha un costume d'été et le tint contre lui, se rappelant la silhouette bedonnante des images vidéo du Marriott. Hennessey devait faire un peu plus d'un mètre soixante-dix, et pas loin du soixante de tour de taille.

La chambre voisine, également exiguë, avait visiblement été convertie en bureau. Un carton posé par terre servait de rangement pour les factures et autres papiers, et un ordinateur Dell tout neuf trônait sur une table poussée contre le rideau masquant la fenêtre. Winter alluma le Dell. En attendant que l'appareil démarre, il tendit la main vers le téléphone et appela le 1471. Le dernier appel entrant non répondu avait pour préfixe le 0207. Winter nota le numéro et appuya sur bis, curieux de connaître le dernier coup de fil passé par Hennessey. Une voix de femme répondit juste avant la troisième sonnerie.

« Ici la marina. Que puis-je pour vous ? »

Winter regardait le numéro affiché sur le voyant du socle : 01534. « Je me demande si je ne me suis pas trompé, marmonna-t-il. Vous êtes où, exactement ?

— St Helier.

— Saint quoi ?

— St Helier. Jersey. La marina. »

Winter s'excusa et raccrocha. Et prit note. Hennessey s'intéressait-il aux bateaux ?

L'ordinateur était prêt, et parmi les dossiers du répertoire, deux étaient libellés *Patients/A* et *Patients/B*. Winter ouvrit les deux, et comprit vite que le B contenait les noms des femmes suffisamment blessées dans leur chair pour avoir intenté une action en justice. Elles étaient au nombre de cinquante-deux, et il y avait non seulement leurs noms et leurs adresses mais aussi leurs dossiers médicaux. Une boîte de disquettes neuves était posée sur l'étagère au-dessus de la cheminée. Il en prit une, l'inséra et fit une copie du dossier *Patients/B*. Revenant au répertoire, il chercha en vain des informations sur la situation financière du chirurgien, et se rabattit sur la correspondance, imaginant cet homme en disgrâce réfugié dans cette bicoque et confiant à son disque dur une vie de boucheries chirurgicales.

Une lettre en particulier retint son attention. D'après l'adresse, un cabinet d'avocats à High Wycombe, elle devait être destinée à son défenseur.

Cher ami,

Merci pour le déjeuner. C'est un soulagement de savoir que nous sommes sur la même longueur d'ondes. Certaines femmes veulent tout. Pourquoi n'ont-elles pas pris la peine de m'écouter, cela reste et restera toujours un mystère pour moi. Toute intervention comporte un risque, ainsi que le confirmeront tous les hommes de l'art. Vous avez beau le leur expliquer patiemment, elles n'entendent rien. Est-ce de ma faute, dites-moi ? Ou bien sont-elles réellement aussi obtuses qu'elles le paraissent ? Je vous ferai connaître mon adresse e-mail dès que je me serai raccordé au net.

Bien à vous, Pieter.

Winter ajouta la lettre sur la disquette, frappé par le mépris dans lequel Hennessey tenait ses patientes. D'abord, il les blessait dans leur corps, et ensuite il les insultait. Salaud.

Par l'entrebâillement des rideaux, il pouvait apercevoir sa femme. Elle se tenait près de la voiture, la casquette posée de guingois sur sa tête. Elle regardait autour d'elle, très lentement, comme lorsqu'on essaie d'imprégner sa mémoire de ce que l'on voit. Elle avait toujours aimé la campagne, ce qui était l'une des raisons de leur emménagement à Bedhampton, sur les pentes de Portsdown Hill, plutôt que quelque part en ville. Ils disposaient d'un assez grand jardin et ils étaient à quelques minutes en voiture du Hampshire rural. Ici, toutefois, c'était différent. C'était vraiment la cambrouse, des centaines d'hectares de bois et de forêts, et ce qui rendait la scène qu'il avait sous les yeux particulièrement touchante était que Joan aimait profondément ce paysage et savait en même temps qu'elle ne le reverrait plus. D'où cette expression sur son visage : un plaisir ombragé d'une espèce d'abattement. D'où la rage ravivée de Winter après la lecture de cette lettre.

Abandonnant l'ordinateur, il se pencha sur le carton de factures. Il lui fallait maintenant découvrir quelle était la situation financière de Hennessey. Lu correctement, un relevé bancaire avait valeur de carte. Au regard des sommes créditées et des sommes débitées, il était possible de définir une piste. Si Hennessey avait pris la fuite, cela pouvait apparaître sur son compte. S'il lui était arrivé malheur, cela aussi pouvait conduire à un retrait substantiel. D'une manière ou d'une autre, les relevés fourniraient un indice à Winter.

Il les dénicha au fond du carton dans un sac en plastique de chez Waitrose, pris dans une pince à dessin. Une transaction retint immédiatement son attention. Le 6 juin, Hennessey avait retiré 115 000 livres en espèces. La somme avait été couverte par un virement précédent de 133 000 livres, ce qui lui laissait comme crédit la somme de 18 000 livres, de quoi voir venir, au cas où vous deviez disparaître pendant quelque temps. Winter releva le numéro du compte, puis la date du retrait de 115 000 livres, avant de glisser dans sa poche le relevé de juin. Il était très difficile aujourd'hui d'accéder aux comptes bancaires, et certains établissements allaient jusqu'à exiger une commission rogatoire du juge, mais il y avait toujours moyen de se débrouiller sans le secours d'un magistrat.

Plusieurs minutes plus tard, nanti de la disquette, Winter retourna chez la voisine. Il avait fini chez le Dr Hennessey. Il la remerciait beaucoup de son aide.

Elle le regarda avec curiosité. « Je peux donc refermer ?

— Absolument.

— Pensez-vous qu'il lui soit arrivé quelque chose ?

— J'en doute. »

Il lui donna une tape sur le bras, impatient de briser là la conversation.

« Brave homme, le docteur ? » demanda-t-il soudain.

La femme hocha la tête avec conviction.

« Oui, et charmant, dit-elle. La vieille école. C'est quelqu'un à qui on peut faire confiance. »

Faraday perçut la déception sur le visage de Dawn quand elle revint en compagnie de Rick Stapleton. Il les reçut dans son bureau. Les deux cartons de vidéos étaient encore par terre, mais il avait éteint le ventilateur.

« Alors ? » demanda-t-il.

Ils avaient ramené Addison en salle d'interrogatoire, à Bridewell. Le masque, lui, était prêt à partir à la scientifique pour un relevé d'empreintes mais, à en croire Stapleton, il n'y avait pas lieu d'attendre les résultats du labo. Ils ne pouvaient garder Addison plus de vingt-quatre heures en garde à vue. Or, cette dernière finissait dans une heure et demie. Si Faraday n'obtenait pas de Hartigan une extension de douze heures, ils devraient le relâcher.

« Ça ne peut être que lui, disait Stapleton. Il habite le quartier. Mange, dort, respire dans un monde de sexe. Reconnaît qu'il s'est souvent promené là où l'exhibitionniste a frappé. Il n'a pas le moindre alibi. Et, en plus, il avait caché dans son jardin un masque de Donald. Putain, qu'est-ce qu'il nous faut de plus ? »

Dawn contemplait ses mains. Rick devenait grossier quand il s'excitait. Faraday ramassa une cassette qu'il avait laissée sur son bureau.

« Et son avocate ?

— Elle lui a conseillé de ne rien dire. Il nie en bloc, répète qu'il n'a rien à voir avec ces agressions. Je dois avouer que le mec a les nerfs solides.

— Et le masque ?

— Il ne l'avait jamais vu de sa vie. Surprise, surprise. »

Faraday jeta un coup d'œil à Dawn, qui anticipa la question suivante :

« Si Shelley l'a appelé au téléphone pour lui raconter notre visite, comme nous le soupçonnons, pourquoi aurait-il pris le risque de laisser ce masque dans le jardin ?

— Il était à son travail. » Stapleton avait du mal à maîtriser son impatience. « Et nous étions à sa porte quand il est rentré chez lui.

— Mais nous avions déjà cherché dans son jardin, après qu'on l'a placé en garde à vue, et le masque n'y était pas.

— On s'est contentés d'un coup d'œil en allant dans la remise.

— Faux. J'ai fouillé partout.

— Derrière les fleurs et tout ça ? C'est curieux, il m'a semblé que tu étais là, avec moi. »

Dawn haussa les épaules. Rick était parfois comme ça. Il s'était fait une opinion. L'heure tournait. Il fallait travailler ce type, le coincer. Le relevé d'empreintes ne ferait que confirmer sa culpabilité.

Faraday se pencha vers le magnétoscope. Quelques secondes plus tard, Shelley Beavis apparaissait à l'écran. Elle fit son petit numéro de comédienne, déclarant sa passion du métier et son amour pour Addison. Puis, comme elle présentait le carton avec son nom dessus, Dawn tapa dans ses mains.

« Drôle de viol », murmura-t-elle.

Un silence tomba. Un bruit de sirène, bref et lointain, monta du port jusqu'à eux.

« D'accord, dit enfin Faraday. On a quoi, au juste ? »

Stapleton se pencha en avant sur sa chaise. Il n'était pas content, et cela se voyait.

« Ce type est coupable, patron. La fille ne compte pas, je l'ai toujours dit. Ce que nous cherchons, c'est le maniaque qui se promène la nuit avec un masque. Et ce maniaque, c'est lui. Je ne vois personne d'autre. »

Dawn secoua la tête avec une même énergie. « Mais pourquoi ? Pourquoi ferait-il une chose pareille ? Ce type est cultivé, beau gosse. Il n'a pas de casier judiciaire, pas la moindre plainte de la part de l'université. Que gagnerait-il à agresser des femmes ? »

Stapleton roula les yeux au plafond. « Je croyais qu'on voulait un résultat, pas une explication.

— Un résultat ? Au prix d'une erreur ?

— Je ne vois pas où serait l'erreur. Ce type est peut-être fatigué de toutes ces images de sexe. Peut-être qu'il est blasé. Peut-être que c'est le dernier truc qui le fait bander. Peut-être qu'il déteste Walt Disney. Peut-être que c'est rien qu'un jeu pour lui. Ouais, c'est ça. Il doit lui arriver de picoler la nuit et de pousser les choses un peu trop loin.

Nous n'avons pas trouvé une seule goutte d'alcool chez lui, lui rappela Dawn.

— C'est vrai. Et rien que ça, c'est une preuve. Ce type est cinglé. Il ne boit pas. Il ne fume pas. Par contre, il baise. Avec toutes ses élèves, il n'a que l'embarras du choix.

— Qu'est-ce qui te fait dire ça ? »

Stapleton regarda Dawn d'un air incrédule. « Quoi, tu ne crois pas qu'il se sert ? » Il désigna l'écran. « Une beauté comme Shelley arrive, toute consentante, et tu ne penses pas qu'il arrête de monter ses bandes et passe de l'image au réel ? Tu parles comme une assistante sociale, et on est là pour le mettre hors d'état de nuire.

— C'est ça.

— Ce qui signifie ? »

Dawn jeta un regard à Faraday, gênée de cette dispute. Quand Rick Stapleton était animé par une conviction proche de l'hystérie, il lui arrivait de ne plus se contrôler.

Faraday essayait de son côté de faire la part des choses. Les apparences étaient contre Addison, et Stapleton avait peut-être raison. Mais les apparences pouvaient être aussi trompeuses, et seuls des aveux signés, confirmés par les empreintes relevées sur le masque, apporteraient une conclusion.

Faraday se tourna vers Stapleton. « Vous avez fait un prélèvement de salive ?

— Ouais. »

Ce genre de prélèvement permettrait d'établir l'ADN d'Addison et accompagnerait le masque à la scientifique. Une seule des trois femmes avait déclaré avoir eu un contact physique avec M. Donald, et elle avait lavé ses vêtements juste après, mais les gars de la scène de crime avaient récupéré son jean et son T-shirt dans le sèche-linge, et il n'était pas impossible qu'ils trouvent quelque chose. Un cheveu. Une fibre. De toute manière, l'ADN d'Addison serait dans le masque — écoulement nasal, salive, pellicule du cuir chevelu — et cela serait plus que suffisant pour Faraday.

« Je vais voir Hartigan et lui demander une rallonge. Les résultats du labo auront besoin d'au moins douze heures encore, mais un nouvel interrogatoire s'impose. » Il fronça les sourcils. « Quand il aura eu le temps de réfléchir. »

8

Mardi 20 juin, début de soirée

L'avocate d'Addison revint pour l'interrogatoire du soir. Elle avait plaidé contre la prolongation de la détention de son client, arguant que ces présomptions d'attentat à la pudeur n'autorisaient même pas un placement en garde à vue, mais Hartigan avait ignoré ces arguments, déclarant que l'agression du dimanche précédent était assez grave pour justifier cette mesure, en attendant la suite de l'enquête.

L'avocate s'appelait Julia Swainson, et les tam-tam dans la jungle du palais de justice racontaient qu'elle était en train de tailler allégrement dans la vieille fraternité judiciaire de cette bonne ville, vieux corps d'hommes de loi devenus trop las ou désespérés pour se soucier encore de leur union. Et Swainson n'avait pas seulement un diplôme d'Oxford. Pas seulement une formidable détermination à réussir. Elle avait aussi une silhouette élancée, athlétique, avec un sourire dans lequel Dawn lisait autant de malice que de curiosité.

Sa présence dans le bureau aux côtés d'Addison renforçait la détermination de Stapleton de confondre le maître assistant. Non seulement ce type se tapait ses plus belles élèves, mais encore il était clair qu'il faisait une excellente impression sur l'avocate. Et son flegme sous le feu des questions ; il n'avait jamais trahi qu'une légère irritation à voir déranger sa vie bien ordonnée. Stapleton commençait à le haïr.

Il mit en marche les trois cassettes audio, annonça les noms et qualités des personnes présentes, et indiqua l'heure exacte avant d'interroger Addison sur la vidéo mettant en scène Shelley Beavis.

« C'est quoi, un souvenir ? Un gri-gri ? Un trophée ? »

Addison et l'avocate échangèrent un regard comme deux vieux amis dans une soirée, la conviction muette d'être en compagnie de gens décidément inférieurs. Dawn Ellis se doutait de la réplique qui allait suivre.

« Cela n'a rien à voir avec le délit en question, dit Julia d'une voix veloutée. À ma connaissance, Shelley Beavis n'a pas porté plainte. »

Stapleton lui lança un regard va-te-faire-foutre, mais Addison intervint. Il ne voyait aucun inconvénient à parler de Shelley. Que voulait savoir, au juste, Stapleton ?

« Je veux savoir pourquoi elle a fait cette vidéo, celle où elle déclare qu'elle pense beaucoup à vous. Pourquoi raconte-t-elle tout ça ?

— C'est un exercice que je donne à faire à tous mes élèves. Au début de leur première année, je leur demande de parler devant la caméra, d'expliquer pourquoi ils suivent cette école, ce qu'ils en attendent, ce qu'ils ambitionnent. C'est une manière de les faire réfléchir.

— Et ils sont tous aussi francs que Shelley ?

— Bien sûr que non. Shelley est à part.

— À cause de son faible pour vous ?

— Non, parce qu'elle l'a fait si parfaitement.

130

— Fait quoi... *si parfaitement* ? »

Pendant un instant, Stapleton fut un peu perdu. Dawn Ellis, assise à côté de lui, vint à son secours.

« Je ne vous comprends pas non plus, monsieur Addison. Que voulez-vous dire ?

— Shelley veut être comédienne. C'est rare de tomber sur quelqu'un d'aussi jeune, qui sache aussi bien détourner une situation.

— Vous voulez dire que c'était un jeu, de sa part ?

— Je dis qu'elle était en représentation, qu'elle jouait une scène. Elle avait très bien deviné la force de la vidéo et pris conscience de la chance que ça lui offrait. Elle était en scène, et elle en a tiré profit.

— Comment le savez-vous ?

— Elle me l'a dit elle-même, quand nous en avons discuté ensuite.

— Elle vous a dit qu'elle n'était pas amoureuse de vous ?

— Elle m'a dit qu'elle avait joué un rôle. Je leur demande à tous de venir avec quelque chose de personnel, de réfléchir à l'image qu'ils vont donner. La plupart ne trouvent rien d'original. Shelley, oui. Elle est intelligente. Elle a sauté sur l'occasion. Et je l'ai applaudie.

— Vous l'avez crue ?

— Oui. Elle a su attirer mon attention, et c'est ce qu'on attend d'une bonne actrice, n'est-ce pas ? »

Addison se renversa sur sa chaise avec patience, attendant de voir ce que le reste de cet interrogatoire lui réservait. On aurait dit qu'il participait à un séminaire sur un sujet ardu. Il respirait le contrôle de soi et une certaine autorité.

« Alors, quand vous avez compris qu'elle n'était pas folle de vous... » intervint Stapleton.

Addison le regarda dans les yeux et haussa les épaules.

« Je ne vois pas en quoi cela m'aurait posé un problème.

— Vous n'avez pas tenté de la séduire ?

— Non.

— Jamais eu la tentation de le faire ?

— Jamais.

— Alors, pourquoi son père est-il tellement convaincu que vous avez profité de son innocence ?

— Je n'en ai aucune idée. C'est à lui qu'il faut poser la question.

— Nous l'avons fait. Et il était très clair à ce sujet.

— Et Shelley ? »

Stapleton ne répondit pas. Dawn observait l'avocate. Elle avait sorti son stylo et prenait des notes dans un gros calepin jaune. Dawn se tourna vers Addison.

« J'aimerais vous interroger de nouveau au sujet de ce masque, monsieur Addison. Vous nous avez déclaré ne l'avoir jamais vu auparavant.

— C'est exact.

— Alors, comment pouvait-il se trouver dans votre jardin ?

— Je n'en sais rien. On peut accéder au jardin par-derrière, en passant par l'allée.

— Mais vous dites que la porte est toujours fermée.

— Elle l'est mais, vous l'avez vu, ce n'est pas un mur élevé, et il n'y a ni barbelé ni rien.

— Vous pensez que quelqu'un a franchi le mur pour cacher ce masque chez vous ?

— Je dis que ce n'est pas impossible.

— Mais qui aurait pu faire ça ? »

Pour la première fois, Addison hésitait. Le cours fluide des questions et des réponses semblait buter sur un obstacle. Dawn répéta sa question. Addison répondit qu'il ne savait pas.

« Avez vous des ennemis ? À l'université, peut-être ? Des collègues qui nourriraient quelque rancune à votre égard ?

— Des rancunes, tout le monde en suscite plus ou moins, surtout dans le milieu enseignant, mais je ne vois personne capable de me faire un coup pareil.

— Qui, alors ? Qui pourrait avoir pris la peine d'escalader ce mur et de cacher ce masque ?

— Je ne sais vraiment pas.

— C'est en tout cas quelqu'un qui sait, non ?

— Qui sait quoi ?

— Que vous étiez déjà en difficulté. »

La plume de l'avocate s'immobilisa. Elle regarda Dawn. « Mon client n'a jamais été en difficulté. Je pensais avoir été claire sur ce point. Shelley Beavis n'a pas porté plainte et, en ce qui concerne les vidéos, il n'y a rien là qui soit contraire à la loi. Mon client est ici pour se défendre contre l'accusation d'attentat à la pudeur et d'agression sur une femme, dimanche dernier. Jusqu'à l'apparition de ce masque, vous n'avez pas apporté une seule preuve le reliant au délit.

— Et les chaussures de marche ? intervint Stapleton. L'absence d'alibi ? Son goût pour les vidéos porno ? » Il s'adressait maintenant à Addison. « Vous devriez prendre tout ça un peu plus au sérieux, monsieur. Vous avez beaucoup à perdre.

— C'est une menace ?

— Pas du tout. Trois femmes ont eu la honte et la frousse de leur vie. L'une d'entre elles a été blessée physiquement. Elle n'est pas près d'aller de nouveau promener son chien. Pas seulement à cause de ses fractures aux doigts, mais parce qu'il lui faudra des mois pour retrouver sa confiance en elle.

— Je suis d'accord avec vous, répondit Addison.

Mais vous vous trompez d'homme. Ce n'est pas moi qui ai agressé cette personne.

— Pouvez-vous le prouver ? Devant un juge ? » Stapleton le regardait. « Parce que vous allez devoir le faire bientôt. »

Addison haussa un sourcil, puis se renversa à nouveau sur sa chaise, laissant à son avocate le soin de répondre.

« Nous n'avons rien à prouver, dit-elle à Stapleton comme si elle s'adressait à un enfant retardé. C'est à vous d'apporter la preuve. » Elle se tourna vers Dawn. « Puis-je avoir dix minutes seule avec mon client ? »

Faraday était toujours à son bureau à écumer l'excès de paperasses quand on frappa à la porte entrebâillée.

« Monsieur... monsieur Faraday ? »

C'était le gars de la routière, Mark Barrington, vêtu de pied en cap de cuir motard, le casque blanc sous le bras. Visiblement mal à l'aise sur le territoire de la Criminelle. Il avait l'air d'un cambrioleur dérangé pendant un casse particulièrement épineux.

Faraday l'invita à entrer.

« Fermez la porte, dit-il. Joyce m'a dit que la Fiesta avait été examinée.

— Exact, monsieur. Les mécanos des Enquêtes Accidents. Il semblerait que la Fiesta roulait bien en dessous de la vitesse limite.

— Et Prentice ?

— Il ne l'a vue qu'à la dernière seconde.

— Il a dit ça ? Il le reconnaît ?

— Non, monsieur, il dit qu'il ne se souvient de rien.

— Combien de fois l'avez-vous rencontré ?

— Une seule, monsieur. Pour la déclaration complète. » Il ouvrit la fermeture Éclair de son blouson et en sortit une liasse de photocopies. « Tout est là, monsieur. J'aimerais que vous me les rendiez quand vous aurez fini. »

Il avait déjà la main sur la poignée de la porte quand Faraday lui demanda :

« Et pour le portable de Prentice ? »

Barrington s'immobilisa. « Ça, c'est un peu plus difficile, monsieur. J'ai rempli une C63 et l'inspecteur l'a endossée, mais il y aurait de l'embouteillage chez Vodafone. Il faut compter quatre semaines d'attente.

— Qui a dit ça ?

— Mon sergent, monsieur. C'est lui qui les a eus au téléphone. »

Faraday tendit la main vers les photocopies. Il se demandait, sans pouvoir répondre, pourquoi le jeune motard avait pris la peine de venir jusqu'ici, à Southsea. La circulation routière dépendait de Fratton, un petit royaume tenu bien en main et n'ayant pas une seule seconde à consacrer à ces fainéants de la police judiciaire. Et en plus il avait apporté des photocopies du rapport des Enquêtes Accidents, un beau geste qui pouvait, hélas, lui valoir un entretien très orageux avec son sergent.

« Vous avez été le seul à la voir en vie, murmura Faraday. Vanessa Parry. »

Barrington lâcha la poignée de la porte et raconta d'une voix basse qu'il avait essayé de la ranimer, en vain. Il avait un air songeur. D'un signe de tête, il désigna les photocopies.

« Le numéro au feutre rouge, dit-il. C'est celui du portable de Prentice. »

Rick Stapleton consulta sa montre pour la deuxième fois. Addison et son avocat s'entretenaient toujours dans le couloir. Il les entendait murmurer et, à un moment, ils avaient ri.

« Ils se foutent de notre gueule, dit-il, dégoûté. Pourquoi on ne l'inculpe pas, qu'on en finisse ? »

Près d'une année passée à travailler avec Rick avait enseigné la patience à Dawn. Stapleton pouvait parfois se comporter comme un enfant à qui on refuse un caprice. La plupart des suspects auraient craqué à cette heure sous la seule force de conviction de Rick, mais pas Addison. Et Addison était là, à deux pas, en train de leur mijoter une petite surprise.

« Calme-toi, dit Dawn. Nous avons encore une demi-journée.

— Il est coupable.

— Décidément, tu te répètes.

— On est en train de perdre notre temps, tu le sais aussi bien que moi. Sans le patron, ça serait déjà terminé. »

Dawn songeait à la prudence de Faraday.

« Si tu étais le patron, ce serait toi qui écoperais quand l'affaire serait close pour manque de preuves.

— Tu plaisantes. Le relevé d'empreintes arrivera dans quelques jours.

— Oui ? Et si l'analyse est négative ? »

Stapleton la regarda avec stupeur.

« Non, mais de quel côté tu es ? »

Des pas dans le couloir annonçaient le retour d'Addison. Il s'écarta devant l'avocate. Ni l'un ni l'autre ne firent un mouvement vers leurs chaises.

« Mon client a une proposition à vous faire, commença Julia. Il est prêt à participer à une séance d'identification. »

Stapleton étouffa un rire. « Il faisait nuit, fit-il observer. Et le type portait un masque. À quoi ça ressemblerait, votre histoire ?

— Ce n'est pas le masque que les témoins auraient à reconnaître.

— Non ? » Stapleton était de nouveau perdu.

« Non. Si j'ai bien compris, la nature de la plainte concerne l'exhibition de... l'appareil génital, n'est-ce pas ? »

Dawn hocha la tête. « Oui, dans les trois cas.

— Eh bien, je suggère donc... (elle jeta un regard à Addison)... une présentation d'un genre particulier. »

Il se fit un long silence. Dawn rendit son regard à l'avocate. Elle avait bien deviné qu'il y avait de la malice chez cette femme. Mais parlait-elle sérieusement ou bien était-ce une plaisanterie ? Elle allait poser la question quand Stapleton intervint le premier. Il semblait passablement effaré.

« Vous parlez d'aligner dix mecs en train de... » Il porta la main à hauteur de son ventre pour mimer le mot qu'il n'osait pas prononcer.

De retour chez lui à 8 heures et demie, Faraday entreprit de relire le rapport d'accident, et sut immédiatement que c'était une erreur. Il allait intervenir, certes, accomplir des démarches, mais rien ne pourrait jamais effacer l'impact de ces horribles photos. Même en noir et blanc, même après leur passage à la photocopieuse, elles portaient un message glaçant : Vanessa était morte, et aucune enquête n'y changerait rien.

Rangeant les photocopies dans leur enveloppe, Faraday alla dans son bureau chercher ses jumelles et s'en fut par le chemin de halage vers les marais de Farlington, une réserve d'oiseaux aquatiques au bout de Langstone Harbour. Il faisait encore chaud, mais la brise de mer avait éclairci l'atmosphère. Allant d'un pas plus nerveux qu'à l'accoutumée, Faraday humait les odeurs de l'été, la richesse des terres verdies de chèvrefeuille sauvage, heureux des souvenirs que ces senteurs ravivaient.

Juin, pour le père et le fils, avait été un mois de chamailleries. Pour Faraday, l'été était une interruption, un hiatus, un grand pont vide entre le passage vivace des immigrants du printemps — traquets, pouillots, fauvettes — et les jours dorés de l'automne, quand les premières oies de Brent revenaient de leurs lieux de ponte dans le grand Nord. Se réveiller au son de leurs drôles de trompettes, c'était apprendre que l'été était fini, qu'il était temps de chausser les bottes et d'aller observer les oiseaux.

J-J, lui, adorait le mois de juin. Un voisin avait une petite barque, attachée dans un recoin du port qui était découvert à marée basse. Il apprenait à ramer au garçon, lui avait confié la clé de la remise et lui laissait prendre les tolets et les avirons. J-J, qui nageait comme un poisson depuis l'âge de sept ans, n'avait pas besoin qu'on l'encourage. Par tous les temps, il était dehors, une tête d'épingle au loin, depuis la fenêtre du salon.

Mais le môme n'était pas indifférent à la vie animale. Au contraire, les oiseaux — leur plumage, leur façon de voler, leurs habitats, leur fragile progéniture — avaient été l'un de ces secrets partagés qui cimentent le lien entre un père et son fils, tout un monde qu'ils avaient fait leur. En vérité, J-J, comme beaucoup d'autres enfants privés de l'ouïe, vivait de sensations épidermiques. Il adorait la chaleur du soleil sur sa peau nue. Adorait la houle qui soulevait l'embarcation. Jouissait de l'odeur de sel qu'exhalait son corps après une chaude journée. Faraday le revoyait, maintenant, perché sur un tabouret dans la cuisine, présentant son bras maigre à son père pour que celui-ci sente aussi.

Une fois dans les marais, Faraday marcha le long de la digue jusqu'à ce que les autres amateurs d'oiseaux soient loin derrière lui. La mer était basse, et il trouva un perchoir confortable, avant de porter les jumelles à ses yeux et de balayer lentement l'immense grève scintillant au soleil. Une petite bande de sternes, séparées de leur colonie sur l'île voisine, arpentait les flaques. Quelques vanneaux sautillaient alentour. Il entendait sans les voir des fauvettes de marais gazouiller derrière lui. À part ça, tout n'était qu'immobilité.

Ses jumelles encadrèrent brièvement sa maison au loin. Il avait maintenant en perspective la friche communale et les mares flanquant Eastern Road. Contre le soleil ainsi, cette portion de terre semblait reculée et impénétrable, inviolée par le béton qui recouvrait le reste de la presqu'île, et il songeait sans le vouloir à l'homme au masque de Donald Duck, qui avait réussi à souiller cette dernière relique de vie sauvage.

Il prenait de plus en plus conscience de ce que le travail de détective entraînait. En théorie, tel que le concevait le ministère de l'Intérieur, la tâche était noble, faisait appel à la volonté et à l'intelligence. Sur le terrain, ses collègues et lui ne faisaient rien d'autre que balayer les pots cassés. La société était allée dans le mur pendant les années 80, de cela il était sûr, et il ne leur restait plus qu'à fouiller parmi les décombres, renouant entre eux les fils électriques arrachés, avec l'espoir que revienne la lumière. Il leur arrivait parfois d'être récompensés d'un résultat. Le plus souvent, ils se repéraient les uns les autres dans la fumée, s'efforçant de ne pas vomir. Vanessa Parry avait-elle été tuée par un psychopathe, une bête avec un casier long comme le bras ? Non, elle avait été broyée dans sa propre voiture par un sale con de vingt-cinq ans, avec un brillant à l'oreille, qui était bien trop occupé au téléphone pour voir où il allait. Personne n'exigeait justice ni réparation, et de toute façon pourquoi se donner cette peine, à présent que la pauvre femme, pourtant si peu fautive, était morte.

Faraday reposa ses jumelles. Si on cherchait une métaphore pour la folie, elle était là sous vos yeux. Quatre-vingts kilomètres à l'heure dans une artère. Une voiture remplie de cartons de biscuits secs et de boissons gazeuses. Un rendez-vous dans un établissement quelque part. Le besoin de passer un coup de fil de plus. Et la seconde qu'il fallait pour lever les yeux et découvrir que vous étiez à quelques mètres d'emboutir cette petite voiture au volant de laquelle une femme vous regardait avec effroi. Un grand bruit. Du verre brisé partout. Et puis le silence. C'était désolant.

Le portable de Faraday sonna dix minutes plus tard. Il avait repris sa promenade, achevant le long circuit de la digue. C'était Rick Stapleton, qui lui annonçait la proposition d'Addison, la parade des zizis. Faraday lui demanda s'il avait bu.

« Il ne risque pas, répondit Stapleton. Il est enfermé depuis hier.

— Je parlais de vous. » Il entendit Stapleton rire. Dans le ciel assombri passait un couple de cygnes. « Qui a eu cette idée ? Addison ou son avocate ?

— Elle, sans aucun doute.

— Alors, soit elle a perdu la tête soit elle s'amuse. Qu'en pensez-vous ?

— Elle nous envoie un message. Elle est persuadée que nous n'avons pas une seule chance. Vous ne pouvez pas savoir l'assurance qu'elle affiche. On devrait l'inculper. En finir.

— Et l'officier de garde à vue ?

— Il soutiendra l'accusation. »

Faraday tendit l'oreille pour entendre le dernier chuintement d'ailes des cygnes qui s'éloignaient. La décision finale appartenait au sergent de mise en détention. S'il jugeait le tissu de présomptions assez épais pour signifier l'arrestation, Faraday n'avait aucune raison de retarder l'action.

« Inculpez-le, dit-il. Pour agression.

— Au titre de la menace publique qu'il représente, l'officier acceptera de le garder.

— Alors, allez-y. »

Le temps que Winter revienne de la cuisine avec le thé, Joannie s'était rendormie. Il lui en versa tout de même une tasse, qu'il posa à portée de sa main sur la petite table, avant de se replonger dans son dossier. Il avait imprimé sur son propre PC ce qu'il avait rapporté de chez Hennessey, et il comparait maintenant les noms avec les comptes rendus des journaux que lui avait remis Pete Lamb. Cinquante-deux histoires tristes. Des utérus parfaitement sains arrachés. Des vessies perforées. Des complications infectieuses. Des existences mises en péril de mort ou des corps meurtris.

Winter savait maintenant où toutes ces femmes habitaient. Hennessey avait souvent opéré dans un hôpital du West Sussex, recevant en consultation privée à son cabinet de Harley Street, et il y avait d'autres groupes de victimes dans les environs de Arundel, Littlehampton et Bognor Regis. L'une d'elles en particulier avait retenu l'attention de Winter.

Dierdre Walsh était une veuve de cinquante-deux ans, vivant dans un village près d'Arundel. Elle s'était présentée à l'hôpital sur le conseil de son médecin traitant qui avait diagnostiqué un problème urinaire. Hennessey, dans sa grande sagesse, l'avait persuadée qu'une hystérectomie ôterait tout risque de cancer à venir. L'intervention salopée avait laissé la veuve Walsh incontinente et sujette à des douleurs plus vives qu'auparavant. Diminuée socialement, n'osant solliciter un emploi, elle était condamnée à une solitude consternante. Quand elle avait demandé des explications à Hennessey, il l'avait accusée de fabuler, ce qu'il avait confirmé lui-même dans une note : « Réaction psychosomatique, avait-il écrit. PIU. » PIU signifiait Pas d'Intervention Ultérieure.

Joannie s'étira dans sa chaise longue et se frotta les yeux. Winter lui donna son thé. Elle en prit une gorgée ou deux, grimaça.

« Il est froid », murmura-t-elle.

Son regard alla des papiers jonchant le tapis à son mari. Son dîner lui pesait sur l'estomac, mais elle n'allait pas se plaindre. Winter s'était replongé dans son dossier. Finalement, elle se leva et étouffa un bâillement. Elle dit qu'elle aurait plaisir à passer deux jours avec sa mère à Brighton. Ils pourraient faire un saut jusque là-bas, tous les deux. S'offrir une petite pause.

Winter leva les yeux. Elle aurait pourtant juré qu'il ne l'avait pas entendue.

« Je t'y emmène, chérie, grogna-t-il. Demain, aux aurores. »

9

Mercredi 21 juin, 9h 30

La secrétaire de Hartigan débarrassait la table après la réunion qui s'était tenue à l'heure du petit déjeuner, quand Faraday se présenta à la porte. Il restait, sur la desserte où le superintendant exposait ses divers trophées, un plat de viennoiseries que Faraday lorgna avec convoitise. La convocation de Hartigan l'avait privé de son habituel sandwich au bacon. Il mourait de faim.

« Monsieur ? »

Hartigan lui fit signe d'entrer et de prendre un siège. Son bureau, comme toujours, était presque vide.

« Gunwharf. » Hartigan désigna du menton la table de conférence. « Deux de leurs représentants étaient là ce matin, pour définir notre stratégie de partenariat. Puis nous avons bavardé et, apparemment, nous avons des intérêts communs en la personne d'un certain Hennessey. »

Faraday s'efforça de se rappeler le nom, puis se souvint de la nuit où Winter lui avait rendu visite. Hennessey était ce chirurgien radié de la profession, qui semblait avoir eu quelques ennuis dans sa chambre à l'hôtel Marriott. Depuis lors, Faraday n'en avait plus entendu parler.

« Les gens du Gunwharf aimeraient qu'on s'occupe sérieusement de cette affaire. Le bonhomme représente beaucoup d'argent pour eux. Puis-je compter sur vous pour le rechercher ? Avec vigueur ? Et puis-je également compter sur vous pour être tenu informé ? »

Faraday cligna des yeux, gêné d'instinct par ce nouvel aspect du partenariat. Il fit observer que rechercher Hennessey dépendrait des circonstances de sa disparition. Que Hartigan lui pardonne, mais ses détectives n'avaient pas pour tâche de prêter main-forte à une bande de promoteurs immobiliers.

Hartigan ignora la remarque.

« Je suis ici pour maintenir la paix, Joe, et, de mon point de vue, c'est un concept très élastique. Nos amis du Gunwharf sont importants pour cette ville. En ce qui concerne Hennessey, ils sont naturellement impatients d'être informés des progrès de l'enquête. Ce n'est pas un problème. Je leur ai assuré que nous serions très heureux de le faire.

— Nous ?

— Moi, Joe. Je ferai le relais. C'est pourquoi il est important que je sois averti de ce qui se passe. » Il marqua une pause. « Alors, quel est le motif de l'enquête ? »

La dernière chose que lui avouerait jamais Faraday était sa propre ignorance. « Il n'y en a pas, monsieur.

— Je vous demande pardon ?

— Il n'y a pas matière à enquête. Le type n'est pas chez lui. Ce n'est pas un crime.

— L'état de la chambre d'hôtel ?

— Une querelle, vraisemblablement.

— Le faux nom sur le registre ?

Il a payé cash. Le nom qu'il a donné ne veut rien dire.

— Et les images de la vidéosurveillance ? Hennessey titubant accompagné par un homme non identifié à sa voiture ? »

Faraday hésita plus longtemps qu'il ne l'aurait aimé. Cette information était nouvelle pour lui, et il devait être prudent.

« À ma connaissance, nous n'avons aucun indice qui nous fasse soupçonner un crime. Les dégâts dans la chambre sont minimes. Hennessey est parti tôt. Le fait qu'on ne l'ait pas revu depuis ne signifie rien du tout. Il y a des centaines de milliers de gens dans cette ville, nous ne pouvons tout de même pas leur courir après. En tout cas, pas sans une bonne raison.

— Il représente plus d'un million de livres pour les promoteurs. Vous le saviez, ça ? »

Faraday secoua la tête. « Pourquoi, je devrais ? »

Hartigan expliqua les arrhes laissées pour retenir trois appartements. Le preneur devait maintenant payer les dix pour cent du prix d'achat et ensuite, à la remise des clés, le reste de la somme. Faraday avait l'impression d'avoir en face de lui un agent immobilier.

« Mais peut-être qu'il n'en veut plus, de ces appartements. C'est possible, non ?

— Oui, bien sûr. Mais il y a une autre hypothèse. Peut-être est-il dans l'incapacité de payer ces dix pour cent. Parce qu'il lui est arrivé quelque chose.

— Mais quoi ?

— Je ne sais pas, Joe. Je croyais que c'était votre travail de répondre à cette question. » Hartigan commençait à perdre patience. « Ou bien êtes-vous trop occupé à fourrer votre nez dans les dossiers de la routière ? »

Faraday téléphona à Cathy Lamb de son bureau. La colère avait balayé l'habituelle pagaille régnant dans son esprit. Il voulait en savoir plus sur Hennessey. Et aussi sur ces types du Gunwharf.

Cathy se montra aussi évasive que lui-même chez Hartigan.

« Les turfistes appellent ça un non-partant, dit-elle. Le type a disparu, c'est sûr, mais qu'est-ce que je peux bien y faire ? Il n'habite pas dans ce quartier. Il ne travaille pas non plus ici. Il est venu passer une nuit à l'hôtel, et on ne l'a plus revu.

— Il y a quelqu'un sur l'affaire ?

— Non, personne.

— Et Winter ?

— Winter, je lui ai donné une semaine de congé. Sur votre propre conseil.

— Mais jusqu'où est-il allé ? Avant qu'il décroche ? »

Cathy lui rapporta les démarches de Winter, et Faraday convint avec elle que Winter chassait des fantômes. Une longue liste d'erreurs chirurgicales ne se terminait pas nécessairement par une enquête pour homicide. Pas sans quelques sérieux indices.

« Voilà ce que je lui ai dit.

— Et comment il a pris ça ? demanda Faraday.

— Vous connaissez Paul. Il a souri. Une manière de me dire que j'étais une andouille. »

Faraday laissa retomber un peu de sa colère. Après tout, il existait quelques personnes de raison alentour, et Cathy était l'une d'elles. Il lui décrivit son entretien avec Hartigan. Les gens du Gunwharf savaient tout de l'incident au Marriott. Ils connaissaient le faux nom utilisé par Hennessey, étaient avertis des traces de lutte dans la chambre et des images prises par la vidéo-surveillance. En vérité, ils en savaient plus que lui-même. Comment était-ce possible ?

« Je ne sais pas.

— Ça doit venir de chez vous, Cath.

— Mais qui ? »

Bonne question. Faraday réfléchit pendant un moment, résistant d'abord à l'évidence de la réponse, et puis abandonnant.

« Winter, grommela-t-il. Je ne vois que lui. »

Paul Winter resta aussi longtemps qu'il put dans le petit appartement que la mère de Joannie appelait sa maison. Il était situé au quatrième étage d'un immeuble sans ascenseur à huit cents mètres en retrait du front de mer de Hove, et les huit volées de marches avaient laissé leur empreinte sur Joannie. Elle se laissa choir dans un fauteuil devant la fenêtre, le visage couleur de mastic. Sa mère, petite femme plaintive prénommée Marge, s'affairait auprès de sa fille, lui épongeant le front avec une serviette tout en jetant un regard de reproche à Winter, comme si c'était sa faute, tous ces étages à grimper. Quelques minutes plus tard, refusant une autre tasse de thé, Winter jeta un coup d'œil à sa montre, marmonna une excuse et annonça qu'il devait partir. Il serait de retour dès l'instant où Joannie voudrait rentrer. En attendant, pas de folie, vous deux.

Joannie le regarda, trop lasse pour faire seulement semblant d'avoir compris la blague, puis lui offrit sa joue pour un fugitif bécot. Winter attarda sa main sur l'épaule de sa femme. Il pouvait sentir les os sous le tissu de coton fin humide de sueur.

« Au revoir, ma belle. »

Dehors, il s'arrêta un instant dans la rue, savourant la chaleur du soleil sur son visage. Brighton n'avait jamais cessé de le captiver avec ses façades Régence sur le front de mer et le joyeux débraillé de sa vieille ville.

Sur le trottoir d'en face, deux jeunes filles, jeans

et débardeurs moulant leurs rondeurs, allaient en direction de la plage. Elles papotaient des mérites d'un mec, dont elles reconnaissaient en gloussant qu'il était un bon coup. Le rire allait avec les lieux, et le bon temps, et les amours faciles. Winter les suivit, se souvenant comment c'était, Joannie et lui, aux premiers jours.

Ils s'étaient rencontrés dans une fête à Portsmouth, Winter le policier stagiaire avec neuf mois de service, Joannie poursuivant sa formation d'enseignante. Ils s'étaient entendus sur-le-champ, pétés comme des coings sur une couverture à l'arrière de la camionnette qu'avait empruntée Winter. Des semaines plus tard, l'été venu, Joannie, qui avait terminé son trimestre, était partie à Brighton pour un job estival (elle collectait l'argent de la location des chaises longues). Sa mère et son père possédaient une petite maison de ville à Portslade, avec une perruche en cage devant la fenêtre. Ses deux parents travaillaient, et elle avait donc la maison pour elle les jours de congé. Il y avait un grand lit dans sa chambre, l'héritage d'un oncle, et quand Winter le pouvait, il prenait le train, et ils passaient la journée à baiser. Joannie avait toujours été superbe au lit, vraiment chaude, et Winter se rappelait les nuits de service qui s'ensuivaient, partant en ronde sur des jambes mortes, désespérant de ne pouvoir s'allonger un peu, ne fût-ce qu'une heure.

Il était arrivé au front de mer et regardait les deux filles déballer leurs affaires. Il adorait les odeurs qui lui arrivaient, senteur iodée des algues, parfum des crèmes solaires, fumet des oignons frits du marchand de hamburgers ambulant. Il se promenait avec Joannie sur la promenade le soir, quand il lui restait encore une heure avant le départ de son train. Ils bavardaient. En ce temps-là, Joannie parlait à cent à l'heure, rêvant tout haut de la petite maison qu'un jour ils achèteraient, de la couleur des murs, de la salle de bains, de tout ce qu'elle y ferait pour démarrer parfaitement chaque journée. Elle voulait des teintes vives, des fleurs, et une grande baie vitrée par où entrerait le soleil. Et il en fut ainsi quand le rêve se réalisa. À cette différence près que la maison était à Pompey et qu'ils ne pouvaient en payer que la moitié.

Alors, que s'était-il passé ? Au début, Winter avait accusé le mariage lui-même, l'institution. Ça n'avait rien à voir avec Joannie, rien de personnel, seulement le sentiment qu'il avait été pris au piège et qu'il avait besoin de faire la démonstration d'un peu d'indépendance, histoire de se prouver que ça fonctionnait toujours, de se rassurer qu'il était encore le coup génial dont Joannie était tombée amoureuse. Elles s'étaient bien passées, ses toutes premières frasques buissonnières, mais elles avaient peu à peu tourné à l'habitude, et il avait fini par conclure que ce n'était que pure voracité de sa part. Il fricotait avec d'autres femmes, non parce que son union ne le satisfaisait pas, mais parce qu'il ne pouvait résister à l'envie d'une bonne baise. Il gardait la main, ainsi. Ça lui donnait le sentiment d'exister.

Il se doutait bien que Joannie avait tout deviné très vite. Il y avait trop de rentrées tardives la nuit, trop de temps passé sous la douche à effacer l'odeur d'une autre femme. Elle n'en avait jamais fait un problème, ne lui avait jamais posé la question, et maintenant qu'il y pensait, il mesurait combien, au fond, elle l'avait toujours traité comme le gamin qu'il n'avait jamais cessé d'être. Elle savait qu'il finirait toujours par rentrer à la maison. Car la maison, c'était ce qui comptait le plus.

Winter abandonna le front de mer et retourna à

l'immeuble, en bas duquel il avait laissé sa voiture. Tournant le coin de la rue, il leva les yeux vers la fenêtre à voilages du quatrième étage, se sentant toujours aussi incapable de saisir toute la réalité de cette sentence de mort. Si ce médecin disait vrai, Joannie ne verrait pas un autre Noël ni une seule jonquille nouvelle. Les mots de calendrier, de déclaration de revenus, de soldes d'hiver, n'avaient soudain plus de sens. Elle allait mourir avant sa propre mère, sa sœur, même son foutu chien. C'était injuste.

Mais que pouvait-il faire ? L'incapacité de dépasser cette question commençait à l'obséder. Il savait où était son devoir. Cathy et Faraday et les autres avaient raison, il devait être auprès de Joannie, la soutenir, lui servir de guide et être son bâton quand le sentier se ferait de plus en plus ardu au fil des mois. Mais il s'en sentait incapable. Pas parce qu'il ne l'aimait pas. Mais parce que c'était pour lui une attitude bien trop passive.

Winter avait eu peu de coups durs dans sa vie, mais quand ç'avait été le cas — par exemple, son échec récent à entrer chez les stups — il avait été debout dans la minute, parce que c'était toujours ainsi que réagissaient les types comme lui. On vous file un coup, vous en rendez deux. Quelqu'un en blouse blanche vous déclare que votre femme est bonne pour le couloir de la mort, vous faites quelque chose. Mais quoi ?

Luttant contre la tentation de grimper les étages, Winter chercha ses clés et regagna la voiture. Le dossier qu'il avait concocté sur le cas Hennessey était encore sur la banquette arrière. Il s'installa au volant, vérifia une nouvelle fois l'adresse de la première plaignante.

Dierdre Walsh. 2, Buttercup Cottages, Amberley.

Addison fut présenté devant les juges en fin de matinée. En dépit de deux nuits de cellule à Bridewell, il semblait être plus serein et maître de lui que jamais. Bien sûr, on aurait pu déceler de la fatigue dans ses yeux marron foncé et peut-être un peu de nervosité à sa façon de tambouriner des doigts sur la barre du banc des prévenus, mais Dawn savait que les magistrats seraient sensibles aux apparences. Cet homme avait un domicile, des diplômes, un travail à temps plein. S'apprêtaient-ils vraiment à l'envoyer en détention préventive à Winchester ?

L'adjoint du procureur y était favorable. À ses yeux, Addison représentait une menace publique et devrait être placé sous surveillance. Évidemment, Julia Swainson était d'un avis contraire. Son client souffrait profondément des implications d'une telle accusation. Les dommages déjà infligés à sa vie privée et professionnelle étaient incalculables. Il était innocent, et il saurait le prouver le moment venu.

Les juges se retirèrent. De retour quelques minutes plus tard, ils consultèrent le greffier sur un point de procédure, avant d'annoncer qu'Addison bénéficierait d'une mise en liberté conditionnelle, avec interdiction de s'approcher à moins de huit cents mètres de certaines zones de la ville, notamment les friches communales, les marais de Farlington et le sentier menant à Langstone Harbour. Le but était évident : si Addison voulait de nouveau coiffer son masque de Donald Duck, il devrait le faire devant des centaines de témoins.

Relaxé, Addison quitta le prétoire. Dans l'allée, il rencontra le regard de Dawn. Elle pensa qu'il souriait, mais elle n'en était pas sûre.

Faraday avait rendez-vous pour déjeuner dans un pub d'Eldon Street avec son patron de la criminelle, le superintendant Willard. Willard, qui suivait un procès en assises, avait une heure de libre entre deux sessions. C'est Faraday qui avait suggéré ce déjeuner.

Dans tous les sens du terme, Willard était un balèze. Une courte barbe grisonnante adoucissait un visage qui n'aurait pas déparaillé une affiche de combat de boxe, et il avait une présence physique qui en imposait, même dans les réunions mondaines. Son empire s'étendait à tout le comté d'Eastern Area, un morceau de territoire qui comprenait la conurbation en expansion constante de Portsmouth, Havant et Waterloo-ville. Il avait apporté à la fonction policière un franc-parler qui en avait défrisé plus d'un et accompli des miracles pour le moral. C'était un authentique détective, et il n'avait guère de penchant pour le politiquement correct et le civisme de façade. Faraday l'aimait beaucoup.

« Alors, c'en est où ? »

Willard secoua le reste d'une bouteille de sauce brune sur son *steak and kidney pudding,* écoutant Faraday lui expliquer l'incident du Marriott. Celui-ci n'avait aucune raison de cacher quoi que ce soit à Willard, et il rapporta donc sa conversation avec Hartigan. Son supérieur prêtait un grand intérêt à Hennessey, or Faraday se demandait s'il y avait assez d'éléments pour se lancer à la recherche du chirurgien.

Willard s'était toujours abstenu de critiquer quiconque parmi ses collègues. Ce qu'il pensait de carriéristes tel Hartigan, il le gardait pour lui. Son seul dessein, selon ses propres mots, c'était le sérieux des enquêtes, et cela signifiait la mobilisation de toutes les énergies sans jamais perdre de vue les issues potentielles. C'était comme le pari mutuel. On ne jouait pas un gros outsider, à moins d'avoir été bien tuyauté.

Il demanda à Faraday de lui raconter tout ce qu'il savait. Faraday lui rapporta ce qu'il avait lui-même appris de Cathy. Finalement, Willard hocha la tête, et piqueta de sa fourchette un nouveau morceau de viande.

« Bref, rien à se mettre sous la dent, grogna-t-il. Mais gardez l'oreille tendue, on ne sait jamais. »

Mercredi 21 juin, début d'après-midi

Winter avait d'abord téléphoné, tombant sur Dierdre Walsh juste au moment où celle-ci s'apprêtait à se rendre à la bibliothèque municipale. Il lui avait expliqué qu'il menait une enquête impliquant Pieter Hennessey. Pouvait-elle lui accorder quelques instants ? Elle lui avait demandé si c'était réellement important ; il avait répondu oui.

Buttercup Cottages était sis au milieu du minuscule village d'Amberley, et le n° 2 désignait la plus petite moitié d'une bâtisse à colombages, probablement une ancienne auberge. Un bout de pelouse sur le côté de la maison avait été récemment tondu, et l'herbe coupée coiffait d'un dôme vert le tas de compost dans un coin. À 2 heures de l'après-midi, il y avait déjà sous le petit porche un billet roulé dans une bouteille vide à l'intention du livreur de lait.

Dierdre Walsh était une femme agitée, au visage creusé, qui faisait bien plus que ses cinquante-deux ans. Elle était chaudement habillée d'un ample pantalon de velours marron et d'un cardigan bleu pâle sur une chemise à carreaux rouges et blancs, et Winter en comprit la raison sitôt qu'il eut fait un pas à l'intérieur. En dépit de la chaleur extérieure, il faisait froid dans la maison. Il y avait aussi une odeur forte, ammoniaquée, que Winter prit d'abord pour de la pisse de chat. Quelques instants plus tard, il comprendrait que ces relents d'urine n'étaient, hélas, que trop humains.

Dierdre avait déjà préparé un plateau de thé et, au grand soulagement de Winter, ils prirent place dehors dans le tout petit patio derrière la maison, coupant rapidement court aux menus propos. Cela faisait près d'un an que cette femme subissait les conséquences du travail de Hennessey, mais le temps n'avait pas entamé la colère qu'elle éprouvait à l'égard de celui auquel elle s'était confiée.

Elle était allée voir Hennessey sur les vives recommandations de son médecin généraliste. Hennessey était gynécologue consultant dans l'un des plus grands hôpitaux de la région. Il était celui qu'on voyait quand on avait un problème « là en bas », et elle s'était dit qu'elle avait bien de la chance en obtenant enfin un rendez-vous au bout de quelques semaines d'attente.

« Bien de la chance ! Vous vous imaginez ? »

Elle se tenait très droite dans la lumière vive, ses doigts osseux noués sur ses genoux, le visage ombragé par un vieux chapeau de paille. Pour la première fois, Winter avait l'occasion de se faire une image du chirurgien.

« Comment était-il ?

— Comment était-il ? » Elle regardait le plat de biscuits au chocolat qui fondait lentement au soleil. « Il avait un côté toubib de la vieille école. Fort en gueule. Il aboyait, surtout quand il riait. Si on était comme moi, du genre inquiet, il pouvait être assez intimidant. On se sent tout petit en face des gens de son espèce, c'est un don qu'ils ont. Devant eux, vous vous trouvez insignifiant. »

Winter hochait la tête. Il repensait au consultant de Joannie. Pas vraiment intimidant, non. Seulement imbu de lui-même, supérieur.

« Ils croient tout savoir, dit-il. Et ils savent rien. »

À l'hôpital, Hennessey avait eu accès aux résultats des frottis vaginaux qu'on lui avait faits. Il l'avait aussi auscultée lui-même, une expérience qui encore maintenant lui arrachait un frisson.

« Des gros doigts, disait-elle. Des doigts comme des saucisses. Et pas la moindre douceur avec ça. Sur le moment, on n'en pense rien du tout. On est même encline à se dire qu'on fait des histoires pour pas grand-chose. Mais plus tard, quand vous mesurez l'incroyable incompétence du bonhomme, vous avez envie de vous battre. »

La radio et l'auscultation avaient amené Hennessey à la conclusion que Dierdre avait non seulement besoin d'une intervention à la vessie mais également d'une hystérectomie.

« Et il n'y avait pas à discuter. Il s'est contenté de me dire que c'était ça, qu'il allait me faire.

— Vous lui avez demandé pourquoi ?

— Naturellement.

— Qu'est-ce qu'il vous a répondu ?

— Il a rigolé. Il trouvait ma question amusante. Puis, comme j'insistais et renâclais un peu, vous savez ce qu'il m'a sorti ? Que de toute façon mon utérus ne me servirait plus à rien et que je ferais aussi bien de m'en débarrasser. On aurait dit qu'il me parlait de vider mon grenier de toutes ses vieilleries. Il ne soupçonnait même pas combien cette ablation est douloureuse pour une femme, même à mon âge. C'était horrible. Parfaitement horrible.

— Mais il devait bien y avoir une raison médicale, tout de même ?

Oh, je pense qu'il y en avait une. Plus tard, quand je me suis plainte de ce qui s'était passé, il m'a répliqué que les frottis avaient révélé la présence de cellules précancéreuses. Mais pourquoi ne me l'a-t-il pas dit tout de suite ? Au lieu de se prendre pour Dieu ? »

Se prendre pour Dieu. C'était une bonne image, pensait Winter. Et qui leur convenait parfaitement, tous autant qu'ils étaient. Ce pouvoir de transformer la vie de cette femme en enfer. Ce pouvoir de délivrer à Joannie une sentence de mort.

Il prit quelques notes, écoutant Dierdre décrire son après-midi juste après l'opération et comment, quelques jours plus tard, elle avait du mal à s'expliquer cette humidité permanente entre ses cuisses, sans parler de l'odeur. Elle avait d'abord pris ça pour une réaction postopératoire. Le corps réglerait ça lui-même, lui disaient les infirmières. L'écoulement d'urine finirait par s'arrêter. Mais ce ne fut pas le cas. Ni à l'hôpital, ni pendant sa convalescence au domicile d'une amie, et pas l'ombre d'une fois pendant tous ces mois passés. Elle fuyait comme un vieux robinet au joint pourri. Et cette métaphore, une fois de plus, était de Hennessey.

« Il a dit ça ?

— Ses propres mots. Je n'invente rien, monsieur. C'était la fois où je suis retournée le voir. J'étais en colère, bien sûr. Je voulais qu'il tente quelque chose.

— Et ?

— Il m'a répondu que je devrais m'en accommoder. Que c'était sans espoir. » Elle hocha la tête. « Un vieux robinet au joint pourri.

— Et il ne pouvait rien y faire ?

— Rien du tout. Je le lui ai demandé, et il m'a dit qu'il ne pouvait plus rien pour moi.

— Pas d'excuses ?

— Des excuses ? Les Hennessey ne s'excusent pas, monsieur. Ils ne savent pas ce que c'est. Et vous savez pourquoi ? Parce qu'ils sont sûrs de ne jamais se tromper. Les erreurs, c'est pour les autres. Pas pour eux. En ce qui le concernait, il avait accompli une intervention dans les règles de l'art, et c'était tout. Si je voulais qu'on entreprenne quelque chose pour ma fuite (elle eut un geste vague vers le bas de son ventre), alors je ferais mieux de consulter un plombier. Vous vous imaginez un médecin qui vous balance une chose pareille ? »

Blessée, insultée, elle avait sollicité l'avis d'un autre spécialiste qui s'était montré en l'occurrence bien plus aimable, mais qui lui avait confirmé la chronicité de son incontinence. Hennessey disait vrai : il n'y avait plus rien à faire.

« Et ce second toubib, il vous a expliqué la raison de votre problème ?

— Bien sûr que non. Ils s'en gardent bien. Ils se couvrent les uns les autres. Il le sait probablement. En vérité, je suis sûre qu'il le sait. Mais je suis la dernière à qui il l'avouerait. N'est-ce pas incroyable, tout de même ? C'est mon corps qu'il a cassé, et il faut que je vive avec ça, mais aucun d'entre eux n'est assez homme pour se mettre à table.

— Vous êtes sûre que c'était une erreur de Hennessey ? »

Elle leva vers lui un regard de pur désespoir, mais se ressaisit aussitôt.

« Je vais vous dire ce que je sais : quand je suis entrée en salle de chirurgie, je fonctionnais parfaitement. Quand j'en suis sortie, je n'étais plus qu'une passoire. Le chirurgien était Hennessey. De la logique pure, monsieur. Ça ne peut venir que de lui. » Elle se tut et désigna de nouveau son entrecuisse. « Savez-vous ce que je porte sous ce pantalon ? Une culotte en plastique, comme un bébé, et j'use quatre couches par jour. »

Un peu plus tard, juste avant que Winter s'en aille, elle alla chercher un carton à dossiers dans la maison. Les autres victimes de Hennessey s'étaient réunies pour partager leurs diverses expériences. Les histoires de toutes ces femmes se ressemblaient. Une telle arrogance qu'on en oubliait de s'interroger sur sa compétence. Une opération sabotée qui a mal fini. Des mois et des mois de souffrances post-opératoires, les blessures avivées par le refus catégorique de Hennessey de se reconnaître le moindre tort. Elle feuilletait parmi les piles de lettres, et Winter reconnut au passage quelques noms de plaignantes, récoltés précédemment par lui-même. Finalement, avec un petit grognement de satisfaction, elle trouva ce qu'elle cherchait.

« Voilà, vous avez de quoi noter ? »

Elle s'appelait Nikki McIntyre. À la différence de la plupart des victimes de Hennessey, elle n'avait qu'une vingtaine d'années. Elle était aussi très belle, et si Winter avait vraiment envie de voir les dégâts qu'un type comme Hennessey pouvait provoquer, alors il ne pourrait pas mieux faire que de lui rendre visite. Elle habitait Meon Valley, et son histoire méritait d'être connue de tout le monde.

Winter nota le numéro et demanda à Dierdre si par hasard elle savait où était passé Hennessey ? Les avocats de leur association gardaient-ils le contact avec lui ? Y avait-il eu rencontre récemment ?

Dierdre secoua la tête. Cela faisait des mois qu'elle n'avait pas vu Hennessey, ce qui était aussi bien.

« Pourquoi cela ? » Winter était debout, prêt à prendre congé, impatient de poursuivre son enquête.

Dierdre finit de remettre les lettres en place, et ce

ne fut pas avant d'avoir refermé le couvercle du carton qu'elle leva les yeux.

« Parce qu'il y a des jours, dit-elle avec un léger sourire, où je le tuerais avec joie. »

Dans l'après-midi, Dawn Ellis prit le temps d'aller revoir Shelley Beavis. Une fois Addison formellement accusé d'agression, l'enquête sur l'homme au masque suivait son cours, mais Dawn ne partageait pas la confiance que Rick Stapleton avait dans la force du dossier qu'ils devaient préparer pour le procureur, et elle s'attendait à bien des questions embarrassantes de la part de la défense. Certaines pièces du puzzle ne collaient pas. Et l'une d'elles était Shelley Beavis.

Rawlinson Road avait le même visage de misère urbaine que d'habitude, et la BMW série 7 flambant neuve à moitié garée sur le trottoir devant la porte de l'immeuble où habitait Shelley ne faisait qu'ajouter à la pagaille. Dawn examina la voiture en passant. Il y avait des affaires de sport jetées en tas sur le plancher devant le siège passager — culotte blanche, haut à capuche et chaussettes montantes bleues — et une paire de Reebok neuves dans leur boîte sur la banquette arrière. Un découpage représentant un maillot de football portant le numéro 9 pendait au rétroviseur.

Dawn descendit la volée de marches. Il y avait un Post-it jaune collé sur la serrure. Le message griffonné dessus disait : « Jimmy's ». Rien d'autre. Le Jimmy's était un bar situé à trois minutes à pied. Le décor de cuir et de chrome attirait une certaine clientèle — vendeurs de voitures gros buveurs, dealers de cigarettes de contrebande, tapineuses du plus bas étage —, clientèle figurant souvent dans les rapports de police pour tapage nocturne.

Dawn cogna deux coups à la porte. N'obtenant pas de réponse, elle allait repartir quand elle remarqua des éraflures dans le bois autour de la serrure. Elle écarta le carré de papier. Les marques étaient bien plus évidentes entre le chambranle et le battant, là où on avait pesé sur un levier ou un ciseau. Il fallait s'attendre à ce genre de chose dans le quartier. Les logements des étudiants en particulier étaient les cibles préférées des casseurs, et les ordinateurs et les chaînes hi-fi volés pesaient lourd sur les statistiques de la délinquance. Deux jours plus tôt, quand Dawn et Stapleton étaient venus ici, la porte était intacte.

Se promettant de consulter les appels pour cambriolages, Dawn regagna le trottoir. Elle avait la certitude que le petit mot appartenait au propriétaire de la BMW, et il y avait quelque chose dans ce « Jimmy's » qui éveillait sa curiosité. C'était tellement péremptoire. Sec. Ce n'était pas un message. C'était un ordre. Jimmy's. *Sois là-bas.*

À l'instant où elle entra dans le bar, Dawn sut que la chance était avec elle. Shelley était assise au comptoir sur un tabouret. Elle avait une cigarette dans une main et une canette de Becks dans l'autre, et dès qu'elle eut reconnu Dawn, elle se tourna vers l'homme à côté d'elle en faisant de son mieux pour dissimuler son visage.

Le comptoir ne faisait guère plus de deux mètres de long. Dawn commanda un cappuccino. Shelley était coincée.

« Salut, dit Dawn en lui souriant. Comment tu vas ? »

Shelley secoua la tête, ne sachant que dire. De près, la marque du coup sur la pommette droite était bien visible, et le gonflement commençait à gagner l'œil. Les dégâts, comme ceux de la porte, semblaient très frais.

L'homme s'était maintenant retourné. Il était grand et mince, vêtu d'un T-shirt Armani sous un impeccable costume en lin. Il avait la tête rasée et un bronzage comme seuls en procurent de longs après-midi à la plage. Il y avait quelque chose d'italien en lui, une espèce de langueur étudiée, et cette manière d'afficher une belle condition physique rappela à Dawn le maillot de foot miniature accroché au rétro-viseur de la BM. C'était lui le type qui avait des affaires de sport dans la voiture ? Lui qui avait laissé le mot ?

« Ça boume ? »

Non, pas italien du tout. Pompey pur jus.

« Ça boume. »

Il lui sourit en la regardant. Jamais Dawn n'avait été aussi franchement... évaluée. Il la mata sans l'ombre d'une gêne. Elle portait un T-shirt plus serré que d'habitude, et il ne dissimula pas son approbation.

« J'm'appelle Lee. » Il tendit une main. « T'es une pote à Shel, hein ? »

Dawn jeta un coup d'œil à Shelley, qui aurait bien aimé être ailleurs.

« Oui, si on veut, répondit-elle.

— La fac ? »

Lee regardait Shelley. Qui acquiesça d'un petit mouvement de la tête. « C'est ça.

— Tu fais pas les présentations ? » lui demanda-t-il.

Dawn intervint, se présentant elle-même. Rien ne pouvait dissimuler la panique qu'on lisait dans les yeux de Shelley.

« Bon plan, la fac, dit Lee. Ça me dirait bien, un jour. Les meufs comme Shel et toi, vous savez ce que vous voulez. »

Dawn enfourcha le baratin avec aisance. Après

trois années de brigade, elle connaissait bien la psyché masculine, et particulièrement la langue de la drague.

« Fringué comme tu l'es, tu ne devrais pas traîner dans ce quartier, dit-elle. Porter de beaux vêtements, ici, c'est prendre le risque de se faire arrêter.

— Pour quelle raison ?

— Pour les avoir fauchés. »

Lee trouva ça vraiment très drôle, et Dawn reconnut une nouvelle lueur dans le regard qu'il portait sur elle. Cathy Lamb avait raison en prétendant que le rire était le meilleur des aphrodisiaques.

« Et tu étudies quoi alors ? Les médias, comme Shel ?

— Les gens.

— Quoi ?

— Les gens. J'étudie les gens.

— Tu me fais marcher ?

— Pas du tout. Je fais anthropologie. »

Pas convaincu, Lee regardait Shel, attendant une confirmation. Ce type déteste être désarçonné, surtout par une femme.

« Ouais, anthropologie. » Shelley avait le plus grand mal à articuler. Elle n'était pas seulement inquiète, elle avait une sacrée trouille.

Lee se tourna de nouveau vers Dawn.

« Comment ça se fait qu'on se soit jamais vus, si t'es une amie de Shel ?

— Des matières différentes, répondit Dawn sans hésiter. Et on habite pas le même quartier.

— Tu crèches où ?

— Fareham.

— Fareham ? » Il posa un instant sa main sur l'épaule de Dawn. « T'es sûre que tu veux pas autre chose qu'un café ? Et il y a des choses à voir à Fareham ?

— Plein. Si on sait où regarder. »

Lee haussa un sourcil, l'air plus intéressé que jamais, puis passa son bras autour de Shelley. Dawn nota que la jeune fille frissonna à ce contact, et elle la vit glisser du tabouret et se libérer.

« Faut y aller, dit-elle, finissant sa Becks. Il est tard. »

Lee consulta sa montre et hocha la tête.

« Demande à Shel de t'envoyer une invitation à l'une de nos petites fêtes, dit-il à Dawn avec un grand sourire. Tu aimeras beaucoup. »

Dès qu'ils furent sortis, Dawn gagna une table près de la fenêtre et les regarda s'éloigner sur le trottoir. En dépit du costard et du bronzage, Lee marchait comme un petit gars de Pompey, roulant des épaules, les pognes enfoncées dans les poches. Et, comme une boîte de bière vide se trouvait sur son chemin, il ne put résister à la tentation de la balancer d'un coup de pied dans l'allée d'une maison.

Il s'arrêta devant la BMW, déverrouilla les portières. Shelley avait disparu. Il lui cria quelque chose avant de se glisser derrière le volant. Rawlinson Road était en sens unique. Alors que Lee s'arrêtait aux feux en face du Jimmy's, Dawn sortit un stylo de sa poche. T456GHB.

11

Mercredi 21 juin, fin d'après-midi

Winter venait de rentrer chez lui, quand Faraday appela. Il détestait le pavillon sans la présence de Joannie. Le territoire qu'elle s'était réservé — la cuisine, son fauteuil dans le salon, la chambre d'ami à l'arrière où elle emmagasinait ses trouvailles achetées dans les ventes chez des particuliers — était soudain privé de sa présence physique. Winter le savait bien, c'était là une nouvelle réalité à laquelle il devrait s'habituer, mais cela ne lui faisait pas moins peur.

Faraday s'enquérait de la santé de Joannie. Le ton était chaleureux, secourable, tendre même.

« Elle va bien, patron. Elle dort en ce moment.

— Et ça aide ?

— Quoi, patron ?

— Que vous soyez avec elle à la maison ? »

Winter répondit que oui. Faraday avait eu cent fois raison. La nouvelle les avait sonnés tous les deux, mais à deux la charge était moins lourde. Si Joannie était debout à côté de lui en ce moment même, elle serait la première à reconnaître que la présence de son vieux bonhomme lui faisait un bien fou.

Winter vit l'ordonnance posée sur la tablette au-dessus de la cheminée. Joannie avait oublié de l'emporter à Brighton. Il la lui enverrait par la poste.

« Patron... j'ai réfléchi à cette affaire Hennessey. Si je peux revenir dans deux jours, quelles sont mes chances de poursuivre ? »

Faraday lui répondit de ne même pas y penser. Il avait eu Cathy au téléphone et, compte tenu de la faiblesse des effectifs, il doutait qu'elle lui autorise un seul coup de fil concernant Hennessey. Le congé qu'elle lui avait accordé répondait à une urgence : être auprès de sa femme mourante. En revanche, courir après un chirurgien foireux, dont on ne savait s'il avait disparu ou pas, n'avait vraiment rien de pressé.

« À propos, ajouta-t-il, les promoteurs des Quais du Gunwharf sont au courant de l'affaire. Sauriez-vous par hasard comment ils ont pu être informés ?

— Les Quais du Gunwharf ? répéta Winter, pensant à Pete Lamb. J'en ai pas la moindre idée, patron.

— Vraiment ?

— Absolument. Je boxe pas dans cette catégorie de prix.

— Je me doute que vous n'êtes pas acheteur. Je vous demandais si vous aviez parlé avec ces gens. Je me contenterai d'un oui ou d'un non. »

Winter ignora la question. Ce qu'il voulait, c'était qu'on ouvre l'enquête sur Hennessey. Officiellement.

« Vous vous souvenez de Charlie Oomes, patron ? On ne s'est épargné aucun effort, pas vrai ? Ou bien ma mémoire me jouerait-elle des tours ? »

Charlie Oomes était un patron d'entreprise londonien que Faraday avait essayé de coincer pour complicité d'homicide. Tout le monde avait alors déclaré qu'il avait perdu la tête, que Oomes était intouchable, et il s'était entêté. Avec raison.

« C'était différent, murmura Faraday.

— Exact. C'était vous le chef.

— Ce n'est pas ce que je voulais dire.

— Je sais. Mais c'est comme votre dame et vous. Je sais maintenant ce que vous avez éprouvé.

— Vous parlez de ma femme ?

— Non, d'Oomes. C'est une histoire de pif, non ? D'instinct ? Vous vous doutez bien que le type s'est foutu dans la merde, alors vous voulez savoir comment. »

Et Winter énuméra une fois de plus ses arguments — les ratages de Hennessey, les femmes qu'il avait mutilées, le désir de vengeance dont il faisait l'objet —, mais il sentait bien que Faraday ne l'écoutait plus que d'une oreille. Si Winter était décidé à reprendre le boulot, qu'il soit rassuré, il aurait beaucoup à faire. D'après les calculs de Cathy, le nombre des plaintes était sans précédent ; un véritable raz de marée de délits menaçait de les engloutir. Dans ces circonstances, elle se fichait pas mal de l'éventuelle disparition de ce gynécologue.

Winter répondit à Faraday qu'il était désolé d'avoir soulevé cette question ; que Faraday avait certainement raison au sujet de Hennessey et que, de toute façon, tout ça était pure rhétorique, vu que pour le moment il ne pensait qu'à Joannie. À ce propos, il avait eu raison, ils s'en sortiraient ensemble. Exactement comme Faraday l'avait dit.

« Je peux faire quelque chose d'autre pour vous ?

— Non, merci, patron. Mais bravo tout de même.

— Pour quoi ?

— Votre compréhension. »

Un peu plus tard dans l'après-midi, Dawn Ellis revint à l'appartement dans Rawlinson Road. Elle entendit de la musique à l'intérieur. Elle frappa à la porte. La BMW avait disparu.

Shelley Beavis paraissait à moitié endormie. Elle

avait les cheveux en bataille comme d'habitude et portait un grand T-shirt qui lui descendait jusqu'aux genoux. Elle portait un fin bracelet de minuscules perles rouges et vertes à la cheville. Elle n'avait rien à dire à Dawn Ellis.

Dawn entra quand même. Il régnait une forte odeur d'herbe.

« Vous n'avez pas le droit de faire ça », se plaignit la jeune fille.

Dawn l'ignora. D'un rapide coup d'œil dans le logement, elle s'assura que Shelley était seule. Revenant dans le séjour, qui ressemblait à une caverne, elle trouva Shelley assise en tailleur sur la moquette, l'expression verrouillée.

« Il va revenir, dit-elle d'une voix minérale. Vous avez intérêt à vous arracher.

— Pourquoi ça ? Il m'aime bien, non ? Il ne l'a pas caché, que je sache.

— Il les aime toutes, quand elles ont des seins comme les vôtres. »

Dawn la considéra avec attention. Les filles telles que Shelley Beavis faisaient toujours vibrer en elle la fibre maternelle. Et la môme avait sûrement besoin de quelque chose de consistant dans l'estomac et d'un brin de câlin. Elle avait aussi besoin de parler. Il y avait une paire de sandales en cuir et un jean par terre. Dawn les lui tendit.

« Habille-toi, tu veux ? Je t'emmène boire un verre.

— Je ne veux pas d'un verre. Je veux rester ici.

— D'accord. Alors, on attendra ensemble. »

Elle s'assit sur le lit. Un exemplaire de *Loaded* était ouvert sur un article traitant des fantasmes sexuels préférés des femmes. Dawn en commença la lecture, s'étonnant de l'usage qu'on pouvait faire d'un concombre préalablement réchauffé dans de l'eau chaude et d'un pot de yaourt grec. Du coin de l'œil, elle vit Shelley se lever et enfiler son jean et une paire de tennis. Sur le point de partir, Dawn désigna le magazine.

« C'est à toi ? »

Shelley lui jeta un regard peu amène. « Vous plaisantez, j'espère. »

Elles allèrent dans un pub près du front de mer, le choix de Shelley. À cette heure, l'endroit était fréquenté par des familles revenant de la plage, venues avec leurs enfants pour l'Happy Hour, les plats pas chers et deux bières pour le prix d'une. Dawn trouva une table tranquille dans le fond, sachant que ce n'était pas le genre d'établissement où viendrait frimer un type avec BM et sapé Marbella.

Dawn revint avec leurs verres.

« Qui est-il ? » demanda-t-elle.

Shelley ne répondrait pas. Ce qui l'emmerdait vraiment, c'étaient toutes ces conneries au Jimmy's.

« Quelles conneries ?

— Ouais, qu'on serait copines, vous et moi. Et que vous êtes à la fac, que vous étudiez je ne sais quoi.

— Mais tu as marché avec moi, fit remarquer Dawn. Tu aurais préféré la vérité ?

— Bien sûr que non.

— Alors, où est le problème ?

— Le problème ? Le problème, c'est que vous lui avez tapé dans l'œil.

— Et après ? Je suis une grande fille.

— Ouais, mais... » Shelley baissa un bref instant la tête, le visage enfoui dans ses mains, et se redressa. « Savez-vous ce que ça veut dire ?

— Mets-moi sur la piste.

— Il est timbré, voilà ce que ça veut dire. Un vrai dingue. Et maintenant, c'est moi qui me tape votre histoire de fac. Il veut que je lui donne votre téléphone. Il veut que je vous appelle. Vous n'aviez pas besoin de cette histoire. Et moi non plus. » Elle tendit la main vers sa pinte et s'envoya une grande lampée. Le cidre parut lui éclaircir les esprits. « Alors, s'il vous plaît, foutez-moi la paix, d'accord ? »

Dawn se garda de répondre. Deux papas emmenaient leurs garçons à la table de billard. Un joli coup d'un des joueurs arracha un cri d'étonnement à l'un des gamins.

« Tu ne m'as toujours pas dit son nom, lui rappela Dawn.

— Et je ne le veux pas. Plutôt, je ne peux pas.

— Tu ne peux pas ? » Dawn tendit la main pour lui effleurer le visage là où bleuissait la marque du coup, mais Shelley s'écarta. « C'est lui qui a fait ça ?

— Non.

— Tu mens.

— Non, je ne mens pas.

— Que si. Il s'appelle Lee Kennedy. Il possède une maison à North End. Salamanca Road, numéro 45. Il totalise trois condamnations pour agressions et un tas de contraventions pour infractions au code de la route. Le dernier type qu'il a cogné est resté deux jours à l'hôpital. Et ça, c'est ce qu'on sait de lui. Dieu seul sait ce qu'il a encore fait. »

Le fait que Dawn sût tout de Lee Kennedy suspendit la conversation. Shelley contemplait son verre, refusant d'ajouter un mot. À la fin, Dawn se pencha au-dessus de la table. Elle désirait que Shelley l'écoute bien car elle ne le répéterait pas.

« Tu as lu le journal local ? On a inculpé Addison pour attentat à la pudeur et coups et blessures. Il a obtenu la liberté provisoire, mais un titre comme « Arrestation d'un maître assistant dans l'affaire Donald Duck » ne va pas arranger sa carrière. Je ne sais si tu as cherché à le revoir mais, que je sache, tu n'as pas été très honnête avec lui. Il y a des choses que tu ne nous as pas dites, Shelley, et si tu as de l'estime pour Addison, le moment est peut-être venu de le montrer. »

Dawn s'adossa de nouveau à sa chaise, tendit la main vers son verre, prenant son temps. Elle n'avait pas parlé de Shelley avec Faraday ni même avec Rick, parce que la pratique de son travail ne laissait guère de place aux vagues intuitions. Ils lui reprocheraient d'avoir perdu du temps avec une conversation de ce type.

« Eh bien ? »

Shelley était livide. À moins d'être meilleure actrice encore qu'Addison l'avait déclaré, la gosse ignorait manifestement ce qui était arrivé à son professeur.

« Sans blague ?

— C'est la vérité. Il passera au tribunal.

— Et après ça ?

— S'il est reconnu coupable, il sera condamné.

— À la prison ?

— Bien sûr. » Elle hocha la tête. « C'est dur, et probablement injuste aussi.

— Vous pensez qu'il est innocent ?

— Je n'ai pas dit ça. Mais demande-moi si nous connaissons bien toute l'histoire, et je répondrai non. Alors... » Elle sourit, le regard froid. « Pourquoi ne pas m'éclairer un peu ? Là, tout de suite ? »

Shelley parut réfléchir à l'invite, suivant d'un ongle parfait le bord de son verre. Dawn, qui l'observait, se disait qu'elle avait deviné juste, concernant la jeune fille. Celle-ci savait quelque chose.

Finalement, elle secoua la tête, et il y avait du regret dans son geste. « Je ne peux pas. Vraiment pas.

— Il te fait peur, n'est-ce pas ? Ce Lee ? »

La môme acquiesça avec une totale franchise. « Il

ferait peur à n'importe qui. Quand ça lui prend, il déjante grave.

— Et il te frappe. C'est lui qui t'a fait ça, à la joue ?

— Oui.

— Tu as une liaison avec lui.

— On baise. Mais j'appellerais pas ça une liaison.

— Alors pourquoi ne pas l'envoyer promener ?

— Impossible. » Elle effleura sa pommette de ses doigts. « Je dois attendre qu'il en ait assez de moi. »

Dawn la regarda dans les yeux. Elle entrevoyait un début de confiance entre elle et la jeune fille. « Il y a des moyens de te sortir de là.

— Ah oui, lesquels ?

— Tout témoin bénéficie d'une protection. On te trouve un nouveau logement.

— Vous ne savez pas comment il est.

— C'est vrai, mais notre bande est bien plus forte que la sienne, crois-moi.

— Il me retrouvera, je le sais. Quoi que vous fassiez. Il est comme ça. Il n'abandonne jamais. Jamais. C'est pourquoi j'ai peur de cette histoire.

— Quelle histoire ?

— Mais qu'on soit copines de fac. Il a des vues sur vous, je vous le garantis. Je le connais. Je sais comment il s'y prend pour...

— Pour ?

— Rien. Vous n'avez pas envie de le savoir.

— Au contraire, Shelley. Au contraire. »

Dawn, qui observait la jeune fille, prit une décision. Elle se pencha de nouveau au-dessus de la table. « D'accord, on va procéder différemment. » Elle griffonna une série de chiffres sur un bout de papier qu'elle tendit à Shelley. « C'est le numéro de mon portable. Dis-lui que j'attends son coup de fil. Et aussi que l'intérêt qu'il me porte est réciproque. »

Shelley contemplait le numéro d'un œil éteint. La

réaction était plus longue que Dawn s'y était attendue. Finalement, la môme leva les yeux.

« Ça veut dire qu'on doit continuer de jouer les copines ? »

Dawn lui répondit d'un hochement de tête. « Addison risque de s'en prendre pour quatorze ans, annonça-t-elle d'une voix posée. Réfléchis à ça aussi. »

Cathy Lamb avait rendez-vous avec Pete, son ex, aux Wines Vaults dans Albert Road. Des tonneaux d'authentique ale flanquaient le mur derrière le bar, et Cathy prit le risque d'investir dans deux pintes de Summer Lightning, tout comme la dernière fois, au printemps dernier, quand elle s'était étonnée de l'aisance avec laquelle la rencontre s'était passée.

Pete l'attendait à une table dans la deuxième salle. Il avait changé depuis leur séparation. Il n'avait plus cette expression tendue qu'elle ne lui connaissait que trop, mais plutôt l'air apaisé d'un homme heureux de se retrouver indemne après une dure chute. Il avait pris un peu de poids, ce qui lui allait bien, et du goût pour les chemises bien coupées.

« Santé. » Cathy leva son verre. « Qui fait les achats ? »

Pete s'autorisa un sourire en coin.

« Question sexiste, grommela-t-il. Et dont tu n'attends pas de réponse.

— Elle est mignonne ? Fait partie de la maison, par hasard ?

— Ça, je n'en sais rien, chérie. On ne s'ennuie plus à faire de la conversation, de nos jours.

— Je suis de la police, Pete, tu oublies ? Et dans la police on s'attend toujours au pire.

— Le pire ? » Pete eut un sourire narquois. « Si seulement c'était vrai.

« — Quoi, tu veux dire qu'il n'y a personne ?

— Je veux dire qu'il n'y a personne qui compte.

— Et tu ne peux pas faire mieux ?

— Hélas, non. »

Pete fit tinter son verre contre celui de Cathy, un geste familier qui marquait la fin de cette conversation, et Cathy s'y résigna, s'étonnant en même temps de ce désir qu'elle avait eu d'apprendre à quoi ressemblait la vie de Pete. On ne peut pas avoir vécu avec un homme pendant tant d'années et ne pas le connaître. Où allait-il ? Et pourquoi voulait-elle tant le savoir ?

Il ne lui dirait rien. Il s'enquit de ce nouveau poste qu'elle occupait. Avec qui travaillait-elle ? Qui lui menait la vie dure ? Et, le plus important, ambitionnait-elle une promotion ?

« Passer inspecteur ? Tu plaisantes ?

— Pourquoi, c'est si dur que ça ?

— Ce n'est pas ça. Je m'attendais à ce qu'il y ait du travail. J'ai observé pendant assez longtemps Faraday pour savoir de quoi il retourne. Mais c'est, comment dire, sans répit. Tu ramasses quelques voyous, obtiens deux, trois résultats, tu vas fêter ça au bar, et le lendemain matin tu te réveilles et tout est à recommencer. Ça ne s'arrête jamais. Jamais. »

Elle lui parla des pressions de la direction et de son superintendant. Des rappels incessants des objectifs à atteindre. Des tempêtes de paperasses. Du fait que personne ne savait qui étaient leurs vrais patrons politiques. Ils prétendaient avoir des priorités, des tas de priorités, tellement de priorités qu'on ne savait plus laquelle faire passer en... priorité.

« Tout ça serait sans importance, poursuivit-elle avec une nouvelle énergie, si nous étions assez courageux pour ignorer tous ces pantins. Mais on s'en garde bien. Un tordu du ministère de l'Intérieur a une idée en rentrant chez lui, et quelques minutes plus tard il faut galoper de nouveau. Un conseiller municipal de Paulsgrove écrit au canard local, et on se croirait en pleine guerre. Je commence à croire que certains ne valent pas mieux que les bandits après qui on est censé courir. »

Pete avait presque fini sa pinte. Il savait que Cathy, quand elle s'échauffait ainsi, repartirait de plus belle au moindre froncement de sourcil de sa part. Il préféra changer de sujet.

« J'ai été complètement idiot, l'autre jour, dit-il.

— Quoi ?

— Au sujet de ce type, Hennessey. Te demander de voir si on avait quelque chose sur lui.

— Serais-tu en train de t'excuser, toi ? J'arrive pas à le croire. »

Pete hocha la tête. Il avait tenté sa chance comme toujours, et maintenant il le regrettait. Si elle était partante pour un autre curry, il en serait ravi. En attendant, il allait faire recharger leurs chopes. Alors qu'il se levait, Cathy le retint de la main.

« Il y a une chose que j'aimerais savoir.

— À quel sujet ?

— Hennessey, et c'est par Faraday que je le tiens, dit-elle. Comment les gens du Gunwharf peuvent-ils savoir ce qui s'est passé au Marriott ?

— Je le leur ai dit. Paul m'en a parlé, et j'ai fait passer.

— Pourquoi ?

— Parce que c'était convenu. Ils me paient pour que j'essaie de retrouver leur client, et je dois les tenir informés. Ça s'appelle un service monnayé, Cath.

— Et Winter le sait ?

— Bien sûr. On se refile des tuyaux. Allons, Cath, ça n'est pas bien compliqué à comprendre.

— Bien entendu, mais ça reste quand même un bien mauvais plan. Ils te crucifieront s'ils le découvrent. »

Pete lui sourit, manifestement amusé par l'inquiétude de Cathy. L'instant d'après, il revenait du bar avec deux chopes pleines. Troublée par la confiance affichée par Pete, Cathy était décidée à lui faire mesurer les risques qu'il prenait mais, pour le moment, c'était Winter qui l'inquiétait le plus. Au foyer, il avait manifesté à l'égard de Hennessey une véhémence qu'elle ne lui connaissait pas, lui qui observait toujours une grande distance.

« Alors, tu en penses quoi, de ce chirurgien ? » demanda-t-elle.

Pete prit une première gorgée et s'essuya la bouche du revers de la main.

« Pour être franc, j'en pense fichtre rien. Mais j'ai lu les coupures de presse, et *incompétent* est un mot bien doux pour qualifier le personnage. »

12

Mercredi 21 juin, dans la soirée

Le silence dans la maison lui devenant insupportable, c'est au pub que Winter s'en fut lire le dossier de Nikki McIntyre.

Née le 23 septembre 1972, d'après les propres notes de Hennessey, elle avait donc aujourd'hui vingt-sept ans. Durant une période de sept années, Hennessey l'avait opérée en quinze occasions, mais il n'apparaissait pas clairement s'il s'agissait de consultations ou d'interventions chirurgicales. Le jargon des rapports médicaux, impénétrable, n'offrait aucune explication de l'état de santé de la patiente. Dès le début, elle avait souscrit une assurance santé pour payer les honoraires de Hennessey. La plupart des soins avaient été dispensés à l'Advent Hospital, à South Kensington, et il y avait le compte précis des factures envoyées par Hennessey à la compagnie d'assurances.

Winter alla refaire le plein au bar avant de se plonger dans les sommes. Une fois qu'on avait soustrait le coût d'un cabinet de consultation et d'une salle de chirurgie à l'hôpital, réglé leur dû aux anesthésistes, au personnel soignant et au secrétariat, ce qui restait revenait au chirurgien. Au cours des sept années, celui-ci s'était fait un peu moins de quarante mille livres, et ce pour toutes les misères infligées à Nikki McIntyre.

Winter contemplait le chiffre avec stupeur. C'était un joli magot. De quoi rembourser leur emprunt sur le pavillon, à Joan et lui, et encore en leur laissant cinq mille livres de rab. Assez de fric pour acheter à Joannie une ou deux années de plus. Il existait des médicaments très chers, capables d'opérer ce genre de miracle. Winter avait lu un article là-dessus dans un des *Hello !* de Joannie. C'était même de cette façon que les gros rupins gardaient la ligne et les dents blanches. En s'achetant un petit morceau d'immortalité.

Revenant aux rapports médicaux, Winter s'efforça de comprendre de quoi souffrait au juste la patiente, mais les termes étaient tellement techniques qu'il lui aurait fallu au moins deux ans de fac de médecine pour se faire une idée précise.

Alors qu'il asséchait sa deuxième pinte, Winter fut soudain frappé par une autre pensée. Jusqu'ici, il s'était dit que la carrière de Hennessey était bel et bien terminée. Appelé à comparaître devant le conseil de discipline de l'Ordre, menacé de poursuites judiciaires à la suite des plaintes déposées contre lui, le bonhomme avait sans doute pris la sage décision de quitter la scène. À en juger par ce que lui avait rapporté une seule patiente, il devait avoir planqué son fric dans quelque paradis fiscal et, s'il était toujours en vie, s'apprêtait maintenant à filer à l'étranger.

Son passage à l'hôtel Marriott faisait peut-être partie de ces préparatifs. Il avait deux ou trois choses à régler. Une maison à vendre, le cottage de New Forest à libérer, d'autres biens à réaliser. Quelque part sur la route, son passé l'avait rattrapé sous l'aspect de cet homme filmé par la vidéosurveillance et, au fond de lui, Winter était persuadé que Hennessey était déjà mort. Mais en admettant que ce ne fût pas le cas ? Et s'il avait survécu à l'attention particulière que lui prêtait cet inconnu en blouson de daim ? Était-il donc encore libre de manier le scalpel, ce boucher patenté des pires cauchemars des femmes en douleurs ? Était-il, Dieu nous vienne en aide, prêt à charcuter de nouveau ?

Winter grogna entre ses dents et jeta un coup d'œil à sa montre. La motivation dans le travail n'avait jamais été un problème pour lui. Il chassait les délinquants comme on le fait d'une mauvaise odeur. C'était instinctif. Nécessaire. Mais cette enquête-ci était spéciale ; un malheur personnel l'avait transformée en obsession. Il retrouverait Hennessey, mort ou vivant. Rien que pour remettre sa propre vie sur les rails. Merde, il était toujours détective, non ? Il pouvait encore tendre des pièges, établir le lien entre le mobile et le passage à l'acte, acculer les méchants dans un coin et les observer se détruire eux-mêmes. C'était cela que lui avaient appris vingt années à la criminelle. Les ficelles du métier, il les connaissait toutes. Jamais il n'avait échoué à retourner une situation à son avantage. Jamais.

Dehors, sur le parking, il composa sur son portable le numéro de Nikki McIntyre. Une voix d'homme lui répondit.

« Capitaine McIntyre. Qui est à l'appareil ? »

Il y avait une certaine impatience dans le ton. Il se faisait tard. C'était là une question d'étiquette, de règles non dites. Winter expliqua le but de son appel. Il enquêtait sur la disparition d'un homme appelé Hennessey. Il avait quelques questions à poser à Nikki McIntyre. Où pourrait-il la contacter ?

« Vous aurez du mal. Venez plutôt me voir.

— Pour parler de Hennessey ?

— Bien sûr. Vous êtes de la police, dites-vous ?

— Oui, détective à la brigade criminelle.

— Parfait. Rien ne me fera plus plaisir. »

Faraday, assis au bout d'une longue table dans un restaurant, se laissait gentiment gagner par l'ivresse. La conversation courait comme une eau vive autour de lui, gazouillis de rires et de mots, et il s'abandonnait au fil du courant, insouciant de l'issue de la soirée. Pour une fois, il était libre, sans collier ni laisse.

Cela faisait dix mois que tous les mercredis soir il suivait en auditeur libre un cours de français à la faculté des langues étrangères. Il s'était inscrit pour une bonne raison : étoffer le peu qu'il savait de manière à pouvoir rendre visite à son fils à Caen et hasarder une conversation avec la femme que celui-ci envisageait sérieusement d'épouser. Communiquer avec J-J n'avait jamais présenté de difficulté. Le langage des signes — sans parler d'un vocabulaire de gestes résolument personnels — leur avait toujours amplement suffi pour échanger leurs impressions et sentiments. Mais s'entretenir avec Valérie était une autre paire de manches. Elle avait appris assez de signes pour se faire comprendre de J-J, mais son anglais était loin d'être parfait et elle rechignait instinctivement à s'aventurer dans une langue qui lui restait étrangère. À Faraday donc de faire la moitié du chemin vers elle.

Le serveur venait d'apporter une autre bouteille de vin rouge, et Faraday remplit les verres autour de lui. Il avait entrepris ces cours avec quelque appréhension mais, à son grand étonnement, il s'était senti immédiatement chez lui parmi les élèves de ce cours du soir. Son travail ne lui donnait jamais l'occasion de socialiser ainsi, et il se réjouissait de pouvoir plonger dans le petit monde des autres sans arrière-pensée.

Il y avait un type qui restaurait des meubles, à Hayling Island, et se rendait souvent en France pour faire les ventes aux enchères locales. Un autre, mécanicien auto de son état, voulait échanger son atelier derrière Fratton Road pour une ruine en Normandie. Il y avait aussi une femme qui, elle, ambitionnait depuis toujours de lire *Madame Bovary* dans le texte. Tous étaient amicaux, sans chichis et joyeux convives, et ils menaient leurs existences loin du cercle de wagons à l'intérieur duquel se retranchaient Faraday et ses collègues. Un mois après son inscription, Faraday se découvrit impatient qu'arrive le mercredi soir. Et à Noël, tous ces gens étaient devenus ses amis.

« *Encore du vin ?*

— *Bien sûr. Pourquoi pas ? * »

Il y avait également autre chose, qui n'avait pas manqué de le surprendre. Loin d'être effarouché par l'apprentissage de la langue, il s'en était littéralement délecté. Il aimait sa subtilité, son étrangeté dans sa bouche. Il aimait sa précision, sur laquelle insistait son professeur, une Française. Il affectionnait surtout les puzzles linguistiques qu'il était peu à peu capable d'assembler, pas seulement le parler pratique du voyageur mais des descriptions verbales de lieux qu'il aimait, des choses qui l'émouvaient et, bien entendu, les oiseaux. Au seul mot de *rossignol* *, il s'endormait avec un sourire aux lèvres.

Sa fascination pour cette langue avait grandi avec les mois. Pour Noël, Ruth lui avait offert un bon dictionnaire. En février, il pouvait écrire de manière acceptable. Il ne se sentait pas encore prêt à affronter Valérie, mais la lente découverte des plaisirs qui l'attendaient au terme d'un de ses démêlés avec la grammaire ravivait encore son désir d'en apprendre plus. Il avait l'habitude des puzzles. C'était une affaire de détection, après tout. Trouver la pièce manquante. Mais c'étaient les destinations qui différaient, les lieux où elles vous entraînaient. Si le travail de détective vous abandonne souvent dans le cœur des ténèbres, la langue française, elle, vous plongeait dans la lumière.

Dans le restaurant, Faraday était assis en face d'une femme d'origine espagnole, Marta. Elle lui avait avoué dès le début que son intérêt pour le français était purement social, une manière de faire des rencontres dans une ville où elle était étrangère, et elle n'avait pas fait mystère qu'il lui plaisait.

Belle, vivante, elle avait moins de quarante ans, s'habillait avec un goût extrême, et ses arabesques mondaines suscitaient les bavardages du petit groupe. Elle était toujours la première à proposer un verre au pub, après le cours, histoire de décompresser. Faraday se souvenait de la fois où deux des hommes mariés avaient pris l'une des œillades de Marta pour une invitation. Il avait été fasciné par l'aisance avec laquelle elle avait joué avec eux. À sa connaissance, ni l'un ni l'autre n'avaient posé un doigt sur elle. Cependant trois de ses camarades mâles, et aucun n'était idiot, étaient convaincus qu'elle était folle d'eux. Elle excellait à ce jeu-là, et tout restait d'une totale innocence, ce qui ajoutait à son charme. Faraday le savait parce qu'elle le lui avait dit. Les hommes mariés n'étaient pas son style. Faraday, qu'elle avait deviné célibataire, l'était, lui.

Le repas s'acheva vers 11 heures. Après l'habituel échange d'adresses, ils convinrent d'une réunion de la classe à la fin de l'été. Ils se dirent au revoir, et Faraday se mit à guetter un taxi. Il en passa un de l'autre côté de la rue, mais le chauffeur ignora son grand geste. Il sortait son portable pour appeler une compagnie, quand une voiture s'arrêta devant lui. Il reconnut la silhouette basse de l'Alfa Romeo. La voiture de Marta.

Elle fit descendre la vitre côté passager et se pencha vers lui. « Montez. »

Faraday monta. L'intérieur de l'Alfa sentait l'exotique. Odeur de cuir et de parfum exquis.

« Vous avez bu ? lui demanda-t-il.

— Très peu. Je n'ai pas besoin de boire. »

C'était vrai. Faraday l'avait souvent observée quand ils se rendaient dans un pub. Elle se limitait toujours à un seul verre de vin qu'elle sirotait de temps à autre.

« Je suis pété comme un coing, lui annonça-t-il. Alors, je vous fais d'avance toutes mes excuses. »

Il la regarda et, soudain conscient de ce qu'il venait de dire, éclata de rire. Et ce rire dura toute la longueur de Copnor Road.

« J'ai vraiment dit ça ? répétait-il. C'est moi, moi, qui ai parlé ? »

Elle se contenta de lui sourire. Elle voulait savoir où il habitait, elle avait besoin qu'on la guide.

« J'habite au bord de l'eau, dit-il. Au bord de l'eau. Avec les oiseaux.

— *Comment ?*

— *Les oiseaux. Partout.*

— *C'est vrai ?*

— *Oui. Absolument. * »

Elle lui jeta un regard. Elle venait d'apercevoir la grande tache noire des eaux du port au bout de la rue. Ils approchaient du front de mer.

« Je vous aime bien, soûl, dit-elle. Et même plus. »

Elle se gara devant la maison. Elle leva la tête vers le ciel et respira à pleins poumons l'air chaud de la nuit. Faraday avait du mal avec la clé et la serrure. Il sentit soudain sa main sur la sienne.

« Ici », dit-elle.

La porte s'ouvrit. Le temps que sa main trouve l'interrupteur, elle avait refermé la porte. Au bruit du verrou, il la regarda avec quelque étonnement.

« Parfait, murmura-t-il. Pourquoi pas ? »

Elle passa devant dans l'escalier, s'arrêtant pour regarder les photos de Janna qu'éclairait la lumière du couloir.

« Qui les a prises ?

— Ma femme. Il y a bien longtemps.

— Vous avez divorcé ? »

Faraday secoua la tête. « Elle est morte. »

Ils étaient arrivés sur le palier. La porte de la chambre de Faraday était ouverte. Marta mouilla son doigt et le pressa sur les lèvres de Faraday.

« Une minute », dit-elle.

Faraday se déshabilla en se soutenant à la porte de la penderie. Il tombait son pantalon, quand il sentit le corps de Marta se presser contre son dos. Il se retourna. Elle était nue. Elle l'embrassa doucement, puis glissa sur les genoux et, le débarrassant de son caleçon, leva vers lui un sourire nacré.

« En France, c'est par ça qu'ils commencent. »

Bien plus tard, émergeant du sommeil, Faraday se souvint des vidéos qu'il avait visionnées, celles montées par Addison, et il se pencha vers elle, lui murmurant son désir. Elle avait voulu connaître ce qu'il aimait, ce qui le faisait vraiment jouir, la position qu'il préférait, et elle avait apporté à leurs ébats une candeur et un abandon qu'il n'avait jamais pu établir une seule fois avec Ruth. Il n'y avait rien que cette femme ne fût prête à faire, et c'était d'autant plus excitant qu'elle y prenait toujours le plus extrême plaisir.

Elle se réveilla avec un infime sursaut, le regardant de ses grands yeux marron. Il lui murmura de nouveau son envie, et elle hocha la tête, ses dents blanches brillant dans la pénombre.

« Pourquoi pas ? » souffla-t-elle.

Dawn Ellis dormait quand son portable sonna. Elle roula sur le côté, tâtonna parmi ses affaires en vrac sur la descente de lit. Il était 2 h 48 du matin à son réveil. Merde. Une urgence de nuit.

« Oui ? »

C'était une voix qu'elle reconnaissait vaguement, une voix d'homme, très Pompey. Il parlait lentement. Il avait une proposition à lui faire. Une proposition qu'elle allait trouver intéressante, une qui lui rapporterait pas mal de fric.

Dawn se releva sur un coude. Ça venait de lui revenir : le Jimmy's, et le type au numéro 9.

« Et il s'agit de quoi ?

— Il faut qu'on parle.

— C'est ce qu'on est en train de faire.

— Faut qu'on se voie, je voulais dire. Appelle-moi demain. »

Il lui donna un numéro. Qu'elle lui téléphone dans la matinée, à n'importe quelle heure, et ils se fixeraient un rendez-vous. Chez lui ou chez elle, ça lui était égal. Il n'avait rien à cacher. Il lui offrait seulement une chance de mieux se porter.

« Tu suis mon regard ? »

Dawn cherchait de quoi noter. Ces saloperies de stylos n'étaient jamais là quand on avait besoin d'eux. Elle trouva un bout de crayon.

« Redonne-moi le numéro, dit-elle. Je n'avais rien pour écrire. »

13

Mardi 22 juin, 8 heures

Marta était partie quand Faraday se réveilla. Il tendit la main vers elle comme un aveugle, s'attendant à la douce chaleur de la chair, mais elle n'était plus là, et il n'eut la preuve de sa présence qu'en remarquant ses propres affaires bien pliées et rangées sur le fauteuil près de la porte. Il se leva, sachant que ce serait douloureux. Le soleil était déjà haut, et la lumière du port lui transperça les yeux et le crâne.

Il avalait son deuxième verre d'eau dans la cuisine, quand il remarqua le message qu'elle lui avait laissé sur le dos d'une vieille enveloppe : un numéro de portable, et « Appelle-moi. Avant midi. »

« Appelle-moi » ? Faraday, encore nu, regarda par la fenêtre l'endroit où elle avait garé sa voiture. Son métier était de rassembler des indices et d'établir des preuves, et il découvrait qu'il ne savait pas grand-chose de cette femme. Elle habitait quelque part à Fareham, dans cette étendue de banlieues qui s'étire en direction de Southampton. Elle avait un chien appelé Gaudi, un épagneul. Elle travaillait chez IBM, dans les bureaux de la direction, un poste de cadre modérément important. Elle conduisait une voiture nerveuse avec brio. Elle était royale au lit. Pour ce qui était du reste — sa vie privée, ses amis, ses enfants, si elle en avait — Faraday n'avait pas le moindre indice.

Il remplit le lavabo d'eau froide et y plongea la tête. Le remède était violent, mais le martèlement dans son crâne s'atténua quelque peu. Il parvint à avaler deux toasts sans vomir. Les plaisirs de telles nuits étaient à double tranchant. Le plaisir charnel avait été d'autant plus grand qu'il l'attendait depuis longtemps, mais la gueule de bois était brutale. Après tout, on n'avait jamais rien gratuitement.

Il monta à l'étage pour s'habiller. Il y avait ce matin une nouvelle réunion avec Hartigan et des membres de la direction, et il n'avait surtout pas envie de payer son retard d'un silence éloquent. Redescendant dans la cuisine pour y chercher les clés de la voiture, il vit sur la table la photocopie du rapport d'accident que lui avait envoyé la brigade routière de Winchester. Le dossier avait dû éveiller la curiosité de Marta, car il était ouvert à l'une des photos de la collision : un grand angle montrant toute la scène. Adieu, Pays des Merveilles, pensa Faraday. Bienvenue dans le réel.

La Vectra de Prentice s'était arrêtée légèrement en travers de la chaussée, laissant un sillage de verre brisé provenant des phares et des clignotants de devant. Le capot de l'Opel s'était plié sous le choc, distordant le cadre du pare-brise, lui-même délogé. La Fiesta avait été projetée par l'impact quelques mètres plus loin. Il ne restait pratiquement rien de l'avant, et le bloc moteur avait profondément griffé le bitume.

Faraday examinait la photo, conscient du retour de son mal de tête. Il avait lu et relu le rapport pour bien comprendre les calculs auxquels s'étaient livrés les gens de la routière. Ils avaient commencé par les preuves dont ils disposaient et remonté la piste, utilisant l'ordinateur et les mesures de la distorsion du châssis pour établir la vitesse lors du choc. Se réservant une marge d'erreur de trois pour cent, ils étaient sûrs du chiffre qu'ils avançaient. Et cette certitude était la bienvenue, parce que c'était ce que la cour attendrait d'eux. Leur conclusion ?

Faraday referma le dossier et le glissa dans sa serviette. Matthew Prentice roulait à quatre-vingt-cinq kilomètres à l'heure quand il avait tué Vanessa Parry. L'absence de traces de freinage sur la chaussée constituait pour Faraday la preuve concluante. Prentice était au téléphone, cherchant quelque chiffre dans ce catalogue que le jeune motard avait retiré de la voiture. Le salopard avait son portable dans une main et un feutre dans l'autre, et il tenait probablement le volant avec son genou. Qu'il ait levé les yeux avant de percuter la Fiesta ne pouvait rien changer. Le temps de réaction dans une situation de ce type était d'une seconde et demie. Il roulait à vingt-trois mètres à la seconde et, aurait-il découvert la Ford alors qu'il n'en était plus qu'à trente-cinq mètres, il aurait pu éviter le choc d'un coup de volant.

Faraday ferma les yeux pendant un moment, luttant contre la nausée bouillonnant dans son ventre. La vie, en la personne de Marta, venait de lui sourire, mais ces quelques secondes qui auraient peut-être pu sauver Vanessa le désespéraient.

Dawn Ellis passait par Southsea quand elle se souvint que Rick Stapleton prenait deux jours de repos. Il avait réussi, en dépit du manque d'effectifs, à convaincre Faraday d'honorer une vieille promesse. Son ami fêtait le lendemain son quarantième anniversaire. Rick avait un tas de jours de congé à rattraper, et il voulait célébrer dignement l'événement.

La maison que Rick partageait avec son compagnon était située dans le quartier verdoyant de Thomas Owens, au cœur de Southsea. Ils avaient emménagé là depuis Noël dernier seulement, mais Dawn avait le sentiment de connaître parfaitement les lieux. Lors de leurs longues et pénibles surveillances ensemble dans la voiture, Rick pouvait parler pendant des heures du choix du papier peint pour le salon ou des conséquences esthétiques de la préférence donnée à un gris souris contre un beige clair, quand il s'agissait de décider des pastels pour la plus grande de leurs deux salles de bains. Pour Dawn, dont l'intérêt en matière de décoration intérieure se limitait au catalogue d'IKEA, ces conversations étaient une plaisanterie, mais cela ressemblait bien à Rick, que de se prendre de passion pour le bon goût. Le jour où il avait souscrit un abonnement d'un an à *Maisons Traditionnelles,* elle avait compris qu'il était accro.

La maison se dressait au milieu de cinq autres identiques, aux entrées encadrées de colonnes, avec de hautes fenêtres à guillotines et des vérandas en fer forgé à l'étage. Rick vint lui ouvrir. Il portait un tablier de cuisine et affichait un air débordé.

Dawn lui sourit. « Tu ne m'invites pas à entrer ? »

Rick s'écarta sans un mot. Après la chaleur de la rue, la maison avait la fraîcheur d'une tombe. Un vert frais ombrageait le vaste hall, avec ses tableaux magnifiquement encadrés, son gigantesque bouquet de fleurs sur la console et le noble escalier s'élevant vers l'étage. Le contraste avec le chaos urbain que Dawn associait d'ordinaire avec son métier à la criminelle ne pouvait être plus grand, et elle comprenait maintenant pourquoi ils avaient été si peu nombreux à la brigade à avoir franchi cette porte.

Elle suivit Rick au sous-sol, qui s'étendait, immense et tout aussi délicatement aménagé que le hall, et se retrouva dans une imposante cuisine à l'arrière. Les tommettes rouges semblaient neuves et la lumière entrait à flots par deux portes vitrées donnant sur un jardin superbement paysagé.

Rick était en pleine réalisation culinaire, et une d'importance. La longue table de pin était encombrée d'ustensiles, et il y avait un gros tas de carapaces de crevettes sur le *News* de la veille. Le compagnon de Rick, Callum, tenait dans le vieux Portsmouth un restaurant français renommé, mais son expérience et son savoir-faire en cuisine n'avaient pas ébranlé Rick une seconde. Avec son incroyable esprit de compétition, il s'était acheté une brassée de bouquins, et s'était attelé à la tâche.

Dawn lorgnait la cafetière électrique à moitié pleine qui fumait doucement sur sa plaque chauffante. Dans ses moments de tension, Rick pouvait se montrer parfaitement rustre, et elle lui demanda, amusée, si elle pouvait en avoir une tasse.

« Sers-toi, grogna-t-il en finissant de décortiquer plusieurs gousses d'ail qu'il versa dans un hachoir électrique.

— Tu attends du monde ?

— Quelques amis.

— Combien ?

— Quarante-cinq, à un ou deux près. » Il fronçait les sourcils d'un air attentif, ajoutant quelques cuillerées de yaourt et une pincée d'épices dans le hachoir.

« Ce soir ?

— Non, demain. » Rick désigna une rangée de saladiers recouverts d'un film plastique. « Tout ça doit aller dans le frigo.

— Alors, c'est demain, ton examen de cuisine ?

— Très drôle. »

Dawn se versa du café. Elle était venue pour lui parler de Shelley Beavis.

« Ça, c'est le bureau, dit-il en tranchant des oignons. Et ça m'emmerde.

— Moi pas. »

Elle lui parla de sa rencontre au Jimmy's et du coup de fil nocturne qui avait suivi, répétant le dialogue mot pour mot. Le rythme du couteau sur les oignons ralentissait.

« Et de quoi il retourne ?

— C'est justement ce que je veux savoir. »

Elle lui fit part de son besoin de revoir l'affaire Addison. Il la regardait, la main sur le hachoir, sans dissimuler son agacement. En ce qui le concernait, Donald Duck était déjà de l'histoire ancienne. Ils avaient coincé Addison, apporté un paquet de preuves, et le reste regardait la justice. Le masque seul devait lui valoir une condamnation.

« Et si ce n'est pas lui ?

— C'est lui. Tu ne m'écoutais pas.

— J'ai cru l'entendre déclarer que ce n'était pas lui.

— Oui, il l'a dit, ma chérie. Et c'est mal de ma part de ne rien en croire. » Rick rinçait maintenant du cresson, secouant chaque brin au-dessus de l'évier. Quand il eut fini, il se tourna de nouveau vers elle. « Écoute, où ça mène tout ça ? Moi, j'ai du travail, comme tu le vois.

— Pour répondre à ta question, ça nous mène à un rendez-vous avec mon nouvel ami.

— Non, sérieusement, tu vas aller voir ce mec ?

— Bien sûr. C'est pourquoi je suis venue ici. »

Rick la considéra avec attention, se demandant si elle parlait sérieusement ou pas, et il finit par secouer la tête.

« Pas question. Compte pas sur moi pour marcher dans cette histoire.

— J'ai seulement besoin d'un soutien.

— Et comment donc !

— Tu n'es pas obligé de le rencontrer. Je lui donnerai rendez-vous dehors. Dans le quartier. Ou ailleurs. C'est comme tu veux. Tu peux choisir l'heure aussi.

— Et tu penses à aujourd'hui ? » Il embrassa la table d'un geste de la main. « Et qu'est-ce que je fais de tout ça ? Je laisse tout en plan ? Je m'en lave les mains ? C'est censé être une surprise ce que tu vois là, ma chérie. Callum rentre vers 3 heures de l'après-midi. J'ai donc pas mal de trucs à finir, sans parler de quelques courses. Ce soir, nous allons à Bosham. Chez des amis.

— Eh bien, dans ce cas, disons après 3 heures.

— Mais pourquoi ? Pourquoi cette soudaine certitude qu'on se serait trompés ?

— Shelley.

— Eh bien quoi, Shelley ?

— Il y a des tas de choses qu'elle ne nous a pas dites. Et la plupart concernent Addison.

— Ouais ? Et comment le sais-tu ? »

Dawn le regarda, puis elle trempa un doigt dans le mélange de yaourt et d'ail et le porta à sa bouche.

« Intuition féminine. » Elle lui sourit et désigna le tablier. « 3 heures et demie, d'accord ? Tu auras le temps de te changer. »

Ronald McIntyre, le père de Nikki, habitait une grange joliment reconvertie en habitation à l'écart du village de Meonstoke, niché dans Meon Valley au nord de Fareham. Winter gara sa voiture dans l'allée de gravier et prit le temps d'admirer la vue. Une pelouse fraîchement tondue descendait vers la rivière, dont un couple de canards remontait lentement le courant, traînant leurs petits derrière eux. De l'autre côté de la maison, un jardin potager était planté de haricots verts et de tomates. Sur la petite fenêtre à côté de la porte, quelqu'un avait affiché un avis : c'était bientôt la fête au village.

Winter descendit de voiture, humant la douceur de l'air. Joannie *aurait adoré* cet endroit, pensa-t-il, réalisant que le temps qu'il venait d'employer en faisait déjà une morte.

Ronald McIntyre était un homme maigre, d'une soixantaine d'années, au maintien sévère et à l'expression contrariée. Ses cheveux blancs, coiffés en arrière, bouclaient sur le col de sa chemise, et son visage marbré révélait un penchant pour l'alcool. En dépit de la chaleur, il portait un blazer de drap épais, dont le revers portait un insigne de marine.

Du xérès dans une carafe attendait sur un plateau d'argent dans le salon. Winter se tint devant la fenêtre tandis que son hôte versait deux verres. La vue s'étendait au-delà de la rivière, jusqu'au vert et lointain renflement des prairies. Les canards avaient disparu à un détour du cours d'eau.

« Pour quelle raison vous intéressez-vous à Hennessey, inspecteur ? »

Winter salua la promotion d'une ombre de sourire et raconta ce qui s'était passé dans la chambre de l'hôtel Marriott. McIntyre écoutait attentivement, alternant hochements de tête et gorgées de xérès. Winter, qui préférait la position assise à la verticale se demanda pourquoi cet homme traitait cette entrevue comme un cocktail. Il avait rarement rencontré quelqu'un de plus obstinément formaliste.

« Beaucoup de sang, dites-vous ? Dans la salle de bains ?

— Disons, suffisamment.

— Parfait. » Il adressa un mince et froid sourire à Winter. « Il ne pouvait pas lui arriver mieux. »

Il fit signe à Winter de s'approcher. Parmi une série de photos encadrées sur le grand piano dans un coin du salon, il y en avait une demi-douzaine d'une jeune fille ravissante, les yeux en amande, une perfection de bouche et un casque de cheveux noirs comme le jais. Il y avait du McIntyre dans sa manière de relever le menton. On lisait la même détermination à ne pas s'en laisser conter, la réponse prête d'avance à la moindre question.

« Nikki », dit-il, l'air sombre.

Les clichés montraient Nikki passer de l'enfance à l'âge adulte. Elle avait toujours été mince. Elle aimait les chevaux. Et, à en juger par l'une des photos les plus récentes, elle s'était fait un admirateur en la personne d'un jeune malabar en pull à col roulé, avec des lunettes et un sourire timide.

« Mariés ?

— Non, rien qu'un petit ami. Un gars du coin. Du club des jeunes agriculteurs. Je ne l'ai jamais beaucoup apprécié, pour être franc. »

Winter examinait les autres images, la plupart mettant en scène McIntyre avec paysage exotique à l'arrière-plan. Et toujours en uniforme de la Marine, les galons s'ajoutant avec l'âge.

« J'ai fini capitaine de vaisseau, dit-il en tendant la main vers l'un des plus grands encadrements. Pas une mauvaise vie.

— Et cette vie vous manque ?

— En vérité, oui, inspecteur. Parce que depuis quelque temps, ici, ça n'a pas été une partie de plaisir. »

Au deuxième verre, McIntyre, toujours debout, raconta à Winter l'histoire de ces dernières années. Le compte rendu en était extrêmement précis, chaque épreuve successive dûment datée. Cela ressemblait davantage à un rapport administratif qu'au récit d'une douloureuse expérience, et Winter finit par comprendre que ce formalisme chez McIntyre n'avait d'autre but que de retrouver un peu de maîtrise, après toutes ces souffrances. Bienvenue au club, pensa amèrement Winter, acceptant un troisième verre de Tio Pepe.

Nikki avait tout juste dix-neuf ans quand elle avait consulté Hennessey, sur l'avis de son généraliste, chez qui des règles très douloureuses l'avaient conduite. Celui-ci ne voyant pas d'où pouvait venir le problème lui avait donc indiqué l'obstétricien de l'hôpital le plus proche. D'après lui, Hennessey était le meilleur. Elle prit donc rendez-vous.

« Ça faisait longtemps que j'avais souscrit une assurance maladie », précisa McIntyre.

Au cours des sept années qui avaient suivi, Nikki avait subi onze opérations des mains de Hennessey. Toutes avaient été pratiquées dans le secteur privé de l'Advent Hospital, avec qui le bonhomme semblait avoir passé marché. Chaque opération s'était accompagnée de la promesse que ce serait la dernière, qu'elle soulagerait à jamais Nikki de ses douleurs. Le temps qu'elle fête son vingt-sixième anniversaire, Hennessey lui avait enlevé son utérus et un ovaire. Par deux fois, elle avait manqué mourir à la suite d'une négligence. De l'avis d'un autre chirurgien, pas une seule de ces interventions n'avait été utile ni même nécessaire. Bien entendu, ils étaient allés lui demander des comptes, mais il avait refusé tout net de les recevoir. De cet homme qui avait gâché la vie de sa fille, il n'y avait pas une seule parole d'excuse, pas le plus petit signe de regret.

McIntyre hochait la tête, les yeux trempés d'alcool. Sa femme, ne pouvant supporter cette croix plus longtemps, était partie. Une perte de plus.

« Il a saccagé nos existences, dit-il, amer. Et il n'y a pas accordé une seule minute d'attention. Vous vous imaginez la brutalité de cet homme ?

— Ce sont des salauds, s'empressa d'approuver Winter. Je suis bien d'accord. »

Mais McIntyre ne paraissait pas avoir entendu. Il regardait par la fenêtre, ses doigts blanchis autour de son verre, et Winter perçut soudain combien la vie de cet homme était devenue sans but. Il devait tourner toute la journée dans la maison, essayant furieusement de se distraire avec le potager ou les préparatifs de la fête au village, tout en sachant que rien ne lui redonnerait ce qu'on lui avait pris.

« Où est Nikki, maintenant ? demanda Winter.

— Jersey, répondit McIntyre d'une voix minérale. Et c'est encore autre chose.

— C'est-à-dire ?

— Elle ne remet plus les pieds ici. N'écrit pas. Téléphone rarement. Peut-être a-t-elle gardé un lien avec sa mère. Mais qu'est-ce que j'en sais ? C'est vrai ce qu'on dit du chagrin, vous savez. Il ne rapproche pas les gens. Il les isole. » Il laissa traîner sa voix, mais se reprit aussitôt et fixa Winter d'un œil vitreux. « Une chose terrible, le chagrin. Ça vous rend fou. Ça vous transforme en quelqu'un d'autre. »

Quant à Nikki, elle tentait sa chance comme chanteuse dans un grand hôtel du bord de mer, à St Helier, mais il n'en savait pas plus. Elle était douée pour la musique. Elle avait essayé divers instruments depuis qu'elle était petite, et c'était sa mère qui la première avait compris que sa fille avait peut-être du talent. Son professeur, à l'époque, lui avait fait accomplir des pas de géant, et McIntyre n'avait pas hésité à lui acheter un piano à queue sur sa prime de départ en retraite. Pour être franc, il aurait préféré qu'elle embrasse un genre musical plus classique, mais vous connaissez les jeunes, elle avait choisi une autre voie. Elle écrivait ses textes, composait sa musique, et ces dernières années elle avait commencé de se faire un peu d'argent dans le milieu des clubs de jazz.

« Les gens disent qu'elle a du talent. En vérité, ils disent qu'elle est remarquable.

— Vous n'êtes jamais allé l'écouter ?

— Jamais. » Il contemplait l'une des photos. « Elle ne m'a jamais invité non plus. »

Winter ne tarda pas à prendre congé. Le xérès lui était monté à la tête, et il avait envie de rentrer chez lui, de réfléchir, de passer quelques coups de fil. Sur le pas de la porte, sous le brillant soleil, il serra la main tendue. McIntyre descendait souvent à Pompey. Il y avait un pub qu'il affectionnait près de Camber Dock. Ils pourraient peut-être s'y retrouver un soir, boire un verre ou deux.

Winter acquiesça d'un hochement de tête, conscient de la solitude et de la blessure de cet homme.

« Je suis sincèrement désolé pour votre fille, dit-il. On ne souhaiterait à personne une chose pareille. »

McIntyre porta un regard vide en direction de la rivière. « Elle est toujours aussi belle, murmura-t-il. En apparence. »

Hartigan pria Faraday de rester, après la réunion avec la direction. Faraday regardait les officiers quitter la pièce tout en pensant qu'il devait au patron un rapport sur les dernières initiatives de police préventive, et qu'il n'avait pas encore pondu une ligne.

À son soulagement, Hartigan semblait avoir oublié.

« Gunwharf, dit-il. Ce soir.

— Pardon, monsieur ?

— Il y a une rencontre à laquelle vous devez assister. Visite du chantier pour commencer, suivie par... (il tendit la main vers une missive sur son bureau)...

par un léger buffet et l'occasion de s'entretenir avec la bande. Harry devait m'accompagner, mais il a un empêchement. Désolé de vous prendre de court. »

Harry Barnes était l'inspecteur chef de Hartigan. Encore sous le coup de ses débauches nocturnes, Faraday cherchait en vain une raison de s'esquiver. Tout de même, il ne se rendrait pas sans combattre.

« Est-ce un ordre, monsieur ? Ou bien ai-je le choix ?

— C'est un ordre, Joe. Et non, vous n'avez pas le choix. » Son doigt était déjà sur le bouton de l'Interphone pour appeler son assistant dans le bureau voisin. « À propos, bravo pour l'affaire Donald Duck. Enfin un résultat, si j'ai bien compris. »

Dawn Ellis appela le numéro que Lee Kennedy lui avait laissé. Apparemment, le portable était éteint, car elle tomba sur le répondeur qui, pour tout message, vomissait la clameur d'une foule scandant « Pompey ! Pompey ! » Elle hésita un instant, réalisant qu'elle n'avait pas d'adresse. Elle commençait son message quand elle fut interrompue par une voix qu'elle reconnut à son accent de Pompey.

« J'savais bien que t'appellerais. On se voit quand, alors ?

— 3 heures et demie. Mais pas pour bavarder.

— Non, chérie. On sait où on va, non ? »

C'était plus une affirmation qu'une question et, tout en notant l'adresse qu'il lui indiquait dans North End, Dawn pensa une fois de plus à Shelley. Était-ce de cette manière qu'il avait entraîné la jeune fille dans son lit ? Avec le numéro d'une maison et la promesse qu'elle ne le regretterait pas ? Ou bien était-ce quelque chose de moins cru et brutal ?

« D'accord, chérie ? 3 heures et demie ?

— Oui. À propos, c'est Dawn. Pas chérie. »

Winter était de retour chez lui à l'heure du déjeuner. Il s'était acheté un Big Mac et des frites à Cosham, et il mangea à la table de la cuisine, ses papiers sur Hennessey étalés devant lui. La certitude de mener une enquête, explorant diverses pistes pour les faire converger vers un même point, lui procurait un grand réconfort. D'abord, cela canalisait la colère ressentie à l'annonce du cancer de Joannie. Il n'était plus impuissant, il n'était plus un pion dans les mains de ces salauds de toubibs. Au contraire, il s'occupait d'eux. Et puis, ce qui n'était pas négligeable, ce dossier ouvert sur la table de la cuisine le protégeait du vide de la maison.

Il appela le numéro de téléphone qu'il avait relevé au cottage de Hennessey à New Forest. Il tomba sur un bureau de placement de personnel médical. Winter déclara qu'il agissait au nom de Pieter Hennessey. Le nom lui valut d'être mis aussitôt en ligne avec le service de comptabilité. Hennessey, apprit-il, devait un paquet d'impayés pour l'embauche d'infirmières en salle d'op. Y avait-il quelque espoir que le règlement arrive enfin ?

Winter s'entendit s'excuser abondamment de ce retard. Il était un ami de Hennessey. Il y avait eu un cambriolage bien ennuyeux. Les voleurs n'avaient pas seulement emporté tout ce qui leur avait paru de valeur mais aussi une mallette contenant entre autres papiers les factures en question. Est-ce que leur bureau pouvait lui envoyer des doubles ? Il indiqua sa propre adresse, ajoutant que Hennessey avait dû abandonner New Forest pour une habitation moins isolée.

« Ces cambriolages, tout de même, dit-il, ça peut vraiment vous gâcher l'existence. »

Cette conversation terminée, Winter porta son

attention sur un autre numéro. Le dernier appel de Hennessey depuis son cottage avait été pour la marina de St Helier. St Helier était à Jersey, là où se produisait Nikki McIntyre, un fait que les vingt années de métier de Winter ne pouvaient classer parmi les coïncidences. Hennessey avait opéré onze fois cette fille. Il n'avait jamais pu la guérir des douleurs dont elle se plaignait, mais il ne s'était jamais lassé d'essayer. Il était difficile de trouver réponse à pareille insistance, peut-être pourrait-il en tirer une de la bouche de Nikki elle-même ? Voilà une femme beaucoup plus jeune que les autres victimes du boucher, et c'était pour cette raison que sa mutilation était plus douloureuse encore.

Winter débarrassa son couvert et tendit de nouveau la main vers son portable. Les renseignements le mirent en ligne avec le bureau de réservation à l'aéroport de Southampton. Il y avait cinq vols par jour pour Jersey.

« Réservez-moi une place en début de soirée. Je réglerai mon billet sur place. »

14

Mardi 22 juin, l'après-midi

Dawn Ellis et Rick Stapleton se rendirent chacun dans sa voiture à l'adresse dans North End. Salamanca Road, comme le reste de la ville, avait été construite à une époque où posséder une automobile était davantage l'exception que la règle, et les rangées de véhicules de chaque côté de la chaussée pare-chocs contre pare-chocs aggravèrent la mauvaise humeur de Rick. Ses vol-au-vent aux crevettes étaient complètement ratés. Et maintenant il lui fallait trouver autre chose pour satisfaire quarante-cinq palais.

« Alors, on se gare où ? »

Ils communiquaient sur les portables. Dawn était cinquante mètres devant lui, cherchant une place. Ils en trouvèrent enfin une assez grande pour tous les deux, mais à quatre rues de leur destination.

« Il faut que tu viennes à pied avec moi, lui dit-elle en se penchant à la fenêtre de la voiture.

— Et je fais quoi ? Je me transforme en lampadaire ?

— S'il le faut. » Elle le regarda. « L'essentiel, c'est que tu restes à l'écoute. »

L'exercice leur était familier. Dawn s'était équipée

d'un micro et d'un émetteur radio. Celui-ci était dans la poche de son jean, et elle avait accroché le micro à sa ceinture. La transmission commencerait dès qu'elle serait arrivée à la porte de Lee Kennedy. Rick se tiendrait à une centaine de mètres, écoutant la conversation dans son oreillette. Tant qu'elle garderait son jean sur elle, comme il le lui fit aigrement remarquer, tout roulerait.

Rick acheva de se garer et rejoignit Dawn sur le trottoir. Ils firent un essai de transmission, et ils gagnèrent ensemble le coin de Salamanca Road.

« C'est le numéro 45, lui dit-elle. La porte jaune, juste en face. »

Elle le laissa derrière les feuilles du *News* qui avaient échappé au jus des crevettes, et traversa la rue. Les rideaux de la baie vitrée étaient tirés. Mauvais signe.

Elle sonna, s'étonnant de sa nervosité. Elle entendit des pas dans un escalier. L'instant d'après, Kennedy ouvrait la porte. Il était en short et chemise Lacoste. Pieds nus. Il avait des jambes bronzées, des jambes d'athlète, sèchement musclées, et son sourire disait tout le plaisir à sentir sur elles le regard de Dawn.

« Entre, je mords pas », dit-il.

Contre toute attente, la maison était confortable, et manifestement Lee habitait là. Il y avait un vélo de course neuf appuyé contre le mur du couloir. Par une porte entrebâillée, elle vit une cuisine qui avait l'air propre et bien équipée.

« Quelque chose à boire ?

— Oui, s'il te plaît.

— Cappuccino ? »

Elle était surprise malgré elle. Cet homme se rappelait ce qu'elle avait bu au Jimmy's. Pas complètement idiot, donc.

Elle le suivit dans la cuisine. Un grand réfrigérateur avec une porte en verre était rempli de boissons diverses : bières blondes et brunes, vins blancs, trois marques de vodka.

« Tu es un homme assoiffé.

— Pas moi, mignonne. J'bois pas.

— Pas du tout ?

— Jamais. Du jus de fruits, orange surtout. Chiant, non ?

— Des amis assoiffés, alors ? »

Il ne répondit pas et mit en route une grosse machine à café chromée qui trônait sur le comptoir de hêtre. Elle le regardait faire. Il avait de grandes mains, avec de longs doigts, les ongles clairs et bien coupés.

Dawn jeta un regard autour d'elle, se demandant qui d'autre habitait ici.

« Aucun de vous deux ne travaille ?

— Aucun de nous deux ?

— Oui, toi et la personne qui vit ici.

— Où t'as été chercher ça ? »

Pour toute réponse, elle désigna la paire de raquettes de tennis posée près de la porte. « On revient des courts, à cette heure de la journée ?

— Je suis prof de tennis, dit-il tranquillement. C'est une de mes activités. »

Seul, sans Shelley, Lee Kennedy pouvait présenter un visage différent. Son cinéma de macho, comme le son d'une radio, était mis en sourdine. Il semblait moins grossier, plus humain.

« Ce coup de fil, la nuit dernière, disait Dawn. Ça t'arrive souvent d'appeler en pleine nuit de parfaites inconnues ?

— Oui, pour répondre à ta question.

— Pourquoi ?

— Parce que j'en ai eu envie. Et parce que je savais que tu collerais parfaitement.

— Collerais à quoi ? »

Il lui sourit, l'épaule appuyée contre le réfrigérateur. Il y avait au mur un tableau de liège punaisé de coupures de presse, dont des clichés pris d'un footballeur dans divers matches. Il était difficile de reconnaître le visage, mais le numéro du maillot était parfaitement lisible.

« C'est toi, le numéro 9 ?

— Ouais.

— Football aussi, alors ?

— Ouais. Juin, c'est mon mois de congé. Le reste du temps, je joue au foot, en professionnel. » Il ouvrit le réfrigérateur et tendit la main vers un carton de jus de fruits. « Tu connais quelque chose au foot ? » Il ne la quittait pas des yeux.

« Rien, je le crains. Ça fait de moi une idiote ?

— Idiote, non. Pas quand on est incapable d'obtenir un résultat contre cette putain de Roumanie. »

Il secouait la tête de dépit et de colère, lui demandant si elle avait vu l'Angleterre se faire virer de l'Euro 2000, deux semaines plus tôt, et haussa les épaules quand elle lui répondit que non.

« J'peux pas t'en vouloir. C'était pathétique. Pire que ça. Ils ont joué comme des bites, tous. Et ces mecs touchent cinquante mille livres par semaine. Une vraie farce. »

Il lui sourit de nouveau, et Dawn se rappela le message sur le répondeur, le rugissement de toute cette foule...

« C'est le bourdon de Pompey, répondit-il. Quoi, t'en as jamais entendu parler ?

— Je devrais ?

— Ben, un peu, ouais. Ça fait partie de la ville. C'est pas le football lui-même qui compte. C'est le territoire, c'est Fratton End. Tout le monde sait ça. Même Shel.

— Et c'est pour Pompey que tu joues ?

— Non. » Il secoua la tête et lui tendit sa tasse fumante de cappuccino. « J'ai failli y entrer, il y a quelque temps de ça, et puis j'ai été recruté. Par Gillingham. Ensuite, j'ai fait une moitié de saison à Brighton, et retour à Gillin. J'étais qu'un môme, mais j'me prenais pour Pelé. » Il laissa passer un silence. « Pelé ? »

Le rire de Dawn était sincère. L'atmosphère dans la cuisine était étrangement détendue. Le type était sincèrement heureux de bavarder.

« Brésilien, répondit-elle. Même moi, je le sais.

— Bravo. Mais Gillingham n'est pas Santos, et je n'étais pas Pelé. Je m'en suis aperçu. Mais ça comptait pas. J'étais au paradis.

— Et maintenant ?

— Je joue surtout sur le banc de touche. Mais j'suis quand même payé. » Il hocha la tête, refusant de poursuivre le sujet.

Dawn porta la tasse à ses lèvres, prenant soudain conscience qu'elle avait complètement oublié Rick. Le cappuccino était délicieux.

« Je peux te poser une question ?

— Je t'écoute.

— C'est toi qui as frappé Shelley ?

— Elle t'a raconté ça ?

— Non, elle ne m'a rien dit du tout. Je m'interrogeais, c'est tout. »

Kennedy parut réfléchir un instant avant de hocher la tête. « Ouais, c'est moi, dit-il, l'air dégagé.

— Et pourquoi ?

— Parce qu'elle me gonflait grave.

— Comment ça ?

— Cherche pas, tu veux.

— Et tu cognes toutes les femmes qui te... gonflent ?

— Non, c'est pas dans mes habitudes. Disons que ça m'a échappé.

— Pas de ta faute, donc ?

— J'ai pas dit ça. » Il semblait sincèrement perplexe. « J'en sais rien. On était là, à bavarder, et vlan ! elle s'en est pris une.

— Un verre de trop, peut-être ? dit Dawn en désignant le réfrigérateur.

— Sûrement pas. Le cappu est bon, à propos ?

— Excellent. » Elle promena son regard sur le petit tas de serviettes à thé parfaitement repassées et la rangée de casseroles brillantes de propreté. « Alors, c'est quoi, le deal ?

— Le deal ? Il n'y a pas de deal.

— Il y en a un. Tu m'as téléphoné en pleine nuit pour me dire que tu avais une proposition à me faire. »

Kennedy prit un air déçu. « T'es en train de me dire que tu ne veux plus ?

— Que je ne veux plus quoi ?

— Baiser.

— C'est ça, la proposition ?

— En partie, ouais.

— Et l'autre partie, c'est quoi ?

— Ça dépend de toi.

— Ça dépend si je suis bonne ou pas, hein ?

— Ouais. »

Dawn ne pouvait s'empêcher de sourire. On lui avait souvent proposé la botte, mais jamais de cette façon. Remplir un formulaire lui aurait paru plus romantique.

« Et Shelley ? Elle ne compte pour rien dans tout ça ?

— Non. » Il secoua la tête. « Elle s'en fout complètement.

— D'accord. Mais ta compagne ? La personne avec laquelle tu vis ? »

Kennedy la considéra d'un air interdit avant d'éclater de rire. « Tu crois vraiment que quelqu'un d'autre habite ici ? Que j'suis pas capable de tenir ma maison ?

— Ta maison ?

— Ouais, elle est à moi, rien qu'à moi. Écoute... (il fit un tout petit pas vers elle, soulageant une raideur dans ses reins)... voilà ce que je te propose. Cet après-midi, j'ai pas le temps. Tu as mon numéro, tu connais l'adresse. Passe-moi un coup de fil quand tu en auras vraiment envie. Quant au fric, c'est la vérité. Tu pourrais faire une bonne petite gagneuse, et si tu veux venir avec quelqu'un d'autre la prochaine fois, un copain, une copine, n'hésite pas. » Il lui sourit de nouveau. « J'peux pas te dire mieux. »

Un moment plus tard, elle retrouvait un Rick furibard. « Quoi, j'ai perdu la moitié de mon après-midi pour rien ? »

Dawn le fit taire d'un doigt sur les lèvres. Elle lui était sincèrement reconnaissante d'être venu avec elle. Elle voulait qu'il le sache.

« Et tu veux me convaincre que ça en valait le coup ?

— Oui, répondit-elle. Il cache quelque chose, et je veux découvrir quoi. Le problème, c'est qu'on devra revenir, et ensemble. »

Rick la regarda. « Ensemble, tu dis ? »

Paul Winter arriva à Jersey en fin d'après-midi. Il téléphona depuis l'aéroport à un collègue de la criminelle de St Helier, avec qui il avait travaillé sur des vols de voitures de luxe, convoyées de l'île jusqu'à

Portsmouth, d'où elles partaient pour l'étranger dans des conteneurs scellés. Le type s'appelait Steve Brehaut, mais la secrétaire lui apprit qu'il était en France pour une enquête et qu'il ne rentrerait pas avant la semaine suivante. Winter pensa un instant à passer par la voie légale, mais préféra n'en rien faire. S'il s'entretenait avec la police locale, Faraday l'apprendrait. Il était préférable de jouer la partie discrètement, en solo.

Il prit un taxi pour St Helier. Le chauffeur le déposa devant l'office du tourisme, où il attendit patiemment derrière un groupe d'Allemands avant d'expliquer son problème à la fille derrière le comptoir. La fille d'un ami chantait dans l'un des grands hôtels de l'île, quelque part au bord de l'eau. Elle s'appelait Nikki McIntyre. N'y avait-il rien à son sujet sur les dépliants touristiques ?

Non, il n'y avait rien. La fille n'avait pas entendu parler de cette chanteuse, mais elle serait heureuse d'aider Winter. Celui-ci repartit avec une poignée de brochures et une carte. Le front de mer s'étendait devant lui, le long de la baie. Les six premières adresses ne donnèrent rien ; c'étaient des établissements pour une clientèle âgée, peu jazzy. Puis, alors que les restaurants et les pubs cédaient la place aux villas et propriétés privées, Winter trouva.

L'hôtel s'appelait L'Abbaye. Il se dégageait du lieu protégé par un mur épais et une haie de bouleaux argentés une atmosphère d'intimité et de bon goût qui devait se monnayer cher. La femme à la réception considéra Winter derrière un pince-nez avant de confirmer que Nikki McIntyre donnait ici trois soirées par semaine.

« Et elle chante ce soir ?

— En effet.

— Vers quelle heure ?

— Oh, jamais avant 9 heures. » Elle leva un sourcil interrogateur. « Vous désirez réserver une chambre, monsieur... ? »

Winter avait déjà jeté un coup d'œil aux tarifs. Deux nuits à l'Abbaye coûtaient plus cher qu'un abonnement pour toute la saison de football à Fratton Park.

« Non, je suis chez des amis, répondit-il. Mais auriez-vous un numéro de téléphone où je puisse joindre Nikki ?

— Je regrette, monsieur, mais nous ne sommes pas autorisés à fournir ce genre de renseignement. Comme je vous l'ai dit, elle commence vers 9 heures, mais je vous conseille de venir plus tôt. C'est la haute saison, et il y a du monde.

— Elle attire beaucoup de gens ?

— Les mardis sont très courus. » Elle sourit placidement à Winter. « Surtout par la gent masculine. »

Faraday était en route vers les Quais du Gunwharf, quand son portable sonna. Ça roulait au pas, à cause de travaux de voirie près des grilles principales du port. Il baissa le volume de la radio, qui passait une valse de Strauss, et prit l'appel. Qui le ramena tout droit au lit.

« Marta, dit-il. Je voulais t'appeler, justement.

— Mais tu n'as pas pu.

— Non, j'ai oublié ton numéro à la maison.

— Vraiment ? »

Elle avait parlé d'un léger ton de reproche, comme s'ils étaient amants depuis des mois, et Faraday en vint à se demander quelles obligations au juste vous attendaient au terme d'une nuit d'amour ? Que devait-il se passer sur la terre après ça ?

Marta lui parlait d'un concert au théâtre de la ville. Samedi soir. Elle avait deux invitations, et personne pour lui tenir compagnie. Est-ce que ça lui plairait d'y aller ?

« Samedi, c'est impossible, répondit-il hâtivement.

— Très bien. Tu m'appelles ? Demain ?

— Oui, demain. »

La circulation se faisait plus fluide, et il lui demanda comment elle avait obtenu son numéro de portable.

« C'est toi qui me l'as donné, Joe.

— J'ai fait ça ?

— Oui. Et moi qui croyais que les détectives possédaient une mémoire infaillible. »

Elle raccrocha, se passant de lui dire au revoir, et Faraday secoua la tête d'un air ébahi. Au seul rire de Marta, il sentait renaître son désir.

Arrivé au chantier, il laissa sa voiture devant des bâtiments préfabriqués et rejoignit Hartigan dans les bureaux des promoteurs. Un jeune directeur de la communication exposait le projet d'urbanisme et répondait aux questions d'une douzaine d'invités, tous soigneusement badgés.

Il y avait là des représentants de marques comme Levi Strauss, Gap et Adidas, mais aussi des conseillers municipaux affairistes et d'autres membres de l'autorité locale avec lesquels Hartigan était dans les meilleurs termes. Les affaires intéressaient ces gens et, prenant connaissance des chiffres, Faraday commençait à comprendre pourquoi Hartigan avait tenu à l'avoir à son côté.

L'investissement était estimé à cent millions de livres. Une zone de captage de deux millions sept cent mille habitants à moins d'une heure de route. Des parkings souterrains pour des milliers de voitures. Des boutiques de luxe. Des dizaines de pubs et de restaurants. Cuisines du Pacifique et du Sud-Est asiatique. Un multiplex de quatorze salles. Un théâtre de plein air. Un bowling de vingt-six pistes. Deux hôtels. Dans une cité accro aux pubs enfumés, au *fish and chips* à emporter et à quelques bagarres de rue pour toutes distractions, ce projet du Gunwharf était un sacré changement.

Faraday rejoignit bientôt Hartigan pour la visite du chantier, et ils écoutèrent le jeune communicant décrire tout ce qu'on verrait bientôt sortir de terre. Le gigantesque trou qui s'étendait sous leurs yeux accueillerait le complexe des boutiques et des loisirs. Les marais là-bas deviendraient le Millennium Boulevard. L'immense décharge au loin deviendrait le parc Vulcan. Une ville neuve se dresserait sur ces quais aux pavés noirs de mazout. Cette forêt de piliers profondément enfoncés dans le sol supporterait demain les immeubles côté port.

Hartigan contemplait les eaux. Le soleil déclinait vers les toits de Gosport. Des yachts filaient avec le jusant. Un bâtiment de guerre, gris et élancé, passait à quelques encablures de l'entrée du port, le grondement de ses machines noyé un instant par les rires saluant une plaisanterie faite à propos de la gare du ferry toute proche. Les appartements d'un des immeubles répondant au joli nom d'Arethusa étaient à un jet de pierre des car-ferries pour l'île de Wight. « Vous vous imaginez un samedi matin au lit avec votre petite amie et deux cents passagers en train de vous encourager ? » avait plaisamment lâché un invité.

Hartigan, qui n'avait pas entendu la blague, prit Faraday par le bras, et porta son regard vers la forêt de grues.

« Si je disposais de cinq cent mille livres, dit-il, je n'hésiterais pas une seconde à acheter ici. »

Pas plus tard que la veille, Faraday avait eu vent d'une rumeur selon laquelle Hartigan préparait le terrain pour négocier un contrat de police privée avec les acteurs du projet Gunwharf, et il prenait maintenant conscience que c'était peut-être vrai. Dans le Kent, les résidants de Bluewater Center payaient cher la surveillance exclusive d'une demi-douzaine d'agents en tenue et de leur officier. Les délits à l'intérieur du complexe étaient le plus souvent des paiements frauduleux — cartes de crédit falsifiées ou chèques volés — mais la petite troupe détachée dans le Kent faisait école auprès de l'ensemble des agents de sécurité et se taillait la vedette au bénéfice des clients du centre. L'idée que se faisait Faraday du travail de la police excluait qu'on vendît ses services au plus offrant, mais Hartigan était une autre espèce d'animal. Il savait capter le vent du commerce, quand soufflait celui-ci. Et il savait qu'offrir à la direction de la police un contrat de surveillance avec chèques à cinq zéros ne lui ferait pas de mal à l'heure des promotions. Le partenariat était un concept élastique. Comme aimait à le souligner Hartigan.

Quelques minutes plus tard, la petite assemblée s'en fut visiter les appartements modèles dans le premier immeuble achevé. Le penthouse couronnant le toit possédait son propre ascenseur, et Faraday émergea sur un parquet ciré où il fut accueilli avec champagne et petits fours. On passait maintenant à la promo en douceur. Finis les chiffres et les graphiques, place à l'occasion d'admirer la qualité de la décoration intérieure et d'imaginer que cet espace pourrait bien être le vôtre, un jour.

Faraday contemplait la vue quand il sentit une main sur son épaule. C'était l'assistant du patron du *News* ; la trentaine, maigre, plus nerveux que vif, il semblait défier la vie de le surprendre. Il essayait de joindre Faraday depuis la veille. L'affaire de Donald

Duck se soldait par un bon résultat. Faraday, prudent, se contenta d'un hochement de tête.

« Nous verrons bien comment ça se présente, dit-il.

— Un maître assistant, hein ? Qui aurait cru ça ? »

Faraday savait trop bien où cette conversation menait. Il n'avait nullement l'intention de fournir un sujet d'article pour le *News*, et l'arrivée de la femme qui dirigeait le bureau de vente du projet lui procura l'occasion attendue pour battre en retraite. Elle l'avait pris par le bras, désireuse de lui montrer ce qu'était une cuisine aménagée dans les règles de l'art.

« Je m'appelle Liz, à propos. Liz Tooley. »

Ils bavardèrent un instant des ventes. Les appartements étaient mis sur le marché par lots. La première fournée avait provoqué une file d'attente qui faisait le tour de l'immeuble, les gens étaient prêts à camper sur place toute la nuit pour pouvoir déposer quelques dizaines de milliers de livres d'arrhes et avoir un pied dans le nouveau Portsmouth. Certaines de ces options avaient fait l'objet de spéculations et s'étaient revendues aux plus offrants, ce qui prouvait combien ces types de communautés dessinaient l'avenir.

« Communautés ? » Faraday avait du mal à ne pas sourire. « Communautés, hein ?

— Bien sûr. Pourquoi ne pas les appeler ainsi ? »

Les demandes pour des propriétés collectives de ce type dépassaient les offres. D'ailleurs, à cinq cent mille livres l'appartement standard, elle commençait à se demander si le prix n'était pas trop bas. Et pour quelle raison ? Parce que les gens achetaient plus qu'une vue panoramique, plus que de luxueuses commodités. Ils voulaient des accès exclusifs aux parkings, des grilles électroniques, des portes blindées, des détecteurs de fumée et une surveillance vidéo des abords des immeubles. Ils payaient pour avoir l'esprit en paix. Ce qu'ils voulaient, c'était se sentir en sécurité.

— Protégés, vous voulez dire ?

— Exactement.

— Et vous trouvez ça réaliste ? Ou même possible ?

— Bien sûr que ça l'est. C'est la raison pour laquelle vous êtes ici, monsieur Faraday. »

La réplique était sèche, le rappel que rien n'était gratuit, et Faraday, pris d'une soudaine colère, se détourna pour regarder le reflet des lumières sur les eaux noires du port. La ville, avec toutes ses imperfections, venait clapoter contre les futures murailles de béton du projet. Jusqu'ici, les migraines chez les responsables de la sécurité au Gunwharf n'avaient eu d'autres causes que des vols de matériel de chantier, mais viendrait un jour où ils devraient apprendre à distinguer les résidants des visiteurs. Les circuits fermés de télévision et les blindages de portes les plus performants réussiraient-ils à maintenir au large ceux des quartiers déshérités ? Ou bien étaient-ils prêts à affronter les conséquences sociales qu'engendrerait la construction d'un paradis immobilier en bordure d'une des zones urbaines les plus défavorisées du pays ?

« Quand on fait appel à nous, c'est généralement trop tard, le mal est fait, murmura-t-il. On se contente de nettoyer les dégâts.

— C'est faux.

— Je vous demande pardon ? »

Liz secouait la tête avec cette véhémence. Les collègues de Faraday leur avaient apporté une aide précieuse.

« Mes collègues ? Qui, par exemple ?

— Pete. Pete Lamb. »

Pete, poursuivit-elle, les avait secondés pour les ventes. Il avait vérifié l'identité des acheteurs potentiels, décelé deux ou trois irrégularités dans les réservations, et s'était assuré que les clients paieraient le solde. Elle l'avait recommandé auprès de la direction commerciale. La présence d'un homme aussi expérimenté que Pete était tout bénéfice pour une boîte.

« Et il est beau mec, en plus. » Elle venait de repérer quelqu'un d'autre et elle prit congé de Faraday avec un dernier sourire. « Vous ne trouvez pas ? »

Nikki McIntyre était déjà au piano quand Winter retourna à l'Abbaye. Un dîner solitaire dans un restaurant chinois de la vieille ville avait duré plus longtemps que prévu, et cela parce que ces foutus serveurs ne pouvaient s'arracher des grandes tables. Il serait parti s'il n'avait pas eu aussi faim, alors que, pour finir, la bouffe avait été aussi nulle que le service.

Appuyé contre un pilier incrusté de minuscules miroirs dans le bar en sous-sol de l'hôtel, il contemplait maintenant, médusé, la silhouette au clavier. Elle était plus petite et plus mince qu'il se l'était imaginé. Elle portait un jean noir joliment coupé et un simple T-shirt de la même couleur. La tignasse noire en bataille avait poussé jusqu'aux épaules, et la pâleur du visage était barrée d'un trait de rouge à lèvres. Tout en elle exprimait la souffrance, l'âpreté. Sept ans dans les mains de Hennessey, se dit Winter, et c'est exactement à ça que tu ressemblerais.

Il commanda un double scotch au comptoir et gagna une meilleure place de l'autre côté de la salle. De là, il la voyait de profil, son buste se balançant au rythme des accords de manière profondément hypnotique. Elle chantait des ballades mélancoliques, des blues parfaitement taillés pour une voix légèrement voilée, qui se détachait de temps à autre pour accentuer une parole, une note ; et plus elle jouait, plus les vagues d'applaudissements saluant chaque chanson se faisaient enthousiastes. Fait étrange, elle semblait indifférente au public. Elle était dans son monde, ce petit espace qu'elle avait fait sien, oublieuse de tout le reste. Pendant qu'elle jouait, elle donnait l'impression de grandir, de prendre une véritable ampleur physique. De temps à autre, elle levait les yeux, et son regard était si lointain, si troublant, que Winter sentait l'émotion étreindre la salle. Voilà ce qui arrive, quand la vie vous laisse tomber, pensait Winter. C'est le prix à payer pour garder la tête sur les épaules.

Elle n'annonçait pas les titres mais, vers la fin de l'heure de son concert, elle se pencha en avant, caressant des lèvres le micro.

« Ceci est dédié à une amie, qui n'est plus », murmura-t-elle.

Winter suivait chaque mouvement de ses mains, de sa tête, se souvenant de la petite parade de photos sur le grand piano chez le père. Le bébé joufflu sous les pommiers. La timide fillette sur son poney. Et maintenant, ça : la survivante au visage de craie, avec un compte à régler long comme la vie.

La chanson se termina sous un torrent d'applaudissements. Nikki se leva et referma le couvercle du piano. Winter réussit à l'aborder alors qu'elle se hâtait vers l'escalier.

« C'était stupéfiant, dit-il.

— Qui êtes-vous ?

— Je m'appelle Winter. »

Elle ne semblait pas surprise.

« Vous êtes policier.

— De la criminelle.

— Qu'importe. Mon père m'a appelée. Vous avez de quoi noter ? »

Elle donna à Winter le numéro d'un portable. Qu'il lui téléphone, s'il voulait lui parler. Pas cette nuit. Demain, peut-être.

« À déjeuner ? » proposa Winter.

Elle haussa les épaules, indifférente aux visages tournés vers eux.

« Téléphonez-moi, répéta-t-elle. Et nous verrons. »

Les gamins de la cité voisine, qui traînaient la nuit dans les landes près du fortin sur la plage, furent les premiers sur les lieux. Ils entourèrent la voiture qui brûlait dans le noir, fascinés par les flammes qui s'enroulaient autour des sièges, dévorant tout jusqu'à ce que la caisse ne soit plus qu'une coquille vide et noire sur fond de rouges et jaunes dansants. Le spectacle sentait l'essence et le caoutchouc brûlé. L'un des mômes courut jusqu'à la cabine pour appeler le 999. Il ne manquait plus qu'une voiture de pompiers, une ambulance et deux ou trois caisses de flics. Alors, ça serait comme à la télé.

15

Vendredi 23 juin, 10 heures

Pete Lamb était encore chez lui dans son nouvel appartement à Whitwell Road, quand on sonna à la porte. Regardant par la fenêtre, il reconnut la voiture et la calotte grisonnante de cheveux drus devant la porte. Faraday.

« C'est Cathy qui t'a donné mon adresse ?

— Non, ta mère. Je lui ai dit que j'étais un ami. Elle a eu la gentillesse de me croire. »

Ils étaient montés à l'étage et se tenaient dans un grand salon ensoleillé. Faraday ne voulait pas de café. Il ne voulait rien. Il était averti du travail au noir et du gentil petit filon que Pete s'était dégotté auprès de la gent du Gunwharf. Il savait où cela menait et qui d'autre cela pouvait affecter, et il se disait enfin qu'il aurait dû commencer par alerter la direction.

Une pareille transgression des règles ferait le bonheur de la police des polices, mais une notification formelle aurait des conséquences pour d'autres que Pete. Cathy pourrait bien perdre son job. Et pas seulement ça, car si elle avait été assez bête pour vérifier à la demande de son ex une identité ou une plaque minéralogique sur le fichier central, alors c'était une peine de prison qu'elle encourrait.

« Cathy fait du bon boulot, grogna-t-il, au cas où tu ne le saurais pas. »

Pete avait encore du mal à comprendre ce que Faraday faisait chez lui.

« Content de l'apprendre, dit-il.

— Et elle n'a pas un travail facile, crois-moi, surtout que le poste d'inspecteur est nouveau pour elle.

— Je veux bien le croire.

— C'est stressant.

— Certainement.

— Et puis il faut garder l'équilibre. Difficile avec tous ces conflits d'intérêts. »

Faraday inspectait une rangée de bouquins sur une étagère près de la fenêtre. La plupart étaient des ouvrages de voile et de marine, des récits de voyages autour du monde.

« Tu continues de t'occuper ? demanda-t-il.

— Plus ou moins.

— Tu ne t'ennuies pas trop ? »

Faraday se tourna vers Pete. Il lui suffit d'un coup d'œil pour voir que celui-ci commençait à comprendre la raison de sa visite, mais il devait avancer avec prudence. Dès que Pete saurait que Faraday était informé de ses activités au Gunwharf, Faraday lui-même serait impliqué, puisqu'il serait dans le secret. Or, si le métier d'inspecteur pouvait être parfois un enfer, il y avait des jours où Faraday l'aimait, et il n'avait sûrement pas envie de voir sa carrière bousillée par un Pete Lamb.

Pete lui racontait comment il passait ses journées. Il glandait un max et faisait parfois un tour sur l'eau. Faraday se rapprocha de lui. Ça ne l'intéressait pas, ce tissu de mensonges. Il n'avait pas non plus beaucoup de temps à consacrer à un type qui venait de menacer l'avenir de sa propre femme. Tout ce qu'il voulait, c'était sortir Pete de cet engrenage, avant qu'il ne se casse la gueule et n'entraîne Cathy avec lui.

« Le métier a changé, dit Faraday à voix basse. Tu le sais, ça ? On ne parle plus que de relations publiques, ça et quelques autres conneries du genre bons contacts = bons résultats. Tu sais où j'ai passé la soirée hier ? Dans un penthouse très chic à faire ami-ami avec une bande de promoteurs. Et tu sais pourquoi ? Parce qu'un petit connard ambitieux a l'intention de gravir à grande vitesse les échelons. Je peux manger une assiette d'huîtres avec les meilleurs d'entre eux, mon ami, mais tu sais ce qui me reste en travers de la gorge ? C'est d'apprendre par d'autres, des agents immobiliers, bordel, ce qui se passe réellement. » Il s'arrêta, son visage à quelques centimètres de celui de Pete. « On embrasse le cul de ces gens, parce qu'ils puent le fric. Et vois un peu où ça nous mène. » Il se tourna le temps d'un léger coup de frein et refit face à Pete. « Cath m'a dit que tu t'entraînais pour la semaine de Cowes. C'est vrai ?

— S'entraîner, c'est beaucoup dire.

— Peut-être que tu devrais en faire plus. T'entraîner tous les jours. Du soir au matin. Est-ce qu'on parle la même langue, toi et moi ? »

Il se fit un long silence. Pete se racla la gorge. Il semblait plutôt secoué.

« Tu veux en savoir plus sur Hennessey ?

— Je m'en tape, de Hennessey.

— Parce que l'affaire regarde Cathy, hein ? Que le Marriott est sur son territoire ? »

Faraday s'efforçait de contenir sa colère. Pete, casse-cou comme toujours, proposait un troc. Un tuyau en échange du silence. Pathétique. Il se rapprocha de nouveau, assez près pour sentir une odeur de bacon dans l'haleine de Pete.

« Une Mercedes a brûlé la nuit dernière, dit-il. Je te passe les détails, parce que Cathy t'en parlera probablement.

— Me parlera de quoi ?

— Du numéro de châssis, entre autres. Il n'en reste que le squelette, mais je parie gros que c'est la caisse de Hennessey. C'est vrai ce qu'on dit, tu sais. Tu veux un résultat, fais appel à des professionnels. D'accord ? »

Sans attendre de réponse, Faraday tourna les talons et quitta la pièce. Arrivé sur le palier, il jeta un regard par-dessus son épaule. Pete était juste derrière lui.

« Dommage, murmura Faraday, tu aurais pu faire un bon flic. »

Winter passa la fin de la matinée à la marina de St Helier, un vaste dédale de pontons de bois et de yachts étincelants. Les bureaux du port étaient assiégés par une armée de plaisanciers de passage, chacun ayant son petit problème, mais quand Winter réussit enfin à coincer le type qui tenait le comptoir, il ne parvint nulle part avec le nom de Hennessey. Il était possible que ce monsieur ait téléphoné, lui dit l'employé, mais ils n'en avaient pas gardé trace. Une balade sur les pontons apprendrait à Winter si son bonhomme était là ou pas. Et puisqu'il avait un numéro de téléphone, pourquoi ne pas l'appeler ?

Dans l'ignorance, Winter jugea bon de jeter un coup d'œil dans le port. Pete Lamb lui avait bien donné un numéro, mais ça ne répondait jamais. Sans le nom du bateau ni même une description, il se savait réduit à miser sur le hasard. Vers midi, le temps passant, il arrêta. Au téléphone, Nikki avait stipulé midi trente pour le déjeuner, et il n'avait pas encore repéré où était le restaurant.

Un Thaï. Situé au rez-de-chaussée d'une haute

maison étroite, solide bâtisse qui devait être un ancien entrepôt. Winter trouva une table dans le fond, légèrement à l'écart. Il se leva quand Nikki entra. Elle portait un léger blouson de cuir noir sur un T-shirt assorti, et le même pantalon que la veille. Avec un peu de chance, pensa Winter, elle me chantera peut-être une chanson.

La bouteille de chardonnay qu'il avait commandée était déjà bien entamée et, comme il la sortait du seau à glace, elle acquiesça de la tête et tint son verre dans ses mains comme un enfant qui aurait très, très froid. Dans la lumière du jour, elle était encore plus belle : de grands yeux bleus dans un ovale parfait, des yeux qui ne semblaient jamais cligner, des yeux qui semblaient voir à travers vous. Quand Winter lui dit qu'il enquêtait sur Hennessey, elle se contenta de hocher la tête. Son père l'en avait informée, et elle était prête à aider de son mieux le policier.

Winter, bloc-notes en main, la ramena des années en arrière, à ses premières rencontres avec le médecin, les voyages incessants à Londres, les auscultations interminables, et l'assurance qu'il lui avait faite de la délivrer de ses douleurs.

« Ça n'a pas été le cas, fit remarquer Winter.

— En effet, mais je ne pouvais pas le savoir à ce moment-là. J'étais tout en bas d'une échelle qu'il allait me faire monter.

— Vous l'aimiez bien ? Je veux dire, vous vous entendiez bien avec lui ? »

Elle secoua la tête. Son verre était déjà vide.

« L'aimer bien, sûrement pas. Vous n'allez pas à l'église parce que vous aimez bien Dieu.

— Il se prenait pour Dieu ?

— Non, c'est moi qui le voyais ainsi. J'avais dix-neuf, vingt ans. Il était cet homme important dans Harley Street, « le meilleur », vous assuraient les gens. Des fois, je me disais qu'il avait un petit paquet, comme un cadeau, dans un tiroir de son grand bureau. Il y avait un remède dedans, pour moi, et que si je restais gentille, tout finirait par s'arranger.

— Gentille ?

— Polie. Respectueuse. Connaissant ma place. S'allonger. Écarter les jambes. Faire ce qu'on me disait. Je ne me suis jamais demandé si je l'aimais bien ou pas. »

Winter s'arrêta d'écrire. Il y avait là quelque chose, une importante question.

« Et lui, il vous aimait comment ? »

Nikki regardait la bouteille, mais Winter ne bougea pas. Finalement son visage se plissa en un sourire, et elle hocha la tête.

« Je crois qu'il m'aimait beaucoup. »

Cathy Lamb arrêta Faraday dans le parking du poste de Southsea, juste avant qu'il ne pousse la porte d'entrée à l'arrière du bâtiment. À l'expression de Cathy, Faraday comprit qu'elle l'avait guetté. Pete Lamb a dû l'appeler, pensa-t-il, et elle est venue régler ça.

« Venez dans ma voiture », proposa-t-il.

Il regagna la Mondeo, garée au soleil, déverrouilla les portes. La température montait déjà à l'intérieur.

Cathy allait déballer ce qu'elle avait rapporté de Fratton, pousser un coup de gueule, mais Faraday ne lui en laissa pas le temps. Elle lui avait menti à propos de son ex. Et mentir était bien la dernière chose à laquelle il s'attendait d'une femme qui avait des ambitions.

« Vous faites office d'inspecteur, bon sang, Cath. La maison compte sur des gens comme nous. Et pour résoudre de vrais problèmes, pas pour de la poudre aux yeux. Pete est cinglé. Il commence par se bourrer la gueule et manque tuer quelqu'un. Il est suspendu, mais conserve l'intégralité de sa solde et il ne trouve rien de mieux à faire que de bosser au noir. Qu'est-ce qu'il a ? Une espèce de désir de mort ?

— Il en avait assez de ne rien faire, il avait besoin d'activité.

— Oui, et vous me racontiez qu'il faisait de la voile, se préparant pour la semaine de Cowes. Ce qui me fait mal, ce n'est pas qu'il désobéisse aux règles ou se vende auprès d'une bande de marchands. Non, ce qui me fait mal, c'est que vous m'avez menti.

— Je le devais.

— *Devais ?*

— Oui. » Cathy détourna la tête et abaissa sa vitre. « Si je vous en avais parlé, vous n'auriez pas su quoi faire.

— Comment cela ?

— Il y aurait eu un parti à prendre, choisir entre deux loyautés. Alors j'ai pensé que le mieux était de ne pas faire de vagues.

— Mentir.

— Ouais. » Elle hocha la tête en le regardant enfin. « Mentir. »

Un long silence s'installa. Faraday pensait à tout ce qu'il voulait lui dire. Que d'abord elle l'avait pris pour un imbécile. Qu'elle s'était mise elle-même en péril et avait déclenché une série d'événements qui échappaient à son contrôle. Que le bruit des dominos s'entraînant les uns les autres dans leur chute retentirait pendant des années à la brigade. Que c'était un coup à finir vendeuse dans un grand magasin, voire à se retrouver en taule. Au lieu de cela, il choisit de l'atteindre là où ça lui ferait le plus mal.

« Willard veut que je prenne l'enquête Hennessey à mon compte, dit-il d'un ton distant. Ceux de la scène de crime sont toujours occupés avec la Mercedes, et je disposerai d'une équipe dès cet après-midi. C'est donc parfait que vous soyez ici, parce que ça m'évitera d'en informer moi-même Winter. »

Cathy le regardait, les lèvres pincées en une fine ligne, s'efforçant visiblement de contrôler sa colère.

« Vous voulez savoir pourquoi j'ai fait ça ?

— Fait quoi ?

— Dealé avec Pete, troqué avec lui ? Parce que notre travail n'est pas difficile, il est presque impossible à mener à bien. Vous avez peut-être oublié ce qu'est une enquête sur le terrain, le porte-à-porte, les déplacements mais, Dieu merci, des gens comme Winter ou moi savent encore ce que c'est. Si rester assis dans son bureau suffisait à combattre le crime, il ne resterait plus un seul criminel en liberté. Si la paperasse s'en chargeait, nous serions en train de bronzer sous les cocotiers. Mais c'est pas le cas, n'est-ce pas ? C'est le règlement et l'administration qui nous entravent, vous le savez mieux que moi. La seule différence, c'est que moi, j'ai essayé de remédier à cet état de choses.

— En dealant des infos avec votre ex ? » Faraday avait la main sur la poignée de la portière. « Excusez-moi, mais j'ai du travail. »

Cathy ignora le sarcasme.

« Autre chose, dit-elle. Hennessey est la première affaire intéressante qui me soit arrivée, et comme de bien entendu vous me la volez. »

Faraday lui jeta un regard. Elle tremblait pratiquement de rage.

« On ne ment pas à ses amis, Cath, dit-il calmement. Pas quand ils comptent pour vous. » Il ouvrit la portière et marqua un temps d'arrêt avant de sortir. « Et ce n'est pas un vol, à propos, mais un simple transfert d'enquête. »

Nikki McIntyre était soûle. La seconde bouteille de chardonnay, à laquelle Winter avait à peine touché, avait voilé ses yeux et apporté une étrange animation à ses gestes. Elle se balançait sur sa chaise comme elle le faisait au piano et répondait volontiers à Winter, curieux de détails.

« Il ne portait jamais de gants.

— Vous ne vous êtes pas demandé pourquoi ?

— Bien sûr que je me le suis demandé. Mais c'est horrible de poser des questions pareilles. Je pensais qu'il devait y avoir une bonne raison, une raison médicale. Je pouvais difficilement insister, non ?

— Et pourquoi pas ? Vous le payiez, n'est-ce pas, du moins votre assurance s'en chargeait. Ça fait de vous la cliente, tout de même.

— Oui, mais vous ne vous voyez pas comme une cliente. Ce n'est pas de cette manière que ça marche avec Hennessey. Vous êtes sa patiente. Vous lui avez été envoyée. Vous êtes sa propriété, vous faites partie de ses biens. C'est lui le patron. Lui qui commande. Et il vous le fait clairement entendre. » Elle poussa du bout de sa baguette un petit pois luisant dans son assiette. « Ça fait penser au Moyen Âge, et ça l'est dans bien des sens. C'est toujours vous qui écopez, et si ça fait mal, dommage pour vous. Vous avez juste le droit de vous taire. De ne jamais broncher. »

Winter hocha la tête en prenant des notes, frappé par le ton de sa voix quand elle racontait. Les souvenirs qu'elle rapportait étaient tellement précis, vivaces, que ces événements semblaient dater de la veille.

Nikki parlait des petites blagues de Hennessey. Winter versa du vin.

« Des blagues ?

— Il me promettait deux choses. La première concernait les bébés. Il me disait que je pourrais parfaitement avoir un enfant. La seconde, c'était au sujet de mon petit jardin.

— Petit jardin ? demanda Winter tout en poursuivant de ses baguettes un morceau de poisson.

— Oui, là. » Elle eut un geste discret en direction de son bas-ventre. « Petit jardin qu'il avait entretenu avec tout le respect qu'il méritait. Et comme j'avais bien de la chance d'en avoir un aussi joli. »

Winter leva les yeux de son assiette. « Il disait ça ?

— Oui, chaque fois que je le voyais.

— Et est-ce qu'il allait plus loin ?

— Oui, il m'examinait.

— Sans gants ?

— Oui, et chaque fois il déclarait qu'il fallait opérer, et d'urgence.

— D'urgence, hein ?

— Oui, et il n'y avait pas à discuter. Il me faisait venir à l'hôpital, l'Advent, pour une consultation, et ça se terminait en salle d'op. Je suis sûre qu'il avait réservé la salle à l'avance. Finalement je finissais par aller à ma consultation avec du linge de rechange. Ça le faisait rire, ça. Moi et ma petite valise. Comme si j'avais été sa petite amie du week-end.

— Et c'étaient des interventions... sérieuses ?

— Assez pour subir une anesthésie générale.

— Et il vous en expliquait la raison ? Il les justifiait comment ?

— Il s'en gardait bien. Il devait penser que j'étais trop bête pour comprendre. Non, il se contentait de faire tout ce dont il avait envie.

— Et ça a duré pendant... ?

— Sept ans. » Elle eut un rire légèrement amer. « Vous parlez à la grande spécialiste mondiale des étriers gynéco et des dilatateurs de conduits. Vous ne pouvez pas savoir ce qu'on ressent, quand un type comme Hennessey fouille à mains nues dans vos entrailles.

— Mais vous ne l'avez pas quitté pour autant ? fit remarquer Winter.

— C'est vrai. » Nikki haussa les épaules. « C'était un médecin. Et vous êtes censée avoir confiance en eux. »

Winter détourna un bref instant son regard. Il avait téléphoné à Hove le matin pour prendre des nouvelles de Joannie et était tombé sur la mère. Joannie n'allait pas bien. Elle avait eu une nuit difficile, et trop peu dormi. Avec ça, une douleur tenace dans le ventre. Alors, sa fille devrait être chez elle, sous une bonne surveillance médicale, au lieu d'être abandonnée par un mari bien trop occupé ailleurs.

« Il y a pas mal de salauds chez les toubibs, croyez-moi », murmura-t-il.

Elle le regardait, l'expression lointaine, et il se pencha en avant, pour capter son attention.

« L'auriez-vous vu récemment, Hennessey ? En auriez-vous entendu parler ? »

Elle s'accorda un moment de réflexion. Puis secoua la tête. « Non.

— Vous êtes sûre ?

— Certainement. Je m'en souviendrais, vous ne pensez pas ? »

Winter en était persuadé, mais la réponse ne le satisfaisait pas. Il y avait dans cette histoire une opacité qu'il ne parvenait pas à pénétrer. Il essaya de nouveau, évoqua la possibilité que Hennessey ait un bateau, ici, à la marina. Lui aurait-il jamais parlé de voile ou de bateau ?

« Non, jamais. Il allait aux courses. Il en parlait tout le temps. Mais les bateaux, non.

— Et il n'a jamais essayé de renouer le contact

avec vous ? En particulier, ces deux dernières semaines ? »

Nikki rejeta la tête en arrière et éclata d'un rire bref.

« Contact avec moi ? Pour bavarder du temps passé ? » Elle se pencha en avant, grave et tendue soudain. « Il y a un type que vous devriez aller voir, monsieur le policier. Mon vieux père en a peut-être parlé, mais je vais vous écrire son nom. Vous le trouverez au grand hôpital de Portsmouth. C'est lui qui m'a sauvé la vie, après la dernière opération que Hennessey avait pratiquée sur moi. Je souffrais terriblement. À en hurler. Le généraliste que j'avais appelé m'a fait immédiatement transporter à l'hôpital, où ce bonhomme m'a tirée d'affaire. Rencontrez-le. Demandez-lui ce qu'il a découvert, et aussi ce qu'il en pense. »

Winter la regarda tendre la main vers le bloc-notes et le stylo qu'il avait poussés vers elle, et écrire un nom. Alan Ashworth.

« Et vous me confirmez que vous n'avez jamais revu Hennessey depuis. Vous en êtes sûre ?

— Je vous le dis, c'est en enfer que je le reverrai. Cet homme est un démon. Il a pénétré dans mon corps, m'a volée, saccagée. Certains de mes organes ont disparu à jamais, monsieur le policier. Je ne peux vous décrire ce que je ressens. »

Winter hocha pensivement la tête et tendit la main vers la bouteille, mais elle était vide. Un souvenir lui revint soudain.

« Cette chanson, hier au soir. Qui est cette amie disparue ? »

Nikki baissa les yeux vers son verre.

« Moi », répondit-elle d'une voix sourde.

16

Vendredi 23 juin, après-midi

Finalement Faraday alla voir Willard juste après le déjeuner. Le bureau du superintendant se trouvait dans les locaux de la brigade criminelle, enclave lourdement sécurisée, à l'arrière du poste de police de Fratton. Des grilles électroniques barraient l'accès aux bureaux occupés par des détectives rigoureusement sélectionnés qui enquêtaient sur les délits les plus graves. Pour attirer l'attention de ces hommes, il fallait avoir assassiné, violé, attaqué à main armée ou fait commerce de drogues dures.

Un poste au MIT[1] était considéré comme le couronnement d'une carrière par de nombreux policiers, une chance en tout cas d'échapper aux enquêtes à la chaîne sur les infractions mineures, mais Faraday ne l'avait jamais brigué. Toute investigation exigeait un travail d'équipe et de coordination, or ses collègues du MIT, ceux de son rang du moins, jouissaient rarement de la liberté qui était la sienne à la criminelle. Devant un viol par un inconnu ou une affaire de

1. MIT, Major Incident Team, équivalent d'une brigade de répression des crimes majeurs. (*N.d.T.*)

drogue compliquée, ils devaient s'en rapporter à un officier tel que Willard. Non, Faraday préférait diriger sa propre équipe, tirer ses propres plans de bataille, et il se faisait une raison de ne pouvoir chasser de plus gros prédateurs.

Willard revenait d'un exercice de manœuvre antiémeute au quartier général de Netley. Au téléphone, un peu plus tôt, il était tombé d'accord pour lancer sans plus tarder une enquête sur la disparition de Hennessey et avait chargé Faraday d'en prendre la direction. Si l'affaire ne justifiait pas pour le moment l'intervention d'un MIT, il n'en fallait pas moins quelqu'un de l'expérience de Faraday à la barre. Cathy Lamb accomplissait un travail formidable au nord de la ville, mais lui confier cette affaire pèserait trop lourdement sur ses effectifs.

« Vous êtes d'accord ? »

Faraday acquiesça, repensant à Cathy un instant plus tôt sur le parking. Elle était capable de réactions violentes, et Faraday s'était plus ou moins attendu à ce qu'elle arrive la première dans le bureau de Willard. Et il était bien soulagé qu'elle ne l'ait pas fait.

« J'ai parlé au gars de la scientifique au sujet de la Mercedes, dit Faraday. Il a fait venir un spécialiste incendie de Chepstow, et ils ont examiné à fond les restes. Il est quasiment sûr qu'on a utilisé des accélérateurs, mais rien n'indique la présence d'un corps à l'intérieur.

— Le porte-à-porte ?

— J'ai envoyé des hommes à la cité. Mais ça n'a rien donné.

— Et les enfants ?

— Sont encore à l'école. On a les noms et adresses. On en a vu quelques-uns, hier au soir. »

Willard, qui s'était fait une spécialité de toujours

faire deux choses en même temps, consultait le tableau de service de la semaine suivante.

« De combien de bonshommes avez-vous besoin ?

— Une demi-douzaine, pour le moment. Hennessey possède une maison à Beaconsfield et une autre, louée celle-là, à New Forest. Il y a aussi le cabinet de consultation dans Harley Street, sans parler de tous les établissements où il exerçait.

— Vous ne m'avez pas dit qu'il était radié ?

— Il l'est, mais la sanction est relativement récente. Il faut donc, à mon avis, reprendre depuis le début, c'est-à-dire le Marriott. Winter est déjà dans la course, et j'ai demandé à Cathy de nous l'envoyer.

— Elle doit adorer ça, perdre Winter. » Willard porta de nouveau les yeux sur le tableau. « Elle est déjà bien démunie.

— Je sais. Aussi j'ai pensé que Dawn Ellis pourrait lui donner un coup de main. Elle a travaillé à Cosham, et elle connaît le terrain. Enfin, elle et Cathy sont amies. »

Willard ôta sa veste et l'accrocha soigneusement au dossier de son fauteuil au bout de la longue table de conférence. Faraday pouvait entendre le brouhaha des conversations de ceux qui, rassemblés dans le couloir, attendaient la réunion suivante.

Willard l'interrogeait sur Winter. Pourquoi ce congé exceptionnel ?

« Un problème familial, monsieur.

— Son épouse ?

— Je le crains.

— Malade ?

— Elle est en train de mourir. »

Willard, qui tendait la main vers un dossier dans un tiroir, se figea. Côtoyer la violence et la mort faisait partie de son métier, mais Faraday avait souvent observé que cette distance nécessaire cessait sitôt que la mort frappait un foyer proche.

« En train de mourir ? »

Faraday hocha la tête.

« D'un cancer, précisa-t-il. Alors, nous lui avons donné sept jours et, compte tenu des circonstances, je trouve qu'il tient joliment le coup. »

Winter était de retour à l'aéroport de Jersey, attendant son vol pour Southampton, et il téléphona à Joannie. Une fois de plus, ce fut sa mère qui répondit et, cette fois, elle ne lui cacha rien de ce qu'elle pensait. « Tu aurais dû rester ici, Paul. C'est horrible de la laisser toute seule comme ça.

— Mais elle est avec toi. » Winter était hors de lui. « De toute façon, c'est elle qui a voulu venir chez toi. Laisse-moi lui parler.

— Je ne risque pas.

— Comment ça ?

— Elle est partie.

— Partie ? Où ça ?

— Elle est rentrée chez elle cet après-midi, vers 2 heures et demie. Elle ne voulait rien manger. Elle avait décidé de ne pas rester, c'est tout. Elle ne voulait pas m'écouter, Paul. Elle a appelé un taxi, et elle est descendue. Tu n'imagines pas le mal que ça m'a fait.

— Tu es sûre qu'elle est rentrée à la maison ?

— Et où d'autre pourrait-elle aller ? Dans l'état où elle est ? Franchement, Paul, je ne sais ce que tu as... Tu es... »

Winter coupa la communication et jeta un coup d'œil à sa montre. Les trains rapides pour Havant quittaient Brighton toutes les heures. Si elle avait pu prendre le 15 heures, elle était peut-être déjà arrivée à la maison. Il appela, laissant sonner et sonner, et refit le calcul. Elle avait peut-être raté le 15 heures, et si ça se trouvait, il n'y avait pas eu de 15 heures du tout, ça s'était déjà vu sur cette ligne. De toute façon, il rappellerait en arrivant à Southampton.

Il leva les yeux vers le tableau des départs. Le vol de Southampton n'avait pas encore de porte d'embarquement. Il sortit de nouveau son portable, vérifia le numéro dans son carnet. « C'était la ligne directe du Dr Ashworth, à l'hôpital », lui avait dit Nikki. Ce type comptait pour elle ; il avait été un minuscule rayon de soleil après sept ans sur la planche d'un boucher.

Finalement, quelqu'un répondit. C'était de nouveau la secrétaire. « Constable Winter. Est-ce que M. Ashworth est de retour, je vous prie ? »

Dawn Ellis bavardait avec Joyce, quand Faraday revint de son rendez-vous avec Willard. Faraday lui fit signe qu'il désirait lui parler, et elle le suivit jusqu'à son bureau au fond du couloir. Joyce avait déjà noté sur le grand tableau mural les noms des quatre constables et du sergent qui composeraient l'équipe Hennessey.

Le skipper serait le sergent Grant Ferguson, ex-métropolitain qui, lassé du tumulte de Londres, avait obtenu un poste à Portsmouth. Faraday se demandait ce que Ferguson pouvait bien penser de cette bonne vieille cité où la circulation automobile était aussi infernale que dans la capitale, mais il appréciait le bonhomme. Originaire d'Aberdeen, Ferguson réussissait à combiner un esprit combatif avec une tranquille acceptation que le pire était toujours à venir.

Sur le tableau, Joyce avait aussi marqué les heures des réunions, inscrivant au feutre rouge le code à utiliser pour les relevés d'heures supplémentaires.

Dawn lisait les noms en se mordillant la lèvre, ce qu'elle faisait toujours quand elle était contrariée.

« Ce Hennessey, c'est le type du Marriott ?

— Oui.

— Je pensais que l'affaire regardait Cathy.

— En effet. Il y a eu changement. On a découvert sa voiture incendiée hier soir près du ferry de Hayling.

— Et c'est une raison suffisante pour lui retirer l'enquête ?

— Je n'en sais rien. Winter est en congé, et c'est pourquoi je vous détache auprès de Cathy pour quelque temps. Juste une semaine ou deux. »

Dawn feignit l'indifférence. « Ça m'est égal. Un vol à l'étalage est un vol à l'étalage, où que ce soit. Pourquoi me plaindre si je rate quelque chose de savoureux enfin, alors que je vais pouvoir m'occuper de la racaille de Paulsgrove ? »

Faraday se demanda un instant si elle plaisantait, mais il n'eut pas besoin de la regarder deux fois pour voir que ce n'était pas le cas. Mais il n'y pouvait rien.

« Il y a quelque chose dans les affaires courantes qui mérite attention ? » lui demanda-t-il.

Mais c'était Cathy qui intéressait Dawn. Avait-elle résisté à cette décision ? Est-ce qu'elle était heureuse de voir Hennessey escamoté sous son nez ? Faraday ignora les questions.

« Je vous ai demandé quelque chose sur les enquêtes en cours, reprit-il. N'y a-t-il rien pour moi ? Tout est bouclé ? »

Dawn quitta enfin le tableau des yeux. Elle souriait d'un air qui mit un bref instant Faraday mal à l'aise.

« Non, rien de bien intéressant. »

Un cafouillage chez les aiguilleurs du ciel retarda l'atterrissage à Southampton, et il était près de 5 heures et demie quand Winter put de nouveau appeler chez lui. Il laissa sonner longtemps, mais personne ne répondit, et il allait téléphoner à ses voisins, quand son portable sonna. Il vérifia le numéro entrant. C'était Faraday.

« Comment va Joan ?

— Pas trop mal.

— Elle prend bien la chose ?

— Plutôt. » Winter se hâtait vers la sortie, peu désireux que Faraday entende soudain une annonce dans les haut-parleurs du terminal. « Ne quittez pas, patron. Je suis dans la cuisine. La réception est nulle. Je vais dans le jardin. » Winter glissa son portable dans sa poche et pressa le pas en direction du parking. « Voilà, ça devrait coller », reprit-il quand il eut retrouvé son souffle.

Faraday lui parla de la Mercedes incendiée. Le numéro de châssis confirmait qu'elle appartenait à Hennessey. L'appel du gérant du Marriott avait fini par déclencher une recherche de personne disparue. En sa qualité d'inspecteur-chef, Faraday constituait une équipe.

« J'ai cinq gars, dit-il, mais j'aimerais que vous me fassiez un rapport. »

C'était un sale coup pour Winter. Durant ces dernières vingt-quatre heures, il avait pu se faire une image plus précise du chirurgien, et tout ce qu'il avait appris de l'homme avait confirmé son intuition : il était arrivé quelque chose à ce type. Le fait que personne ne s'intéressât alors à Hennessey lui avait été fort utile. Cela avait gardé la traque secrète, rien que lui et Hennessey. Il aimait ça. Aimait l'idée que l'affaire devienne une vendetta personnelle, une espèce de combat à mains nues, exempt de toute la paperasse sempiternelle. Cela lui procurait aussi une liberté particulière. Et un jour, peut-être plus tôt qu'on ne le prévoyait, il se pourrait que des comptes soient réglés. Au nom de Dierdre Walsh. Au nom de Nikki McIntyre. Et même et surtout, au nom de Joannie. Et voilà que soudain Faraday, le chef de meute, s'apprêtait à pisser contre son lampadaire préféré.

« C'est difficile, patron.

— Je sais. Le moment est on ne peut plus mal choisi pour vous. »

Winter réfléchissait. Il devait remonter jusqu'à Hennessey, mais Faraday pouvait très bien le devancer. Existait-il un moyen pour lui de participer à l'enquête tout en se réservant la possibilité d'en sortir, et de s'y replonger chaque fois qu'il en aurait besoin ?

« Il n'y a pas seulement Joannie, dit-il. Il y a aussi sa mère. Elle séjourne chez nous, et vous savez combien les belles-mères sont envahissantes.

— Et alors ?

— Alors, tout va bien jusqu'ici, mais il va y avoir un problème quand je vais commencer à lui marcher sur les pieds.

— Ce qui veut dire ?

— Ce qui veut dire que je pourrai enfin me rendre utile. Dans l'affaire Hennessey, je précise. »

Faraday n'était pas convaincu. Trois jours de congé exceptionnel, ça n'était pas beaucoup quand votre femme était en train de mourir.

« Je sais, patron, je sais. Tout ce que je dis, c'est que je suis prêt.

— Prêt pour quoi ?

— Hennessey. Ça vous ennuie pas que j'en discute avec Joannie et que je vous rappelle ? »

Faraday demanda à Joyce d'organiser le briefing. Ferguson était déjà en route vers New Forest, nanti d'un mandat de perquisition. S'il y avait le moindre signe de lutte dans le cottage, Ferguson et son collègue devaient faire venir quelqu'un de l'équipe scientifique pour entreprendre une recherche d'indices et passer toute empreinte relevée au fichier central.

Les deux autres constables, en attendant, s'affairaient pour s'organiser au téléphone avec le poste de Beaconsfield. Si un ou deux de leurs agents en tenue pouvaient jeter un coup d'œil dans la maison de Hennessey, peut-être poser une ou deux questions aux voisins, cela leur permettrait d'éliminer l'hypothèse que leur homme ait pu se cacher là-bas.

Debout près de la table de travail de Faraday, Joyce prenait ses instructions en sténo. Il était probable que Ferguson rentrerait de Newbridge tard dans la soirée, surtout s'il avait dû faire appel aux techniciens de la scientifique. Les gars dans la pièce voisine avaient encore des tas de coups de fil à passer. Faraday lui-même attendait un rapport plus complet sur la Mercedes. Dans ces conditions, le briefing ne pouvait-il avoir lieu le lendemain ? demanda Joyce.

« Demain, c'est samedi, grogna Faraday.

— Bien sûr. Mais le shérif ne dort jamais. » Elle tapota sur son bloc. « Ou bien dois-je comprendre qu'on remet à lundi matin ? »

Faraday leva les yeux vers le tableau. En de pareils moments, il avait l'impression d'accomplir un numéro d'équilibriste dans un cirque, le poids des hommes dans une main et le coût de leur travail dans l'autre. La recherche d'un disparu était toujours délicate. Un coup de fil, et ce n'était plus une disparition mais un homicide que vous aviez sur les bras. Un coup de chance, et le sujet revenait de vacances au soleil, demandant où était le problème.

« Eh bien, shérif ? »

Joyce attendait une décision, et Faraday en était

incapable. Par ailleurs, il avait des raisons personnelles de protéger son week-end.

« Toujours rien ? »

Faraday la regarda. Il y avait une frontière ténue entre l'amitié et l'impertinence, mais Joyce était incapable de faire la différence. Peut-être était-ce sa mentalité d'Américaine. Peut-être était-il parfaitement normal pour elle de traiter son patron comme un copain.

« C'est mon anniversaire, lâcha-t-il à regret. Je pensais faire un saut en France.

— Hé, en voilà une bonne idée !

— Mais cela dépend... » Faraday regarda le bloc-notes qu'elle tenait à la main et se contenta de hocher la tête, sans rien ajouter.

Elle lui sourit de toutes ses dents, manifestement enchantée d'apprendre qu'il s'apprêtait à tourner une page dans sa vie, et regagna son propre bureau. Quelques minutes plus tard, elle revenait avec une grande enveloppe blanche, alors que Faraday était au téléphone. Elle la scella d'un coup de langue et la posa sur le clavier de l'ordinateur.

Faraday considéra l'enveloppe, pendant qu'il terminait sa conversation. La Mercedes avait été remorquée à la fourrière sécurisée de Hayling Island. Parmi les résidus prélevés sous le siège avant du passager, il y avait pour soixante-quinze *cents* de pièces et une lame d'acier trempé qui provenait vraisemblablement d'un scalpel.

Une fois qu'il eut raccroché, il ouvrit le pli. À l'intérieur, il y avait une carte postale panoramique représentant un troupeau de vaches. « J'ai acheté cette carte pour l'anniversaire de mon neveu, avait écrit Joyce, mais c'est vous qui en héritez. J'ai parlé avec Vodafone, aujourd'hui, et le numéro que vous cherchez est le 07772 456372. »

Vodafone ?

Faraday leva les yeux. Joyce était déjà de retour sur le seuil avec un gobelet de café.

« Vodafone ? demanda-t-il.

— Ils m'ont appelée ce matin et ont essayé de me baratiner. Ils avaient bien le détail des appels de Prentice, mais ça prenait du temps de les sortir et de les imprimer, en comptant avec la liste d'attente, bref, je devais attendre gentiment mon tour. »

Faraday comprenait enfin de quoi il retournait. Vodafone était le serveur du mobile de Prentice. Le détail des appels leur dirait s'il était en train de téléphoner quand il avait causé la mort de Vanessa Parry.

« Et c'est le numéro avec lequel il était en communication ?

— Exact.

— Comment vous l'êtes-vous procuré ? »

Joyce, qui avait attendu cette question, souriait déjà.

« La fille chez Vodafone est américaine. » Elle lui tendit le gobelet. « Entre Yankees, on se serre les coudes. »

Il était 6 heures du soir quand Winter arriva enfin chez lui. Il laissa la voiture dans la rue et gagna la porte latérale qui donnait dans la cuisine. Si Joannie n'était pas encore rentrée, il irait l'attendre à la gare.

La porte n'était pas fermée. Winter jeta un regard dans la cuisine, appela Joannie, se demandant si elle n'était pas en train de dormir. La bouilloire était froide, et le chat réclamait une pâtée qu'apparemment il n'avait pas eue. Il passa dans le salon, trouva la télé allumée mais le son coupé, et les pantoufles de sa femme sur le tapis devant le canapé.

Winter appela de nouveau, d'une voix plus forte. « Joannie ? Tu es là, chérie ? »

Pas de réponse. La porte d'entrée principale était fermée au verrou. Revenant sur ses pas dans le couloir, il poussa doucement la porte de la chambre. Les rideaux tirés masquaient le soleil de fin d'après-midi, mais la petite fenêtre du haut devait être ouverte car il entendait l'arroseur automatique du voisin. Scrutant la pénombre, il discerna avec soulagement le corps de Joannie sous la légère couette d'été. Il murmura son nom mais n'obtint pas de réponse. Elle dort, pensa-t-il, reculant dans le couloir.

Un instant, il songea à lui préparer quelque chose à manger quand elle se réveillerait, puis abandonna l'idée. La mère de Joannie n'avait décidément pas compris dans quel état était le ventre de sa fille. Elle ne prenait plus régulièrement ses repas, se contentant de grignoter aux heures les plus improbables.

De retour dans la chambre, il s'approcha du lit. Joannie était couchée sur le côté, ses cheveux grisonnants étalés sur l'oreiller, les genoux légèrement ramenés vers elle comme elle le faisait toujours dans le sommeil. Elle respirait très lentement, comme si elle était enfermée dans une chambre étanche enfouie sous la terre. Ses lèvres étaient étrangement bleuies, et il y avait un petit dépôt blanchâtre aux commissures de ses lèvres. Winter, qui l'observait, ressentit les premiers signes de panique. Il était déjà passé par là. Il reconnaissait les symptômes, savait où ces indices menaient.

Ils gardaient les médicaments dans une armoire de la salle de bains. L'étagère du milieu était réservée à Joannie, tout un assortiment bien rangé d'analgésiques, de somnifères et, depuis peu, de médications plus lourdes. Winter regarda les boîtes et les flacons sans trop savoir ce qu'il cherchait. Anadin ? Ibuprofen ?

Il revint dans la chambre, secoua Joannie, doucement d'abord et puis avec force. Rien n'y fit. Elle restait inconsciente.

« Joannie ? Merde... »

Il se mit à chercher à quatre pattes sous le lit une boîte ou un flacon vide, un mot, quelque chose. Mais il n'y avait rien. Il sortit son portable, appela le 999, demanda une ambulance tout en continuant de chercher ce qu'elle avait pris. L'opératrice confirmait l'adresse quand il trouva.

Il avait rabattu le duvet. Contre le corps amaigri, il y avait une petite boîte blanche en plastique. PARACÉTAMOL 40 comprimés. Il n'en restait plus un seul.

Des heures plus tard, à l'hôpital, Winter était encore au chevet de Joannie. Le personnel des soins intensifs passait dans la chambre de temps en temps pour vérifier une perfusion et les écrans de contrôle, mais Winter s'apercevait à peine de leur présence. Dehors, la nuit tombait, mais dans tout l'être de Winter régnait une obscurité d'encre, qui semblait avoir chassé jusqu'à l'espoir d'un quelconque lendemain.

Il comprenait le geste de Joannie. Il en aurait fait de même à sa place, eût-il été assez courageux ou désespéré pour cela. Mais la leçon était ailleurs. En hâtant la mort annoncée, en accélérant l'inévitable, elle avait contraint Winter à prendre conscience de ce qui l'attendait. Aujourd'hui ou demain, il serait seul. Il n'avait aucun moyen d'y échapper. Joannie se mourait lentement à côté de lui, et avec sa mort s'achèveraient les vingt-quatre ans qu'il avait passés avec elle, vingt-quatre ans marqués de petites et de grandes trahisons. Il n'éprouvait ni remords ni regret de ne pas avoir rendu sa femme plus heureuse. Il se demandait seulement ce qu'il deviendrait, une fois qu'elle aurait disparu.

Passé minuit, alors que les médecins supputaient

les chances de lésions cérébrales, il téléphona à Faraday. De sa vie, il ne s'était senti aussi détaché, aussi froid.

« C'est moi, dit-il, quand Faraday eut décroché. Winter.

— Que se passe-t-il ?

— Rien. Cette équipe que vous montez. Comptez-moi dedans. »

Il regardait Joannie, son visage gris contre l'oreiller blanc. Elle poussa un petit soupir — de regret peut-être, ou bien d'amusement — et sa respiration reprit le même rythme lent, les lignes blanches tremblotantes dévidant sur l'écran de contrôle le fil ténu de sa vie.

17

Samedi 24 juin, le matin

À moitié réveillé, Faraday rêvait encore de lampadaires. Ceux-ci étaient neufs et d'un design résolument futuriste, mobilier urbain faisant partie du projet de rénovation de la zone portuaire. Déjà ils fleurissaient dans le vieux Portsmouth. Les lampes avaient pour support des croissants métalliques, boulonnés sur la barre oblique du poteau, et chacune d'elles était coiffée d'un casque de verre si bleu que, la nuit, le port ressemblait à un collier de pierres précieuses. Dans le journal, ils disaient que ces lumières étaient visibles depuis la lune, ce qui était dû à la fréquence de cette couleur, et Faraday y croyait à moitié parce que l'effet dans le noir était magique.

La couleur, donc. Le bleu des joyaux et le blanc de l'arc de l'ampoule filtraient à travers son rêve, dans lequel une cohorte de lampadaires avançait, implacable, soudée en une parfaite formation. À l'approche des fortifications surplombant l'entrée du bassin, ils s'arrêtèrent à côté de la tour pour s'entretenir entre eux. L'aube approchait. Le soleil levant teintait les nuages de rosé pâle mais l'air était encore froid. Faraday, caché derrière l'épais muret du chemin de ronde, s'efforçait désespérément d'entendre ce qu'ils disaient, se demandant s'ils l'avaient repéré. Hanté par sa phobie des rats, il sentit quelque chose frôler sa chaussure et fouilla la pénombre du regard. Rien. Puis il perçut un soupir et le début d'un rire. Il leva les yeux et découvrit un lampadaire qui le fixait de son œil de lumière blanche, à moins de deux mètres de là.

Il se réveilla enfin pour de bon, cherchant à tâtons le réveil : 6 heures. Il resta une minute ou deux immobile, s'arrachant aux derniers lambeaux de son rêve, puis gagna la salle de bains pour se passer le visage à l'eau froide. Joyce avait réussi à lui organiser une petite réunion la veille au soir, et il savait qu'il ne pourrait faire avancer l'enquête Hennessey tant que les actions en cours n'auraient pas porté quelques fruits. Ferguson, son sergent, avait fouillé le cottage de New Forest. Il avait appelé la société de surveillance pour désactiver l'alarme, avant de forcer la serrure, mais n'avait rien trouvé qui pût intéresser la police scientifique. Le courrier et l'état des produits dans le réfrigérateur indiquaient que la maison n'avait pas été occupée depuis un certain temps. Les voisins d'à côté étaient absents, mais ceux d'en face n'avaient pas aperçu Hennessey depuis près d'une semaine.

Il n'y avait qu'au pub du village qu'il avait pu recueillir une information. Hennessey avait réservé pour le jeudi un cheval au club hippique local où il montait régulièrement. Le gérant, s'étonnant de ne pas le voir arriver, avait tenté de le joindre sur son portable, mais sans résultat. Nanti du numéro du mobile, Ferguson avait demandé une enquête en priorité et il attendait encore la réponse de Cellnet, le serveur.

En attendant, les autres membres de l'équipe

poursuivaient leurs recherches dans le vieux Portsmouth. Au Sally Port, le personnel de l'hôtel avait confirmé que Hennessey séjournait souvent chez eux, mais personne ne l'avait vu depuis une semaine. Pete Lamb, pensait Faraday avec dégoût, avait raison. Une fois parti du Marriott, Hennessey avait tout simplement disparu.

Le facteur arriva à 7 heures moins le quart. Faraday, une serviette de toilette ceinte autour de sa taille, écarta en éventail la demi-douzaine de missives. Il ne s'étonna pas qu'il n'y ait rien de Ruth, qui considérait les anniversaires, y compris le sien, avec une royale indifférence, mais il était blessé de ne rien voir portant le cachet de la Poste française. Peut-être que J-J avait mal calculé la date. Peut-être qu'il y avait une grève ou n'importe quoi à Caen. Peut-être que sa carte était dans le courrier du ferry de midi, et ne serait pas distribuée avant lundi matin.

Il ne savait pas et regrettait de ne pas pouvoir s'en moquer, se consolant d'un sandwich au bacon et d'une retraite dans son bureau, où l'attendaient sur leur trépied ses jumelles de garde-côte devant la baie vitrée. Pendant un moment, il fit de son mieux pour tromper sa déception parmi les tourne-pierres et les huîtriers arpentant la grève, mais l'absence de J-J continuait de le parasiter. Comment ça se passait pour lui ? Comment se débrouillait-il ? Sans la disparition de Hennessey, Faraday serait déjà en route vers Caen pour une visite surprise, mais il était coincé par l'enquête, obligé d'attendre près du téléphone au cas où un élément d'importance serait découvert.

Un cormoran se tenait à quelque distance sur un poteau, étendant les ailes pour les sécher, et Faraday tendit la main vers la mollette de réglage, regrettant que ce fût l'oiseau préféré de J-J. Enfant, il avait traversé une phase cormoran : il les dessinait avec passion sur les grandes feuilles que Faraday lui rapportait parfois du bureau. Les plus beaux, travaillés aux feutres verts et mauves qui donnaient aux oiseaux une allure préhistorique, décoraient encore les murs de son bureau.

Une heure plus tard, toujours immobile derrière ses jumelles, Faraday entendit une voiture s'arrêter devant la porte. Et puis quelqu'un sonna. C'était Marta. Elle se tenait sous le soleil, en short denim et T-shirt Prada. Elle avait les cheveux retenus par un foulard rouge et tenait dans ses bras un grand présent enveloppé avec art d'un papier de soie verte.

« Bon anniversaire, lui dit-elle en l'embrassant. Joyeuse quarante-deuxième année. »

Interloqué, Faraday lui fit signe d'entrer.

« Comment savais-tu ?

— Je t'ai demandé ton âge, l'autre nuit. Tu m'as donné la date au jour près. » Elle l'embrassa encore. « Tu ne te souviens de rien, n'est-ce pas ? »

Winter passa une bonne partie de la matinée à obtenir le numéro du domicile d'Alan Ashworth. Il était encore à l'hôpital, arpentant le long couloir à l'extérieur du service des urgences mais, de temps en temps, il sortait prendre le soleil, pas mécontent de pouvoir penser à autre chose qu'à Joannie. Ce matin, l'équipe médicale était plus optimiste. Son état s'était amélioré, disaient-ils. Elle était encore dans le coma mais elle s'en tirerait. Ce serait bon de la retrouver, semblaient-ils suggérer. Même si ce n'était que pour deux ou trois mois.

Ce numéro de téléphone, il le devait à l'attachée de presse de la fondation de l'hôpital. Winter la connaissait, pour l'avoir rencontrée il y a longtemps dans ce même établissement, après une grave agression aux Urgences, un samedi soir. Ce matin, il lui avait rappelé ce souvenir, bien décidé à rencontrer ce médecin qui avait sauvé la vie à Nikki McIntyre. Normalement, la décision de communiquer un numéro personnel relevait du directeur mais, sur la suggestion de Winter, elle consentit à téléphoner elle-même à Alan Ashworth pour lui demander sa permission. Il habitait dans Denmead. Il partait faire de la voile après déjeuner, mais il aurait quelques minutes pour Winter, si celui-ci faisait fissa.

Ashworth était dans son jardin quand Winter arriva. Grand, athlétique, il poussait sa tondeuse avec une froide détermination. Les cheveux courts, grisonnants sur les tempes, il avait des yeux enfoncés, un regard impénétrable. Comme Winter s'excusait de le déranger, il se contenta d'un bref hochement de tête. Il ne discutait jamais du cas d'un patient en dehors du cadre médical et il dérogeait à cette règle parce que Nikki l'avait appelé pour l'en prier.

« Elle vous a téléphoné ?

— Hier après-midi.

— Et qu'a-t-elle dit ? »

Ashworth ne répondit pas. Sa femme venait de sortir de la maison avec deux verres sur un plateau.

« Jus de pomme, précisa Ashworth. Que voulez-vous savoir ? »

Ils bavardèrent sur la longue terrasse carrelée derrière la maison. Winter expliqua pourquoi il s'intéressait à l'intervention qu'Ashworth avait lui-même pratiquée sur Nikki après son arrivée en ambulance. Elle souffrait le martyre, des douleurs atroces, indescriptibles.

« Certainement. »

Elle avait mal dans la région abdominale. Un examen externe avait révélé une grosseur importante, et il avait opéré immédiatement, pour découvrir que l'ovaire qui lui restait avait pris la taille d'un pamplemousse. Douze heures de plus, et elle mourait de septicémie.

« Et la faute en revenait à qui ? »

Ashworth faisait tourner son verre vide dans sa main.

« C'est difficile à dire, murmura-t-il.

— Elle venait de subir une opération, n'est-ce pas ?

— Oui.

— Des mains de Hennessey.

— Oui.

— Alors, y avait-il un rapport ? De cause à effet ? »

Ashworth sourcilla, un rien agacé par la brutalité de l'association.

« Toute opération comporte un minimum de risques. Il faut être prudent dans son jugement.

— Mais Hennessey était bien le seul à l'avoir déjà opérée, non ?

— C'est exact. Et ça n'était pas joli, ce qu'il avait fait.

— Est-ce qu'on peut parler d'incompétence ?

— Probablement.

— Que peut-on en dire d'autre ? »

Il y eut un long silence. Ashworth, perdu dans ses pensées, contemplait sa pelouse à moitié tondue. Finalement, il demanda si l'enquête était de nature criminelle. Winter lui répondit que non, du moins pour l'instant.

« Alors, je veux que vous compreniez que tout ceci est confidentiel. Je n'ai aucune intention de témoigner devant un quelconque tribunal. Si jamais vous me citiez, je démentirais. Est-ce bien compris ?

— Parfaitement.

— Bien. »

Il s'ensuivit un nouveau silence. Ashworth hésitait

encore. Winter parla de Nikki, de leur longue conversation, de tous les détails qu'elle lui avait fournis. D'ailleurs, c'était elle-même qui avait suggéré à Winter de prendre contact avec l'homme qui lui avait sauvé la vie.

« Je sais et, je vous le répète, c'est la raison pour laquelle je vous reçois. »

Sa femme reparut avec un autre carton de jus de pomme et, cette fois-ci encore, Ashworth ne fit pas les présentations. Quand elle fut repartie, il s'assit en avant sur sa chaise, les coudes sur les genoux, sa décision prise.

Après cette première intervention d'urgence, il avait opéré Nikki à deux autres reprises afin de réparer le plus gros des dégâts. Un examen des cicatrices internes, associé à l'histoire exhaustive de la patiente, l'avait amené à la conclusion que la plupart des opérations pratiquées par Hennessey n'étaient absolument pas nécessaires. Le problème de Nikki était gastro-intestinal et n'avait rien à voir avec ses organes géniteurs. Il n'y avait pas la moindre raison médicale pour lui avoir enlevé l'utérus et l'un de ses ovaires.

« Alors pourquoi Hennessey a-t-il fait tout ça ?

— C'est une très bonne question. La première intervention était peut-être purement exploratoire. On ouvre et on regarde ce qu'il y a. Les chirurgiens font souvent ça. C'est une procédure courante. Après, si les douleurs sont toujours là, vous cherchez ailleurs.

— Et ? »

Ashworth le regarda. Il n'aimait pas cette conversation.

« À mon avis, dit-il lentement, il avait envie qu'elle revienne et il s'arrangeait pour ça.

— Et comment ?

— En commettant des erreurs délibérées. Chaque fois qu'il intervenait, il laissait une petite carte de rappel, une incision mal suturée, par exemple. Au bout de quelque temps, la plaie se rouvrait, et elle l'appelait pour lui dire que ça n'allait pas, qu'elle avait besoin de lui. »

Winter écoutait, fasciné.

« Mais pourquoi ? Pourquoi faisait-il une chose pareille ? »

Ashworth renversa la tête en arrière pour contempler le bleu du ciel. Puis, après un coup d'œil à sa montre, il tendit la main.

« Je mentirais si je vous disais que ç'a été un plaisir, monsieur Winter. » Il avait une poigne solide. « Mais bonne chance quand même. »

De la plage de galets de Hayling Island, Cathy regardait Pete qui filait vers la lointaine courbe du banc de sable, le corps en rappel sur sa planche dont la voile frémissait sous vent fort. Il l'avait invitée à le rejoindre et, à l'idée d'un nouveau week-end à bâiller d'ennui, elle s'était empressée de dire oui. Ferme les yeux à moitié, se disait-elle, et tu ne croirais jamais que nous sommes séparés depuis bientôt un an.

Elle avait préparé un pique-nique, le temps qu'il arrive à la jolie petite maison de Portchester, qu'il avait pendant longtemps appelée son « foyer ». Elle avait fait des sandwiches avec d'épaisses tranches de cheddar, tartinées de Marmite, comme il les aimait. Elle était descendue à l'épicerie du coin pour acheter des chips et un pack de Guinness. Il n'avait pas encore frappé à la porte qu'elle s'était également changée, enfilant un jean qui montrait qu'elle avait perdu le poids pris durant l'hiver. Grande, bien bâtie, elle avait supporté de grossir sans trop déprimer, mais n'avait pas tardé à réagir. Après un régime adéquat et deux séances d'aérobic par semaine, elle avait retrouvé toute sa forme. Elle savait parfaitement ce qui allumait Pete, et elle voulait bien croire Dawn Ellis, quand celle-ci prétendait que les hommes restaient toujours les mêmes. Dernièrement, et plutôt à sa grande surprise, Pete avait commencé de lui manquer.

Il revenait vers la plage maintenant, sa planche martelant les vagues. Il lofa, esquivant une bande de nageurs qui essayaient de prendre les modestes déferlantes. Il maniait son windsurf de la même manière qu'il semblait avoir organisé sa nouvelle vie, avec un minimum d'effort et le maximum de plaisir, et Cathy, qui l'observait, était heureuse que soit passé le temps du ressentiment, et les lettres et les coups de fil en pleine nuit. C'était elle qui l'avait entraîné dans son lit, la première fois, lors des régates de Weymouth. Elle participait sur le bateau d'un ami de son frère. Pete, lui, barrait un 470 qu'on lui avait prêté. Ils s'étaient soûlés dans un pub près du port et ils étaient rentrés ensemble dans le bed & breakfast où elle logeait. Elle avait vraiment eu le béguin pour lui, et elle l'avait encore. Oui, Dawn avait raison. C'était curieux cette façon qu'avait l'histoire de se répéter.

Pete lui demanda si elle voulait la planche. Le vent était bon et soutenu. Elle secoua la tête et lui balança une serviette. Elle étendit la couverture. Si le soleil restait aussi chaud, elle se mettrait peut-être les seins nus. Elle savait que Pete aborderait le sujet, et elle n'avait vraiment pas envie de parler de ce salopard de Joe Faraday.

« J'ai réfléchi à ce que tu m'as raconté. » Pete examinait l'intérieur de son sandwich. « Faraday débloque complètement.

— Ça ne fait rien. Laisse tomber. Je le prenais pour un type bien, mais je me suis trompée. Il est vorace, voilà tout. N'en parlons plus. »

Mais Pete ne l'entendait pas de cette oreille. Elle devait faire quelque chose, se battre.

« Et comment ?

— En allant voir Willard. Il y a toujours deux versions dans une histoire. Et le superintendant n'en a entendu qu'une.

— Et qu'est-ce que je lui dis ?

— Que l'affaire Hennessey a démarré sur ton territoire et qu'il y a des règles à observer, qu'un Faraday n'a pas le droit de t'enlever une affaire qui te revient de droit. Merde, tu fais fonction d'inspecteur, Cathy, et il te traite comme si tu étais une gosse.

— Oui, ou une femme.

— D'accord, une femme. Mais ne te laisse pas faire. Sinon la chose se reproduira. Crois-moi. Les mecs sont comme ça. Ne pas réagir, c'est l'inciter à récidiver. »

Cathy contemplait les vagues. Pete avait raison, elle le savait, mais elle n'avait pour le moment ni l'envie ni l'énergie de poursuivre ce sujet.

« Il me baisera quand même, dit-elle, si je fais du ramdam.

— Et pourquoi ça ?

— En menaçant de te balancer. Jusqu'à présent, il m'a seulement fait comprendre qu'il était à ça de le faire. » Elle mima un mince interstice entre son pouce et son index. « Je ne pense pas qu'il aille plus loin, mais si je le menace de monter jusqu'à Willard, il n'hésitera pas à te faire plonger. Il en est parfaitement capable, ce salaud.

— Écoute, dit Pete, tendant la main vers un autre sandwich, si c'est à mon sujet que tu t'inquiètes, tu as bien tort. Il veut dénoncer mes petites magouilles à la direction, eh bien, grand bien lui fasse.

— Ils te rateront pas, cette fois, lui fit observer Cathy. Tu risques de te retrouver au chômedu, sans droits ni rien.

— Dur-dur.

— Tu t'en fiches ?

— Complètement. Alors, si tu veux te battre sur Hennessey, vas-y. En fait, tu dois le faire. »

Cathy le considéra d'un air songeur. Elle était touchée. Ce n'était pas rien que de tirer un trait sur trente mille livres de salaire sans parler des avantages sociaux, mais Pete était on ne peut plus sincère, elle le voyait bien à son expression. Elle se pencha vers lui et l'embrassa sur la bouche.

« C'est une offre généreuse, dit-elle, mais il n'y a pas que toi.

— Non ?

— Non. Il me dénoncerait aussi. Il n'hésiterait pas, j'en suis certaine. »

Pete termina le dernier des sandwiches et s'allongea sur la couverture, les yeux fermés, ses cheveux blonds raidis par le sel. Il avait une trace de Marmite au coin de la bouche que Cathy effaça du bout de son index. Pete sourit, sans rouvrir les yeux.

« Il y a un truc que je n'ai pas raconté à Winter au sujet de Hennessey, murmura-t-il. Alors, c'est à toi que je vais le dire. »

J-J et Valérie arrivèrent en début d'après-midi. Faraday prenait une douche. Marta, étendue nue en travers du lit en désordre, dormait profondément.

Faraday se pencha à la fenêtre de la salle de bains et ne put en croire ses yeux. L'animal avait encore grandi. Devait faire un bon mètre quatre-vingt-cinq maintenant. Jean, sac à dos, des cheveux jusqu'aux épaules. Et toujours aussi dégingandé. Il répondit au cri de son père dans une explosion de signes : les mains à plat frottées l'une contre l'autre, d'abord, puis recourbées en forme de coque et enfin une expression de grande stupeur animant tout son visage. *On a pris le premier ferry. Pour te faire la surprise.*

Pour une surprise, lui signala Faraday, *c'en est une fameuse.*

Il courut réveiller Marta. « Mon fils est ici, lui dit-il. *Mon fils et sa petite amie*.* C'est merveilleux. » Elle le regarda, se frotta les yeux et lui souhaita une nouvelle fois un bon anniversaire.

Faraday confectionna un grand brunch avec tout ce qu'il put trouver dans le réfrigérateur, pendant que J-J lui contait sa vie à Caen. Valérie lui avait trouvé un emploi dans une agence de voyage. Ils payaient bien, presque soixante-dix francs de l'heure, et Valérie et lui étaient allés deux ou trois fois à Paris, séjournant chez des amis à elle, des gens riches habitant de grands appartements. Connaissait-il le XVI\ :sup:`e` *arrondissement** ? Est-ce qu'il avait déjà goûté à la cuisine marocaine ? Qu'y avait-il de plus impressionnant au monde que de grimper tout en haut de la tour Eiffel ? J-J retrouvait le vieux geste, ses longs bras maigres déployés dans la cuisine. Des hommes équipés d'ailes comme les oiseaux avaient sauté de là-haut. Ils l'avaient fait.

Le repas terminé, Faraday décréta une promenade. Ils prirent le chemin autour du port jusqu'à la réserve ornithologique dans les marais de Farlington, et ils s'étendirent dans l'herbe chaude, avec le vin que Marta avait apporté pour l'anniversaire, trois bouteilles de rioja, une cuvée 1994 d'un récoltant qu'elle connaissait personnellement. Ils burent sous le soleil, pendant que J-J scrutait le ciel avec les jumelles de son père. Marta et Valérie, qui spontanément s'étaient prises d'amitié, bavardaient depuis des heures, et Faraday était stupéfié par l'excellence du français de Marta. Pourquoi prenait-elle donc des cours du soir, alors qu'elle parlait couramment la langue ? Et pourquoi en avait-elle fait un secret ?

Mais il n'y attachait pas d'importance, mettant cela sur le compte de la modestie, car il était tellement content qu'une journée bien mal commencée fût devenue soudain si belle. Son fils était à côté de lui, manifestement heureux. Et il y avait cette femme qui apportait depuis peu dans sa vie une sacrée fraîcheur. Ce matin, au lit, elle lui avait dit qu'il commençait de ressembler à quelqu'un d'autre, et elle avait peut-être raison s'il en jugeait par son propre empressement à en convenir lui-même. On travaille, et puis on se détend. Le plaisir, c'est gratuit. *N'est-ce pas**, mon amour ?

J-J avait repéré un oiseau. Il ne savait pas ce que c'était. Il pointa sa main vers le ciel et tendit les jumelles à son père. Au début, Faraday ne vit rien que du ciel. Puis il capta une tache brune et fauve et, affinant le point, la suivit dans son piqué.

« L'émerillon, murmura-t-il. De retour. »

L'émerillon était un faucon, le préféré des fauconniers arabes, mais étranger sur ces rivages nordiques. Il devait s'être échappé d'une fauconnerie privée, mais avait appris à survivre sur les terres de Langstone Harbour, se nourrissant sur la colonie de sternes récemment établis sur une île près du pont de Hayling. Faraday l'avait déjà observé plusieurs fois, révolté par ses manières de table.

Au contraire du faucon pèlerin de passage, qui dévorait ses proies discrètement à l'écart, l'émerillon les déchirait aussitôt, au beau milieu de la colonie sur la plage de galets, tandis que des sternes tournoyaient autour, frénétiques et criards. Le faucon était une machine à tuer préoccupée par ses propres besoins, et cet intrus venu des airs était prodigieusement menaçant. Pour satisfaire sa faim, il transgressait toutes les lois naturelles, et Faraday essayait d'expliquer à Marta le plaisir sadique que prenait l'oiseau en fondant sur sa proie, quand celui-ci plia soudain ses ailes et plongea après deux mouettes à tête noire.

Au début, les mouettes ne le virent pas. L'émerillon n'était plus qu'à deux mètres au-dessus de l'eau, prêt pour l'hallali. Puis l'une d'elles sentit le danger et amorça un virage que le faucon suivit comme un aimant. Finalement, les deux mouettes, dans un ultime réflexe, plongèrent dans l'eau, et le faucon remonta en flèche dans les airs, brusquement désintéressé.

J-J était à côté de Valérie, attendant que les mouettes refassent surface. Marta ne quittait pas des yeux l'émerillon.

« Et maintenant, qu'est-ce qu'il va faire ? » demanda-t-elle.

Faraday avait l'oiseau dans ses jumelles.

« Il joue avec elles, murmura-t-il. Il n'a même pas faim. »

Dimanche 25 juin, matin

Ce dimanche fut un bonheur pour Faraday. Marta resta la nuit du samedi, et ils allèrent tous les quatre dans un restaurant de poisson du vieux Portsmouth, où J-J délaissa les offres du jour de lotte et de turbot pour la plus grande portion de morue et de frites que Faraday n'ait jamais vue. Tôt le lendemain matin, J-J était debout avant tout le monde, et, de la fenêtre de son bureau, Faraday l'observa qui se promenait le long de la plage, shootant dans les algues et ramassant les galets les plus plats pour les faire ricocher sur le miroir des eaux du port. C'était une scène qui rappelait d'innombrables étés passés, une image que Faraday enfermerait dans sa malle aux trésors. Remonter le temps, pensait-il, et son fils ne serait peut-être jamais parti.

Après le petit déjeuner, Faraday appela Ferguson, qui assurait l'enquête Hennessey pendant le weekend. Dix ans à Londres n'avaient pas adouci le rocailleux accent d'Aberdeen, et l'homme semblait prendre un plaisir sportif à rapporter l'échec de ses investigations. Personne, à Beaconsfield, n'avait aperçu Hennessey. La touche bis sur son téléphone menait à une marina, à Jersey, et un nouveau cul de sac. Le personnel de l'Advent ne l'avait pas revu depuis avril. En dehors de la confirmation qu'il y avait eu incendie volontaire, rien de concret n'était sorti de la carcasse de la Mercedes. Quant à la banque, elle n'avait enregistré aucun mouvement sur le compte du chirurgien depuis le 18 juin. De l'avis de Ferguson, le type avait soit renversé un piéton avec sa voiture soit il avait été tué, mais il n'y avait pas le moindre indice pour confirmer l'une ou l'autre hypothèse.

« Résultat, on a que dalle, conclut-il sèchement. Winter, il monte toujours à bord ? »

Cathy Lamb appela Winter dans la matinée. Elle se tenait dans le salon, attendant qu'on décroche. La combinaison de Pete séchait au soleil dans le jardin, encore humide de la veille.

Quand Winter répondit enfin, Cathy pensa d'abord qu'il était soûl. Elle entendait de la musique, les Walker Brothers, et la voix pâteuse de Winter se mêlait aux paroles. *Le soleil ne brillera plus*, chantaient-ils, *la lune ne montera plus dans le ciel.*

« Paul ? Que se passe-t-il ? »

Winter parla de sa femme, marmonnant qu'il était arrivé quelque chose. Quelque chose dont il ne voulait pas parler.

« Elle est là ? Paul, dites-le-moi.

— Quoi ?

— Joannie... votre femme... que lui est-il arrivé ? »

La communication coupa. Cathy refit le numéro. Occupé. Winter habitait Bedhampton, un joli petit pavillon sur les pentes de Porstdown Hill. Elle s'en souvenait. Des roses dans le jardin de devant. Des rideaux de ruché. Pas du tout le style de Winter. Elle éteignit le grille-pain dans la cuisine, gribouilla un mot pour Pete, et courut à sa voiture.

Le dimanche, Bedhampton était à moins de dix minutes. La Subaru de Winter était garée devant la maison. Cathy pouvait entendre de la musique alors qu'elle se hâtait vers la porte latérale. Elle essaya la poignée. Fermée. Elle frappa encore. Sans réponse. Elle courut à la grande fenêtre en façade et, abritant ses yeux du soleil, essaya de voir à l'intérieur. Winter était dans un fauteuil devant la télévision. La tête renversée sur l'appui, il contemplait le plafond. Elle pensa d'abord qu'il venait de se passer un terrible drame, puis elle vit le mouvement de la main sur le bras du fauteuil. Les doigts de Winter battaient la mesure.

Elle cogna à la vitre.

« Paul ! cria-t-elle. C'est moi, Cathy. Ouvrez cette foutue porte. »

Winter tourna lentement la tête, avec l'expression d'un homme tiré d'un profond sommeil. Il paraissait étonné de la voir, mais elle crut le voir esquisser un sourire. Il se leva lentement et gagna le couloir à petits pas. On aurait dit un vieil homme, pensa encore Cathy : courbé, le pas incertain, l'air d'un vaincu. Ce n'était pas le Winter qu'elle connaissait, non.

Elle lui prépara du thé et le fit se rasseoir dans le fauteuil. Il lui raconta ce qu'avait fait Joannie. Elle avait tenté de se suicider. Pas parce qu'elle souffrait trop. Pas parce qu'elle voulait en finir. Mais parce qu'elle était revenue dans une maison vide.

« Vide à cause de moi. » Il hocha la tête. « À cause de moi, qui n'étais pas là. »

Cathy s'était agenouillée à côté de lui. Elle avait passé de mauvais moments avec Winter. Comme tout le monde. Faites entrer ce genre d'artiste dans votre équipe, et vous savez que tôt ou tard votre relation ira dans le mur.

Winter et la paperasse n'avaient jamais été faits

l'un pour l'autre. Il ne tolérait pas plus les comptes rendus de mission que les proprets bureaucrates qui avaient accédé aux échelons supérieurs de la police. Il ne voyait pas l'utilité d'adhérer à la politique du rendement et de l'abstinence générale. C'était un vestige, un dinosaure. Il menait son travail sur les parkings et dans les entrepôts, traitant ses indics comme des poissons rouges, leur jetant quelques miettes, entretenant avec eux le copinage méprisant qu'ils méritaient selon lui.

Quand elle était sergent avec Faraday, Winter l'avait rendue folle, d'une part parce qu'il n'avait pas une once de moralité en lui et, d'autre part, parce qu'il obtenait toujours de bons résultats. On montrait un malfrat à Winter, il s'en faisait un ami. On lui en montrait deux, il formait un petit gang, et finissait par épingler tout le monde, pendant que les filles comme Cathy essayaient de compter le nombre de règles qu'il avait allégrement piétinées. Il était, elle l'avait toujours pensé, la croix que tout sergent devait porter, un homme à la fois tordu et brillant.

Mais là, c'était autre chose. Winter était en peine, en grande peine. Et seul cela comptait.

Il lui parlait des comprimés, de l'hôpital, de toutes ces perfusions et ces appareils avec lesquels l'équipe de réa l'avait remontée du néant. Il était resté à la regarder pendant toute la nuit. Et, en vérité, il ne pouvait plus supporter ça.

« C'est pourquoi je m'agite, Cath. » Elle lui caressait la main. « C'est pourquoi je suis ce que je suis. »

Lentement, l'histoire commença à sortir. Il n'avait cessé de traquer Hennessey. Il était allé à Jersey, avait vu cette jeune femme, Nikki. Il avait pu vérifier de visu ce que ce boucher lui avait fait. Et qu'il y avait beaucoup d'autres malheureuses comme elle qui rêvaient de se venger.

« J'ai besoin de savoir, Cath.

— Savoir quoi ?

— Que quelqu'un l'a fait, que ce salaud a payé. Je ne veux rien d'autre. Simplement être sûr.

— Et s'il n'est pas mort ?

— Alors, je le retrouverai.

— Et puis ? »

Winter la regarda. Il avait les yeux brillants de larmes.

« J'ai besoin de frapper quelqu'un, Cath, murmura-t-il. Vraiment besoin. »

Cathy l'étudia pendant un moment. Il lui serrait la main comme le ferait un enfant.

« Et votre femme ? dit-elle enfin. Où était-elle pendant ce temps-là ?

— Avec sa mère. Et elle n'aurait pas dû revenir ici.

— Mais elle l'a fait.

— Oui, je sais. Et j'aurais dû être là, non ?

— Pourquoi n'y étiez-vous pas ?

— Parce que je ne peux pas supporter cette situation.

— Vous ne pouvez pas la supporter ?

— Oui, je sais, je suis qu'un salopard pathétique. Un putain de bon à rien. »

Il balaya de la main le salon, rempli de vingt-quatre années de souvenirs. Cathy, qui l'observait, sentait qu'il touchait enfin au cœur du sujet. Ce n'était pas Hennessey ou Nikki ni ce que ce chirurgien avait pu commettre. Non, le fond du problème, c'était lui, Winter, et aussi ce mariage qui arrivait si brutalement à son terme. Il avait pensé que cela durerait toujours. Joannie dans son fauteuil remplissant les cases de son loto. Joannie ratissant le *News*, à la recherche d'une bonne vente chez des particuliers. Joannie arrosant les roses dans le jardin. Sa femme partie, que resterait-il ? Rien du tout. Voilà pourquoi son monde s'écroulait. Voilà pourquoi il avait envie, besoin, de frapper quelqu'un.

« Il faut tenir, dit doucement Cathy. Pour Joannie.

— Je sais. » Il renifla. « Mais elle est dans de bonnes mains, maintenant, pas vrai ? Ils prendront bien soin d'elle. Ils sauront quoi faire. »

Cathy hocha la tête et se redressa. Elle se renseignerait à l'hôpital, mais elle pensait que Winter avait probablement raison. Joannie allait y rester quelque temps. Ils procéderaient peut-être à une évaluation psychiatrique. En attendant, Winter ne saurait pas quoi faire de sa peau, tournant en rond dans ce pavillon, devenant lentement cinglé.

Elle le regardait de nouveau, pesant l'idée qu'elle venait d'avoir.

« J'ai parlé avec Pete, dit-elle enfin. Il a découvert quelque chose concernant Hennessey.

— Faraday est au courant ?

— Personne ne le sait, hormis Pete et moi. » Elle lui sourit. « Et maintenant, vous. »

C'était une véritable métamorphose. Winter leva les yeux vers elle, une étincelle dans le regard. Tristesse, apitoiement sur soi, angoisse avaient disparu. Il voulait en savoir plus, avait besoin d'en savoir plus, parce que de toute façon, mort ou vif, il allait faire sortir du bois ce bâtard.

« Légalement, quand même, lui rappela Cathy. Il y a des règles, Paul. Vous avez déjà assez d'ennuis comme ça, alors n'allez pas tomber pour coups et blessures. »

Winter n'avait pas entendu un seul mot. Il souriait, le soleil après la pluie.

« Alors, comment se fait-il que votre ex soit soudain si généreux ? Vous le payez ou quoi ? »

Cathy secoua la tête, et puis eut un grand sourire.

« *Quoi* serait plus près de la vérité », dit-elle.

Dawn Ellis faisait ses courses à l'hypermarché Tesco de North Harbour quand elle reçut un appel de Shelley Beavis. Elle s'était arrêtée devant le rayon des surgelés, remplissant son chariot de plats cuisinés végétariens. De retour dans la chasse aux petits délits aux côtés de Cathy dès la semaine suivante, elle n'aurait plus le temps ni même l'envie de se faire la cuisine.

Shelley voulait la voir, de préférence cet après-midi-là.

« Pourquoi ?

— Pour vous parler... en privé... comme des amies.

— Ce qui veut dire ?

— Que c'est confidentiel... rien que vous et moi.

— Je ne fonctionne pas de cette manière, Shelley. Pas dans mon travail.

— D'accord, mais...

— Mais rien, ma belle. Nous pouvons parler, c'est sûr, mais ce doit être pour de vrai. » Elle prit un chou-fleur au gratin. « C'est encore Lee ? Il t'a encore parlé de moi ?

— Oui, mais il s'agit pas de lui. C'est mon père... écoutez, ça prendra pas cinq minutes. Je suis désolée, mais... »

Dawn se souvenait de la porcherie où habitait Kevin Beavis. Rick avait fait remarquer à raison par la suite que ça ressemblait à un décor de film, et que vivre dans une crasse pareille relevait du désir.

« Pourquoi ton père ?

— Parce qu'il y a une chose que je dois vous dire sur lui.

— Officiellement ?

— OK, si vous y tenez. »

Dawn jeta un coup d'œil à sa montre. Ce soir, pour

une fois, elle avait un rancard avec un type qui n'avait jamais rêvé d'être flic.

« 3 heures et demie. » Elle nomma un café à cinq minutes de Rawlinson Road. « Je te retrouve là-bas. »

Le ferry pour Caen partait à 3 heures de l'après-midi. Faraday et J-J se firent leurs adieux dans la salle d'embarquement, échangeant une accolade bien inhabituelle par sa spontanéité. J-J s'écarta et sourit à son père. À côté de lui, Marta disait à Valérie qu'elle adorerait leur rendre visite en France.

« *Belle femme.* » Les grandes mains osseuses de J-J dessinèrent d'éloquentes courbes dans l'air. « *Et très bien pour toi.*

— *Tu en as de bonnes, toi*, répondit Faraday.

— *Non, je parle sérieusement.* » Il étira les coins de la bouche entre son pouce et son index. « *Agréable compagnie.* »

Marta s'était tournée pour observer d'un air amusé l'échange de signes, et il était évident, pensa Faraday, qu'elle avait parfaitement compris.

« Mon fils a trop bu, expliqua-t-il. Alors, il s'enflamme.

— Tout comme son papa ?

— Peut-être. »

Il prit J-J par un bras et se mit à avancer lentement vers le quai. La coque blanche du ferry se dressait au-delà de la file de voitures embarquant. C'était l'été, et il y avait foule.

J-J réitérait l'invitation de Valérie à venir les voir. L'appartement était minuscule, mais il y avait plein de *chambres d'hôte** partout, vraiment pas chères, et dans de très jolis endroits.

« *Une chambre pour deux ?* » Il pressa son index et son majeur contre sa joue tout en inclinant la tête.

Faraday lui répondit d'un haussement d'épaules.
« *Peut-être.*

— *Non, sûrement. Il faut.*

— *Tu crois, franchement ?* »

Cette fois, J-J se limita à un hochement de tête et tourna son regard vers Valérie et Marta qui se disaient au revoir. Un peu plus tôt, au pub, il avait confié à Faraday qu'il avait beaucoup apprécié la visite. J-J n'avait jamais bien saisi que la sincérité pouvait parfois être cruelle et, après la troisième pinte, il avait avoué que vivre avec son père pouvait être parfois pénible. Les derniers temps, avant qu'il ne commence une nouvelle vie avec Valérie, il avait eu le sentiment que Faraday craignait de le voir grandir. Son papa, raconta-t-il, aurait désiré que les choses restent comme elles étaient quand il était encore un petit garçon, avec des promenades en voiture et des après-midi entiers à patauger en bottes sur la grève et dans les marais, pour repérer, avec un peu de chance, un oiseau ou deux qu'ils n'avaient pas vu depuis quelque temps. Mais lui, J-J, ne voyait plus le monde de la même façon. Il n'était plus un enfant, et les oiseaux l'intéressaient beaucoup moins, maintenant. Et au sujet de Marta, ce qu'il y avait de formidable avec elle, c'est qu'elle n'avait pas peur.

Pour exprimer la peur, J-J crispa une main contre son cœur et fit les yeux effrayés.

« *Peur ?* » s'étonna Faraday.

J-J avait hoché la tête. Marta ne craignait pas de boire, de passer ses bras autour de Faraday, de lui pincer les joues comme un bébé. Surtout, elle ne craignait pas de rire.

Sur le moment, Faraday en avait un peu voulu à J-J d'une telle franchise. C'était lui, le chauffeur, aujourd'hui et, condamné au soda, il s'était senti un rien étranger à cette joyeuse tablée. Mais à présent qu'il regardait les deux femmes avancer bras dessus bras dessous à travers la foule, il réalisait que J-J avait raison. Le rire avait cimenté tout ce week-end. Et le rire les emmènerait à Caen, sitôt qu'il pourrait organiser le voyage.

J-J se débattait pour hisser sur son dos son énorme sac. Faraday lui donna un coup de main.

« *Je t'aime* », lui dit-il d'un geste fluide, tandis que le garçon prenait Valérie par la main et se détournait.

Le Country Kitchen était presque vide quand Dawn arriva à Southsea. Shelley Beavis était assise à une table devant une tasse de camomille. Au grand soulagement de Dawn, la jeune fille ne portait pas de nouvelle marque de coup.

« Alors, ton père..., commença Dawn, bien décidée à aller droit au but.

— Quoi, mon père ? » Shelley feignit la surprise, comme si elle n'avait jamais suscité elle-même cette conversation.

Dawn lui jeta un regard noir. On était dimanche. Elle n'avait pas eu une heure de libre pendant toute la semaine. C'était une faveur qu'elle faisait à cette môme. Alors celle-ci ferait bien de ne pas jouer à ce petit jeu.

« Mais je ne joue pas.

— Que si, ma jolie. Addison le disait, et il a raison. Tu joues tout le temps. Tu fais semblant. Et tu crois peut-être que je vais tomber dans le panneau ? Shelley, notre métier c'est de savoir ce qu'il y a derrière les apparences. C'est pour ça qu'on est payé. D'accord ? »

Elle se renversa en arrière. Elle aurait pu être la mère de cette gosse, la grondant pour être rentrée tard dans la nuit. Shelley avait baissé la tête, la contrition incarnée, mais cela aussi pouvait être une attitude.

« Ton père, donc, reprit Dawn. Tu avais quelque chose à me dire à son sujet.

— Ouais, mais vous allez trouver ça... un peu bizarre.

— Pourquoi ?

— Parce que. » Elle fixa son verre un bref instant. « Il faut essayer de comprendre, c'est tout ce que je peux dire.

— Essayer de comprendre quoi, qui ? Allez, Shelley, dis-le-moi.

— Comprendre quel genre de bonhomme c'est.

— Que veux-tu dire ?

— Qu'il a pas toute sa tête. Sincèrement, il l'a jamais eue. On s'en rend pas compte au début, je veux dire quand on est enfant. Mais, en grandissant, vous vous apercevez que les pères de vos copines sont pas comme ça du tout.

— Comme quoi ?

— Ben, différent. C'est pas un méchant homme ni rien. Il lui manque seulement une case dans la tête. On dirait qu'il a eu un accident. Peut-être que ça lui est arrivé. Toute sa vie, il a fait de la moto. Je sais pas. Il est plutôt gentil, sinon. Il a été un bon père, vraiment.

— Si je te comprends bien, ce ne serait pas de sa faute.

— Exactement.

— Mais qu'est-ce qui ne serait pas de sa faute ? » Dawn se pencha en avant tout en écartant son verre devant elle et répéta la question. La môme l'avait appelée pour se libérer du poids d'un secret. Il lui était arrivé quelque chose dans son enfance, quelque chose que Dawn devait savoir. « Ferais-tu allusion à des violences sexuelles, Shelley ? C'est de ça dont il est question ? »

Shelley s'adossa à sa chaise et tira sur une maille

de son chandail. Elle n'irait pas plus loin dans cette conversation, et Dawn pouvait insister, elle n'obtiendrait rien. Son père avait besoin d'un peu de sympathie et de compréhension, et elle ne dirait rien de plus. Dawn, au bord de la colère, insista, mais elle se heurta au refus obstiné de la jeune fille.

Finalement, elle changea de tactique.

« D'accord, parle-moi de Lee Kennedy, alors. »

Shelley la regarda d'un air interdit. Cette fois, sa stupeur n'avait rien de feinte.

« Mais vous l'avez revu, non ?

— Oui.

— Alors, vous savez, non ?

— Je sais quoi ?

— Mais que... Il vous a pas demandé de... ? » Shelley plissait le front d'un air inquiet.

Dawn se leva. Elle avait enfin compris. Elle avait deviné juste : Lee Kennedy tenait une espèce de commerce, où le sexe et l'argent se mêlaient. Elle resta un instant à côté de la chaise de Shelley, mais la gosse refusait de lever les yeux.

« Il fait le maquereau, n'est-ce pas ? dit-elle enfin d'une voix sourde. J'aurais dû le deviner avant. »

19

Dimanche 25 juin, début d'après-midi

Le Weather Gage, un pub du vieux Portsmouth, était situé dans un coin du quai Camber, petit havre protégé depuis des siècles par le banc de galets baptisé Spice Island. C'était ici que les premiers habitants s'étaient établis au Moyen Âge : un pâté de maisons blotties autour de l'entrée du port, qu'on pouvait à peine apercevoir depuis les lointaines falaises de craie de Porstdown Hill. Pêcheurs et commerçants s'étaient installés le long des routes et des chemins, s'enfonçant peu à peu dans les terres. Désireux de trouver un accès au chenal pour les navires de sa flotte naissante, Henry VII avait dépêché des topographes et des ingénieurs pour élever une digue, et la survie de la ville n'avait plus dépendu que des marées de la guerre et de la paix.

Cinq cents ans plus tard, le quai de la Marine royale s'étendait vers le nord, des centaines d'hectares de jolis hangars à bateaux datant du XVIIIe siècle, de bassins de radoub victoriens et d'ateliers d'artisans, mais le quai Camber avait survécu : une flottille de bateaux de pêche, de remorqueurs, de yachts à l'ancre et de vedettes rapides qui pilotaient les grands porte-conteneurs vers Southampton. On n'aurait pu souhaiter meilleur emplacement pour un pub, pensait Winter.

Toutefois, le Weather Gage avait connu des jours meilleurs. La façade avait besoin d'un ravalement et, par temps pluvieux, la gouttière pissait par trente-six trous. Pire, la prétention de l'actuel gérant à offrir la meilleure cuisine traditionnelle de tout le quartier avait pour le moins souffert d'une amende de quatre mille cinq cents livres infligée par les services de l'hygiène pour avoir servi du bœuf d'origine douteuse.

Le type s'appelait Rob Parrish. Winter ne le connaissait pas, et Cathy non plus, mais là n'était pas la question. Seul importait le fait que Parrish, selon Pete Lamb, était très copain avec Hennessey. Et celui-ci avait été jusqu'à la semaine passée un client fidèle du Weather Gage.

En début de soirée, les foules du week-end avaient déjà disparu. Winter laissa sa Subaru sur le parking sécurisé de la gare maritime de Wightlink, comptant sur les caméras de surveillance pour effaroucher les jeunes de Portsea qui piquaient tout ce qui bougeait aujourd'hui. La voiture verrouillée, Winter gagna le pub. Le quai était encombré de casiers à homards et de cordages effilochés. De l'eau suintait d'un gros camion frigorifique appartenant à la conserverie voisine. Au-delà de la gare se dressaient les hautes grues des quais du Gunwharf. L'air sentait le poisson et le mazout, les algues et les vapeurs d'essence, et seule détonnait la frise de maisonnettes neuves en brique rouge inspirées du XVIIIe et destinées à des parvenus aimant l'histoire instantanée, comme le café.

Le pub, Winter ne s'en étonna pas, était vide. De vieilles photos sépia étaient accrochées aux murs, des pêcheurs au chalut, les yeux fous, la casquette sur la tête et la bouffarde entre les dents. Winter se demandait où étaient passées les cabanes qu'on voyait à l'arrière-plan, quand une porte claqua dans les profondeurs de la bâtisse, et un bruit de pas se rapprocha.

La description de Pete était assez juste : taille moyenne, la trentaine, bien foutue, blonde, les cheveux relevés en chignon sur la nuque, très maquillée. Elle ressemblait, pensait Winter, à quelqu'un qui aurait auditionné pour un rôle, l'aurait obtenu, et maintenant n'en voudrait plus.

Il commanda une pinte de Guinness. Elle avait un goût atroce. La femme la reprit sans un mot et la remplaça par une chope de blonde.

« Comment est-ce possible ? » demanda Winter en désignant la bière qu'elle vidait dans l'évier.

Elle s'appelait Tara Gough. Elle était peu encline à la conversation, à part le chapelet habituel sur la pluie et le beau temps, mais Winter avait de la persévérance. Il se réjouissait de savoir où le mènerait cette heure passée dans ce pub.

« Vous voulez dîner ici ? demanda-t-elle en accentuant le mot *dîner*.

— Peut-être bien que oui. Il y a un problème ?

— Pas du tout. » Elle lui signifia d'un regard sa parfaite indifférence. « Vous êtes assuré ? »

Il y avait là une amusante provocation, mais Winter était trop malin pour y répondre. Il devait d'abord découvrir certaines petites choses qui viendraient compléter le tableau.

Le restaurant s'appelait Aubrey's.

« Pourquoi Aubrey ?

— C'est moi qui ai choisi ce nom. Vous savez qui c'est ? »

Winter secoua la tête. Jack Aubrey, apprit-il, était le personnage principal d'une série de romans immensément connus situés pendant la Révolution française et les guerres napoléoniennes. À l'époque, comme la cuisine traditionnelle, c'était une bonne idée.

« Le coin attire ce genre de clientèle, vous savez, des amateurs d'histoire et de vieilles pierres. On était sûrs de ne pas se tromper.

— On ?

— Le propriétaire et moi. Je tenais le restaurant. Je le fais toujours, pour ma plus grande faute. »

Winter regardait la salle à manger, une douzaine de tables bien dressées avec une vue dégagée sur le bassin de Camber. Même à cette heure, la pièce aurait dû être remplie du bruit des conversations des premiers dîneurs.

Winter se détourna, un sourcil en point d'interrogation.

« Pas un chat, dit-elle. Et la démonstration de ce qu'il ne faut pas faire. »

Winter lui offrit un verre. Elle choisit une bonne rasade de Pernod avec de la glace, sans eau. Winter, qui la regardait boire, comprit que la déception de cette femme ne s'étendait pas seulement à une salle de restaurant vide. D'ailleurs, elle n'allait pas rester.

« La quille dans dix jours, dit-elle. Et vous ne pouvez pas savoir comme j'attends ça.

— Et pourquoi attendre ? Vous êtes libre, non ?

— Je ne peux pas. » Elle eut un geste vers la porte. « Vous n'avez pas idée de ce que ça m'a coûté, le contrôle technique de cette guimbarde là-bas dehors. Et puis, il y avait les enfants. Avant, c'était un billet pour le cinéma, maintenant ils vous demandent une carte à puce pour leur portable. »

Winter lui exprima sa compassion. Elle conduisait une vieille Peugeot 205. Elle n'était jamais payée avant le premier lundi de chaque mois, et partir avant la fin de son contrat serait un suicide.

« Il aimerait trop que je fasse ça. Je ne reverrais jamais plus mon argent.

— Qui ça ? »

Pour la première fois, elle hésita. Winter se renversa en arrière sur son tabouret en levant les mains. Désolé de la question. Cela ne me regarde pas.

« Non, non, ça va bien. » Elle leva la tête, mécontente d'elle-même. « Il s'appelle Rob, Rob Parrish. C'est lui, le patron.

— Et vous êtes avec lui ? Depuis le début ?

— Plus ou moins. Je connaissais sa sœur. Rob était plongeur, dans le golfe Persique. Il se faisait un paquet de fric sur les plates-formes pétrolières et venait tout dépenser ici. » Elle eut un geste vers la fenêtre. « Il a appris à plonger là-bas, sur le *Vernon*, quand il a fait son service dans la marine. Et il a toujours aimé ce quartier.

Winter hochait la tête. Le *Vernon* était jadis amarré aux quais du Gunwharf.

« Il a acheté les murs ?

— Pour une bouchée de pain. La maison était pratiquement abandonnée. La remise en état et la création du restaurant lui ont coûté cher. Puis il m'a demandé de m'en occuper.

— Salariée ou associée ?

— Associée ? Rob Parrish partageant avec quelqu'un ? » Elle jeta un regard amusé à Winter. « Ce type se baiserait lui-même si ça devait lui rapporter. Il vendrait sa mère en pièces détachées. Associée ? Vous rigolez ? »

Un couple âgé venait d'entrer, des Américains, et Winter alla examiner de plus près les photos, pendant que Tara les servait. De la fenêtre, il voyait la Peugeot 205. Bleue. N365 FRT.

Winter regagna le comptoir. Les Américains

s'étaient installés à une table près de l'entrée. Le commerce s'était toujours aussi mal porté ?

Tara nettoyait le zinc, sur lequel elle avait renversé un peu de bière. Elle avait ce genre de mains qu'on voit sur les publicités de belles montres suisses : de longs doigts fins et des ongles parfaitement faits et vernis.

« Non, ç'a marché pendant un temps, répondit-elle. Le premier été a été bon. Il y avait des touristes et pas mal de gens du Gunwharf qui venaient déjeuner. Les types étaient surtout contents de quitter leurs bureaux pendant une heure ou deux. »

Winter pensait à Hennessey. Cela collait. Il était venu sur le chantier, avait étudié les plans, choisi les appartements qu'il voulait et, quand était venue l'heure de manger, la fille du bureau de vente lui avait indiqué le Weather Gage. C'était aussi simple que ça.

« Et ils viennent encore, ceux du Gunwharf ?

— Non, pas depuis cette histoire avec les services de l'hygiène. Ils ont pris leurs habitudes ailleurs, et qui pourrait le leur reprocher ?

— Qu'est-ce qui s'est passé avec le bœuf ? »

Tara s'essuya les mains. « Je croyais que vous étiez de la ville. C'était dans le *News*. En première page. Rob avait fait affaire avec un maquignon de Hilsea. La viande provenait d'un élevage frappé par la brucellose. Voilà comment on assassine une affaire qui marche pour économiser quelques livres sur l'achat de vos steaks. » Elle secoua la tête. « C'est de la folie. »

Le mari de l'Américaine revenait au bar. Il voulait savoir comment était la tourte à la viande. Faite maison ? Bonne ? Tara tendit la main vers son carnet de commandes et jeta un coup d'œil à sa montre. Les tourtes étaient faites tous les jours, dit-elle. Spécialité du chef.

« Même le dimanche ? Hé... » L'Américain relaya l'information à sa femme. Ils se décidèrent tous les deux pour des pommes de terre nouvelles et une salade verte. Avec beaucoup de cette bonne moutarde française.

Winter demanda à Tara, qui notait la commande, comment ils faisaient pour payer un cuisinier avec si peu de clients.

« C'est Rob qui fait la cuisine, dit-elle, quand il en a le temps. »

Winter s'était retiré avec le *Sunday Telegraph* et il venait de commander une autre pinte, quand Parrish arriva. Dégingandé, bronzé, la quarantaine. Il portait un jean rapiécé, une paire de mocassins et un T-shirt blanc. Ses cheveux blonds coupés à la Rod Stewart paraissaient teints, et il avait un fin anneau d'or à une oreille.

Il s'arrêta sur le seuil, jetant un regard dans la salle vide. Il avait un dragon tatoué à l'intérieur du bras et un sourire forcé qui ne le rendait pas aimable. Le sigle sur son T-shirt était celui d'un club de planche à voile aux îles Vierges.

Tara tapotait sur sa montre en indiquant discrètement le couple d'Américains. Parrish roula les yeux au plafond et disparut par une porte marquée privé. Il reparut quelques minutes plus tard avec les plats, sortis tout chauds du micro-ondes.

Winter revint au comptoir. Il avait à peine touché à sa deuxième pinte.

« Je peux vous parler ? » demanda-t-il à Parrish en lui faisant signe d'approcher.

Tara, qui se tenait devant la caisse, détourna les yeux dès qu'elle vit la plaque que Winter montrait à Parrish.

« Police ? dit Parrish d'une voix plate de Londres Sud.

— Criminelle. »

Winter avait sorti de sa poche une des images de la vidéosurveillance. Il la posa soigneusement sur le comptoir, là où Tara aussi pouvait la voir. Le chirurgien était à la réception du Marriott, et il souriait, ses petits yeux tombant dans le décolleté de la réceptionniste.

« Vous reconnaissez ce type ? »

Tara regardait, et Parrish le savait. Il ramassa la photo, l'examina d'un air impassible, enfin hocha la tête.

« Bien sûr. Il vient ici de temps en temps. Pour déjeuner.

— Vous connaissez son nom ? »

Parrish regarda Tara.

« Peter comment... ?

— Hennessey, répondit-elle d'un ton glacé. Il venait boire un coup avec les gens du Gunwharf.

— Et la dernière fois que vous l'avez vu, c'était quand ? »

Une fois de plus, Parrish chercha du secours auprès de Tara mais, cette fois, elle lui épargna l'effort de répéter après elle.

« Ça fait une semaine, peut-être plus, dit-elle.

— Monsieur Parrish ? »

Le sourire de Parrish s'amincit un peu plus : ce flic connaissait aussi son identité.

« J'sais pas, dit-il.

— Vous ne vous rappelez pas ?

— Non. Peut-être un peu plus d'une semaine, comme dit Tara. Vous savez, dans ce métier, on voit toujours des nouveaux visages.

— Les affaires marchent, alors ?

— Du tonnerre, ami. Vous mangerez bien quelque chose ? »

Il prit un menu et l'étala sur le bar. Winter l'ignora. Il voulait savoir si Hennessey venait souvent ici, comment Parrish avait fait la connaissance du chirurgien, si ce dernier ne manifestait pas des signes de tension ces derniers temps, s'il parlait de s'en aller quelque part. Il voulait savoir également si Hennessey avait réellement eu l'intention d'acheter ces trois appartements au Gunwharf. À qui pouvaient être destinés les deux autres ?

À toutes ces questions, Parrish opposait un grognement ou un haussement d'épaules. Il ne connaissait pas aussi bien que ça le bonhomme. Il était seul en cuisine et n'avait pas beaucoup de temps pour bavarder.

« Il était toujours seul ?

— Toujours. » C'était Tara, cette fois.

« Il était chirurgien. Vous le saviez ?

— Oui, il me l'avait dit », répondit-elle.

Parrish examinait la photo tirée de la vidéo.

« Pourquoi toutes ces questions ? demanda-t-il soudain. Qu'est-ce qui est arrivé à ce monsieur ? »

Winter le regarda, curieux de savoir pourquoi la question était venue aussi tard.

« On n'en sait rien, et c'est pourquoi on enquête. Dommage que vous ne puissiez pas m'éclairer un peu.

— Ouais, désolé, dit Parrish. »

Il regarda Tara, marmonna qu'il avait rendez-vous avec un pote. Elle haussa les épaules avec une belle indifférence, et Parrish disparut de nouveau par la porte marquée privé. Winter tendit la main vers l'image vidéo.

« Pourquoi ne pas me l'avoir dit ? demanda soudain Tara.

— Quoi ?

— Que vous étiez de la police.

— Vous ne m'avez pas posé la question. » Winter rangea la photo dans sa poche. « Et puis c'est dimanche.

— Ça fait une différence ?

— Pas vraiment, mais je n'aimerais pas que vous m'en gardiez rancune. »

Elle le considéra d'un air impassible pendant quelques secondes, puis entreprit de ranger en bon ordre les dessous de bock sur le comptoir.

« Franchement, je le trouvais solitaire, dit-elle d'un ton dégagé. Solitaire et plutôt pathétique.

— Hennessey ?

— Oui. Et je vais vous dire quelque chose. » Elle jeta un regard par-dessus son épaule. « Rob ment. Il parlait toujours beaucoup avec lui.

— Et de quoi bavardaient-ils ?

— Ça, j'en sais rien. Ils parlaient entre hommes, vous savez.

— Comme des amis ?

— Ça en avait tout l'air.

— Alors pourquoi il ne me l'a pas dit ? » De son pouce, Winter désignait la porte.

« J'en sais vraiment rien. »

Parrish redescendait de l'étage. Il passa sa main dans ses cheveux. Il avait enfilé un blouson de daim sur son T-shirt. S'arrêtant un bref instant près du bar, il glissa un regard vers Tara. Il en aurait pour deux petites heures. Il y avait des plats tout prêts pour le micro-ondes dans le petit frigo. De toute façon, ils n'attendaient pas un car d'excursion. Il fut le seul à rire de sa plaisanterie, un bref aboiement sans gaieté, et Winter se tourna sur son tabouret pour le voir partir. Quelque chose le frappa dans la forme des épaules de Parrish, la coupe de son blouson, et, comme celui-ci s'éloignait dans la lumière déclinante, Winter réalisa soudain qu'il avait déjà vu cet homme. Sur la bande vidéo du Marriott. En train de quitter l'hôtel. Avec Hennessey.

Faraday allait brancher le percolateur quand on sonna à la porte. Il posa la prise électrique et il sortait de la cuisine quand il entendit le pas de Marta dans le couloir. Elle était pieds nus et avait enfilé le peignoir de Faraday.

La porte s'ouvrit, et il y eut un moment de silence avant qu'il n'entende une voix de femme, où la surprise se mêlait d'âpreté.

« Je vous ai dérangés. Je suis vraiment désolée. »

C'était Ruth. Elle se tenait bien droite, un cadeau dans les mains, le visage fermé.

« Marta, marmonna Faraday, je te présente Ruth. »

Les deux femmes se regardèrent. Puis Marta s'écarta avec grâce et invita Ruth à entrer. Celle-ci hésita, puis secoua la tête. Elle n'avait pas quitté des yeux Faraday.

« J'ai dû me tromper de porte », murmura-t-elle. Et, tournant les talons, elle disparut dans le soir qui tombait. Faraday entendit claquer la portière d'une voiture puis le moteur qui démarrait.

« Une amie à toi ? » Marta avait l'air amusée.

« Je n'en suis pas certain. » Faraday referma la porte. « Enfin, je le suppose. »

Plus tard, après le départ de Marta, Faraday s'installa dans son bureau, contemplant les photos sur les murs. Il y avait aussi quelques gravures et des lithos, trophées de longs après-midi à chiner chez les brocanteurs de Winchester. Certaines photographies n'étaient que des pages découpées dans des magazines sur les oiseaux, mais il y en avait une ou deux qu'il avait prises lui-même, avec l'appareil de Janna, dans l'espoir que le génie de la morte inspire son œil. Toutes représentaient des oiseaux et reliaient entre elles les années remontant jusqu'à son mariage.

Menant une existence solitaire, assiégé par les contraintes d'un travail impossible, Faraday puisait son réconfort dans ces images. Il avait toujours retiré chaleur et apaisement de ces instants figés, un tourne-pierre fouissant la grève ou une mouette pillarde prise à contre-jour. En tout cas, jusqu'à ce jour.

Le week-end avec Marta, Valérie et J-J lui avait ouvert les yeux, et la brusque apparition de Ruth, bien dans ses manières, avait simplement confirmé un profond soupçon : le temps d'un changement était venu. Il y avait, après tout, une place pour le rire dans sa vie. Il découvrait non sans étonnement qu'on pouvait passer des journées entières sans projets ni préparatifs, n'attendant rien d'autre que la promesse d'une tendre et joyeuse compagnie. Il n'y avait vraiment pas de raison d'avoir peur, comme le disait J-J.

Il revoyait le visage de Ruth sur le seuil. Elle était déçue parce qu'il n'avait pas répondu à ce qu'elle attendait de lui. Elle était partie parce qu'il avait osé se libérer de son hameçon et voguer vers des mers plus clémentes. Il regardait la photo préférée de J-J, un fou de Bassan plongeant dans les vagues au large des falaises de Bempton. Ruth appartenait à ce musée d'instants de vie. Elle avait compté pour lui, mais son isolement volontaire, ce mystère dont elle s'enveloppait toujours avaient fini par le contrarier. Il pourrait lui courir après toute sa vie, il ne l'atteindrait jamais, car s'il le faisait, il ne satisferait jamais qu'une faim passagère.

Ruth le savait aussi. C'était la raison de sa prudence. La raison de son éloignement constant. Elle avait trouvé un certain équilibre dans le détachement et, finalement, ses jeux n'amusaient jamais qu'elle-même. Ruth attendait de Faraday qu'il payât son dû, et lui n'était plus disposé à le faire. Ruth était par essence hors de sa portée et, après ce dernier week-end, il n'irait plus jamais vers elle.

La pensée de Marta l'enveloppa de nouveau, proche, chaleureuse. C'était une femme sans peur, sans scrupule, sans honte. Une femme qui parlait le langage du corps, du désir, du plaisir. Qui savait apaiser les tensions de Faraday. Elle était franche. Elle avait du style. Elle était drôle. Et les jeux auxquels elle jouait étaient pour deux.

Il se leva et quitta la pièce, éteignant derrière lui.

Winter venait de rentrer chez lui, quand son portable sonna. C'était Faraday, qui voulait savoir pour le lendemain. Comment allait Joannie ? Est-ce que Winter rejoignait ou pas l'équipe Hennessey ?

Winter se demanda un bref instant si Faraday avait parlé avec Cathy et puis écarta l'idée. Non, furieuse comme elle l'était, elle n'avait sûrement rien dit.

« Il faut qu'on débrouille cette affaire, disait Faraday, avant qu'elle file à la brigade des crimes majeurs. Willard est avec nous pour le moment mais ça ne durera peut-être pas. »

Winter, qui avait bu deux doigts de scotch, souriait. C'était toujours la même histoire : Faraday voulait désespérément arracher une affaire qui les sortait de la routine ordinaire. Ils étaient comme des chercheurs d'or, les pieds dans l'eau, penchés sur la batée. En amont, ceux des crimes majeurs éclusaient les premiers. En aval, les gars de la division héritaient les restes, la poussière. Quelle espèce de héros, vraiment, passerait sa vie à chasser l'abonné au vol à l'arraché ?

« Alors ? » Faraday semblait impatient.

« Difficile, dit Winter, qui contemplait la bouteille

devant lui. D'abord, faut que je retourne à l'hosto, mais peut-être plus tard.

— Hôpital ? »

Oui, Winter était maintenant sûr que Faraday n'avait pas parlé avec Cathy.

« Joannie a fait une... une espèce de rechute.

— Et comment est-elle ?

— Pas terrible.

— Merde, je suis désolé, Paul.

— Ça va bien, patron. » Winter tendit la main vers son verre. « Je vous appelle demain matin ? »

20

Lundi 26 juin, 6 heures

Cela faisait des semaines que Winter n'avait aussi bien dormi. Il ouvrit les yeux à la sonnerie du réveil, prit une douche, se rasa, et n'oublia pas d'emporter l'adresse notée sur son calepin avant de sortir. La veille au soir, la vérification au fichier central du numéro de la Peugeot lui avait fourni le renseignement qu'il cherchait. À 7 heures du matin, alors que la ville était encore endormie, il avait trouvé une place de parking d'où il pouvait aisément surveiller la porte d'entrée de Tara Gough.

Playfair Road était à la frontière de Southsea et Somerstown, une de ces nombreuses rues flanquées d'habitations à loyer modéré, tours sinistres barbouillées de tags et aux allées jonchées d'ordures. Il y avait aussi des alignements de maisons aux fenêtres en saillie qu'habitaient encore des survivants des bombardements de la dernière guerre mondiale, de vieux couples voûtés qui allaient à petits pas faire leurs courses au supermarché du coin, mais ces dernières années avaient vu l'arrivée massive d'étudiants et d'immigrés du Bangladesh, s'entassant à plusieurs familles par appartement. Pour Winter, qui recrutait ses indics dans les parages, ce quartier avait un côté après guerre, comme si des multitudes de personnes déplacées sans cesse le traversaient, laissant le chaos dans leur sillage.

Tara Gough, d'après les renseignements, habitait au numéro 4. Sa Peugeot bleue était garée devant la porte, et, à l'étage, les rideaux étaient tirés. Derrière la Peugeot, il y avait un cabriolet BMW Z, le genre de caisse totalement improbable dans une rue pareille. Le seul fait de lui faire passer la nuit dehors relevait de l'acte de foi, et qu'elle fût intacte tenait du miracle. Dans cette zone, Winter avait tant de fois vu des voitures complètement désossées par les gagne-petit de la roulotte.

Il appela le fichier central à Fratton et donna à l'opératrice le numéro de la BM. Moins d'une minute plus tard, il avait un nom et une adresse à Londres. Richard Savage, Aubrey Rise, London N5. Winter nota et reporta son regard sur la maison. Il était prêt à parier que Savage vivait en ménage avec Tara Gough.

Il alluma la radio. On pouvait toujours parler de police scientifique et d'équipe d'enquêteurs pluridisciplinaires, c'était toujours par le motif que vous chopiez les gens. Il fallait comprendre pourquoi un homme ou une femme tuait, volait ou commettait un délit qui pouvait lui coûter cher. Le plus souvent, et cela étonnait toujours Winter, l'explication était toute simple : ils étaient jaloux, voraces, désespérés ou juste si furieux qu'ils ne trouvaient rien de mieux à faire que de fendre un crâne d'un coup de hache. C'étaient les affaires faciles. Mais il arrivait qu'on tombe sur des cas tellement tordus, tellement machiavéliques, qu'il vous fallait bien connaître le versant noir de l'âme humaine pour obtenir un résultat. Hennessey faisait partie de ces derniers. Winter l'avait flairé dès le début et, depuis la veille, il en était encore plus convaincu.

À 8 heures et une minute, juste après les prévisions météo à la radio, un homme en complet veston apparut sur le seuil du numéro 4, referma la porte derrière lui, et monta dans la petite voiture de sport couleur argent. Les cheveux bien coupés, de belles pompes aux pieds, il devait avoir une trentaine d'années.

Cinq minutes plus tard, Winter frappait à ce même numéro 4. Tara vint lui ouvrir. Elle tenait un carton de lait à la main. Elle portait un T-shirt bleu qui lui descendait jusqu'aux cuisses et pas grand-chose d'autre. Découvrant que ce n'était pas le facteur, elle essaya de refermer.

« Mon nom, c'est Winter. Et vous avez déjà vu ma plaque. »

Elle le laissa entrer sans dissimuler son irritation. En dépit de la chaleur, la maison sentait l'humidité. Winter entendit quelqu'un bouger dans la cuisine.

« Mon fils, dit Tara. Il est déjà en retard pour l'école. »

Un grand garçon apparut dans le couloir. Il dévorait un toast d'une main et de l'autre essayait de rentrer son T-shirt dans son pantalon de toile noire.

« Je croyais que c'était une fille que vous aviez ?

— Exact. Elle est en haut.

— Sympa chez vous.

— Merci. Ça ne vous ennuie pas si je vais m'habiller ? »

Winter la regarda monter l'escalier. Belles jambes. Et pas de culotte. Le garçon avait battu en retraite dans la cuisine, noyant le silence sous une vague de musique émanant d'Ocean FM.

Les deux pièces du bas avaient été réunies en une, mais les moquettes respectives étaient toujours là, et une partie des plâtres restait à faire. Une planche à repasser trônait devant un grand poste de télévision, et la pile de chemises était couronnée d'un bustier noir et d'un assortiment de lacets. Une épaisse collection de *Vanity Fair* et de *Cosmopolitan* occupait une étagère près de la fenêtre, et il y avait par terre une grosse boîte de gants en latex.

Winter se laissa choir sur le canapé en cuir et attendit le retour de Tara. Elle reparut en tenue de travail : un beau chemisier sur une jupe de coton.

« Vous êtes ici depuis longtemps ? demanda Winter, sans se donner la peine de se lever.

— Ça vous intéresse ?

— Juste pour savoir. »

Elle ne répondit pas tout de suite, occupée à se faire un chignon sur la nuque. Quand elle eut fini, elle s'examina un instant dans le miroir.

« Depuis Noël, dit-elle enfin.

— Et avant ça ?

— Avant ça, on était ailleurs.

— Où ça ? »

Elle perdait rapidement patience. Winter sentait qu'elle avait envie de lui gueuler ce qu'elle pensait, mais s'abstenait à cause des enfants.

« Ça vous ennuierait de me dire de quoi il retourne ?

— C'est au sujet de Hennessey, répondit-il paisiblement. Je pensais vous l'avoir déjà dit.

— Mais qu'est-ce que j'ai à voir là-dedans ? »

Winter ne répondit pas. Il y eut un bruit de pas dans le couloir, et puis la porte claqua. Par le rideau de dentelle à la fenêtre, Winter vit le garçon qui se mettait en route, un autre toast à la main.

« Je vous ai posé une question.

— Je sais. »

Winter tira sur les plis de son pantalon. « Qui est Richard Savage ? »

Le nom colora le visage de Tara. « Vous nous avez épiés. »

C'était un constat, pas une question.

« Depuis ce matin 7 heures, confirma Winter. Qui est-il ?

— Vous n'avez pas le droit de me demander ça. Ce ne sont pas vos affaires.

— C'est Parrish que ça regarde ?

— Il le sait déjà.

— Et aussi que vous vous en allez ? »

Tara le regarda, se demandant comment faire front à cette nouvelle menace. Elle ferma soudain la porte donnant dans le couloir et alla s'asseoir à l'autre bout du canapé.

« Richard est un des ingénieurs du projet de Gunwharf. Nous sommes... (elle haussa les épaules)... ensemble.

— Il habite ici tout le temps ?

— Non, il a un appartement à Londres.

— Et votre mari ? Ou compagnon ? » Winter désigna d'un geste vague la maison.

« Parti depuis longtemps. Nous avons divorcé il y a des années. »

Winter rangeait ses pièces dans l'ordre. Le fringant ingénieur et sa BMW. Le déménagement récent à Playfair Road. Le fait que les gens du Gunwharf avaient eu leurs habitudes au Weather Gage pendant un temps.

« Vous avez fait sa connaissance au pub, hasarda Winter. Quand vous serviez encore du bœuf qui n'était pas frelaté. » Tara gardait le silence. « Vous l'avez rencontré et vous avez eu avec lui une liaison qui vous a menés un peu plus loin. » Il se pencha en avant, les mains sur les genoux. « Vous pourriez m'aider, mais ça n'est pas grave que vous ne le fassiez pas.

— Pourquoi ?

— Parce qu'il n'y a rien d'illégal à se mettre en ménage avec quiconque.

— Alors, pourquoi êtes-vous ici ?

— Parce que je pense que votre ami Hennessey a été assassiné. » Winter sourit. « Et ça, c'est pas légal du tout. »

Il venait enfin de capter son attention. Toute colère avait disparu. Elle voulait en savoir plus. Winter lui fit la courtoisie d'être franc. Il lui parla des dégâts dans la chambre du Marriott, des traces de sang dans la salle de bains, et puis il lui indiqua une date.

« Dimanche 18 juin, dit-il. Vous tenez un agenda ? »

Oui, elle notait toujours ses heures de travail. Elle monta chercher son carnet à l'étage.

« J'étais de service, ce soir-là, dit-elle en redescendant.

— Seule ?

— Pas au début. Rob est resté jusqu'à 10 heures, peut-être même qu'il était encore là à la fermeture.

— Et puis ?

— Il est sorti.

— Sauriez-vous où il est allé ? »

Elle hésitait, le carnet ouvert sur ses genoux. Finalement, elle secoua la tête. « Il y a quelque chose que vous devez savoir. Rob et moi, on a vécu ensemble. Il y a des chambres en haut, dans le pub. Les enfants étaient avec nous, bien sûr, mais ce n'est pas à cause d'eux qu'on s'est séparés. Leur absence n'aurait rien changé, j'en suis sûre. »

Winter voulait savoir, pour en revenir à ce dimanche 18, si elle était encore là au retour de Parrish.

« Non, je ne risque pas de traîner là-bas après la fermeture, voyez-vous. Ce qu'il fait et où il va, ça le regarde. Et il ne me dira jamais rien. C'est un jeu pour lui, une espèce de revanche ou je ne sais quoi.

En vérité, il est comme ça, il faut qu'il gagne. Que ce soit lui qui conduise. Il refusera toujours de perdre. »

Winter la regarda. « Vous êtes en train de me raconter que vous l'avez quitté pour Savage ?

— Non, mais c'est ce qu'il croit. Il m'a perdue parce qu'il n'est qu'un sale égoïste qui se prend pour la huitième merveille du monde. Les hommes sont bizarres. Vous leur offrez de quoi blondir leurs cheveux et un anneau à l'oreille, et ils pensent que c'est gagné. Merde, ce type approche des cinquante balais. Dieu merci, je me suis sortie de ses pattes. »

Winter voulait revenir à Hennessey. « Parrish et lui avaient été potes, n'est-ce pas ?

— Oui, mais je ne pense pas que Rob sache ce que le mot « pote » veut dire. Ça ne l'intéresse pas du tout, l'amitié. En ce qui le concerne, les gens sont faits pour être utilisés. Une fois que vous avez deviné comment il fonctionne, ça vous saute aux yeux, croyez-moi. Je suis devenue une experte.

— Vous voulez dire que c'était le cas avec Hennessey ?

— Je veux dire qu'il utilise toujours les autres. Hennessey et lui avaient l'air très proches. On aurait cru à les voir ensemble qu'ils étaient copains depuis toujours, mais ce n'était pas le cas. Il connaissait Hennessey depuis deux mois seulement. Mais il le flattait, le séduisait, il fait ça avec tout le monde. Il l'a fait avec moi.

— Jusqu'à ce qu'il obtienne ce qu'il cherche ?

— Oui. Et alors vous réalisez quel salopard il est. Mes enfants l'ont compris tout de suite, eux. Ils n'en revenaient pas que je tombe dans le piège. D'entrée, ils ont détesté Rob. »

La porte s'ouvrit et une jeune fille de quatorze à quinze ans apparut. Elle était en tenue de collégienne, chemisier bleu sur jupe grise.

« Dans le frigo, Becca. » Tara lui jeta à peine un regard. « Et ferme la porte derrière toi en partant. »

Quand ils furent seuls de nouveau, Winter lui demanda de lui parler de Hennessey.

« Ce n'était pas un mauvais bougre, loin de là. Grande gueule, mais rigolo dans son genre. Il cherchait de la compagnie. Comme je vous l'ai dit hier soir, il me faisait presque pitié.

— Grande gueule ?

— Oui, et avec un accent sud-africain. Il me parlait de toutes les filles qu'il avait connues pendant ses études de médecine. Elles étaient toutes belles et riches, et, à l'en croire, elles faisaient la queue pour lui. Et lui, son grand souci, c'était qu'elles évitent de se croiser dans l'escalier.

— Et vous le croyiez ? »

Pour la première fois, elle rit, et son visage s'en trouva transformé.

« Bien sûr que non. Le bonhomme rêvait.

— Qu'est-ce que vous en savez ?

— Il suffisait de le regarder. Vous en rencontrez des tas dans son genre. Ils aimeraient bien vous séduire mais ils n'en ont pas les moyens, alors ils s'inventent des histoires.

— Vous lui plaisiez ?

— Je crois que toutes les femmes lui plaisaient. »

Winter renversa la tête, songeant à Nikki McIntyre et à son corps anesthésié dans les mains de Hennessey. Peut-être ce salopard n'était-il qu'un pathétique impuissant.

« Il vous a dit qu'il était chirurgien ?

— Oui, répondit-elle. Transplantations cardiaques, je crois. Pas étonnant qu'il ait eu autant de fric. »

Dawn Ellis assistait à la réunion matinale de la brigade de Cosham, au nord de la ville. Il y avait, parmi les affaires du week-end, un vol avec effraction à Drayton, qui se soldait par la disparition d'un chat abyssin nommé Jason et neuf douzaines de boîtes de Whiskas au saumon. Dawn se demandait ce qui valait le plus, des boîtes ou du chat, quand Cathy vint la voir. Elle voulait savoir si Dawn arrivait à s'en sortir toute seule. La maigreur présente des effectifs interdisait tout travail en équipe.

« Oui, sans problème, répondit Dawn.

— Tu n'avais rien en cours ?

— Seulement Donald Duck. Le reste, je l'ai laissé à Faraday. »

Cathy fronça les sourcils. L'arrestation de Paul Addison avait donné lieu à quelques fanfaronnades en provenance de la brigade de Southsea.

« Mais je croyais que l'affaire était bouclée.

— Je l'ai cru aussi. »

Dawn lui exposa rapidement les faits. Le type montait des films porno. Le père d'une de ses élèves l'accusait d'avoir harcelé celle-ci. Addison n'avait pas d'alibi au moment des agressions commises par Donald Duck, et ils avaient découvert un masque dans son jardin.

Cathy ne comprenait pas.

« Alors, où est le problème ?

— Je ne pense pas que ce soit lui.

— Et Faraday ?

— Il s'en fiche. »

Cathy réfléchit un instant, et un sourire éclaira son visage.

« Combien de temps te faut-il ?

— Pas beaucoup.

— Tu veux t'en occuper ?

— Mais on est submergé, ici, patronne. Tu n'as pas arrêté de nous le répéter. On croule sous les délits. »

Cathy lui donna une tape sur l'épaule. « Ma chérie,

ça n'est jamais qu'une question de priorités. Tiens-moi informée, tout de même. »

Faraday tenta cinq fois de joindre Winter sur son portable, et tomba cinq fois sur la messagerie. Winter devait sûrement être à l'hôpital, et c'était la seule raison qui retenait Faraday d'envoyer quelqu'un lui poser la plus simple des questions : oui ou non ? avec ou sans nous ?

Finalement, il céda au café que lui proposait Joyce, espérant qu'elle ait la main moins lourde sur le sucre. L'obésité chez les Américains n'avait pas pour raison une quelconque gloutonnerie. Non, leur problème, c'était de ne pas savoir compter.

« Ça vous a réussi, votre anniversaire, lui dit Joyce. J'en suis bien contente.

— Comment le savez-vous ?

— Mais votre humeur. Bronzé comme vous l'êtes, vous avez dû prendre du bon temps. Et je m'y connais.

— Vous avez raison. C'est quoi, ça ? »

Joyce avait laissé une enveloppe marron à côté du gobelet de café. Il y avait deux photos à l'intérieur. Elle les avait trouvées en nettoyant le placard à côté de son bureau.

« C'était le placard de Vanessa, fit remarquer Faraday.

— Je sais. C'est pourquoi je les ai sorties. » Elle désignait l'enveloppe. « Vous voudrez peut-être les garder. À vous de décider. »

Faraday ouvrit l'enveloppe et en sortit trois photos. Elles avaient été prises Noël dernier, des souvenirs de la soirée donnée à la brigade. Dans l'une, Vanessa posait sous les andouillers d'un renne. Dans la deuxième, elle portait un toast à l'objectif. La troisième la montrait, bien des verres plus tard, dansant avec Faraday.

Faraday pouvait entendre de nouveau la musique, un groupe de folk celte, qu'avait monté un collègue plutôt déjanté, constable à la brigade des stups de Havant. Ils avaient joué pendant des heures, mêlant les rythmes de douces ballades entrecoupées de frénétiques chansons rebelles. Vanessa avait adoré, surprenant Faraday par sa connaissance des paroles, et plus tard, alors qu'elle l'accompagnait à une station de taxis, il avait appris qu'une tante à elle avait une maison de vacances dans le comté de Kerry.

Accrochée à son bras, elle lui avait parlé d'une voix brouillée du vent et des nuages accourant de l'océan et s'amassant contre les montagnes derrière le cottage. Elle pouvait rester des heures sur la plage, à regarder les vagues déferler. Elles venaient de l'horizon pour mourir à ses pieds, et elle dansait pieds nus dans les flaques, célébrant leurs derniers instants, parce qu'une petite mort était une joie.

Une joie ?

Faraday leva la tête, une boule dans la gorge. Joyce n'avait pas bougé.

« Je vous ai bien donné ce numéro, n'est-ce pas ? demanda-t-elle.

— Quel numéro ?

— Le numéro de Vodafone. Celui que vous cherchiez. »

Faraday la regarda sans comprendre avant que ne lui revienne le monde des représentants de commerce et le corps brisé de Vanessa, désincarcéré des tôles broyées de la Fiesta. Non, pas de joie dans cette mort, pensait-il en regardant Joyce noter de nouveau le numéro sur le coin d'une enveloppe.

21

Lundi 26 juin, dans la matinée

Au bureau de Southsea, Rick Stapleton attendait Ferguson pour vérifier avec lui un détail ou deux sur l'affaire Hennessey, quand il reçut un appel de Dawn Ellis. Elle avait besoin de lui parler, en privé, de préférence en personne.

« Quand ?

— Tout de suite. »

Rick regarda la salle vide. Le reste de l'équipe était dehors, à faire du porte-à-porte, mais en vérité l'enquête était mort-née. Il avait lui-même vu les gens du Gunwharf, et ils avaient confirmé que Hennessey avait bien versé des arrhes sur trois appartements, mais qu'il leur avait paru peu enthousiaste et que personne ne s'étonnait qu'il n'ait pas donné suite. Le fait qu'on pût s'asseoir sur trois mille livres était inconcevable pour Rick, mais la secrétaire au bureau de vente lui avait dit que ça n'avait rien d'extraordinaire. Trois mille livres, pour des gens comme Hennessey, c'était de la petite monnaie.

« Où ça ? » demanda Rick.

Ils se donnèrent rendez-vous sur le front de mer, à six cents mètres du poste de police de Southsea. Rick monta dans l'Escort de Dawn et descendit la vitre, regardant passer en roller un type au torse nu.

« Je te manquais ?

— Comme tu ne peux pas imaginer. »

Le ton de Dawn lui fit tourner la tête.

« Que se passe-t-il ? »

Dawn avait bien réfléchi à ce qu'elle devait dire depuis sa conversation matinale avec Cathy. Rick ne voudrait pas entendre reparler de Donald Duck. Pas question pour lui de revenir en arrière.

« Il y a quelque chose que je dois faire, lui dit-elle. Je pourrais choisir d'être seule, mais ce ne serait pas une bonne idée. J'ai besoin de toi.

— Où ça ?

— 45, Salamanca Road. »

Rick réfléchit un instant, essayant de se remettre l'adresse, et il se mit à rire.

« Chez Kennedy ?

— Ouais.

— Encore ? Mais qu'est-ce que tu as ? Ce type donnerait n'importe quoi pour pouvoir te sauter.

— Je parle sérieusement, Rick.

— D'accord, mais pourquoi retourner là-bas ?

— Parce qu'Addison est innocent.

— Tu me l'as déjà dit.

— Je sais. Et j'en suis sûre, maintenant.

— Ah oui ? Et comment ?

— J'ai relu les dépositions. Tu te souviens de cette femme ? Celle qui promenait son chien et qui s'est fait attaquer ?

— Oui, j'ai vu le collègue qui a recueilli sa déclaration à l'hôpital.

— Elle a parlé de l'odeur de son agresseur. Tu t'en souviens ? »

Rick contemplait ses mains.

« Non, rappelle-le-moi, marmonna-t-il.

— Il puait le tabac, l'ordinaire, celui qu'on roule. Elle l'a bien précisé. C'est même en bonne partie pour ça qu'elle se sentait sale et qu'elle a lavé ses vêtements en rentrant.

— Et alors ?

— Alors, ce type est fumeur. Un gros fumeur. Qui roule ses cigarettes.

— Et ?

— Addison ne fume pas.

— On n'en sait rien. C'est une pure supposition.

— Une supposition, dis-tu ? » Dawn n'en revenait pas. « Attends, on n'a pas fouillé sa maison, toi et moi ?

— Oui, on a jeté un coup d'œil.

— C'est bien ce que je disais. Tu étais là, Rick. Et pas de cendrier, pas de paquet de cigarettes, pas d'allumettes ni de briquet. Pas d'odeur. Rien. Ce type n'a pas touché au tabac depuis des années. Si toutefois il l'a jamais fait. Et tu voudrais me faire croire qu'il a sauté sur cette femme ? En empestant la clope ? Allons, tu plaisantes !

— Il a emprunté des fringues à un fumeur. Histoire de brouiller les pistes.

— Ah oui ? Et elles sont où, ces fringues ?

— Il les aura brûlées, foutues à la poubelle, que sais-je ?

— Allons, ça ne tient pas debout. Et si je le pense, qu'en pensera son avocat ? »

Rick retourna à la contemplation de ses mains, et Dawn comprit qu'il supputait depuis longtemps l'innocence d'Addison.

« Tu me dois bien ça, Rick, dit-elle. Et en ce qui concerne Kennedy, je ne devrais même pas te le demander. »

Pour la deuxième journée consécutive, le Weather Gage était vide. Winter adressa en entrant un petit salut de la main à Tara Gough. Il y avait dans l'air une odeur de bière et de Javel, et Winter réalisa soudain que la faillite du pub n'autorisait plus l'emploi d'un homme ou d'une femme de ménage, et que c'était peut-être Tara qui s'en chargeait, ce qui expliquerait l'achat de gants de latex par boîtes entières.

« Ça fait longtemps qu'on ne s'est pas vus, dit-il. Où est notre monsieur Parrish ?

— Il est sorti, et c'est votre monsieur Parrish, pas le mien. »

Il y avait un verre solitaire sur le comptoir, un verre aux trois quarts plein. Winter demanda qui pouvait commencer si tôt la journée, et Tara eut un signe en direction des toilettes.

« Un de nos habitués, dit-elle. Je peux les compter sur les doigts de la main.

— Une seule main ?

— Ouais. »

Winter consulta l'heure à sa montre. « Il rentre quand... Parrish ?

— Il ne sera pas là avant midi. Je sais qu'il a rendez-vous avec son comptable. Il parlait de mettre la baraque en vente ce matin.

— Et vous pensez qu'il le fera ?

— Il n'a peut-être pas le choix. Il a failli le faire au printemps dernier, mais c'était différent.

— Ah oui ? »

Ils étaient amis, maintenant. Amis et alliés dans une cause commune. Winter le voyait dans le regard qu'elle lui porta. Elle adorait bavarder, surtout quand cela revêtait un caractère de revanche.

« Oui. Ne me demandez pas les détails, mais je sais qu'il rêvait de décrocher une licence d'exploitation pour l'un des pubs inclus dans le projet Gunwharf. Il était convaincu qu'il ferait un tabac là-bas s'il trouvait la bonne formule, mais son dossier n'a pas été retenu par la direction commerciale du complexe. » Elle souriait. « C'était juste après mon départ avec les enfants. Je vous garantis qu'il n'était pas heureux du tout.

— Comment savez-vous tout ça ?

— Richard me l'a dit. Il me raconte tout. C'est en partie ce qui fait son charme. Un verre ? »

Winter secoua la tête. Il devait partir. Il reviendrait dans l'après-midi, quand Parrish serait de retour.

Il plia son numéro du *Daily Telegraph* et, au moment où il se tournait pour partir, il entendit s'ouvrir la porte donnant dans le couloir où se trouvaient les toilettes. Il jeta un regard par-dessus son épaule vers la haute et raide silhouette qui revenait au comptoir. Et tandis que Tara renouait déjà la conversation et posait une coupe de cacahuètes à côté du verre, Winter réalisa qu'il avait déjà vu ce buveur solitaire. La grange convertie en habitation près de cette rivière où s'ébattaient les canards. Le grand piano avec toutes ces photos. Les mains tavelées qui lui servaient xérès après xérès. Ronald McIntyre. Le père de Nikki.

Winter dut faire tout le quai avant de trouver une cabine téléphonique et chercher dans l'annuaire le numéro du pub. Il appela sur son portable.

« Tara ? Paul Winter. »

Il lui recommanda la discrétion au téléphone.

« Pourquoi ? Que craignez-vous ?

— Le type au bar. »

Winter l'entendit qui se déplaçait et refermait doucement une porte, avant de revenir en ligne.

« C'est un vieux monsieur très gentil, qui ne nous a jamais causé de souci. Que se passe-t-il ?

— Vous disiez que c'est un habitué.

— Il vient deux fois par semaine, des fois plus. Pour quelle raison ?

— Toujours à la même heure ? »

— Plutôt le soir. Il dit qu'il ne supporte pas toutes ces voitures dans la journée, bien qu'il y ait des soirs où je me demande comment il fait pour rentrer chez lui.

— Et Hennessey ? Il ne l'a jamais rencontré ? »

Il y eut un long silence. Winter observait un couple de cygnes faisant leur toilette sur l'un des pontons. Non, se dit-il, la réponse doit être non.

« Non, dit-elle enfin. Hennessey n'arrivait qu'à midi. Quand il venait.

— Donc, ils ne se connaissent pas ?

— Non.

— D'accord. » Winter fit quelques pas sous le soleil. La chaleur était agréable. Il n'avait plus qu'une question. Rien qu'une. « Tara ?

— Oui ?

— Dites-moi, est-ce que par hasard Parrish n'aurait pas fait copain avec le bonhomme. Comme il l'a fait avec Hennessey ?

— Ça, on peut le dire, confirma Tara en riant. Il est toujours aux petits soins pour lui. C'est pour ça que le vieux continue de revenir. »

Il fallut moins de cinq minutes à Faraday pour dénicher le Half Moon Café. Il s'était garé derrière le poste de police de Cosham. Le Half Moon n'était pas loin à pied, flanqué d'un côté par un mont-de-piété et, de l'autre, par un magasin Woolworth. L'offre du jour, à en croire le petit écriteau accroché à la fenêtre, était du rosbif, pour 3 £ 99. Thé et pain compris.

Il y avait du monde dans le café, des mamans avec leurs bambins, et l'air était rempli de fumée de cigarettes. Prix et plats étaient marqués à la craie sur un grand tableau noir, et une femme à l'air las était perchée sur un tabouret devant la caisse. Faraday commanda une tasse de thé et se trouva une place dans le fond. Parfait, se dit-il. Un siège en tribune.

Le café se peuplait. Au bout d'un moment, Faraday sortit son portable et recomposa le numéro. Il entendit la sonnerie dans la pièce située derrière le comptoir, et puis la même voix, une voix de gamin, à l'accent de Pompey.

« Ouais ?

— Je vérifie, c'est tout.

— Comment ?

— Viens dans la salle. Quelqu'un te demande.

— Non, mais c'est quoi, ça ?

— Tu m'as entendu. Amène-toi. »

Faraday surveillait le comptoir, le portable dans sa poche. Au bout d'un moment, un jeune homme au visage pâle, boutonneux, passa la tête dans la salle. Il ne risquait pas de se tromper, Faraday était le seul homme parmi une douzaine de clientes.

Mais à peine Faraday lui eut-il fait signe d'approcher que le môme disparut. Faraday se leva et, ignorant les protestations de la femme à la caisse, pénétra dans la cuisine. Une grosse femme d'une soixantaine d'années s'activait devant une friteuse.

« Où il est passé ? »

La femme se retourna et regarda Faraday d'un air de curiosité. Puis elle indiqua de son pouce la porte donnant dans l'allée. Faraday trouva le gosse le dos à une grille fermée au cadenas. Maigre, de taille moyenne, il portait un jean large taché de graisse, un maillot de foot aux couleurs de Pompey, et des tennis avachies. Ses cheveux, qu'il avait noirs et gras, lui tombaient de chaque côté du visage. Il baissait la tête, regardant Faraday par en dessous. Il avait l'air terrifié.

« J'vais appeler la police ! cria-t-il. Vous pouvez pas me faire ça ! »

Faraday lui montra sa plaque.

« C'est moi, la police, alors je peux. »

Faraday lui offrit le choix : c'était soit le poste pas loin d'ici, soit la table qu'il venait de quitter. Le môme, qui se prénommait Brent, choisit la salle. Faraday voulait lui parler d'un certain Matthew Prentice. Est-ce que Brent le connaissait ?

« Et après, si ça se trouve ?

— Réponds à la question.

— Ouais. » Il relevait le menton, maintenant. « Je le connais.

— Et tu le connais bien ?

— Ouais.

— Copains ?

— Si on veut, ouais. Il est plus vieux que moi mais... ça colle. »

Faraday sortit son calepin et prit quelques notes sous le regard de Brent. C'était un gosse d'une des cités, peut-être Paulsgrove, ou Wymering. Faraday avait eu affaire à des centaines d'entre eux au cours des ans. Ils étaient incultes, mais beaucoup avaient une intelligence aiguë, acquise dans la rue, et il aurait été imprudent de les sous-estimer.

« Il travaille avec vous, ici, ton copain ? demanda Faraday.

— Ouais, il fournit les chips et autres.

— Il vient quand ? Toutes les semaines ?

— Non, plutôt deux fois par mois.

— D'accord. » Faraday hocha la tête. « Tu te souviens de la dernière fois qu'il est passé ? »

Brent semblait deviner enfin où menait cette conversation. Faraday pouvait voir, comme dans un théâtre, le rideau tomber. Fin de l'acte I. Il gribouilla quelques notes et leva la tête.

« Il avait eu un accident, pas vrai ?

— Ah, bon ? » Brent tripotait le Formica écorné sur le coin de la table. « J'savais pas.

— Tu es pote avec ce type, et tu ne sais pas qu'il a failli y laisser la peau ?

— C'était pas aussi grave que ça, protesta-t-il.

— Comment le sais-tu ? »

Il se fit un long silence. Parmi les femmes présentes, deux ou trois s'interrogeaient du regard. Brent en profita pour déclarer qu'il avait assez parlé, qu'il devait retourner à la cuisine. Faraday le retint par le bras, alors que le gosse se levait.

« Rassieds-toi, j'ai quelque chose à te dire. »

Il décrivit la collision telle que l'avait reconstituée la brigade routière, la Vectra descendant à vive allure Larkrise Avenue, la Fiesta arrivant lentement en sens inverse. Le choc avait projeté les voitures loin l'une de l'autre. La Vectra roulait à quatre-vingt-cinq kilomètres à l'heure. La Fiesta était pratiquement arrêtée.

« Tu connais Larkrise Avenue ? » Le gamin acquiesça malgré lui. « Très bien. Parce que c'est là que j'ai perdu une amie très chère. Elle conduisait la Fiesta. Et ton copain Prentice l'a tuée. Et tu sais pourquoi il l'a tuée ? Parce qu'il téléphonait sur son portable. Et c'est à toi qu'il parlait. »

Faraday avait espéré que Brent prendrait ça pour une accusation, et son vœu fut exaucé. Le garçon secouait énergiquement la tête.

« Je me souviens pas de ce coup de fil.

— Si, tu t'en souviens très bien. Prentice venait ici. Vous étiez son prochain client. Il était en retard. C'est pour ça qu'il appelait.

— J'avais pas mon portable avec moi.

— Il était où ?

— Chez moi. Je l'avais laissé chez moi.

— Alors, comment se fait-il que tu aies téléphoné juste après l'appel de Prentice ? Cinq minutes plus tard, pour être précis.

— Comment vous savez ça ?

— On a le relevé de tes communications, petit. Et c'est écrit noir sur blanc, à la seconde près.

— C'était quelqu'un d'autre. Je l'ai prêté.

— Vraiment ? Tu veux que j'aille voir le type que tu as appelé juste après ? Tu veux que je lui pose la question ? » Il regarda le garçon dans les yeux. « C'est un délit, ça. Qui s'appelle entrave à l'exercice de la justice. Je peux te coffrer pour ça, Brent. Et ton correspondant aussi. C'est ce que tu veux ou bien tu préfères qu'on revienne à ton copain Prentice ? »

Brent soupesait ses chances. L'amitié, ça comptait beaucoup pour des jeunes comme lui. On balançait jamais un pote.

« J'm'en souviens pas, dit-il enfin.

— Tu ne te souviens pas de ce qu'il t'a dit ?

— J'me souviens de rien.

— Même pas d'une conversation qui se termine par un putain de fracas ? »

Le mot « putain » eut l'impact de la collision elle-même. Il secoua Brent, mais le détermina néanmoins à camper sur ses positions. Il avait du taf. Le téléphone arrêtait pas de sonner. Y avait du monde, comme aujourd'hui. Comment il pourrait bien se rappeler un coup de fil vieux de plus de dix jours ?

« Parce que quelqu'un est mort.

— Ouais ? » Il baissa les yeux sur ses mains. « Il me l'a pas dit, ça.

— Tu ne me crois pas ? »

Brent se refusait à lever la tête et à regarder Faraday.

« J'en sais foutre rien », marmonna-t-il en haussant les épaules.

Faraday perdit soudain patience. Il se leva, fit le tour de la table. Il en avait marre de courir après la vérité, marre de la jouer dans les règles de l'art. Certaines situations exigeaient une approche plus directe, et le fait qu'il y eût du monde dans la salle donnait à la scène plus de force.

« Debout », ordonna-t-il d'une voix sourde.

Un coup d'œil au visage de Faraday convainquit Brent de se lever. Il paraissait avoir tout juste dix ans.

« Dans la cuisine. »

Faraday le suivit. Une ou deux femmes lui criaient de laisser le jeune tranquille. Brent tenta bien de s'esquiver, mais Faraday le retint d'une main de fer. La cuisinière faisait rissoler des pommes de terre dans une grande poêle. Faraday lui expliqua qu'il était de la police.

« Brent a reçu un appel téléphonique il y a deux semaines, et vous vous en souvenez sûrement parce que la conversation s'est terminée par une collision entre deux voitures. Un grand fracas. Il a dû vous en parler. Peut-être tout de suite, peut-être plus tard, mais il vous l'a dit, parce que c'est pas tous les jours qu'il vous arrive une chose pareille.

La femme remuait la poêle. « Ah, oui ? fit-elle.

— Oui. Mais Brent ne se souvient plus de cet appel, ce qui est une honte.

— Pourquoi ça ?

— Parce qu'une femme a été tuée. »

La femme réduisit le feu sous la poêle et ce ne fut qu'après s'être essuyé les mains qu'elle se retourna enfin. Et ce ne fut pas Faraday qu'elle regarda, mais le gamin.

« J'ai lu l'accident dans le journal, une femme jeune, dit-elle. Qu'est-ce que tu attends pour lui parler de ton abonnement à Fratton, petit morveux ? »

22

Lundi 26 juin, début d'après-midi

Toujours patient, Winter attendit que McIntyre eût fait le plein au Weather Gage avant de l'aborder, au moment où le bonhomme regagnait sa voiture. Il devait avoir descendu ses trois pintes car il avait du mal à différencier laquelle de ses deux clés ouvrait la portière.

Winter s'approcha et lui toucha le bras.

« Ronnie, dit-il avec un sourire. Juste quelques mots. »

McIntyre avait manifestement du mal à se remettre ce visage, et Winter lui épargna l'effort, ajoutant que ce serait peut-être plus sage qu'il laisse sa dernière bière se tasser avant de reprendre le volant.

« Vous êtes de la police, c'est bien ça, hein ? »

Winter l'entraîna vers l'un des bancs de la promenade. On y avait une vue imprenable sur le chantier du Gunwharf. Des touristes s'étaient massés devant le grand panneau de promotion, s'efforçant de transposer les images numérisées du complexe commercial et des grands et beaux immeubles sur ce chaos boueux qui s'étendait vers la mer. McIntyre, qui les observait, se tenait raide comme un i.

« C'est là-bas que j'embarquais, dit-il en désignant l'un des quais au loin. Sur l'*Invincible*. » Il jeta un regard de biais à Winter. « La guerre des Malouines. »

Winter le laissa bavarder et se plonger dans ses souvenirs. Ces jeunes recrues incapables de lire correctement un écran radar, et le commandement qui persistait à sous-estimer les pilotes argentins. Et quel coup ç'avait été de voir ce malheureux *Sheffield*, abandonné par l'équipage et allant à la dérive, victime d'une seule de ces saloperies d'Exocet.

« Un missile français, bien entendu, ajouta-t-il, amer. Ils n'en manquent jamais une, ceux-là ! »

Finalement il tomba à court d'anecdotes, et un agréable silence tomba. Puis Winter se mit à parler de sa femme. Il raconta les douleurs au ventre. Elle n'était pas du genre à se plaindre, et son généraliste lui avait prescrit des aspirines et lui avait tapoté l'épaule. Et puis cette nouvelle qui leur était tombée dessus comme un Exocet : un verdict de mort prononcé calmement par le spécialiste.

« Les salauds, murmura Winter. De vrais salauds.

— Les toubibs ?

— En tout cas, celui-ci. »

McIntyre se moucha. Il était cent fois d'accord. Et c'était bien triste ce qui arrivait à la femme de Winter. Hennessey lui avait ouvert les yeux. Si on ne pouvait plus faire confiance aux médecins, alors où tout cela finirait-il, qu'on le lui dise, hein ?

Winter opinait. Maintenant qu'il connaissait l'histoire, il se disait que Nikki s'en était bien sortie. Une femme forte. Une femme de caractère, comme son père était en train de dire.

« Mais vous l'avez rencontrée, n'est-ce pas ? Alors, vous savez.

— Je sais quoi, Ronnie ?

— Ce que cet homme a pu lui faire.

— Bien sûr, et pas seulement à elle.

— C'est-à-dire ?

— Mais à vous aussi, Ronnie. À vous et toute votre famille. Il doit y avoir des fois... (Winter chercha le mot exact)... où vous vous arrangeriez bien d'un dédommagement.

— Un dédommagement ?

— Une vengeance, si vous préférez. »

McIntyre contemplait de nouveau le port, se souvenant de cette jetée où sa fille et sa femme étaient venues lui dire au revoir, le jour où il avait embarqué pour les Malouines. Il n'avait jamais douté du succès du corps expéditionnaire. Les Argentins avaient pris sans demander. Les îles appartenaient à la Couronne, et les Britanniques ne les abandonneraient jamais.

Winter lui demanda s'il allait souvent au Weather Gage.

« Oui, plutôt. Ça devient difficile au village, maintenant. Les gens connaissent mes petits penchants, alors ça jacasse, vous vous imaginez ?

— Tandis que là-bas, au Weather Gage...

— Exactement, approuva McIntyre. Je suis libre.

— Et Parrish ? » Winter souriait. « Rob ?

— Vous le connaissez ? » McIntyre semblait surpris.

« Bien sûr.

— Un type bien. Entreprenant. Et bon hôtelier, avec ça. » McIntyre cherchait de nouveau son mouchoir. « Ça fait bien plaisir d'y aller un soir ou deux. »

Winter le laissa se moucher. L'un des ferries de l'île de Wight passait devant eux et, tournant de trois quarts sur son aire, commença de reculer lentement vers la gare maritime.

« Ne seriez-vous pas en affaires, financièrement parlant, avec Rob Parrish ? »

Winter continuait de regarder le bateau. Il aurait pu poser sa question au vent.

« Pardon ?

— Est-ce que vous lui avez remis de l'argent, dernièrement ?

— Bon Dieu, non. Pourquoi ferais-je une chose pareille ? »

Winter laissa la question sans réponse. Assis à côté de McIntyre, il sentait ce dernier tendu soudain. Il lui adressa un sourire apaisant.

« Vous ne refuseriez pas de me montrer votre dernier relevé bancaire ?

— Mon quoi ?

— Votre relevé de compte en banque.

— C'est bien ce que j'avais compris. » Il cligna des yeux. « Quelle drôle de question, ma foi. »

La réponse était ambiguë. Winter lui tapota le bras d'un air amical. N'étaient-ils pas tous les deux victimes de ces bâtards de toubibs ?

« Combien lui avez-vous donné, Ronnie ?

— Quoi ?

— Combien vaut-elle, Nikki ? Combien avez-vous payé Parrish pour régler son compte à Hennessey ? » Il laissa passer un silence. « Je pourrais l'obtenir du juge ce relevé bancaire. »

McIntyre le regardait. Trois pintes et le détour inattendu que venait de prendre cette conversation le laissaient pantois. Ce policier était-il un allié ou un ennemi ? Un point non suspect sur un radar ou bien quelque chose de terriblement menaçant ?

Winter se pencha vers lui. « Dites-le-moi, Ronnie. Ça n'a rien d'officiel.

— Non ?

— Non, ceci reste entre amis. Faites-moi confiance. »

McIntyre parut un instant rassuré par ces paroles,

puis il s'effondra soudain. « Vous le savez, n'est-ce pas ? » Il n'osait regarder Winter. « Vous le savez déjà, je le vois bien. »

Winter garda le silence. McIntyre s'humecta les lèvres.

« C'était un prêt, dit-il enfin. Rien qu'un prêt.

— Combien ?

— Vingt mille.

— Quand ?

— Il y a deux semaines.

— Et vous avez les papiers ?

— Je suis en train de les faire.

— Vous avez refilé à cet homme vingt mille livres, et il ne vous a rien signé ?

— Il va le faire. Ce n'est qu'une formalité. »

Winter secoua la tête. Ce qu'il venait d'entendre le stupéfiait.

« Alors, comment en êtes-vous sûr ? demanda-t-il. Quels étaient les termes du marché ?

— Je ne comprends pas.

— Le moyen de vous assurer que Hennessey soit mort ? Où est la preuve ? Vous claquez vingt mille billets pour la peau du bonhomme. Aussi, je vous le répète : comment en être sûr ? »

McIntyre le regardait. Derrière l'expression offensée qu'il se donnait encore, Winter voyait toute la misère, la colère et le vide de ces dernières années. Il avait traversé l'enfer sans l'avoir cherché ni mérité. Et maintenant, pour couronner le tout, ce détective avait deviné.

« Mettez-vous à ma place un instant, dit-il. Ne pensez-vous pas que cet homme mérite la mort ?

— Oui, je le pense, répondit Winter en posant sa main sur le bras de McIntyre. Mais une mort très lente. »

En dépit de ses doutes, Rick avait consenti à accompagner Dawn chez Kennedy. Il était 2 heures et demie de l'après-midi. Dawn avait appelé Kennedy pour lui dire qu'elle était d'accord mais qu'elle désirait amener un ami.

« Et alors ? il avait répliqué. On partagera.

— Partager quoi ?

— Toi, pardi. »

Il avait ri. Dans une demi-heure, ce serait parfait. Il allait tout préparer. Avec deux hommes, la séance pourrait durer tout l'après-midi.

« Des préférences ? » avait-il demandé, riant toujours.

Elle avait raccroché sans répondre. Elle se tenait maintenant en compagnie de Rick devant la porte de Kennedy. Manifestement, Rick n'était pas très chaud. Cette dernière année passée aux côtés de Dawn l'avait convaincu qu'elle lui courait après, et il se demandait si elle ne l'avait pas piégé. Les voies empruntées par les femmes étaient souvent impénétrables. Les hommes étaient beaucoup plus directs.

« Qui fait la conversation ? demanda-t-il pour la seconde fois.

— Moi. Je viens de te le dire. Je suis celle qui a le plus à perdre, ici. »

Elle sonna à la porte en se demandant où cela allait les conduire. Elle était plus convaincue que jamais que Kennedy tenait une espèce de bordel, une maison de passe offrant les services de jolies étudiantes. Des mômes comme Shelley, fauchées le plus souvent, intelligentes et bien roulées, devaient attirer les clients d'un certain âge, avides de sauter une jeunesse de l'âge de leur propre fille. Ce que Dawn voulait, c'était une preuve et aussi découvrir quel rôle exact jouait Shelley Beavis dans la petite entreprise de Kennedy.

Un bruit de pas retentit dans l'escalier. Kennedy devait sortir de la douche, car son crâne rasé brillait de gouttelettes, et il sentait bon une coûteuse lotion d'*après douche**.

« Salut. » Il tendit sa main à Rick. « Ça boume ?

— Ouais, et vous ? »

Rick entra, ignorant la main tendue. Kennedy et Dawn échangèrent un regard.

« Sympa, ton pote, dit-il avec une grimace.

— Désolée de ne pas t'avoir prévenu plus tôt, dit Dawn en suivant Kennedy dans l'escalier. Mon ami a un train à prendre à 6 heures.

— Et toi ? »

Elle rit. « Je déteste les trains. »

Les murs du palier étaient ornés d'estampes érotiques japonaises d'un très bon goût. Rick s'arrêta pour les examiner.

« Où tu as trouvé ça ?

— Paris. J'ai un pote qui tient un stand aux puces. Il fait que dans l'oriental. Elles te plaisent ?

— Ouais.

— Je t'en rapporterai la prochaine fois que j'irai là-bas. »

Kennedy ouvrit une porte au fond du couloir, qui donnait sur la pièce de devant, celle aux rideaux tirés. Dawn hésita une seconde avant d'entrer, cherchant le regard de Rick. Contre toute attente, celui-ci semblait curieux de la suite des événements.

La pièce était plus grande qu'elle ne s'y attendait. Il y avait au milieu un grand lit, avec un assortiment de coussins aux deux extrémités. Pas de couvertures, rien qu'un drap. Le plafond était peint en noir et équipé de plusieurs spots directionnels, tous braqués sur la couche. Dans un coin, il y avait trois caméras vidéo montées sur des trépieds. Dawn n'était pas une experte, mais on n'achetait pas ce genre de matériel dans les grands magasins. Le type n'était peut-être pas seulement un proxénète. Peut-être y avait-il autre chose.

Son étonnement n'avait pas échappé à Kennedy. « Shel ne t'en a jamais parlé ?

— Non.

— Ça m'étonne. » Il désigna le lit. « C'est ça qui lui plaisait, se donner en spectacle. Une vraie comédienne. » Il désigna un petit tapis sous la fenêtre. « Posez vos fringues dessus. Heureusement qu'on est en été, pas vrai ? »

Il défit le nœud de son peignoir. Rick l'observait attentivement.

« Tu as parlé d'argent, disait maintenant Dawn. Mais de l'argent en échange de quoi ? »

Kennedy ne répondit pas. Il ouvrit le seul meuble de la chambre, une commode qui devait provenir d'un honnête magasin d'antiquités. Dawn découvrit dans le tiroir une impressionnante collection de gode-michés.

« Sers-toi. » Kennedy fit un clin d'œil à Rick. « C'est la maison qui régale. »

Dawn ne bougea pas.

« Je parlais sérieusement, dit-elle. J'aimerais savoir si on est payé ou pas.

— La réponse est non.

— Pourquoi ?

— Parce que vous débutez. C'est comme au foot. On fait d'abord un essai. Si tu es bonne, alors on causera fric. En attendant, tu peux toujours prendre ton pied.

— Et tu vas nous filmer ?

— Non, pas cette fois. La prochaine, peut-être. »

Le peignoir était tombé. Nu, Kennedy se penchait sur un petit réfrigérateur dans un coin. Rick le mata un instant, puis jeta un regard à Dawn.

« Admettons qu'on soit bons, dit-il. Qu'on passe le bout d'essai. Que se passe-t-il ensuite ? »

Kennedy se tourna. Il avait deux bières dans une main et un soda dans l'autre. Il eut un grand sourire.

« Tournée du patron.

— Je t'ai posé une question.

— J'ai entendu.

— Et alors ? »

Kennedy tendit une bière à Rick.

« Si vous baisez bien, alors il y aura du fric.

— Combien ?

— Ça dépend du marché. Je paye un forfait, plus un pourcentage sur les ventes.

— Les ventes de quoi ?

— Vidéos.

— Tu fais des vidéos ? Ici ?

— Bien sûr. C'est ça, la combine. C'est pour ça que vous êtes là. Pour devenir des stars du porno.

— Comment savons-nous le chiffre des ventes ?

— Vous le savez pas. Faut me faire confiance.

— Tu plaisantes ? C'est quoi, le chiffre ?

— Ça dépend jusqu'où vous êtes prêts à aller. » Dawn refusa la bière que lui proposait Kennedy. « Si votre prestation est bandante, ça va chercher dans les milliers de livres.

— Et Shelley ? »

Il eut un grand sourire. « C'est ce qu'elle se fait. Des milliers.

— Mais qui monte les films ? demanda Dawn. Je veux dire, toute la partie technique. »

Kennedy lui jeta un coup d'œil par-dessus sa canette de soda. Puis il tourna la tête vers Rick.

« On voit bien qu'elle est étudiante, hein ? Excitant, toutes ces questions. »

Rick lui dit de laisser tomber. Dawn était curieuse de nature.

« Mais c'est vrai que le montage est important, poursuivit-il, emboîtant le pas à Dawn. Qui s'en charge ? »

Kennedy les observait avec une grande acuité.

« Vous êtes partants ou pas ?

— Ouais, on l'est, répondit Rick. On est juste un peu curieux, c'est tout. J'ai un copain qui fait de la vidéo. Il a tout le matos, et il est drôlement fortiche. Et je me disais que si tu cherchais quelqu'un...

— Ouais, c'est super, dit Kennedy, qui ne quittait pas Dawn des yeux. De fait, j'ai un problème. Mon type m'a laissé tomber. Je comptais sur lui, mais il ne veut plus en entendre parler.

— C'est lui qui assurait le montage jusqu'ici ?

— Ouais, et il est costaud. C'est un vrai crack. Il en vit, d'ailleurs, tu comprends ? Il faut ça dans ce business. Du sérieux et une bonne postproduction. » Il hocha la tête en direction des caméras. « Je peux faire de chouettes images, mais c'est ce qu'on fait d'elles qui compte. Ce type est un génie. Si seulement il voulait bien revenir.

— Comment s'appelle-t-il ? Simple curiosité... »

Kennedy semblait enfin comprendre que ces deux clients-là n'étaient pas tout à fait conformes à ce qu'il en avait attendu. Il les observa pendant un moment encore puis renfila son peignoir.

« Vous êtes de la rousse, hein ? dit-il sans s'émouvoir. Cette putain de Shel, je vais la tuer. »

De retour dans la voiture, une heure plus tard, Rick avait du mal à se contenir. Pour une fois, justice était rendue. Il était venu avec le sentiment de jouer au con, et voilà qu'ils repartaient avec une histoire qui ferait les veillées de la brigade pendant une paye. Et pas seulement ça, car il voyait enfin se confirmer ce qu'il avait toujours soupçonné.

« Et c'est quoi ?

— Que les footballeurs sont vraiment des primates. Tu as vu le corps de ce mec ? Putain, quel gâchis. »

Ils avaient arrêté Kennedy pour incitation à la débauche et commerce de pornographie. Ils avaient fouillé l'appartement et découvert des cassettes vidéo. L'une d'elles, intitulée Shel, contenait une prise non coupée de la jeune fille en action avec Kennedy. Le coffret portait une date et, après calculs, la jeune fille devait alors avoir quinze ans, ce qui était en soi suffisant pour coffrer Kennedy. Ils devaient maintenant veiller à protéger la gosse. La garde à vue de Kennedy ne pouvait excéder vingt-quatre heures mais, après ça, bien malin celui qui connaissait la suite.

« Je vais la sortir de Rawlinson Road, dit Dawn. Et la placer au Travelodge en attendant qu'on trouve une meilleure solution. »

23

Lundi 26 juin, fin d'après-midi

Winter insista auprès de Tara Gough pour qu'elle lui fasse visiter le Weather Gage. Après Hennessey, c'était au tour de Parrish d'avoir disparu. Il arrivait d'habitude en fin d'après-midi, permettant à Tara de rentrer chez elle pour ses enfants, or cela faisait près de vingt-quatre heures qu'elle ne l'avait pas vu, et elle ne pouvait pas rester plus longtemps.

« On en aura pour un quart d'heure, pas plus, affirmait Winter. Il faut que je jette un œil. »

Elle soupira, acceptant à contrecœur. L'habitation comptait une douzaine de pièces réparties entre les deux étages. Cela faisait maintenant trois années que Parrish vivait là, et cependant certaines des chambres étaient abandonnées à la poussière et aux toiles d'araignée. Winter commençait à deviner le genre de vie que menait cet homme.

Quand il était avec Tara et les enfants, la maison devait certainement être confortable et accueillante, mais, depuis qu'elle était partie, il était retourné à une existence solitaire et agitée, son territoire limité à une chambre, un petit salon et une cuisine noire de crasse. De vieux journaux et magazines traînaient un peu partout. La table n'était qu'une poubelle où des toasts tartinés de fromage voisinaient avec un reste moisi de curry à emporter. Ce spectacle disait assez éloquemment la chute de Parrish mais, quand Winter découvrit le paquet de factures sur la table à jouer servant de bureau, il apparut que les affaires du bonhomme étaient tout aussi chaotiques : des centaines de livres de pizzas surgelées impayées et une somme à quatre chiffres d'arriérés d'électricité. Tara avait raison. Le pub était sur les rotules.

Quand ils furent redescendus, Winter voulut savoir où donnait la porte du fond dans le couloir. Tara lui montra sa montre. Les gosses allaient s'inquiéter.

« Passez-leur un coup de fil », répondit Winter en poussant la porte qu'il savait verrouillée.

Tara alla chercher la clé. C'était la remise. Parrish y avait installé les congélateurs où il conservait la nourriture. Il y avait aussi quelques caisses de vin et, le long du mur dans le fond, les supports sur lesquels reposaient jadis les barriques d'ale qui avaient fait la réputation du Weather Gage.

La porte s'ouvrit en grinçant, et Tara passa la main à l'intérieur pour faire de la lumière. Faiblement éclairée par un néon vacillant, la remise était beaucoup plus grande que Winter ne le supposait. Un portail à double battant était cadenassé de l'intérieur, et un rai de soleil passait dessous.

« Il lui arrive de rentrer une voiture ?

— Des fois. Quand il en a une.

— C'est quoi, ça ? »

Il y avait une grande et massive table en bois au beau milieu du local. Le plateau, très épais, portait les traces de longues années de service.

« La fierté de Rob, lui expliqua Tara. Il l'a achetée à un boucher de Southsea. Quand on a ouvert le restaurant, on faisait livrer des quartiers de bœuf d'une ferme près de Petersfield, et Rob payait le boucher pour qu'il vienne découper la viande sur cette table.

— Il s'en est servi, dernièrement ?

— Pas que je sache.

— Qu'est-ce qu'elle fait là, au milieu ?

— C'est pas à moi qu'il faut le demander. »

Winter recula d'un pas, la tête penchée. La lumière avait décidément des faiblesses. En plus du clignotement, elle bourdonnait comme une ruche. Mauvais contact, se dit-il.

Il retint son envie de passer sa main sur la table de boucher en pensant à ses collègues de la scientifique, les gars aux masques et costumes de papier, qui aimaient rien tant que se pencher sur ce genre d'article.

« Ce dimanche dont je vous ai parlé ? Il y a une semaine ?

— Oui ?

— Vous disiez que Parrish était revenu ?

— Non, je vous ai dit que j'avais fermé sans lui.

— Mais il est peut-être rentré plus tard ?

— Bien entendu. Il habite ici. »

L'instant d'après, Winter raccompagnait Tara à sa voiture. Il y avait autre chose qu'il voulait savoir. Parrish et le vieux bonhomme, Ronald McIntyre, ils étaient proches, pas vrai ?

« Proches n'est pas le mot, marmonna Tara qui commençait à perdre patience. Comme je vous l'ai dit, Rob n'est proche de personne. Mais si vous me demandez s'ils bavardaient ensemble, alors là, oui, et ils n'arrêtaient pas.

— Et de quoi parlaient-ils ?

— Je ne sais pas. De plein de choses. Je sais que la fille de Ronnie a eu des ennuis de santé. Un gynéco qui l'aurait massacrée. Je trouve ça horrible.

— C'est lui-même, Ronnie, qui vous en a parlé ?

— Non, pas lui. C'est un homme de la vieille école. C'est une des choses que j'aime chez lui. Avec les femmes, on bavarde de fleurs et de chevaux. On leur épargne ce qui n'est pas beau.

— Mais il en discutait avec Parrish ?

— Sûrement.

— Et de quoi d'autre ?

— Écoutez... » La montre de nouveau, et la clé à la main pour ouvrir la portière.

« Quoi d'autre ? répéta Winter.

— Ils parlaient de bateaux. Comme tous les hommes. »

Cathy Lamb était tellement contente d'apprendre l'arrestation de Kennedy qu'elle alla elle-même chercher les cafés. Elle revint en s'excusant, il n'y avait plus de sucre.

« Tant mieux, dit Dawn, elle aussi tout sourire. Je ne dois pas en prendre. »

Cathy lui tendit un gobelet. « Raconte-moi ça encore, s'il te plaît. »

Dawn consulta ses notes. Elle était sûre d'une chose : Kennedy faisait des films porno chez lui, et Shelley avait été une de ses premières recrues.

« Elle le reconnaît ?

— Oui.

— Quel âge ?

— Quinze ans. Ce qui veut dire qu'on le tient.

— Tu as une preuve ? Une déclaration sous serment ?

— J'ai mieux que ça. On a saisi une vidéo où il est en scène avec elle. Elle est datée d'avril 1997. Shelley était alors mineure.

— Et elle a travaillé pour lui depuis ?

— Oui, mais c'est devenu difficile dernièrement.

— Pourquoi ?

— Il a commencé à la battre.

— Une raison particulière ? Ou bien juste pour le pied ?

— Elle prétend que c'est à cause d'Addison, le type qu'on a interpellé à la suite des agressions de Donald Duck. Kennedy a entendu parler des vidéos porno qu'Addison montait pour cette Albanaise, et il voulait lui confier ses propres films. Ce type est un génie du montage et, forcément, ça intéressait Kennedy. C'est lui qui a poussé Shelley à rencontrer Addison.

— Mais elle ne voulait pas devenir comédienne ?

— Si, et elle le désire toujours, mais c'est Kennedy qui l'a placée, si on peut dire. Tous les élèves devaient jouer une petite impro devant la caméra. Et c'est encore Kennedy qui a soufflé à Shelley ce numéro de séduction. Il pensait qu'Addison ne résisterait pas, et il ne se trompait pas.

— Alors, elle est aussi maquée avec le prof ?

— Elle dit que non.

— Et tu la crois ?

— Oui, je la crois.

— Et Kennedy ?

— Non. Il pense qu'elle baise avec Addison, mais il s'en fout. Ce qui le fait enrager, c'est qu'elle ne soit pas arrivée à convaincre Addison de travailler pour lui. »

Cathy sirota une gorgée de café et l'amertume lui arracha une grimace. « Alors qui est Donald Duck ? demanda-t-elle. Shelley le sait ?

— Elle prétend que non.

— Et toi ? »

Dawn réfléchissait. Un nom, à ce stade de l'enquête, serait imprudent. Elle n'avait pas encore la preuve qu'elle cherchait, et toute erreur réduirait à néant l'heureuse surprise qu'elle comptait bien faire à Cathy. Finalement, elle tendit la main vers son calepin et le glissa dans la poche de son jean.

« Tu me donnes une journée de plus ?

— Avec joie. »

À Southsea, Faraday avait convoqué l'équipe Hennessey à 5 heures pour un briefing. Il avait ouï l'arrestation de Kennedy, mais Cathy s'en occupait à Fratton, et il lui faudrait voir s'il y avait un rapport avec Addison. Ferguson venait de faire le point sur l'enquête en cours, et il allait arriver à la conclusion qu'ils avaient encore perdu leur journée, quand Winter apparut. Les têtes se tournèrent. Faraday fut le premier à parler.

« Comment va Joannie ?

— Un peu mieux, patron.

— Toujours à l'hôpital ?

— Oui.

— Alors, vous êtes des nôtres ou... pas ?

— Ouais, je suis avec vous. » Winter se percha sur le coin d'une des tables. « Définitivement. »

Ferguson reprit la parole, mais il y avait vraiment peu de choses à dire. Personne n'avait vu Hennessey à la gare maritime. Des photos tirées de la vidéosurveillance du Marriott avaient été envoyées à toutes les brigades du royaume. Le bonhomme n'avait apparemment ni ex-femme ni parent ni même un ami. Bref, le type s'était tout simplement volatilisé.

« Pas tout à fait, chef. »

C'était Winter.

« Vous avez quelque chose pour nous ? Alors, bravo, mon gars. Prenez un siège. Faites comme chez vous. »

Il y eut des rires. Il y en avait dans la salle qui appartenaient au personnel administratif et avaient passé d'interminables heures à courir de dossier en dossier sur la piste de Hennessey. Une enquête aussi complexe était inhabituelle à la brigade, et seule l'absence de cadavre avait empêché la Crime de s'en occuper.

Winter, s'excusant d'un regard auprès de Faraday, expliqua qu'il avait eu une heure ou deux de libres à l'hôpital, et qu'il en avait profité pour se consacrer un peu à ce Hennessey.

« Heureusement pour nous. »

C'était Ferguson encore mais, cette fois, personne ne rit. Winter avait une certaine réputation parmi ces hommes : tordu, c'est sûr, mais le genre de mec qui trouve de l'or, pendant que les autres se démènent le cul pour essayer de faire fonctionner le système.

« Je peux ? » Winter regardait Faraday, qui hocha la tête.

« Allez-y, Paul. »

Winter raconta qu'il avait entendu parler du Weather Gage. Il ne savait pas trop à quel moment de l'action il avait été question de ce pub, mais il avait pensé que ça valait bien une visite.

« J'y suis allé ce matin de bonne heure, grogna Ferguson. Et c'était fermé.

— Sûr, répliqua Winter. Moi, j'y suis passé en fin de matinée, et c'était ouvert.

— Et qu'avez-vous trouvé, monsieur Winter ?

— Ce type. »

Winter sortit la photo provenant du Marriott et pointa un index sur la silhouette aidant Hennessey à monter dans la voiture. Plus tard, dans un bar à Fratton, on parlerait du lapin dans le chapeau. Dieu seul savait comment, mais Winter avait trouvé une piste, et une qui allait vous boucler magistralement cette affaire.

« Et qui c'est, ce mec ? » demanda Ferguson, pratiquement effondré. Même Faraday s'amusait.

« Il s'appelle Rob Parrish. Le pub est à lui.

— Vous lui avez parlé ?

— Impossible. Il a disparu.

— Alors, comment savez-vous que c'est lui ?

— La femme qui tient le restaurant du pub l'a identifié.

— Elle en est sûre ?

— À cent pour cent.

— Ça alors. » Ferguson regardait Faraday. « On lance un avis de recherche, patron ? »

Mais Faraday s'était tourné vers Winter. « Qu'est-ce que vous en pensez, Paul ? »

Winter prit son temps. On n'a pas souvent l'occasion de jouer de pareilles scènes, et il voulait goûter jusqu'à la dernière goutte d'un tel nectar. La réflexion de Faraday brûlait encore dans sa mémoire. « *Manque de vue d'ensemble.* » Manque de vue d'ensemble, mes couilles. Qui d'autre dans cette salle avait quelque chose de comparable ?

« Nous savons que ce type était au Marriott ce dimanche soir-là. La vidéo le montre en compagnie de Hennessey sur le parking de l'hôtel à 2 heures du matin. Ils montent dans la Mercedes et s'en vont.

— Où ça ?

— D'après moi, dans le vieux Portsmouth. Chez Parrish, au Weather Gage. Ce qui se passe ensuite, j'en sais foutre rien, mais Parrish a une grande remise derrière le pub et, à l'intérieur, il y a une vieille table de boucher. »

Ferguson ne put se retenir. « Ne me dites pas ça. Il aurait découpé le mec en morceaux ?

— C'est fort possible, dit Winter.

— Pourquoi ?

— Un contrat qu'il avait passé. La liste des ennemis de Hennessey est longue comme mon bras. Je l'ai toujours dit. Il y a des anciennes patientes qui sont très remontées.

— Assez pour le tuer ?

— Assez pour le faire tuer, oui. »

Faraday prenait des notes. Il leva les yeux.

« Quand est-ce arrivé ? demanda-t-il.

— Je dirais tôt le lundi matin, juste après le Marriott. Parrish le ramène chez lui et le tue.

— Où peut être le corps ?

— Mystère.

— Et ce Parrish, il est où ?

— J'en sais rien. »

Il s'ensuivit un long silence. Après trois jours de culs-de-sac, de porte-à-porte et de coups de fil, le seul à s'étonner était peut-être Ferguson. Les autres, eux, se disaient que décidément Winter n'avait pas changé. Il avait maraudé seul, déterré un tuyau ou deux, et le voilà qui était de retour, l'affaire emballée.

Faraday s'étira. Il était temps de décider.

« Il nous faut des photos de Parrish.

— Il était dans le *News*, et il n'y a pas longtemps, reprit Winter. Une histoire de viande frelatée. Ils doivent avoir des clichés.

— D'accord ? » Faraday regardait Ferguson. « Il nous faut aussi vérifier chaque centimètre de bande des vidéos de surveillance urbaine, surtout celles du vieux Portsmouth.

— Il n'y en a pas. » Ferguson avait l'air presque heureux. « Le vieux Portsmouth ne fait pas partie des priorités de la mairie.

— Je vous demande pardon, chef, mais il y a toujours la gare de Wightlink. » Winter adoucit la nouvelle d'un sourire. « C'est juste à côté du pub, et la vidéo tourne jour et nuit. C'est là qu'il faut laisser sa voiture, si on veut la retrouver entière.

— Wightlink, donc », ordonna de nouveau Fara-day à Ferguson, avant de passer en revue les autres actions. Fichier central pour Parrish. Le type avait peut-être un casier. Voir s'il ne possédait pas un véhi-cule.

« La femme au Weather dit que non.

— Vérifiez quand même.

— OK.

— Et il y a le pub. Il faut l'isoler. Faites venir la scène de crime, qu'ils passent tout au peigne fin, sou-lèvent le plancher s'il le faut. » Il jeta un coup d'œil à sa montre. « Il est 5 heures un quart. Willard voudra passer l'affaire aux Crimes majeurs, mais ce serait sympa de lui épargner cette tâche avant qu'il en ait l'occasion. Alors, on y va à fond. » Il parcourut la salle du regard et fit un signe à Winter. « D'accord ? »

Faraday rentra chez lui à 8 heures. La police scien-tifique était au Weather Gage, et les gars de la scène de crime s'étaient déjà mis au travail. Tant qu'ils n'auraient pas fini, il n'avait pas grand-chose à faire. Un avis avait été placardé à la porte. Le pub était fermé jusqu'à nouvel ordre.

Dans la cuisine, il se versa un verre de scotch, ajouta un doigt d'eau et se retira dans le salon. Par les portes ouvertes sur le jardin pénétraient les efflu-ves iodés de la marée. Le véritable tour de passe-passe de Winter le laissait perplexe. Il se demandait surtout pourquoi le bonhomme agissait toujours ainsi. D'où lui venait cette répugnance à travailler en équipe ? Pourquoi, bon sang, tenait-il tant à braver les règles et à mener ses enquêtes en solo ?

L'année précédente, après l'affaire Charlie Oomes, ils avaient copiné pendant un temps et, une nuit, après de trop nombreux whiskies, il avait essayé avec diplo-matie de trouver une réponse à ces questions. Winter l'avait écouté de son air bonhomme et, comme Faraday n'en finissait pas de tourner autour du pot, il avait formulé lui-même la question.

« Vous voulez savoir pourquoi je chasse seul ? Vous ? »

Faraday n'avait pas compris, et l'avait confessé. Sur ce, Winter, peu charitablement, avait éclaté de rire.

« C'est parce que nous sommes sortis du même œuf, patron. On est des salopards. Et tordus avec ça. »

Sur le coup, Faraday avait été un rien choqué. À présent, installé dans son fauteuil face à la brise nocturne qui se levait, il ne savait plus trop quoi penser. Un autre scotch lui fournirait peut-être la réponse. Oui, un autre verre le pourrait bien.

La sonnette de l'entrée le réveilla. Il jeta un coup d'œil à sa montre : 10 h 10. Il faisait presque nuit. Il se leva et gagna le couloir. C'était Ruth. Éclairée par la lumière du couloir, elle tenait le présent qu'elle avait apporté la veille.

« Je ne reste pas, s'empressa-t-elle de dire, au cas où tu t'inquiéterais.

— Allons, entre. Je suis content de te voir. »

Elle lui décocha au passage un regard peu amène. Le paquet était agréablement lourd dans la main de Faraday. Ils se rendirent dans la cuisine. Ruth était en jean et blouson denim, le visage hâlé par une journée au soleil. Elle balaya du regard l'évier et l'égouttoir.

« Il n'y a que moi, lui dit Faraday. Je te le promets.

— Ouvre. » Elle désignait le présent. « S'il te plaît. »

Faraday fit ce qu'elle lui demandait, cherchant un couteau pour soulever le papier collant.

« Déchire-le donc. Tu ne peux savoir ce que ça m'énerve. »

Il la regarda, se demandant si elle plaisantait ou pas. Le papier vint sans résistance, et il découvrit un album à la reliure de cuir.

« Ouvre-le. »

L'album était rempli de photographies. Elles étaient superbes, en couleurs, prises à la perfection. Vanneau et héron cendré. Bécasseau et chevalier gambette. Courlis et draine. Et Faraday, feuilletant les pages, réalisait ce qu'elle avait fait.

« C'est toi qui les as prises ?

— Oui, toutes.

— Quand ?

— Cette année. Ce devait être un cadeau très particulier.

— C'est un cadeau très particulier. » Il contemplait un tourne-pierre, capté sur la grève, le bec engagé dans l'orifice d'un coquillage. « Tu ne devrais pas te faire une idée fausse.

— À quel sujet ? »

C'était un défi sans détour. Il la regarda de nouveau et lut de la colère dans ses yeux. Elle avait répété cette scène, se dit-il. Depuis la nuit dernière.

Il ne savait pas trop quoi dire. Il se sentait idiot, mis littéralement en déroute.

« Tu es sûre que c'est pour moi ? demanda-t-il à la fin.

— Naturellement que c'est pour toi. Qui d'autre ? »

Elle le considéra pendant un long moment, et son visage s'adoucit soudain. Elle se rapprocha de lui et l'embrassa sur la bouche.

« Mon pauvre agneau, dit-elle doucement. Tu ne sais donc vraiment pas qui tu es, n'est-ce pas ? »

Faraday, l'album toujours ouvert dans ses mains, la regarda. Mais elle était déjà à la porte, et disparut de nouveau dans la nuit.

Winter arriva à l'hôpital au-delà des heures de visite. Il s'arrêta devant la porte des soins intensifs, se demandant quel prétexte invoquer pour se rendre au chevet de sa femme. Ç'avait été une sacrée soirée, et il avait bu de bon cœur les verres payés par les collègues. Ils avaient bien étanché, eux aussi, mais ils avaient passé une commande en gros, et Winter en avait descendu une bonne part.

Une infirmière apparut. Il l'avait déjà croisée deux ou trois fois.

« Ma femme..., commença-t-il.

— Elle a repris connaissance, monsieur Winter. Elle est de nouveau parmi nous. »

Il la regarda. Elle était jolie, avec des cheveux bruns, une grosse poitrine, de belles jambes. Il allait lui demander son nom, s'enquérir davantage, quand elle le devança :

« Je reviendrais demain, à votre place, monsieur Winter. Votre femme va rester parmi nous encore un bout de temps. »

24

Mardi 27 juin, 8 heures

L'équipe de la scientifique s'apprêtait à plier bagage quand Faraday arriva au Weather Gage le lendemain matin. La vague de chaleur était finie, et les eaux vert huileux du quai Camber bouillonnaient sous la pluie.

Faraday, qui se hâtait sur les pavés glissants, repéra la haute silhouette de Jerry Proctor devant la porte du pub. Proctor, responsable de la scène de crime, avait été debout toute la nuit pour superviser le ratissage minutieux de la maison, pièce après pièce, dans l'espoir de trouver l'indice qui établirait un lien entre Parrish et le chirurgien disparu. Il était épuisé, à présent, et tenait à ce que le pub soit fermé pendant six heures, portes scellées et agents en tenue devant et derrière, de manière que son équipe et lui s'accordent un peu de repos avant de reprendre la fouille.

« Qu'en penses-tu ? » demanda Faraday, qui regardait l'eau ruisseler d'une gouttière cassée.

Proctor n'avait pas encore quitté sa combinaison de papier. Il avait les traits creusés et il puait la sueur.

« À ta place, je parierais sur la remise.

— Qu'avez-vous trouvé ?

— Il y a eu du sang sur cette table de boucher. Beaucoup de sang. D'après Winter, ça remonte à longtemps, mais nous allons quand même voir ça de plus près. S'il y a eu récemment du sang humain, nous le saurons.

— Autre chose ?

— Ouais. Quelqu'un y a rentré un véhicule, et il n'y a pas longtemps. L'huile de moteur sur le sol est encore fraîche. Des fibres ? Du caoutchouc ? » Il haussa les épaules. « On pourra peut-être comparer avec la Mercedes, enfin ce qu'il en reste. Et puis, il y a ça, là-bas. »

Faraday suivit Proctor jusqu'au fourgon de l'équipe scientifique, garé derrière le pub. Proctor ouvrit le hayon arrière. Il y avait deux articles sur le plancher, chacun dans son sac plastique scellé. L'un d'eux était un hachoir, comme ceux qu'utilisent les Chinois. L'autre était une scie.

« Soupèse-moi ça. »

Proctor prit le hachoir et le tendit à Faraday. Même à travers le plastique, la poignée en acier était froide dans la main de Faraday. Winter disait-il vrai ? Parrish avait-il découpé le chirurgien, dans quelque brutal renversement des rôles ? Il donna un coup dans l'air, essayant de s'imaginer tranchant des membres humains, puis examina la lame de plus près. Le fil était incrusté de minuscules taches noires.

« Sûrement du sang », grogna Proctor.

La scie présentait les mêmes marques. Sous le microscope, elles seraient d'utiles petits nids d'ADN dans les ébréchures des dents.

Faraday regardait la porte de la remise. Il aurait aimé visiter l'intérieur, replacer ces lames dans leur contexte, essayer de s'imaginer comment Parrish avait procédé, mais il savait que Proctor ne le lui permettrait jamais. Tant que la fouille ne serait pas terminée, l'officier de la scène de crime était le patron. Toute trace étrangère à ladite scène — constable trop curieux, inspecteur trop impatient, voire un chat errant — pouvait saborder une inculpation, avant même que le tribunal la confirme.

Le plus ancien des deux collègues de Proctor tourna le coin du bâtiment. Sa combinaison de papier était tachée de gouttes de pluie et il marchait tout en enlevant le masque qui lui protégeait le nez et la bouche. Faraday l'avait déjà rencontré plusieurs fois. Il s'appelait Dave.

« Ça va ? »

Dave hocha la tête. Il y avait quelqu'un à la porte, devant, rapporta-t-il. Ça valait la peine d'aller voir.

Faraday consulta sa montre. Le *News* les avait déjà appelés. Le journaliste avait noté quelques détails au téléphone et dit qu'il envoyait un photographe. Une histoire pareille ferait sûrement la une, alors s'ils pouvaient avoir une ou deux photos des gars de la police scientifique devant le pub... Faraday lui avait accordé que les lecteurs adoraient voir en vrai ce que la télé leur montrait tous les jours.

Faraday prit Proctor et Dave par le bras. C'était leur moment de gloire. Dave le regarda.

« Ce n'est pas le *News*, dit-il.

— Alors, qui est-ce ?

— Un dénommé Parrish. Il serait le patron du pub. »

Dawn Ellis, garée en face de cette horreur qu'était la maison de Kevin Beavis, se demandait de nouveau si elle approchait enfin de la vérité. Shelley était en sûreté au Travelodge. Elle se plaignait de l'isolement, et de n'avoir rien d'autre à faire qu'à regarder la télé, mais elle se refusait toujours à parler. La veille au soir, Dawn était venue la voir avec deux bouteilles de bon rioja et avait généreusement servi la jeune fille. Shelley avait fini par reconnaître qu'elle savait qui était derrière le masque de Donald Duck mais, invitée à donner un nom, elle avait secoué la tête. « Je ne peux pas le dire. »

En matière de procédure, Dawn avait enfreint toutes les règles. À commencer par copiner avec un témoin clé dans une affaire. Mais il y avait chez la jeune fille une vulnérabilité et, en même temps, une détermination à faire de son mieux, qu'elle admirait sincèrement. Par ailleurs, consciente qu'ils avaient arrêté un innocent, Dawn se sentait presque autorisée à pénétrer sur un territoire défendu.

Je sais, mais je ne peux pas le dire.

Dawn descendit de voiture et traversa la rue. Il y avait des pièces de moto dans la terre du minuscule jardin de devant. Des pièces qu'elle se rappelait avoir vues dans l'évier de la cuisine, lors de sa précédente visite. La capuche de son anorak rabattue contre la pluie, elle frappa à la porte.

Je sais, mais je ne peux pas le dire.

Qui Shelley protégeait-elle ? Était-ce pour cette raison qu'elle avait appelé, hier ? Voulu la rencontrer à Southsea ? Et dit à Dawn que son père n'y était pour rien ? Qu'il était un peu ralenti ? Et que c'était la loyauté entre un père et sa fille qui la retenait de dire un nom ?

La porte s'ouvrit. Kevin Beavis portait pour seul vêtement un pantalon de survêtement maculé de taches. Il avait le ventre mou, gras, et n'avait pas dû se raser depuis trois jours. Ce ne fut qu'après qu'elle eut relevé sa capuche qu'il reconnut Dawn, et un grand sourire éclaira son visage boursouflé.

« Entrez, ma belle. Comment ça va ? »

Dawn le suivit dans la cuisine. La maison sentait encore plus mauvais que précédemment. Une odeur de graisse frite et de moisi, identifia Dawn, tandis que Beavis mettait de l'eau à chauffer pour un thé que Dawn venait de décliner pour la seconde fois.

Beavis voulait savoir si elle avait des nouvelles de Shel. Il avait essayé de la joindre ces deux derniers jours à son appartement, mais pas de réponse. Probable qu'elle était avec des copines à Londres. Ça lui arrivait, parfois, quand elle avait les sous.

La mention de l'argent ramena Dawn à la soirée de la veille. D'après Shelley, Kennedy lui avait payé pendant presque un an ses participations vidéo. Les versements étaient irréguliers ; le plus souvent, il les retardait pour des raisons qu'il ne donnait jamais, mais elle avait tout de même encaissé plus de quatre cents livres, et ça l'avait drôlement aidée pour payer les factures. Elle parviendrait dans deux mois au terme de sa bourse pour études, et ce n'était pas sur son père qu'elle pourrait compter. Le vieux n'avait pas un radis.

Et Dawn, à la vue de Beavis dans sa cuisine, la croyait sans mal. Il avait eu la décence d'enfiler une vieille chemise. Pour un homme qui ne devait pas avoir plus de quarante-cinq ans, il était déjà voûté et gris comme un vieux. Dawn accordait une importance capitale à la diététique. On était ce qu'on mangeait. Kevin Beavis était la funeste incarnation du mal que trop de friture et trop de sucre pouvaient vous faire.

Il versait l'eau bouillante dans une théière ébréchée. Dawn avait trois dates dont elle lui fit la lecture : 19 février, 12 avril, et enfin cette douce nuit de juin, neuf jours plus tôt, quand Donald Duck avait frappé pour la troisième fois.

« Merde. » Beavis venait de bondir en arrière. « Pardon, ma belle. »

Il avait éclaboussé ses pieds nus d'eau bouillante. Dawn lui tendit un torchon.

« J'aimerais savoir où vous étiez ces trois nuits que je viens de vous citer, monsieur Beavis.

— J'en ai pas idée, ma belle. »

Il souleva une jambe pour placer un énorme pied dans l'évier sous le robinet d'eau froide. Apparemment, les questions de Dawn ne le troublaient pas le moins du monde.

« Que faisiez-vous, ce soir de juin ? C'était dimanche en quinze. Sortez-vous le dimanche soir, d'habitude ?

— Ouais, au pub. Quand je peux me le permettre.

— Et ce dimanche-là ?

— Fauché, comme de juste. » Il lui adressa un sourire en coin. « La télé, c'est gratuit, et y a parfois de bons films le dimanche soir.

— Vous vous souvenez de ce que vous avez regardé, dans la nuit du 18 ?

— Non, ma belle. Ma mémoire fout le camp.

— Et si je vous apportais une photocopie des programmes, ce soir-là ? Ça vous reviendrait ?

— Peut-être bien. On peut toujours essayer. Pourquoi pas ? »

Il avait fini de rafraîchir son autre pied et s'essuyait avec le torchon. Il semblait heureux que Dawn s'intéresse à lui, et elle prenait conscience que Shelley avait raison. Cet homme était resté un enfant. Et infantiles étaient ses besoins, notamment celui qu'on lui prête attention.

Dawn décida un changement de tactique.

« Ce type, Lee. Lee Kennedy. Un footballeur. Vous le connaissez ?

— Lee ? » Le visage reprenait vie de nouveau. « Si je le connais ? Mais depuis toujours.

— Vraiment ?

— Bien sûr, c'est mon cousin.

— Cousin ? »

Dawn s'efforçait de dissimuler sa surprise. Il y avait de l'inceste dans l'air.

« Enfin, peut-être pas cousin germain, mais petit cousin ? J'en sais trop rien, à vrai dire. Enfin, comme je disais, Lee et moi... (il accrocha ses deux index)... on est soudés. Il ferait n'importe quoi pour moi, Lee. Et je vais vous dire, ma belle, c'est lui qui m'a rancardé pour le petit prof, Addison, et ce que ce salopard faisait à ma Shel.

— Quoi ? Kennedy vous a raconté ça ?

— Ouais, il est venu ici pour m'avertir, me dire qu'il fallait faire quelque chose. C'est pour ça que je suis venu vous voir, au poste. J'allais tout de même pas laisser passer une chose pareille, non ? Shel et ce branleur qui a deux fois son âge ? C'est pas juste. »

Ces souvenirs avaient effacé le sourire. Il cherchait maintenant dans la cuisine le pain qu'il avait foutu je ne sais où, tout en maudissant ces salauds de profs. Il finit par quitter la cuisine et revint avec deux tranches de pain de mie, qu'il posa sur le comptoir, avant de se mettre à la recherche du grille-pain.

« Merde alors, grommela-t-il en se baissant pour regarder sous la table. Je l'ai réparé hier. Où qu'il est passé ? »

Dawn attendit qu'il se relève. Elle avait le sentiment de jouer les flics de cinéma, venu assener les mauvaises nouvelles.

« Ce n'était pas Addison, dit-elle avec assurance. Mais Lee Kennedy.

— Quoi, ma belle ? » Il hésitait, cherchant encore l'appareil.

« Lee. Lee Kennedy. C'est lui qui... qui couchait avec Shelley. »

Le mot « couchait » parut figer Beavis. Il regarda Dawn. Manifestement, il n'en croyait pas un mot.

« Foutaises, dit-il. Pas Lee.

— J'ai bien peur que oui.

— Il culbuterait Shel ?

— Oui.

— Qui dit ça ?

— Shel, pour commencer. »

Beavis se laissa choir sur l'autre chaise. Il prit du tabac et du papier à rouler dans un tiroir et entreprit de se rouler une cigarette de ses doigts noircis d'huile de moteur, léchant le papier d'une langue couleur de foie cru. Dawn s'attendait presque qu'il pousse vers elle blague et papier. Perdu dans son propre monde, il chercha en vain une allumette avant de se rabattre sur la gazinière.

Du tabac à rouler bon marché, pensait Dawn. Le genre d'odeur qu'on n'oubliait pas.

De retour sur sa chaise, Beavis contemplait fixement le mur.

« Non, pas Lee, murmura-t-il. Shel a dû se tromper. »

De retour à son bureau de Southsea, Faraday pensait à l'effet que produirait l'apparition du nom de Parrish sur une feuille d'inculpation. Ce serait le plus doux des plaisirs de laisser un message à la secrétaire de Willard, et encore un autre à l'assistant de direction qui travaillait pour Hartigan. Parrish était en cellule à Bridewell. Winter et Rick se passaient le relais pour le premier interrogatoire. À la fin de la partie, avec un peu de chance, ils auraient bouclé l'affaire. Ce serait un brillant résultat. Oui, brillant était le mot.

Il décrocha le téléphone et appela Marta à son numéro de portable. Il était à peine 9 heures du matin, et il se demandait si elle n'était pas déjà en route à son travail.

À peine eut-elle reconnu sa voix qu'elle lui demanda de rester en ligne. Il entendait de la musique à l'arrière-plan. Puis il y eut un bruit de pas, et le volume de la radio baissa. Elle s'apprêtait à partir, se dit-il, essayant d'imaginer l'appartement qu'elle habitait, près de Locks Heath. Une porte claqua, et elle était de nouveau au bout du fil, la voix basse, presque un murmure. Faraday était intrigué. Un nouveau jeu ?

Il se mit à lui parler de Parrish, du boulevard qui venait de s'ouvrir dans l'enquête, et il lui décrivait la scène du matin au Weather Gage, quand elle l'interrompit.

« Écoute, il faut que je m'en aille. Appelle-moi plus tard. Après le déjeuner.

— Pourquoi ?

— Mon mari est ici, ce tordu. » Elle baissa encore la voix. « Téléphone-moi, d'accord ? »

Elle raccrocha, laissant Faraday en contemplation devant son combiné. *Son mari ?*

Le premier des interrogatoires de Rob Parrish commença à 11 h 04. Winter et Rick Stapleton avaient pris place d'un côté de la table, en face du prévenu. Celui-ci n'avait pas quitté le blouson de daim que Winter avait reconnu sur la vidéo du Marriott ; une chemise bleue qui aurait eu besoin d'un repassage remplaçait le T-shirt aux îles Vierges. Il avait refusé d'être assisté par un avocat. Ils pouvaient lui demander ce qu'ils voulaient. Il n'avait rien à cacher.

Dans son introduction, Winter commença par dire que Parrish était patron dc bistrot.

« Exact ?

— Et restaurateur », rappela Parrish.

Winter acquiesça. Il n'avait pas eu beaucoup de temps pour préparer ce premier interrogatoire, mais il était convenu avec Rick que c'était lui qui mènerait, et il ne voyait aucune raison de ne pas pousser fort dès le début. Cet interrogatoire faisait partie de l'enquête en cours sur la disparition de Pieter Hennessey. Winter avait des raisons de penser que Parrish pourrait les aider à faire la vérité. Il devait cependant savoir que tout ce qu'il dirait pourrait être retenu contre lui.

« C'est d'accord ?

— Ouais, bien sûr. »

Winter voulait savoir ce qu'avait fait Parrish dans la nuit du samedi 18 juin. La déclaration de Parrish, aussi détaillée que possible, deviendrait une source d'informations pour les interrogatoires suivants. En bref, ce qu'il allait dire maintenant pourrait être la corde qui le pendrait plus tard.

« Vous connaissez bien Hennessey ?

— Je le connais. Disons qu'il vient au pub à l'heure du déjeuner, quand il descend à Pompey. Alors, on bavarde, comme en ce moment.

— Vous savez qu'il est chirurgien ?

— Oui.

— Et qu'il a été radié ?

— Je sais qu'il a eu des difficultés. » Il commençait à être un peu plus sur ses gardes. « C'est pas vraiment l'homme le plus heureux que vous ayez rencontré. »

Winter attendit qu'il poursuive, mais l'autre n'en fit rien. Ce fut Rick qui reposa la question : où était Parrish ce dimanche soir ?

« Au pub. Je travaillais.

— Vous n'avez pas bougé du tout ? »

Parrish les regarda tour à tour, un lent sourire aux

lèvres. S'ils pensaient le piéger avec des trucs aussi gros.

« Je suis sorti vers 10 heures.

— Pour aller où ?

— Au Marriott.

— Pourquoi ?

— J'avais reçu un coup de fil de Hennessey.

— Il appelait sur le téléphone de l'hôtel ?

— Non. Sur son portable. J'avais son numéro enregistré. Je me souviens d'avoir vu le nom s'inscrire.

— Vous l'appelez beaucoup vous-même ? demanda Winter. Vous êtes copains, non ?

— Il a mis de l'argent dans des appartements au Gunwharf, et je suis censé l'informer si j'apprends quelque chose. Il habite quelque part à New Forest, alors j'ouvre les yeux et les oreilles pour lui. J'suis une espèce d'agent, si vous préférez.

— Est-ce qu'il a communiqué vos nom et coordonnées aux gens du Gunwharf ?

— J'en sais rien. S'il l'a fait, eux ne m'ont jamais contacté. »

Winter se tut un instant. Parrish était impressionnant. Le bonhomme n'avait aucune idée de ce qu'on savait en face, et cependant il n'avait pas commis un seul faux pas.

« Hennessey vous a appelé cette nuit-là ? reprit Rick. Que vous a-t-il dit ?

— Il perdait les pédales. Il avait descendu une bouteille de scotch le temps que j'arrive.

— Pourquoi y êtes-vous allé ?

— Parce qu'il menaçait de se foutre en l'air.

— Vous pouviez avertir la direction de l'hôtel. Pourquoi ne l'avez-vous pas fait ?

— Parce qu'il voulait me parler. C'était un drôle de zigue. Un barjo. D'accord, je le connaissais pas intimement, mais quoi, on fait ce qu'on peut. »

Il haussa les épaules et écarta ses mains en un geste qui se voulait humble et aimable, et Winter se souvint des mots de Tara Gough. Il se sert des gens, avait-elle dit. Il s'en sert tout le temps.

« Barjo comment, Hennessey ? demanda Winter.

— La culpabilité. Vous avez dû l'apprendre, il a bousillé tout un tas de patientes. Le type ne dort plus très bien depuis quelque temps, et c'est pas bon pour la tête, ça.

— Alors, que s'est-il passé quand vous êtes arrivé là-bas ?

— Il était assis sur son lit. En larmes. Je l'ai pas vu tout de suite, mais il avait glissé un scalpel sous l'oreiller. J'ai essayé de le prendre, il m'en a empêché et on a lutté. »

Winter se souvenait de l'état de la chambre : le fauteuil retourné, les bris de porcelaine sur la moquette.

« Vous avez lutté ?

— Oh, rien de sérieux. On a roulé par terre. J'ai réussi à lui prendre la lame. Je crois que c'est le plateau à thé qui a le plus morflé. Puis j'ai essayé de le calmer et on a parlé pendant un moment, jusqu'à ce qu'il se lève pour aller pisser. Du moins, c'est ce qu'il a dit.

— Et ?

— Il a essayé de s'ouvrir une veine. Il avait un rasoir dans la salle de bains. Heureusement que je suis arrivé à temps. Il s'était tailladé le poignet, juste ici. » Il toucha le bracelet de sa montre. « Et je crois bien qu'il avait enfin compris qu'il était en train de jouer au con. Il n'y avait pas beaucoup de sang, mais suffisamment quand même pour le faire réfléchir. »

Rick se pencha en avant.

« Vous avez arrêté l'hémorragie ?

— J'ai serré son poignet dans une serviette, et il s'est chargé du reste.

— Comment ça, du reste ?

— D'appliquer une pression et de stopper le sang. Ce type est chirurgien. Il savait ce qu'il faisait.

— Et puis ?

— Il a voulu que je l'emmène à sa voiture. Il avait de quoi suturer la plaie dans sa trousse d'urgence.

— Pourquoi ne pas l'avoir emmené à l'hôpital ?

— Il voulait pas en entendre parler et, franchement, je lui en veux pas. Vous vous rendez compte ? Un chirurgien qui se pointe complètement bourré avec une blessure pareille ? C'est un coup à mourir de ridicule. »

Rick commençait à l'avoir mauvaise. À côté de lui étaient étalés les arrêts sur image de la vidéo du Marriott. D'ordinaire, dans ce genre d'interrogatoire, il s'en serait servi à la manière d'un levier, laissant le suspect dévider ses boniments et, soudain, lui balançant sous les yeux les images de la réalité. C'était une tactique qui avait fait ses preuves. Hélas, cette fois, ces photos confirmaient les dires de Parrish. C'était comme il le disait, il était là sur le parking, à 2 heures du matin, soutenant Hennessey, et on pouvait distinguer un petit trait de blanc, là où Hennessey continuait de presser la serviette sur son poignet.

Winter ne comptait plus sur les photos depuis quelques minutes. « Alors, où êtes-vous allés ?

— Chez moi, au pub. Il était entendu qu'il me guiderait, me dirait comment procéder, et c'est comme ça, ajouta-t-il avec un haussement d'épaules, que je l'ai tiré de là.

— Vous l'avez recousu ?

— Exact.

— Où ? »

Winter vit la réponse arriver depuis l'horizon. Parrish jouait sur du velours.

« Sur une vieille table de boucher, répondit-il. Dans la remise.

— Pourquoi dans la remise ?

— J'ai l'eau courante, un évier, tout ce qu'il faut. Et j'avais pas envie de saloper la maison.

— Bravo. »

Winter apprécia en connaisseur d'un infime hochement de tête. Proctor avait relevé quelques cheveux par terre sous la table. Du sang humain suivrait sans doute. Il y avait aussi une vanne, et nul doute que les canalisations recelaient une moisson d'indices. Et cependant Parrish était là, avec ses réponses précises, qui brouillaient chacune des pistes que le détective avait relevées. Le gus avait une explication à tout. C'était trop parfait pour être honnête.

Rick reprenait l'aiguillon. « Alors, que s'est-il passé ensuite ?

— Je l'ai mis au lit. Il a dormi. Et il est parti.

— Il a saigné ? Au lit ?

— Ouais. Je suis pas très doué pour les points de suture.

— Les draps ? Ils sont où ?

— Je les ai jetés.

— Et le matelas ?

— Le matelas aussi. Ça faisait des mois que j'voulais le foutre à la poubelle. »

Winter s'étira. Ce type devenait insupportable.

« Où il est allé ?

— Il me l'a pas dit, et je lui ai pas demandé. Il faisait grand jour, et il était pas calmé pour autant, mais pour tout vous dire je m'en branlais pas mal. J'en avais même ma claque de toute cette merde, ses erreurs, sa culpabilité, son suicide. Je tiens un bistrot, pas un cabinet de psy. La prochaine fois qu'il me refait le coup, je l'emmène direct à l'hosto.

— Vous ne l'avez plus revu depuis ?

— Non.

— Il n'a pas essayé de vous appeler ?

— Non.

— Quoi, même pas pour vous remercier ?

— Non. Et pas de fleurs par la poste non plus. Je vous le dis, le type a perdu la boule. C'est ça, le problème, dans mon métier. Vous faites de votre mieux pour satisfaire les clients, et la moitié d'entre eux sont des tordus. » Il consulta sa montre en relevant bien haut son poignet et étouffa un bâillement. « Le temps, c'est de l'argent, messieurs. Je peux m'en aller, maintenant ? »

Ce fut Ferguson qui rencarda Faraday sur la bande de surveillance du parking de Wightlink. Faraday le rejoignit devant l'écran vidéo installé dans un coin du bureau. Les lampadaires du parking révélaient une immense aire déserte, sillonnée de longues bandes blanches qui filaient vers la rampe d'embarquement. Au loin apparut la silhouette d'un homme portant quelque chose de volumineux dans un sac en plastique noir. Il était grand, en jean et blouson de nylon avec une capuche qui lui dissimulait le visage, mais ç'aurait très bien pu être Parrish. Sortant du champ de l'objectif, la silhouette disparut au bas de l'écran.

Faraday vérifia l'heure qui s'affichait dans le coin de l'image : 3 h 32. L'aube se levait à peine sur les toits du vieux Portsmouth.

Ferguson enclencha l'avance rapide. Une autre caméra avait repris la silhouette au sac, mais celle-ci n'allait pas tarder à disparaître de nouveau au bout de la jetée.

« Où est-ce que ça mène, là-bas ? » demanda Faraday.

Ferguson avait arrêté la bande sur cette dernière

image. « Au Gunwharf. Il y a une échelle qui descend dans le chantier. »

Le premier interrogatoire se termina à 12 h 44. Winter et Rick Stapleton allèrent déjeuner. Ils étaient encore au foyer quand Faraday apparut, et celui-ci comprit à leur expression que Parrish était un client plus difficile qu'il ne l'avait supposé.

« Il a tout prévu, dit Winter. C'est comme aux échecs. Il contre avant même qu'on ait bougé une pièce. »

Faraday alla prendre une tourte sur la plaque chauffante et l'arrosa de sauce brune. Puis il leur décrivit la vidéo de Wightlink. Winter confirma que l'heure semblait correspondre.

« Le type ressemblait à Parrish ?

— Pas assez pour convaincre un juge, mais oui, il lui ressemble.

— Pas de signe de la Mercedes ?

— Non. »

Faraday était songeur. Même si Parrish crachait le morceau, et qu'ils retrouvaient le corps, ça ne serait jamais qu'une partie de l'histoire. Si Winter avait raison de soupçonner un contrat, qui l'avait confié à Parrish ? On commencerait évidemment par la longue liste des victimes de Hennessey, mais Faraday voyait l'enquête disparaître dans les mains des Crimes majeurs, faute de détectives pour mener ce type d'investigation. Il se tourna vers Winter.

« Une idée sur la personne qui aurait pu embaucher Parrish ? En supposant que c'est un contrat. »

Winter battit des paupières. Il ne semblait pas avoir écouté.

« J'sais pas, mais je vais vous dire quelque chose, grogna-t-il. Il les déteste, ces bâtards. Il les hait.

— Quels bâtards ?

— Ceux du Gunwharf. Ils lui ont refusé une

demande d'exploitation. Et ils ont sauté sa nana. Ils ne viennent plus jamais au pub. Non, il ne les aime pas du tout. »

Faraday le regarda d'un air perplexe. « Et alors ?

— Alors ? » Winter semblait soudain presque joyeux. « Disons que vous avez un cadavre découpé sur les bras et que vous voulez vous en débarrasser. »

Rick échangea un regard avec Faraday, qui n'avait pas touché à sa tourte.

« Continuez, Paul.

— Vous cherchez une cachette, non ? Et une que personne ne pourrait imaginer.

— Le Gunwharf ?

— Dans le mille. Et disons que vous avez quelque chose contre les salopards de cols blancs qui vous ont baisé. Alors, vous enterrez le corps juste à l'emplacement d'un de ces beaux immeubles, avant qu'on coule la dalle des fondations. Et disons que si vous êtes un peu vicieux, vous allez vous faire oublier au soleil pendant un an ou deux, et puis vous appelez le *News* pour leur raconter que certains de leurs riches abonnés sont assis sur un cadavre. Parrish adorerait ça. Il la tiendrait, sa revanche. »

Faraday pensa d'abord que Winter délirait. C'était trop compliqué, trop retors. Mais plus il y réfléchissait, et plus Winter lui racontait combien Parrish avait excellé pendant tout l'interrogatoire, plus il adhérait à la théorie. Pas une seule cible, mais deux. Pas seulement le prix sur la tête de Hennessey, mais un fameux coup de pied au cul aux types qui l'avaient traité si mal. Winter, après tout, avait raison. Qui imaginerait plus belle vengeance ?

« Pensez-y, disait Winter. Il faudra qu'ils creusent tout ce putain de complexe. Des années après. »

25

Mardi 27 juin, 13 h 30

L'interrogatoire de Parrish ne tarda pas à reprendre, et Faraday s'installa dans la cabine de contrôle, à côté.

Winter et Rick remontèrent avec Parrish la chronologie des événements, éprouvant la solidité de chaque lien, de chaque petit épisode émaillant les quatre heures comprises entre l'appel à l'aide de Hennessey et sa dernière apparition sur la vidéo du Marriott. Une fois de plus, en dépit des tentatives de déstabilisation, Parrish se révéla parfaitement cohérent, ne changeant pas un iota à sa version. Faraday, qui l'entendait grâce aux haut-parleurs, devait admettre que Winter avait raison. Cet homme n'avait pas oublié un seul détail. Et toute la soyeuse tactique de Winter ne l'ébranlerait jamais.

Finalement, après un nouveau cul-de-sac avec la Mercedes incendiée, Winter lâcha sa carte maîtresse.

« On a d'autres photos, dit-il. De la vidéo du parking de Wightlink, juste en face du pub. Un type de votre taille et de votre carrure. Trois heures et demie du matin, et avec un gros sac sur les épaules. En route vers le Gunwharf. »

Dans son poste d'écoute, Faraday se demandait comment interpréter le silence qui venait d'accueillir les paroles de Winter. Est-ce que Parrish était enfin désarçonné ? Avaient-ils trouvé la faille ?

Hélas, non. Il entendit un raclement de gorge, puis le grincement d'une chaise. Enfin, la voix de Parrish. Et elle exprimait de l'amusement :

« C'est bien vrai, ça ? »

Faraday avait deux rendez-vous. Le premier était avec Willard. Comme il s'y attendait, le superintendant commençait à redouter l'ampleur que prenait l'affaire Hennessey. Enquêter sur une disparition était une chose. Courir après un assassin, alors qu'il n'y avait pas de cadavre mais une liste de suspects longue comme le bras, en était une autre. Pour le moment, les Crimes majeurs étaient surchargés, mais il appartenait à Willard de trouver des supplétifs ailleurs, et il le ferait en cas de besoin. La brigade criminelle n'était pas censée couvrir de pareils délits. C'est pour ça qu'on avait constitué des brigades de recherche et d'intervention.

Faraday parvint toutefois à négocier une rallonge de temps. Il disposait de quarante-huit heures supplémentaires pour boucler l'affaire. Sinon, celle-ci filerait à l'échelon supérieur.

Après Willard, Faraday s'en fut voir Hartigan. Là encore, un face-à-face était le seul moyen de traiter. Faraday accepta le fauteuil que Hartigan lui désignait. Comme toujours, le superintendant divisionnaire n'avait pas beaucoup de temps devant lui.

« Faites-moi un résumé, Joe. Je n'ai entendu que des rumeurs jusqu'ici. »

Faraday lui conta les développements des dernières quarante-huit heures. Ils avaient accompli une belle percée en établissant une chronologie d'événements, et ils savaient désormais où chercher.

« Et c'est où ?

— Le Gunwharf. »

Hartigan était horrifié. Et l'idée, comme semblait l'affirmer Faraday, qu'on ait enterré un corps dans le chantier lui semblait franchement farfelue.

« C'est un gag, Joe. Vous ne parlez pas sérieusement ! »

Faraday, toujours patient, reprit ses arguments. Motif, occasion, réalisation, bref, l'a b c. Pour une fois, c'était un plaisir de citer Hartigan lui-même.

« Allons, pensez en termes de réalisation, Joe. Vous avez une idée de la superficie de ce chantier ?

— Un peu plus de seize hectares, monsieur. Vous me l'avez montré.

— Exactement. Et on commencerait où, selon vous ?

— Je n'en ai pas la moindre idée, pour le moment. Mais je parierais sur l'immeuble.

— Les immeubles, Joe. Il y en aura quatre, et de la taille d'un bloc. Et la construction accuse déjà du retard.

— Serait-ce un facteur qui nous concerne ?

— Directement, non. » Il fronça les sourcils, atterré par l'effroyable scénario qui se dessinait. « Et la publicité, vous y avez pensé ? Vous imaginez ce que le *News* fera d'une histoire pareille ?

— Sauf votre respect, monsieur, ce n'est pas notre problème.

— Bien sûr que ça ne l'est pas, mais vous vous imaginez le nombre d'hommes qu'il nous faudra ? Ça va nous coûter une fortune. Vous avez vu le dernier relevé des heures sup cette dernière semaine ? Bon sang... »

Pendant un instant, Faraday crut Hartigan au bord

de l'infarctus. C'était ce qui vous guettait quand vous considériez que le travail de policier devait se cantonner aux relations publiques. Hartigan, manifestement en proie à un sombre pressentiment, avait pâli.

« C'est ridicule, Joe. Je vais en parler à Willard. C'est sa responsabilité, pas la nôtre.

— Je viens de le voir. Il m'a donné jusqu'à lundi.

— Alors, concentrez-vous sur ce que nous savons. Ne lâchez plus ce Parrish. S'il vous faut une extension de la garde à vue, je vous l'obtiendrai avec joie. »

Faraday le considéra en silence pendant un moment. Tout officier responsable d'une enquête tient un compte rendu précis de son déroulement. Dans une affaire complexe, cette précaution se révèle toujours un formidable outil de référence : chaque intervention est enregistrée, chaque décision justifiée. Bien entendu, Faraday tenait semblable journal de bord.

« Je vous apporterai le rapport d'enquête, monsieur, dit-il d'un ton détaché. Et vous voudrez bien noter en marge vos objections quant à la fouille du chantier. »

Hartigan le regarda s'éloigner. Dix minutes plus tard, Faraday recevait un appel de l'assistant de Hartigan. La fouille au Gunwharf pouvait commencer.

Quand Winter parvint enfin à Meonstoke, Ronald McIntyre était sur le départ. Deux valises étaient posées à côté de la petite Toyota. La porte d'entrée était ouverte, et McIntyre se tenait dans le couloir, bien droit dans son blazer, le portable pressé contre l'oreille.

Winter attendit la fin de la conversation pour entrer et prendre l'homme par le coude. Une pression douce, amicale. McIntyre se retrouva non sans stupeur dans son propre salon.

« J'ai besoin de tout savoir sur ce marché passé avec Parrish », expliqua Winter.

McIntyre ne voulait plus entendre parler de Parrish. C'était terminé, tout ça. Il partait à West Country, dit-il à Winter. Quinze jours de voile avec un copain, à Salcombe. Il en avait terminé avec ses soirées au Weather Gage.

« Je me fais bien comprendre ? »

Winter ignora la question. Il désigna le canapé et invita McIntyre à s'asseoir.

« Vous avez le choix, dit-il, l'air bienveillant. Soit vous me racontez votre histoire avec Parrish, soit notre relation prend un tour plus officiel.

— Ce qui veut dire ?

— Que je vous arrête. »

McIntyre sursauta.

« Mais pourquoi ?

— Complicité de meurtre. Vous l'avez pratiquement admis.

— Je n'ai rien fait de la sorte. J'ai seulement mentionné que j'avais prêté de l'argent au bonhomme. C'est un crime ?

— Ça dépend de l'intention. Pourquoi ce prêt ? Parrish est en garde à vue. Nous l'avons interrogé deux fois, déjà, et il ne va plus tarder à nous raconter ce qui s'est réellement passé. Vous faites partie de cette histoire, Ronnie. Vous le savez, et moi aussi. » Il observa un bref silence. « Il est toujours possible de négocier pour réduire la gravité des charges.

— Ça veut dire quoi ?

— Que je peux glisser un mot au juge. Ce que vous avez traversé, Nikki et vous, peut peser en votre faveur.

— Au juge ?

— Oui, je le crains. À moins que... » Winter fronça les sourcils, comme frappé par une idée soudaine. « À moins qu'on s'entende au sujet de Parrish. » Il désigna l'espace qui les séparait. « Ici, et tout de suite. »

Au début, McIntyre freina des quatre fers. Oui, il avait prêté de l'argent à Parrish, comme il l'avait déjà mentionné, mais il le récupérerait en temps voulu. Il n'avait jamais été question d'un quelconque service. Il aurait été fou de payer un tueur à gages. S'il avait voulu la mort de Hennessey, il s'en serait chargé lui-même, et avec grand plaisir.

Winter le laissa vider son sac. À la fin, il lui tapota l'épaule.

« Fou est le mot, approuva-t-il. Personne ne vous reproche rien, Ronnie, surtout pas moi. » Il hocha la tête en direction du piano et des photos encadrées. Nikki enfant, étendue sur une couverture dans le jardin. Nikki sur la plage à Seaview, veillant sur son château de sable. Nikki bachelière, champagne et sourires. « Vous voulez me faire croire que vous le laisseriez s'en tirer ? Qu'un père ne chercherait pas à se venger ? »

McIntyre semblait moins sûr de lui. Winter proposa de s'en jeter un. Il restait deux bons verres de xérès dans la carafe. McIntyre vida le sien d'un trait.

« Je peux vous aider, lui dit Winter.

— Comment ?

— En gardant ça... entre nous.

— Secret, vous voulez dire ?

— Oui.

— Je peux avoir votre parole ?

— Oui. » Winter sirotait son xérès. « Mais ce que je veux, c'est la preuve.

— Quelle preuve ?

— La preuve que le type est mort. Vous ne lâchez pas vingt mille livres sans du concret. » Il leva son verre d'un air facétieux. « N'cst-ce pas, Ronnie ? »

McIntyre regardait par la fenêtre, les yeux voilés

par l'alcool. Il ne bougea pas pendant un instant, puis posa son verre vide sur le plateau en argent et quitta la pièce. Le plateau était gravé : CAPITAINE RONALD ARTHUR MCINTYRE, LE CARRÉ DU NOTTINGHAM. AVEC RESPECT ET GRATITUDE. Il revint un moment plus tard. Winter le regarda insérer une cassette audio dans le lecteur de la stéréo et mettre en marche. Puis il s'effondra dans le fauteuil le plus proche et reprit sa contemplation de la pelouse et de la rivière dans le fond.

Au début, Winter ne put se faire la moindre idée de la bande, ce n'était qu'une longue série de raclements. Puis il perçut un grognement, suivi d'une voix d'homme. C'était Parrish. Essoufflé. Il disait à quelqu'un de ne pas bouger. Ça ne prendrait pas longtemps, disait-il. Une autre voix se faisait entendre, avec un fort accent d'Afrique du Sud. Fais ceci, fais cela, maintenant tire, passe l'aiguille à travers, non pas comme ça, dans l'autre sens, et encore une boucle, oui, c'est mieux. Le dialogue continuait ainsi pendant quelques minutes, un authentique cours magistral de suture. Un long silence suivit, qui donnait toute sa force au bruit qui allait suivre : le terrible craquement de l'acier fendant un crâne et le hurlement de douleur qui le relayait. Autre coup, autre cri, plus faible ce dernier, et le silence qui retombait lentement.

McIntyre hochait la tête. Il y avait une étrange lueur dans ses yeux.

« Hennessey, confirma-t-il. C'est lui.

— Vous en êtes sûr ?

— Je l'ai souvent eu au téléphone, quand il suivait Nikki. On n'oublie pas une voix comme la sienne. »

Winter regardait le lecteur de cassettes.

« Où est-ce que Parrish a opéré ? Il vous l'a dit ?

— Il y a un garage ou un atelier derrière le pub, où sont entreposés ses congélateurs.

— Et c'est là que ça s'est passé ?

— Oui.

— Et qu'est-ce qu'il a fait du corps ?

— Il l'a découpé.

— Et ensuite ?

— Je ne lui ai pas demandé. C'est une cachette très sûre, m'a-t-il dit. »

Winter vida son verre et se leva. McIntyre regarda la main que le détective tendait vers lui.

« Quoi, c'est fini ?

— Mais oui. Vous partez en congé, n'est-ce pas ? » Il sourit. « Amusez-vous bien. Vous l'avez mérité. »

Winter était sur la rocade qui traverse Portsdown Hill quand il parvint enfin à joindre Tara Gough au téléphone. Ça faisait vingt bonnes minutes que la ligne sonnait occupée.

« C'est Winter. Où êtes-vous ?

— Chez moi. Le pub est encore sous scellés.

— Dites-moi, cette lumière.

— Quelle lumière ? »

Winter, qui roulait à plus de cent quarante, dut freiner. Pourquoi fallait-il toujours un emmerdeur pour se traîner à cent sur la voie extérieure ?

« Le néon dans la remise, précisa-t-il. Celui qui bourdonne comme trente-six frelons.

— Et qui clignote ?

— Ouais, qui clignote aussi. Depuis combien de temps il est dans cet état ?

— Oh, ça fait des mois. J'ai dû lui répéter cent fois de le changer, mais il ne l'a jamais fait. C'est pire que pas de lumière du tout. Pourquoi cette question ? »

Le fourgon devant lui avait finalement dégagé. À droite, au-delà des toits de Paulsgrove, la cité s'étendait telle une carte, le soleil clignant de mille feux derrière une tour lointaine.

« Vous parliez de bateaux, la dernière fois, reprit-il.

— De bateaux ?

— Oui, à propos de Parrish et McIntyre. Vous disiez qu'entre autres sujets de conversation, il y avait les yachts.

— C'est vrai, ils en discutaient pas mal.

— Parrish aurait-il un bateau ?

— Oui, l'amour de sa vie, un gros cabin-cruiser.

— Un nom ?

— *Crazy Lady*.

— Et il est amarré où ?

— Sur le Camber. Enfin, il y était la dernière fois que je l'ai vu. »

Faraday ne s'attendait certainement pas à voir apparaître Dawn Ellis. Elle surgit sur le seuil de son bureau, sollicitant un bref entretien, et il mit quelques secondes à réaliser qu'elle n'était pas seule.

« Cath, dit-il en installant une deuxième chaise. C'est quoi, une... délégation ? »

Cathy Lamb s'autorisa un léger sourire. Dawn semblait avoir la tâche de prendre la parole.

« Alors, mesdames ? » Faraday attendait des nouvelles fraîches de Bridewell. Winter désirait interroger de nouveau Parrish.

« C'est au sujet d'Addison », dit Dawn.

Faraday la considéra avec attention. Elle lui paraissait crispée, voire tendue. Quoi, était-ce là l'effet de quelques heures passées à Fratton chez Cathy Lamb ?

« Et alors ?

Je pense qu'il est innocent. Ce n'est pas lui qui a fait le coup. »

Elle lui rapporta ce qu'elle avait découvert. La carrière de Shelley en jeune star du porno. Les ambitions de Lee Kennedy, producteur de vidéos X. La fille elle-même était certaine qu'Addison était complètement étranger aux agressions de Donald Duck. Et Kennedy en voulait énormément à Addison, qui ne désirait pas travailler pour lui.

« Addison n'a rien fait, patron. Croyez-moi. »

Faraday regardait Cathy Lamb. Elle n'avait pas cessé de le fixer.

« J'ai pensé que vous devriez le savoir, dit-elle avec détachement. Avant que le procureur n'ait le dossier en main. »

Faraday la remercia d'un petit signe de la tête. Il savait parfaitement ce qui se passait. Cathy savourait cette occasion de revanche, et il ne pouvait pas le lui reprocher.

Il reporta son attention sur Dawn.

« Alors, qui recherchons-nous ? demanda-t-il sèchement. Qui est Donald Duck ? »

Elle jeta un regard à Cathy avant de répondre :

« Beavis.

— Vous en avez une preuve formelle ?

— Pas encore, mais tout concorde. Il n'a pas d'alibi. Il roule ses cigarettes, et il est vraiment à la masse.

— Mais pourquoi aurait-il fait ça ?

— Parce que Kennedy lui a demandé de le faire. Il adore Kennedy, il embrasserait le sol que foule ce salopard. Le type lui dit de sauter, il saute.

— Et il irait jusqu'à... jusqu'à s'exhiber ?

— Sûrement. C'est Kennedy qui lui a raconté qu'Addison baisait sa fille. Kennedy voulait la peau d'Addison, comme je vous l'ai expliqué. Alors, quoi de mieux que de lui faire porter le masque, si je puis dire. Évidemment, il lui fallait quelqu'un pour passer à l'action.

— Et Beavis l'aurait fait ?

— Oui.

— Ce n'est pas Addison, alors ?

— Non. »

Il s'ensuivit un long silence. Le coup de klaxon prolongé d'un grand semi leur parvint depuis le périf. Faraday regarda Dawn.

« Merde », dit-il tout bas.

Le troisième interrogatoire de Parrish s'enlisa presque tout de suite. D'abord, il avait accepté l'assistance d'un avocat ; ensuite, ses réponses étaient toujours rangées en bon ordre de bataille.

Winter désirait tout savoir sur le *Crazy Lady*. Depuis quand en était-il propriétaire ?

« Je l'ai acheté à mon retour de Dubaï. Je m'étais fait un max de blé et j'avais envie de quelque chose de vraiment spectaculaire. C'était une promo au salon nautique, un San Remo 35, avec une belle réduction si on payait comptant.

— C'était quand, ça ? »

Parrish plissa le front.

« 93.

— Vous avez beaucoup navigué avec ?

— Au début, ouais. Les filles adoraient. On tirait jusqu'en France ou dans les îles anglo-normandes. Avec un cruiser de cette catégorie, vous allez aussi vite que les ferries. C'était comme de conduire une voiture de sport. Vous mettiez la gomme et waoum !

— Il est où, maintenant ?

— Je l'ai vendu.

— Quand ?

— Il y a deux semaines. Un Français, un homme d'affaires qui vient souvent ici. Il paraît que ça faisait des mois qu'il l'avait repéré.

— Comment il a payé ?

— Cash. » Parrish était content de lui, au point d'épargner à Winter sa question suivante. « Cent quinze mille, vous vous imaginez ? »

Winter garda le silence. Le chiffre que venait de citer Parrish correspondait exactement à la somme que Hennessey avait retirée de son compte en banque, avant de disparaître. Et ce n'était sûrement pas une coïncidence. Il avait prétendu que la cassette fournie à McIntyre avait été enregistrée dans la remise. Or, pourquoi n'entendait-on pas le bourdonnement du néon, pourtant assez fort pour couvrir ceux des congélateurs ?

« Ce Français, dit lentement Winter. Vous n'auriez pas une adresse par hasard ? »

L'avocat commença de protester, mais Parrish lui dit de ne pas se donner cette peine.

« J'ai bien peur que non, répondit-il à Winter d'un air de grand regret. De vrais nomades, ces businessmen. »

Une heure plus tard, Winter téléphonait à l'hôpital. L'infirmière de service lui confirma que sa femme avait été transférée dans une autre salle et qu'ils attendaient le rapport du psychiatre.

« Comment est-elle ?

— Réveillée. Et elle s'en tire drôlement bien, tout compte fait. »

Winter regarda l'heure à sa montre. Rick devait déjà être sur le quai Camber, vérifiant les dires de Parrish concernant le bateau. Tout dépendrait de ce que Rick découvrirait, mais Winter pensait avoir le temps d'attraper le vol du soir pour Jersey. En attendant, il allait rentrer chez lui, prendre une douche et se changer.

L'infirmière lui donna le nom de la salle où était Joannie. Il ne prit pas la peine de noter.

« Dites-lui bien que je pense à elle, et qu'elle garde le moral, hein ? »

En route vers chez lui, il appela Rick. Celui-ci avait déjà parlé avec quelques types du port, et presque tous se souvenaient du bateau de Parrish. Le patron du Weather Gage n'avait jamais bien maîtrisé les manœuvres d'accostage, et la coque du *Crazy Lady* portait plusieurs cicatrices de menues collisions. Et que le bateau ait enfin disparu réjouissait tous ses voisins de mouillage.

« Quelqu'un l'a vu partir ?

— Personne, jusqu'ici. Mais il y a un type qui travaille sur les remorqueurs. Si quelqu'un peut nous aider, c'est lui. Je l'attends. Il devrait être de retour dans une heure. » Il marqua une pause. « J'ai aussi appelé *Motor Boat*, le magazine, où j'ai trouvé quelqu'un qui semblait connaître les prix du marché d'occasion.

— Et alors ?

— Parrish a parlé de cent quinze mille, soit vingt mille au-dessus de sa cote réelle. Celui qui a payé pareille somme avait perdu la tête. »

Winter raccrocha sur un grognement. Vingt mille, c'était le prix que Hennessey avait payé pour son évasion. Il n'avait nullement l'intention de comparaître devant ses pairs. Il avait encore moins envie d'être traîné devant les tribunaux et de se voir une fois de plus en photo dans tous les journaux. Alors, Parrish, avec l'aide de Ronald McIntyre dans le rôle du pigeon, l'avait aidé à prendre la fuite. Malin.

De retour à Bedhampton, Winter trouva une pile de courrier sur le tapis de l'entrée. La plupart étaient des cartes de vœux de bon rétablissement destinées à Joannie. Une seule portant le tampon de la poste de Londres présentait un intérêt.

À l'intérieur, il trouva une liasse d'honoraires impayés provenant du bureau de placement d'infirmières auquel Hennessey faisait appel pour ses interventions. La plupart d'entre elles étaient rétribuées par le bureau, mais il y avait dans le tas la facture non réglée d'une infirmière indépendante. Elle s'appelait Helen O'Dwyer, et il y avait un numéro de téléphone avec son adresse à Guildford.

Elle mit un moment à répondre. Winter lui expliqua qu'il était de la police. Hennessey avait disparu, et une enquête avait été ouverte. Elle n'était en rien tenue à l'aider, mais il lui serait reconnaissant si elle voulait bien répondre à une question ou deux.

Il y eut un long silence. Elle voulait savoir comment s'assurer qu'il était policier. Winter lui donna le numéro du poste de Fratton et lui demanda de vérifier, avant qu'il ne la rappelle dans un petit moment.

« Non, ça va bien. Que voulez-vous savoir ? »

Winter savait qu'elle avait très souvent assisté Hennessey. C'était la vérité, confirma-t-elle. Il l'appelait toujours la première.

« Vous êtes au courant de ses ennuis ?

— Bien sûr.

— L'avez-vous aperçu ou rencontré récemment ?

— Non, ça fait un certain temps que je ne l'ai pas vu. »

Winter mentionna Nikki McIntyre. Connaissait-elle ce nom-là ?

« Oui, c'était une de ses patientes les plus fidèles. Une jolie fille.

— Comment était-il avec elle ? Je veux dire, est-ce qu'il la traitait différemment des autres ?

— Pas vraiment, mais il était plus lent avec elle.

— Comment ça, plus lent ?

— Avec les autres patientes, il travaillait le plus vite possible. Il était connu pour ça. » Elle eut un rire amer. « Des fois, il venait avec un réveil, le réglait pour qu'il sonne dans, disons, la demi-heure, et hop ! on partait. Il fallait qu'on ait terminé la suture à la sonnerie.

— Il était capable de faire des trucs pareils ?

— Bien sûr que oui. C'était lui, le client. Il avait loué la salle, embauché l'anesthésiste et nous-mêmes. Il avait tous les droits. »

Il y avait de la colère dans cette voix. Non, elle n'aimait pas Hennessey, pensait Winter. Elle devait en avoir gros sur le cœur.

« Et avec Nikki McIntyre ?

— Avec elle, pas de réveil. Il prenait son temps.

— Ah, oui ? fit Winter, qui avait l'impression de voir le visage de cette femme. Et quoi d'autre ? »

Il y eut un long silence. Puis Winter perçut un soupir.

« Il prenait des photos, murmura-t-elle. Des tas de photos. »

Une heure plus tard, Winter était immergé dans son bain, tirant des plans. Il retrouverait Hennessey à la marina de Jersey, il en était sûr. Tapi dans le bateau de Parrish. Les deux hommes devaient comploter depuis des semaines, et peut-être plus.

Officiellement, à ce stade, Winter aurait dû informer Faraday. Lui parler de la cassette de McIntyre et du coup qu'avait projeté et réalisé avec brio Parrish. Mais il était trop tôt pour clore l'affaire de cette manière. Il valait mieux aller jusqu'au bout. Et si cela impliquait le règlement d'un contentieux personnel, eh bien, advienne que pourra !

Mais après ?

Depuis plus d'une semaine, maintenant, Winter avait fait de son mieux pour camper une espèce de croisé réparant le mal fait aux pauvres femmes que Hennessey avait mutilées. Dierdre Walsh était l'une d'elles, Nikki McIntyre une autre. Les conversations qu'il avait eues avec toutes deux avaient mené l'enquête jusqu'au bord de sa résolution mais, en son âme et conscience, Winter savait que sa traque n'avait rien à voir avec les grands sentiments. Ça n'était pas dans sa nature. Il ne s'était jamais battu pour le bien des autres, et il n'allait pas commencer. Non, Hennessey était à lui. Quand il avait avoué à Cathy son besoin de cogner quelqu'un, il avait dit ce qu'il ressentait profondément, et voilà que l'occasion se présentait en la personne de cette ordure de gynéco. En finir avec Hennessey ne serait pas un devoir mais un plaisir, et il était persuadé qu'après ça il verrait toutes choses sous un bien meilleur angle.

Oui, mais après ?

Il poussa du pied le canard en plastique de Joannie et le regarda ballotter parmi la mousse, puis ferma les yeux, imaginant ce qui l'attendait à Jersey. Hennessey. Rien qu'à lui, et lui seul.

26

Mercredi 28 juin, 9 heures 30

Le temps que Faraday et Ferguson rencontrent le chef de chantier du Gunwharf, il s'était mis à pleuvoir. C'était un homme jeune et vif, aux cheveux noirs et bouclés. Il occupait un bureau au bout d'un bâtiment préfabriqué en bordure du site. L'inspecteur en tenue qui commandait l'équipe des fouilles et détection était déjà là depuis plus d'une demi-heure et il voulait connaître la raison du retard de Faraday et de Ferguson. Il avait un million de choses à faire, ce matin. Et la visite d'un chantier en prévision d'une recherche était la nouvelle croix qu'il allait devoir porter.

« Un bouchon, monsieur », grogna Ferguson.

L'ingénieur leur tendit à chacun un casque de protection. Celui de Faraday était trop petit, il devait le porter en avant sur le front, et l'objet ruisselait telle une petite gouttière sur le devant de son anorak. Il faisait un temps épouvantable, pas seulement de la pluie, mais un vent froid qui soufflait de Gosport et malmenait les immenses bâches plastique enveloppant les échafaudages. Pour une fin juin, on se serait cru en hiver.

Les seize hectares du Gunwharf étaient divisés par d'immenses cales sèches destinées à devenir le City Quay. Au nord, le complexe commercial et de loisirs commençait à prendre forme : d'énormes boîtes de béton gris habillé de poutres métalliques, qui abriteraient les magasins, les pubs et les restaurants. C'était se donner beaucoup de peine que de transporter une lourde charge jusque là-bas, et la raison soufflait à Faraday qu'ils devraient plutôt s'intéresser à la partie sud-ouest du chantier : les quelques centaines de mètres carrés qui donnaient directement sur le port et la gare de Wightlink. C'était dans ce chaos boueux, parcouru en tous sens par les bulldozers et des dizaines de terrassiers en cirés jaunes, que devait s'élever Arethusa House, grand immeuble de luxe dont les fondations avaient duré tout l'hiver, le constant martèlement des moutons s'entendant à travers toute la ville.

L'inspecteur en tenue prit Faraday par le bras. La pluie n'arrangeait pas sa mauvaise humeur.

« Et ça serait arrivé quand, cette histoire ? »

Faraday s'était déjà entretenu au téléphone avec quelqu'un des Fouilles et détection. Apparemment, le message n'était pas passé.

« La nuit du 18 juin.

— Ça fait dix jours. » L'homme eut un geste en direction de la terre retournée et des flaques d'eau. « Et vous allez me dire que vous cherchez des empreintes de pas ?

— Non, des restes humains.

— Où ça ? »

Faraday regarda le maître d'œuvre. Celui-ci n'avait pas très bien compris ce que Faraday et Ferguson voulaient entreprendre. Quelqu'un aurait déposé un cadavre sur le site ? C'était bien ça ?

Faraday le prit par le bras. Il y avait, tout près de

l'endroit où ils étaient, un accès au chantier depuis le quai du ferry de Wightlink. Une échelle en fer menait sur la nouvelle jetée. Une fois en haut, on n'avait qu'à enjamber un semblant de clôture.

« Notre suspect est arrivé par là, expliqua-t-il.

— Avec un cadavre ?

— Probablement une partie. Il a peut-être fait ça en deux ou trois voyages. Nous ne savons pas. » Il enjamba une canalisation, tandis que le bras d'une grande grue balayait lentement le ciel au-dessus d'eux. « Dites-moi comment vous construisez ces immeubles. Comment vous les assemblez. »

L'homme parut soulagé. C'était là une question qu'il comprenait. Il entraîna Faraday vers la fosse d'où surgirait la construction. Par douzaines, d'énormes piliers de béton sortaient de la boue jaunâtre. Ces piliers, expliqua-t-il, seraient assemblés entre eux et supporteraient la dalle en béton armé sur laquelle se dresserait la bâtisse elle-même. Faraday essaya de visualiser la chose : les piliers sortant du sol et supportant la chape. Il y avait donc un vide entre celle-ci et la terre ?

« Oui, répondit le chef de chantier. Il y a un vide. C'est une nécessité.

— Mais l'immeuble a quatre murs ?

— Bien sûr. »

Faraday jeta un coup d'œil à l'inspecteur, mais ce dernier était en grande conversation avec Ferguson. Il lui demandait comment était organisée la sécurité du site. Son équipe incluait des chiens spécialement entraînés à la détection des corps. Avant de les lâcher, il voulait visionner la vidéosurveillance du chantier, et on s'apercevrait que toute cette histoire ne tenait pas debout.

« Parce que, si un type est entré, on le verra, exact ?

— Non, monsieur.

— Comment ça ?

— Il n'y a pas de vidéosurveillance. »

L'inspecteur n'en revenait pas.

« Des patrouilles ?

— Non, il y a le gardien la nuit, c'est tout.

— Un seul gardien ? Pour seize hectares ? » Il fit un bref tour d'horizon. « Il doit y avoir une fortune en matériel, ici. Et personne pour veiller dessus ? »

Le chef de chantier reconnaissait qu'il y avait beaucoup de vols. D'où la volonté de la direction de travailler en étroite collaboration avec la police.

« Tout ça me dépasse, grommela l'inspecteur. Mais je vous conseillerais d'embaucher des vigiles et d'installer une vidéosurveillance. Enfin, cela vous regarde. » Il se tourna vers Faraday. « Alors, Joe, c'est quoi, l'histoire ? Le type monte l'échelle. Avec des restes humains plein un sac. Et puis ? »

Faraday descendit le talus terreux, jusqu'à la large tranchée qui entourait la base du futur immeuble. La boue collait à ses chaussures et les flaques d'eau crépitaient sous la pluie. Les autres suivirent.

« Admettons qu'il soit venu ici. » Faraday tourna la tête vers l'ingénieur. « Et admettons qu'il ait creusé là, de l'autre côté de la tranchée. » Il désigna l'endroit de la main. « Ou bien un peu plus loin, parmi les piliers. Il y aura quoi, exactement, ici, dans un an ?

— Arethusa House. Un immeuble.

— Et qui commence... ?

— Mais ici, où nous sommes.

— Alors, tout ce quadrilatère devant nous serait noyé sous une chape de... ? » Il regarda de nouveau le chef de chantier.

« Une chape de béton armé de plus de soixante centimètres d'épaisseur.

— Et si on voulait creuser ?

— Dans la chape ? » L'homme plongea les mains dans les poches de son ciré et secoua la tête. « N'y pensez même pas. »

Winter attendait depuis deux heures sous une pluie battante, quand le parapluie de golf apparut enfin. Il était à larges bandes bleues et blanches, et la corpulente silhouette qu'il abritait le tenait incliné contre le vent.

Le *Crazy Lady*, mouillé dans l'avant-port, roulait sur le clapot. D'après les autorités de la marina, le cabin-cruiser était là depuis deux jours, et Hennessey avait réservé l'emplacement sous un faux nom. Winter n'y connaissait pas grand-chose en bateau, mais il estimait la longueur du yacht à douze mètres. Une coque élégante en plastique blanc, coiffée d'un pont surélevé à l'arrière et une large plage en poupe, là où on venait prendre la pause un drink à la main. Dans un autre environnement, avec du soleil et deux ou trois nanas en string, il n'aurait pas dépareillé une page de magazine *People*. Ouais, tout à fait ça, pensait Winter en observant le parapluie approcher.

Il était arrivé à Jersey par le vol du matin. Un taxi l'avait conduit à la marina, et il avait parcouru les pontons jusqu'à ce qu'il découvre le cruiser de Parrish. Il avait essayé la porte vitrée de l'habitacle à l'arrière, mais elle était fermée à clé. Il pouvait voir la lueur d'un écran de télévision dans le salon et des vêtements éparpillés un peu partout. À la réception de la marina, la fille pensait que le *Crazy Lady* était là depuis deux jours, mais elle n'en était pas sûre. Quant au nom du propriétaire, elle l'ignorait.

Peu importait. Mal abrité de la pluie par le haut mur de la jetée extérieure, Winter était sûr de lui. Il se rappelait cette démarche légèrement balancée. La taille et la corpulence étaient celles observées sur la vidéo du Marriott. Et comme l'homme repliait le parapluie et, son sac de provisions à la main, franchissait prudemment la passerelle, il dévoila ce visage bouffi que Winter n'avait pas oublié. Hennessey n'était pas mort, loin de là. Il revenait du supermarché, et il allait maintenant avoir une petite surprise.

Winter lui donna deux ou trois minutes pour s'installer. Puis il ramassa son propre sac, un fourre-tout de grosse toile noire à double fermeture Éclair et se mit en marche. La perceuse électrique et les quelques mètres de corde de chanvre pesaient plus lourd qu'il ne l'avait pensé, et il était essoufflé le temps d'arriver au bout du ponton où le *Crazy Lady* était amarré, poupe contre quai. Winter s'arrêta pour enfiler une paire de gants en cuir puis il monta à bord, sentant le pont bouger sous ses pieds. Il essuya la pluie de son visage et essaya la porte. Elle n'était plus fermée.

Hennessey était assis à la table en forme de haricot, les cheveux ébouriffés par un rapide séchage avec une serviette. Le *Daily Telegraph* était ouvert devant lui, et il tenait à la main un grand verre de vin. Il leva les yeux, troublé par la soudaine intrusion de cette silhouette noire contre la lumière grise du dehors.

« Mais que voulez-vous ? »

Winter ne répondit pas. La porte vitrée fermait de l'intérieur. Hennessey s'efforçait de se lever de la banquette étroite pour atteindre son portable au bout de la table. Winter s'en empara le premier.

« Pieter Hennessey ?

— Qui êtes-vous ?

— Je t'ai posé une question. »

Hennessey s'immobilisa. Il y avait dans la voix de l'étranger une intonation qui lui fit hocher la tête malgré lui.

« C'est moi, confirma-t-il. Je suis désolé, mais votre propre nom m'échappe. »

Winter remarqua pour la première fois le pansement au poignet.

« Reste assis, dit-il.

— Vous n'avez pas le droit de...

— J'ai dit, assis. Tu as le choix. Soit tu fais ce que je t'ordonne, soit je te fais mal. »

Hennessey se laissa retomber sur la banquette. Le bonhomme n'était pas en bonne condition physique, mais Winter le surprit à mesurer la distance qui les séparait, et il se rapprocha aussitôt. Un sourire narquois aux lèvres, il tendit sa main gantée. Hennessey leva les yeux vers lui, le visage envahi d'un grand soulagement.

« Bon Dieu, marmonna-t-il. Vous m'avez fichu une de ces frousses pendant un instant. »

Dawn voulait montrer la vidéo à Beavis, et Faraday tint à l'accompagner. Winter avait encore disparu Dieu sait où et, disposant d'une heure entre deux réunions, il voulait que l'on boucle au moins cette enquête-là.

Cette fois, Beavis était habillé pour sortir. Il portait un jean et un vieux blouson de cuir avec dans le dos l'effigie bien fanée de James Dean. Il attendait qu'il s'arrête un peu de pleuvoir pour aller faire quelques courses. Shel venait d'appeler. On ne savait jamais trop avec cette gosse, mais il se pouvait bien qu'elle passe prendre le thé avec son papa. Il sourit à Dawn tout en lui faisant signe d'entrer. Temps de chien, hein ?

Faraday les suivit dans le couloir. Beavis se dirigeait vers la cuisine quand Dawn lui demanda s'il avait un magnétoscope.

« Ouais, j'ai ça. Un vieux machin. Je l'ai trouvé

dans une décharge, et un pote me l'a réparé. Il fonctionne pas mal, je dois dire. »

L'appareil était à l'étage. Il y avait un tas de magazines de moto à côté du lit de Beavis, et la petite descente de lit était maculée de taches grasses. Près de la fenêtre, de l'eau dégouttait obstinément du plafond dans un bidon posé juste en dessous. Faraday regardait autour de lui, interloqué par l'odeur. Dawn avait raison, Beavis puait comme un putois.

Le bougre continuait de parler de sa fille. Il lui avait demandé au sujet de Kennedy et elle lui avait répondu que c'était des sornettes, ce qui ne l'avait pas étonné. Lee était comme un oncle pour elle, peut-être même un grand frère. Alors, partager son lit, vous pensez. D'ailleurs, il avait aussi appelé Lee.

« Qu'est-ce qu'il a dit ? » Dawn était à genoux, essayant de mettre en marche le lecteur.

« Des foutaises, qu'il a dit. C'était encore Addison qui avait sorti ça. Tout à fait dans son style, de salir les gens. »

Beavis chercha le regard de Faraday et hocha deux fois la tête pour appuyer ses dires. Dawn avait présenté Faraday comme son patron, mais celui-ci n'était pas sûr que Beavis ait fait le lien avec la police. Je pourrais aussi bien être le père de Dawn, pensa-t-il tristement, ou un étranger qu'elle viendrait de rencontrer dans la rue.

Dawn avait réussi à mettre l'appareil en marche. Elle enclencha la touche Pause et leva les yeux vers Beavis.

« Nous avons trouvé cette bande l'autre jour, lui dit-elle en lui montrant la cassette. J'ai pensé que vous devriez la voir.

— Super. » Il s'installa au bord du lit. « Pourquoi pas ? »

Dawn échangea un regard avec Faraday. Ce dernier n'avait pas visionné la cassette, mais Dawn lui en avait dévoilé le contenu dans la voiture en venant.

Elle se pencha de nouveau vers le lecteur. L'image dansa un instant à l'écran avant de se stabiliser, et un lit apparut. Le grand pieu de la chambre d'en haut, chez Kennedy. Shelley, étendue nue sur le dos, feignait un formidable orgasme pour la caméra, le dos arqué, la tête renversée en arrière. Puis elle s'écroula en gloussant, s'attirant les remontrances d'une voix hors champ.

« Putain, Shel, arrête tes conneries. »

La douce voix de Kennedy. Et Beavis l'avait reconnue. Il regardait l'écran, son affection pour sa fille empalée par la stupeur.

« Petite conne, va, marmonna-t-il. C'est pas possible, ça. »

Et Kennedy entra en scène. En tenue de tennis, les pieds nus. Il enleva son tricot, gardant le short, et disparut un instant pour revenir avec une grappe de raisins.

« On y va », dit-il.

Shelley prenait les grains un à un, les posant sur son corps, commençant par les creux sur sa gorge et ses épaules. Puis, très lentement, elle écarta les bras et les jambes, mimant l'abandon total.

Kennedy était à quatre pattes. Il avait des raisins dans sa bouche et il les broyait lentement entre ses dents, laissant le jus couler sur le visage de Shelley. Puis il commença par descendre de grain en grain, mordant dans la chair du fruit et léchant la peau luisante de la jeune fille. Les derniers grains ornaient son pubis, et il était évident, même pour Beavis, que sa fille prenait un réel plaisir. Le visage de Kennedy était maintenant enfoncé entre ses cuisses et, les deux mains autour du crâne rasé de son amant, elle l'orientait, le guidait, cherchant le point le plus jouissif. Personne ne pouvait feindre un plaisir aussi intense, et, quand son dernier spasme se fut dissipé et que Kennedy eut pris sa place sur le lit, elle révéla une science de la fellation, née assurément d'une longue pratique. Elle était insatiable aussi, et quand Beavis finit par se précipiter dans la salle de bains, Kennedy faisait des tours de passe-passe avec une canette de bière. Un, tu la vois. Deux, tu la vois plus.

Quelques minutes plus tard, Beavis se rinçait encore la bouche. Dawn se tenait dans l'embrasure, Faraday derrière elle.

« Ce que nous voulons savoir, Beavis, dit Dawn, c'est qui est derrière Donald Duck. »

Beavis eut un dernier haut-le-cœur, mais il n'avait plus rien à vomir. Finalement, il s'assit sur le rebord de la baignoire.

« Vous vous rendez compte ? » Il secoua la tête. « Ah ! le salaud ! »

— Qui ?

— Lee. Lee Kennedy. Vous savez quel âge il a ? Vingt-huit. Et il fait ça à ma Shel ? » Il tendit la main vers une serviette et s'essuya la bouche. « Quelle ordure ! »

Dawn répéta sa question. « Donald Duck ? »

Beavis ne l'avait pas entendue. Il parlait d'une voix à peine audible.

« Jamais j'aurais pensé ça. Jamais. Je serai franc avec vous. Elle n'a jamais été un ange. Mais ça... » Il secoua la tête. « C'est une véritable honte. »

Dawn voulait savoir au sujet du masque. Au sujet des trois sorties nocturnes, quand Beavis avait baissé son pantalon et exhibé son sexe sous le nez des femmes. Il la regarda en battant des paupières, l'air de ne pas bien comprendre.

« Moi, ma belle ? Je me serais livré à une chose pareille, moi ? Vous m'en croyez capable ?

— Oui.

— On parle bien de Donald Duck, hein ?

— Oui. »

Il s'essuya de nouveau la bouche. « Non, ma petite. Vous vous trompez de bonhomme.

— Qui, alors ? Qui se cache derrière le masque de Donald ? »

Faraday se souviendrait longtemps du silence qui suivit. La pluie tambourinait sur le toit. L'eau tombait dans le seau. Et le moment où Beavis parut prendre enfin une décision et que le plancher craqua sous son poids quand il se remit debout. Il revint l'instant d'après avec un vieux sac de sport.

« C'est dedans, ma belle. »

Comme un chien rapportant la balle, il laissa choir le sac aux pieds de Dawn. Dawn regarda Faraday qui secoua la tête.

« Non, dit-elle à Beavis, ouvrez-le, vous. »

Beavis fit ce qu'on lui demandait. Le masque était posé sur un survêtement noir froissé en boule.

« Il y a aussi les chaussures et les gants, dedans, dit-il. Vous voulez les voir ?

— Non, n'y touchez pas, intervint Faraday. À cause des empreintes », ajouta-t-il.

Dawn n'avait pas quitté des yeux Beavis.

« Alors, à qui est-ce ? » demanda-t-elle.

Faraday s'attendit à un nouveau silence, mais Beavis n'hésita pas plus d'une seconde.

« Lee, dit-il d'une voix sourde. C'est ses affaires. Il m'a chargé de les garder. Il comptait sur moi, au début, pour le faire. Mais pas question, alors c'est lui qui s'en est chargé.

— Chargé de quoi ?

— Mais d'enfiler ce masque et d'aller...

— C'est Lee qui a commis les agressions ?

— Ouais. Pour baiser Addison.

— Et il portait ce masque et ce survêtement ?

— Ouais. »

Dawn contemplait le contenu du sac de sport. Faraday avait raison, se disait-elle. L'odeur de tabac provenait d'ici, de cette maison, mais l'ADN serait celui de Kennedy. Sur le survêtement. Dans les chaussures. Partout. Elle regarda de nouveau Beavis, dans la seule intention de s'assurer que l'affaire était entendue, mais il était à des lieues de là.

« J'aurais dû le renifler depuis le début, hein ? murmura-t-il. Il lui fallait toujours toutes les femmes. Même Shel. »

Le temps se gâtait à Jersey.

« Où est-ce que tu dors ?

— Là-bas. »

Hennessey désignait la proue. Deux fois déjà, il s'était plaint que les menottes soient trop serrées, mais Winter l'avait ignoré.

« Allons-y, alors. » Winter lui donna une poussée.

Hennessey lui jeta un dernier regard désespéré. Il avait offert de l'argent, beaucoup d'argent, pour que Winter le laisse tranquille. Il avait sorti son carnet de chèques et promis une belle part des fonds offshore, ici à Jersey, et, comme Winter avait secoué la tête, il avait même proposé cinq mille livres en espèces ; il les avait sur le bateau. Mais Winter avait ri. Il y avait des choses que l'argent ne pouvait acheter, avait-il dit. Et ce bandant règlement de comptes en était une.

Hennessey descendit tant bien que mal une volée de marches. Derrière l'écran de son corps épais, Winter aperçut un bout de lit en forme de cœur recouvert d'un dessus de couleur mauve. Beurk.

Winter ordonna à Hennessey de se déshabiller.

« Je ne peux pas. » Il leva ses mains entravées.

« Fais ce que je te dis, ou bien je m'en charge. »

Avec une infinie lenteur, Hennessey parvint à se défaire de ses chaussures. Le pantalon de velours suivit.

« Voilà, dit-il. Le haut, c'est impossible.

— Je m'en fous du haut.

— Quoi ? » Hennessey était pâle. Il leva de nouveau les mains. « Vous voyez ? Là ? »

Du sang rougissait le pansement à son poignet. L'indifférence qu'il lut dans le regard de Winter ralluma son inquiétude.

« Qu'est-ce que vous voulez faire ?

— Le caleçon aussi.

— Pardon ?

— J'ai dit, le caleçon aussi. Et puis allonge-toi sur le lit. »

Winter avait déjà fait une boucle au bout des deux longueurs de corde qu'il avait trouvées dans la remise où Joannie rangeait les outils du jardin.

Hennessey n'avait pas bougé.

« Je parle sérieusement, reprit-il encore une fois. Pour l'argent.

— On s'en fout de l'argent. Je sais d'où il vient. Je sais comment tu l'as gagné. Et c'est vraiment la dernière chose dont je pourrais avoir envie, crois-moi.

— Vous êtes un parent ?

— Oui, d'une certaine manière.

— Votre nom me serait connu ?

— Non. » Winter désigna le ventre de Hennessey. « À poil. »

Hennessey fit glisser son caleçon et dégagea ses pieds sans quitter Winter des yeux.

« Et le lit... vous êtes sérieux ?

— Oui. Allonge-toi avant que je perde patience. »

Hennessey rampa sur le lit et se coucha sur le ventre.

« Retourne-toi. » Le bonhomme ne bougea pas. « Retourne-toi, j'ai dit. »

Winter lui cingla les fesses d'un coup de corde et continua jusqu'à ce qu'il entende Hennessey pleurer, son large dos charnu secoué par d'incontrôlables sanglots.

Il finit par se retourner. Il avait les lunettes de travers, et cela faussait bizarrement l'expression de son visage. Jamais Winter n'avait vu d'individu aussi vulnérable, aussi pathétique. D'un geste vif, il défit l'une des menottes, passa la chaîne derrière la barre de cuivre en tête du lit et, lui remontant sèchement le bras par-dessus la tête, entrava de nouveau le poignet. De retour au pied du lit, Winter pensa enlever les chaussettes du chirurgien mais s'en abstint. Il entrevoyait parfaitement le tableau qu'il allait créer, et il venait de comprendre que ces chaussettes-là, rouges à souhait, l'achèveraient à la perfection.

Il passa les boucles des cordes aux chevilles de Hennessey, tira fort, puis chercha des points d'ancrage. Les poignées de maintien aux parois convenaient au poil. Winter tira sur les bouts jusqu'à ce que Hennessey ait les jambes bien écartées. Il trouva dans le dressing un gros rouleau de pansement adhésif, et il s'en servit pour bâillonner sa proie. Il y avait sur une étagère une trousse chirurgicale. Il l'ouvrit et trouva un scalpel, un dilatateur, des forceps, et une paire de gants en latex. De retour dans la chambre, il posa une à une ses trouvailles sur l'oreiller à côté de la tête de Hennessey.

Le chirurgien suivait tous ses mouvements d'un regard terrifié. Winter se pencha vers lui et lui fit un clin d'œil.

Remonté dans le salon, toujours ganté, Winter entreprit sa fouille. Avec cette méthode qui lui était propre — chaque tiroir, étagère, recoin, chaque bout d'espace dont Hennessey avait pu faire une cachette. Une heure plus tard, n'ayant rien trouvé, il entreprit de fouiller pareillement la cabine d'invité et la petite coquerie.

Vers midi, toujours bredouille, il finit par les découvrir sous une descente de lit dans la grande chambre. Une enveloppe épaisse, portant l'adresse de l'hôpital Advent. Il les fit tomber sur le lit. L'une des photos montrait Nikki McIntyre, les pieds dans les étriers, les jambes écartées, l'appareil génital exposé. Les autres clichés étaient des variations de la même pose, sous d'autres angles et différents cadrages. C'étaient ces images que Hennessey sortait le soir dans sa tanière. Ces clichés sur lesquels il bavait. C'était ainsi qu'il s'endormait chaque nuit.

« But médical, hein ? »

Hennessey avait les yeux fermés. Winter le secoua, le forçant à regarder une ou deux photos.

« C'était pour le dossier ou bien pour l'album ? »

Hennessey le regarda, puis referma les yeux et tourna la tête. Il en avait assez, il ne voulait rien savoir, mais Winter était loin d'avoir fini.

Il se pencha, sa bouche tout près de l'oreille de Hennessey.

« Tu savais qu'elle était ici, hein ? Tu savais où la trouver, alors tu es venu voir. » Il observa un silence. Il connaissait parfaitement son texte, pour avoir souvent rêvé de cette conversation. « Tu y allais tous les soirs ? À l'Abbaye ? Ce bel hôtel sur la route ? Tu descendais au club en bas ? Tu avais une table réservée dans le fond ? Tu l'écoutais chanter ? Tu te souvenais de toutes ces fois où tu l'avais eue toute à toi ? Ta patiente ? Ton esclave ? Alors tu revenais, histoire de la revoir, de te rappeler combien elle était bonne à toucher ? Et sans gants, surtout. Les mains nues, hein ? »

Le fourre-tout de Winter était posé au bas des marches. Il avait rechargé son Nikkon. Il fit lentement le tour du lit, prenant photo après photo, imitant les angles qu'avait lui-même affectionnés Hennessey. Il en donnerait quelques-unes à Parrish, un petit souvenir d'une combine qui avait failli réussir. Deux types avec de l'argent à foutre en l'air. Vingt mille livres chacun. L'un voulant se venger. L'autre, s'enfuir. En jouant sur les deux tableaux, on pouvait s'offrir le luxe d'un crime tellement parfait qu'il n'y avait même pas de cadavre. Un coup si bien monté que des gens comme Faraday s'apprêtaient à retourner les fondations de plusieurs immeubles pour déterrer un corps qui n'existait pas. De quoi vous offrir une vie toute neuve.

Ses photos terminées, Winter contourna le lit et se posa un instant dans un fauteuil. Hennessey observait chacun de ses mouvements.

« Alors, tu comptais te tirer après ton petit séjour ici ? Fais oui ou non de la tête. Allez, réponds. »

Hennessey ne réagissait plus. Il avait de nouveau les yeux emplis de larmes.

« Et tu allais changer de nom ? Nouveau passeport ? Nouvelle identité ? Nouvelle vie ? »

Pas de réaction. Winter pinça les lèvres d'un air de regret, puis se baissa pour prendre son sac. Hennessey ouvrit de grands yeux en le voyant sortir une perceuse puis soupeser différentes mèches. Deux, cinq, dix millimètres ? Quelque chose d'assez gros pour faire un bon trou. Il opta finalement pour un foret de sept.

« Toute neuve. » Il montra la mèche à Hennessey. « Ce sera plus hygiénique comme ça, non ? Moins de chance d'infection ? »

Cette fois, il n'attendit pas une réaction, mais posa la perceuse à côté de la tête de Hennesscy et remit les photos dans l'enveloppe.

« Celles là, je les garde, dit-il. Au cas où tu aurais la force de te traîner jusqu'au poste de police, après que j'en aurai fini avec toi. D'accord ? »

Winter regarda Hennessey. Il pensa déceler un acquiescement, mais il ne l'aurait pas juré. Il lui répéta cependant ce qu'il venait de lui dire et fourra l'enveloppe dans son sac. Au moindre signe d'enquête, les photos seraient immédiatement envoyées à toutes les parties intéressées. Compris ? Cette fois, Hennessey acquiesça.

« Bien. »

Winter traversa la cabine et s'agenouilla à côté d'un des hublots. L'épaisse moquette de laine était fixée par des lattes d'aluminium à l'endroit où le plancher rejoignait la courbe de la coque. Avec un tournevis, Winter défit l'une d'elles. Il avait dégagé la moquette sur moins d'un mètre quand il tomba sur le panneau d'inspection.

« Ça donne dans la cale, pas vrai ? »

Il jeta un regard par-dessus son épaule. Hennessey avait refermé les yeux. On aurait dit qu'il était mort.

« Dommage, marmonna Winter, tu rates le meilleur. »

Il tira sur la moquette pour exposer la trappe, puis alla prendre la perceuse sur l'oreiller. Hennessey ne bougea pas. Winter ouvrit le panneau, et du trou noir lui parvenait le clapotement de l'eau contre la coque. En plongeant entièrement le bras, Winter sentit la pointe du foret buter contre le fond de la carène. Il pressa la détente et le vrombissement de la perceuse monta puissamment vers lui, amplifié par le vide de la cale. Il sourit quand la mèche traversa soudain la coque. La vengeance avait une odeur de plastique brûlé, pensa-t-il en continuant d'actionner la perforatrice.

Quarante minutes plus tard, Winter descendait du bateau et regagnait le quai. Il y avait une cabine téléphonique devant le bureau de la marina. Quand il eut la réception au *Jersey Evening Post,* il communiqua le nom du cabin-cruiser de Hennessey et le numéro du ponton. Le propriétaire donnait à bord une fête pas comme les autres. Et ils seraient bien bêtes de ne pas filer là-bas, et encore plus bêtes de ne pas prendre un photographe avec eux.

« Grosse histoire, promit Winter. Et elle est à vous. »

Le journaliste lui demanda des détails. Winter lui répéta le nom du bateau et ajouta que le skipper était connu du public.

« Son nom ?

— Hennessey. Gynéco, de son état. Le boucher de ces dames. C'était dans tous les journaux. »

Le silence qui accueillit cette petite fiche signalétique fit comprendre à Winter qu'il avait touché une corde sensible. Quand l'autre s'enquit de son nom, il éclata de rire et raccrocha.

Il s'éloigna de la cabine, baissant la tête contre la pluie. Il avait déjà choisi le restaurant, juste de l'autre côté de la rue. Il était 2 heures de l'après-midi. Parfait pour un déjeuner tardif.

Il y avait de la place à cette heure, et il choisit une table d'où il avait une vue imprenable sur la marina. Il commanda une raie, des frites et de la salade, et renvoya la première bouteille de chablis, qui n'était pas assez fraîche. Trois verres plus tard, alors qu'il n'était pas encore servi, il adressa un toast à Hennessey, ligoté et bâillonné à bord de sa cachette à cent quinze mille livres. Il avait fait deux jolis trous. Il n'était pas expert en hydraulique mais le *Crazy Lady* piquait déjà du nez, là-bas.

Le journaliste arriva pendant que Winter attaquait

sa raie. Il y avait aussi un photographe, un coffret en aluminium en bandoulière. Winter les regarda qui se hâtaient sur le ponton, leurs corps inclinés contre le vent. Ils montèrent à bord, et plusieurs minutes passèrent avant que le journaliste ne reparaisse et ne se mette à courir en direction du bureau de la marina. Winter retourna à son plat, imaginant le photographe tirant le maximum du tableau que Winter, ici présent, avait savamment composé. L'humiliation, pensait-il, méritait le plus large public possible. Il souriait encore quand il torcha la sauce aux câpres d'un bout de pain, avant de tendre la main vers la carte des desserts.

Le temps qu'il finisse son sorbet au citron et règle l'addition, le *Crazy Lady* attirait de plus en plus de monde. Parmi les silhouettes montées à bord, il y avait deux ambulanciers. Il était curieux de savoir jusqu'où l'eau était montée dans la chambre, mais il ne pouvait s'attarder davantage. Avec un peu de chance, se dit-il, Hennessey avait succombé à une crise cardiaque.

Le restaurant fut assez aimable pour lui appeler un taxi, qui mit six minutes pour arriver, une Peugeot bleue conduite par un garçon qui était assez jeune pour être son fils. Winter balança son fourre-tout sur la banquette et monta dans la voiture.

« L'aéroport, je vous prie. J'ai un vol dans une demi-heure. »

Épilogue

Vendredi 7 juillet, 14 heures

Une semaine plus tard, Dawn Ellis rencontrait Rick au poste de Fratton.

« Je tenais seulement à te remercier, lui dit-elle, attendant que le gobelet tombe dans le distributeur de boissons chaudes.

— Me remercier de quoi ?

— Mais pour avoir gardé Kennedy à distance de mon innocence. »

Rick sourit. Après les déclarations de Kevin et Shelley Beavis, Kennedy avait été inculpé de coups et blessures et d'attentat à la pudeur et, au regard de ses condamnations précédentes, avait été écroué à la maison d'arrêt de Winchester.

Rick attendait que Dawn ait retiré son gobelet pour insérer lui-même une pièce. Il y avait quelque chose chez Addison qu'il ne comprenait pas. Il était innocent, c'était un fait, mais pourquoi n'avait-il pas dénoncé Kennedy ? Celui-ci l'avait harcelé pour qu'il travaille pour lui, il l'avait même menacé, à en croire Shelley. Bref, Addison devait bien se douter que cette histoire de masque était un coup de Kennedy ?

« Il le savait.

— Alors, pourquoi ne pas nous en parler ?

— Parce qu'il était certain d'obtenir la relaxe devant un tribunal. Et puis, il voulait protéger Shelley. Il la savait en danger, si Kennedy apprenait qu'elle avait parlé.

— Vraiment ? Elle était aussi bonne que ça au lit ?

— Ça n'a rien à voir avec ce que tu penses. Il croit en elle. Il est convaincu qu'elle fera une carrière.

— Ouais, et en attendant... »

Après une année passée à travailler à côté de Rick, Dawn aurait dû s'attendre qu'il voie les choses ainsi. Il n'interprétait jamais les relations humaines qu'en termes de sécrétions corporelles. Des mobiles tels que la générosité ou la confiance ne figuraient pas à son catalogue.

« Écoute, dit-elle en le regardant par-dessus le bord de son gobelet de thé. Il y a une chose que tu dois savoir sur Addison.

— C'est quoi ?

— Il est homo.

— Homo ? Qui dit ça ?

— Shelley.

— Et tu la crois ?

— Bien sûr. Il faut prendre son temps avec Shelley, mais on finit toujours par l'accoucher de la vérité. »

Le visage de Rick passa de la stupeur à la confusion avant de se colorer de colère. Il aurait dû le deviner. Il aurait dû reconnaître les indices : l'ordonnance maniaque de la maison, la propreté obsessionnelle, sa manière de s'habiller, ses goûts raffinés, la parfaite maîtrise de soi. Tout y était chez Addison. Et lui, homo lui-même, ne l'avait pas vu !

« Parce que tu voulais un résultat, lui fit remarquer Dawn. Et tu pensais en tenir un. Alors, pourquoi s'emmerder à chercher plus loin ? »

Rick la regarda. « Tu en as parlé à quelqu'un d'autre ? Je parle de son homosexualité ?

— Non.

— Alors, merci mille fois. » Il s'assura qu'ils étaient seuls dans le couloir. « Ce sera notre petit secret, hein ? »

Faraday s'échappa d'un déjeuner sur le pouce avec Hartigan pour filer en voiture vers le nord de la ville et Petersfield.

Son patron s'était montré presque enthousiaste, ce qui avait quelque peu surpris Faraday. L'enquête Hennessey, en confirmant que le chirurgien avait en vérité pris la poudre d'escampette, avait été une magistrale démonstration de ce que la brigade — que Hartigan avait l'honneur de diriger — était capable d'entreprendre pour faire la vérité dans une affaire de disparition. Le sac d'os et d'abats de porc déterré sur le chantier du Gunwharf par l'équipe de détection ne pouvait hélas justifier l'inculpation de Parrish, mais les promoteurs du complexe n'avaient pas été avares de remerciements. C'était là, avait dit le directeur du projet, un parfait exemple de partenariat entre la police et les entrepreneurs, et ce pour le plus grand bien de la ville. Imaginez s'il avait fallu chercher ce même sac deux ou trois ans plus tard !

Willard, que Faraday avait vu juste avant Hartigan, n'avait pas mâché ses mots, lui. Toute l'affaire Hennessey revenait à Winter. C'était lui qui avait lâché le lièvre et mené presque toute la chasse. Pas parce qu'il était un détective consciencieux et tenace, mais un franc-tireur dont les pratiques défiaient toutes les règles du métier. Se fier à son flair était une chose. Déclarer son indépendance et mener sa propre croisade en était une autre. Et si sa pauvre femme n'était pas condamnée par un cancer, il n'aurait pas échappé à une mise en garde.

Et Addison ?

Willard comme Hartigan avaient laissé passer. Il ne fallait jamais sous-estimer l'impact que pouvait avoir la découverte d'une pièce à conviction. Il ne fallait donc pas pénaliser des détectives impatients d'obtenir un résultat. L'erreur était humaine. Bravo à la jeune Dawn pour avoir su creuser davantage. Dommage, hélas, pour M. Addison. Mais il y avait l'espoir que Kennedy tombe pour un bail.

Le chemin de Faraday passait par Bedhampton. Le pavillon de Winter était quelque part sur la pente et, d'après ce qu'il avait appris, Joannie était de retour. Elle bénéficiait d'une aide médicale à domicile. Une infirmière psychiatrique lui rendait tous les jours visite, et Faraday souhaitait qu'elle dispense également ses soins à Winter. Personne ne savait exactement ce qui s'était passé à Jersey mais, à lire la une du *Jersey Evening Post*, joyeusement punaisée sur tous les tableaux d'affichage des postes de police de Portsmouth, Hennessey avait eu bien de la chance de s'en sortir vivant. Une heure de plus, et le bonhomme buvait la dernière tasse. En vérité, il devait la vie sauve aux deux journalistes du *Post*.

Winter était-il mêlé à cette cruelle farce ? Faraday ne le savait pas, et il ne l'apprendrait pas de Hennessey, qui s'était refusé à toute déclaration. Remis à flot et réparé, le *Crazy Lady* avait déjà levé l'ancre, cap vers une destination inconnue. Winter, de nouveau en congé exceptionnel, ne quittait plus le chevet de Joannie. Les quarante comprimés de paracétamol n'avaient rien changé au pronostic mais, avec un peu de chance, elle verrait la fin de l'été. Pas comme Vanessa Parry.

Matthew Prentice habitait dans une zone pavillonnaire au sud de Petersfield. Un grand nombre de ces maisons à loyer modéré avaient bénéficié du droit d'acquisition à la propriété et avaient fait l'objet d'agrandissements — vérandas vitrées et appentis. La porte des Prentice était de couleur violette. Faraday savait que le jeune homme serait là. C'était le gamin du café qui le lui avait assuré, après qu'il eut reçu un coup de fil de Prentice lui-même.

« Il veut vous parler. Il dit que ce serait cool si vous passiez le voir. »

Une femme d'une bonne quarantaine d'années, jean et joli chemisier, vint lui ouvrir. La mère de Prentice. Faraday ne put dissimuler sa surprise.

« C'est ma maison, expliqua-t-elle brièvement. Il est dans le salon devant. »

Faraday se souvenait du visage, pour l'avoir vu dans le parking après la cérémonie funèbre : les cheveux enduits de gel, le brillant à l'oreille, le menton ombragé par une barbe de deux jours. Prentice se leva du canapé et, contre toute attente, lui tendit la main.

« Alors ? »

Faraday n'était pas d'humeur à bavarder. Prentice semblait confus.

« Votre visite... euh, elle est officielle ?

— Bien sûr que oui. Vous m'avez fait transmettre un message. Vous avez quelque chose à me dire. Alors, je vous écoute. »

Prentice regardait le tapis. Faraday savait que la porte derrière lui était grande ouverte. Est-ce que la mère était dans le couloir ? Était-ce elle qui avait eu l'idée de cette rencontre ?

« C'est au sujet de cette femme, commença Prentice.

— Vanessa Parry ?

— La femme qui est morte. Je voulais lui laisser des fleurs.

— Ouais, sans votre nom dessus. Je les ai vues dans votre voiture. Très courageux de votre part. Dire que vous êtes désolé. Sans signer, bien sûr. Et puis vous en aller. »

En dépit de ses meilleures intentions, en dépit de sa détermination à rester calme, Faraday savait que cela finirait ainsi. Sitôt que lui reviendraient les photos, l'intérieur broyé de la Fiesta, il jetterait le règlement par la fenêtre. Peut-être Winter avait-il raison. Peut-être qu'à la fin c'était toujours le rouge qui l'emportait. Le rouge du sang, et puis celui de la colère.

« Alors, que s'est-il passé ? » Faraday se contrôlait encore.

« J'étais au téléphone. Je m'en souviens, maintenant.

— Ah ouais ? Et pourquoi ça ? »

Prentice ne répondit pas. Faraday avait pu établir que le garçon du café s'était vu offrir un abonnement pour la saison de football au stade de Fratton, un joli cadeau de trois cent vingt livres, que Prentice avait réglé avec sa carte bleue. Il était évident, pas de doute, que le garçon avait acheté le silence de son client.

Faraday entendait la mère s'activer dans la cuisine. Tout ce qu'elle voulait, c'était que son fils dise la vérité.

La porte était toujours ouverte. Faraday la ferma.

« D'accord, mec, voilà ce qu'on va faire. Tu vas te présenter au poste de police de Fratton. Et demander après le constable Barrington. C'est à lui que tu vas raconter la vérité sur la collision. Tu vas lui dire que tu étais en train de téléphoner quand tu as heurté la Fiesta et qu'après ça tu as soudoyé ton client pour qu'il te couvre. Le constable Smith t'emmènera dans un bureau avec ton avocat et un magnétophone et tu raconteras de nouveau toute l'histoire. » Faraday hocha la tête vers la porte. « Tu veux que ta mère t'accompagne ? »

Prentice secoua la tête.

« Et ensuite, qu'est-ce qui se passera ?

— Tu seras inculpé.

— De quoi ?

— D'entrave à l'exercice de la justice. Tu as tenté de soudoyer un témoin. Le tribunal apprécie peu ce genre de chose. Tu auras de la chance si tu échappes à une peine de prison.

— La prison ? » Prentice se laissa choir lourdement sur le canapé. Il contempla ses mains pendant un moment, puis leva des yeux brillants de larmes. « Je voulais seulement vous dire que j'étais désolé, dit-il. J'ai pas besoin de tout ça. »

Faraday lui laissa le temps de se calmer. Il se sentait las, soudain. Plus il pratiquait son métier, pensait-il, moins il comprenait la manière de fonctionner des gens. Tout le monde s'embrouillait. Tout le monde perdait le fil de l'intrigue, des actions et des réactions, des causes et des effets. Une moitié de seconde d'inattention, et la flamme d'une vie était soufflée.

« Toute l'histoire, répéta-t-il froidement. Compris ? »

DU MÊME AUTEUR

Aux Éditions du Masque

LES ANGES BRISÉS DE SOMERSTOWN, 2004.

COUPS SUR COUPS, 2003 (Folio Policier nº 389).

DISPARU EN MER, 2002 (Folio Policier nº 344).

COLLECTION FOLIO POLICIER

Dernières parutions

Composition I.G.S

Impression Novoprint à Barcelone,

le 07 octobre 2005

Dépôt légal : octobre 2005

1er dépôt légal dans la collection: août 2005

Numéro d'imprimeur:

ISBN 2-07-031381-6./ Imprimé en Espagne